古龍散文全集

葫蘆與劍 人在江湖

古龍 著
陳舜儀 編

目錄

卷二

人生得意須盡歡 1974—1980／93

卷三 古來萬事東流水 1980——1985／273

卷四

不是集 1982——1985／415

卷五

卷六

古龍珍貴手跡

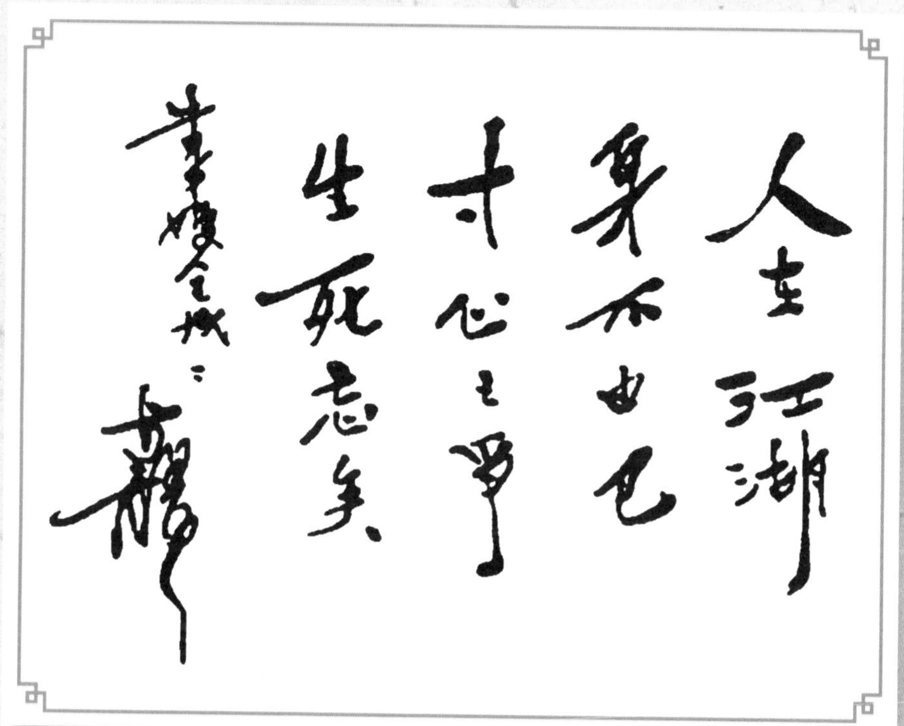

古龍墨寶之一

古龍墨寶之二

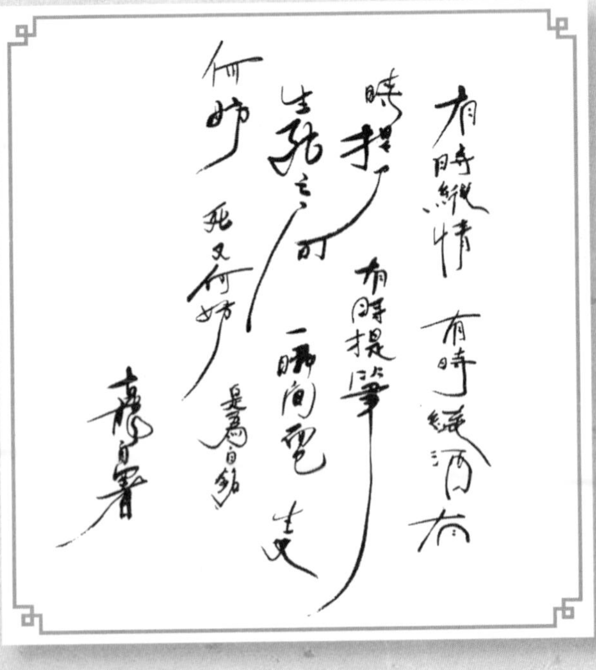

古龍墨寶之三

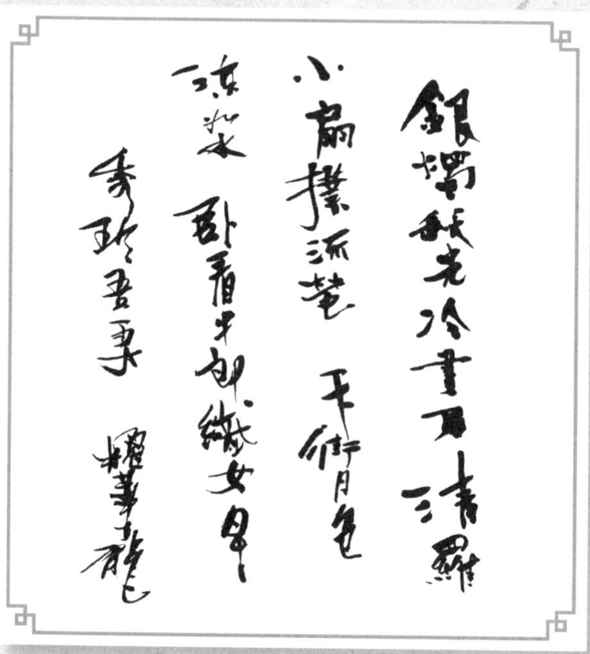

古龍墨寶之四

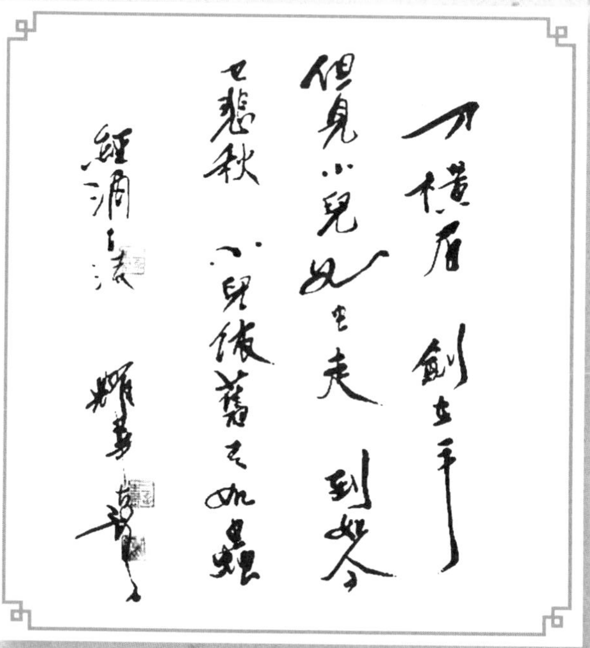

古龍墨寶之五

古龍墨寶之六

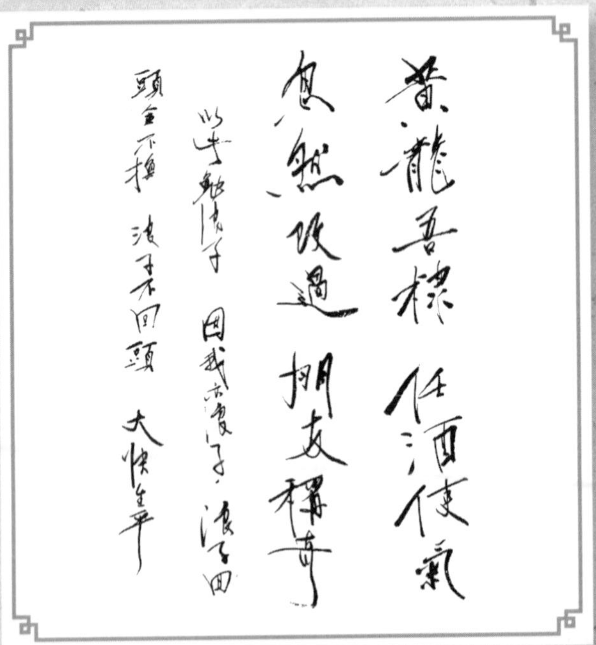

古龍墨寶之七

古龍墨寶之八

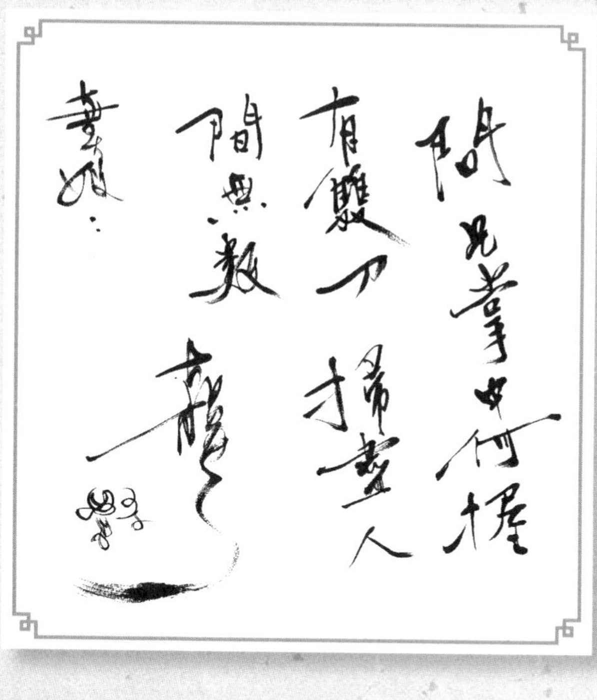

古龍墨寶之九

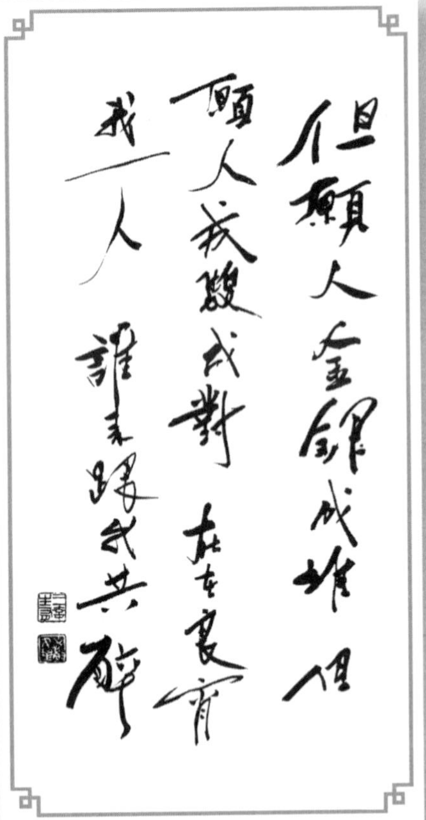

古龍墨寶之十

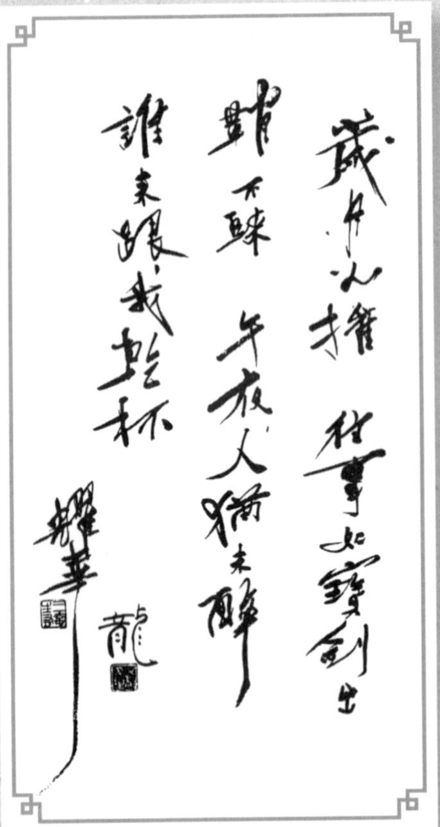

古龍墨寶之十一

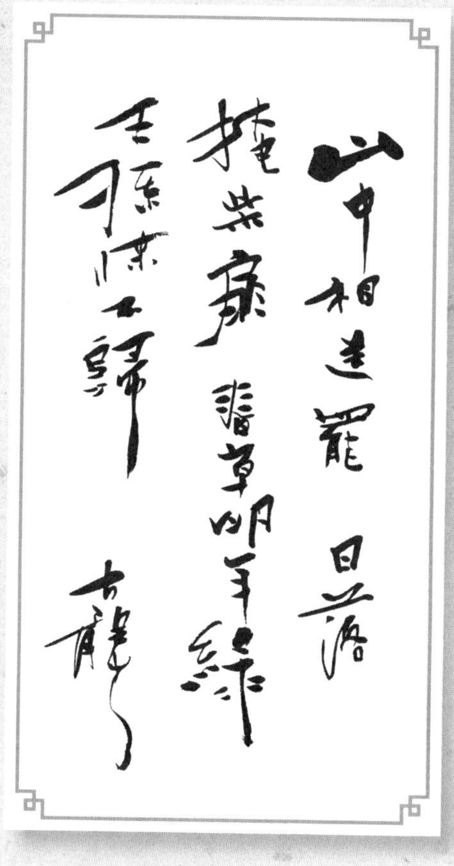

古龍墨寶之十三

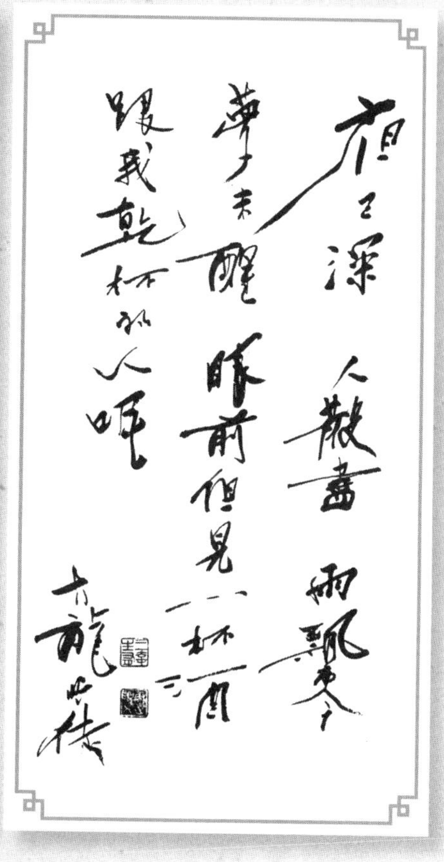

古龍墨寶之十二

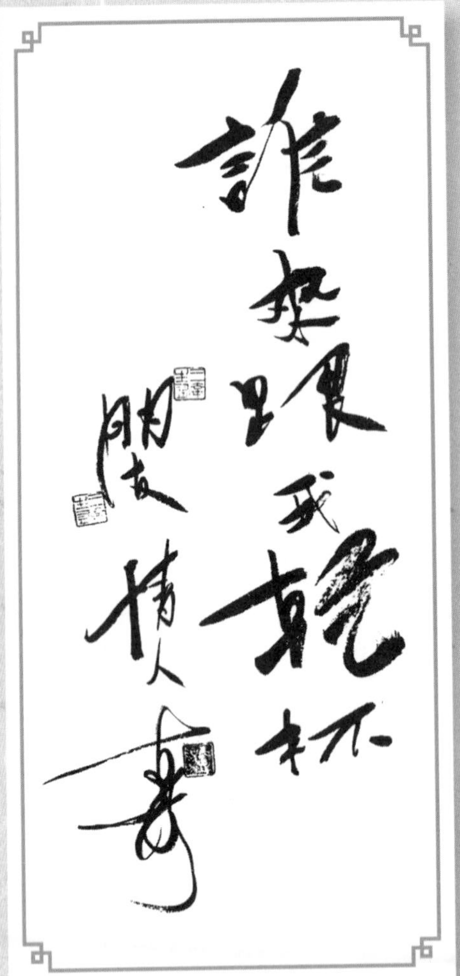

古龍墨寶之十五

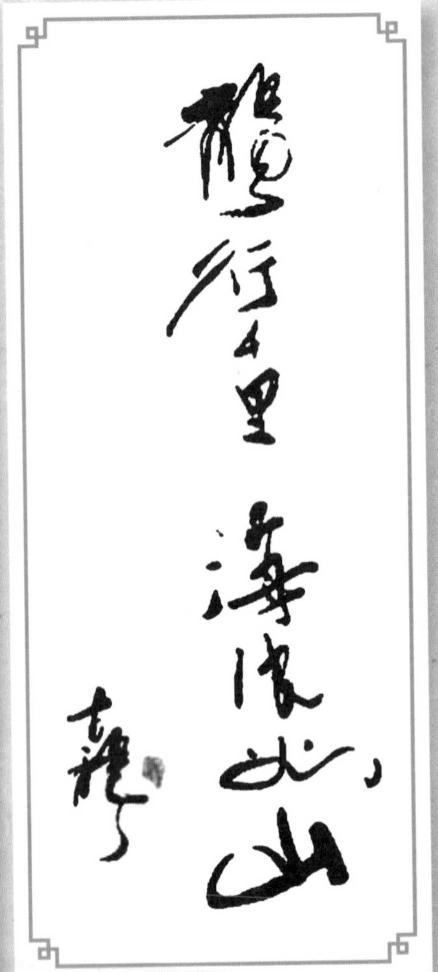

古龍墨寶之十四

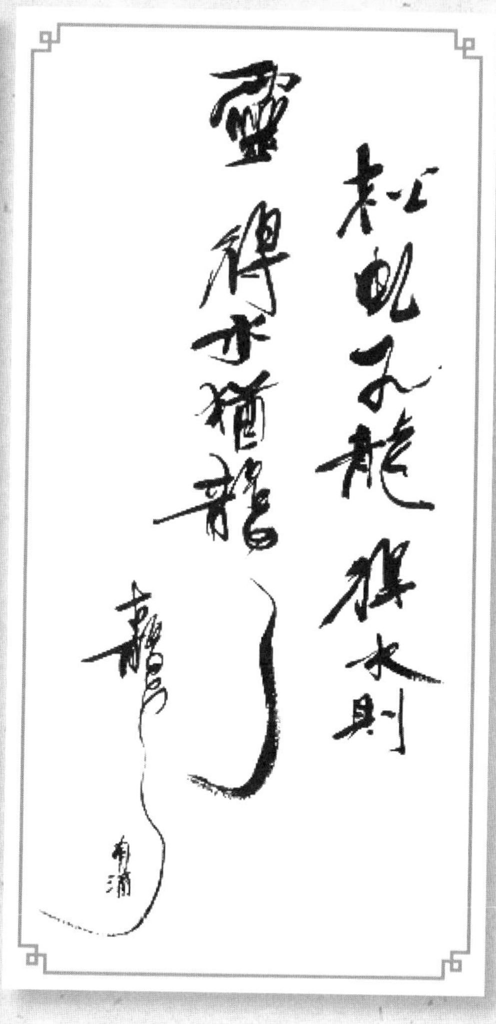

古龍墨寶之十六

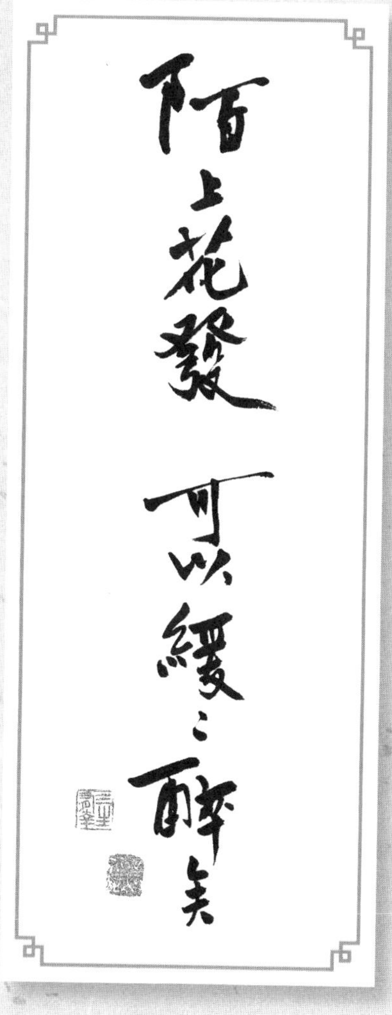

古龍墨寶之十七

古龍墨寶之十八

古龍墨寶之十九

編者序

葫蘆與劍：古龍散文全集的韻味

資深古龍評論家 陳舜儀

一

作爲與金庸並稱的武俠名家，一提起古龍，世人想到的是小說，是電影，絕對不會是散文。可偏偏古龍寫過上百篇的文章，談武俠，談人生，談時事，談情人，談朋友，談回憶。你若是錯過，便要失去從另一視角認識這位大師的機會。

古龍以其大起大落的奇特人生，確保了他人無法複製的精神世界。因此他的散文也一如小說那樣的獨特，不但奇正相生，並且共存著悲愴、憂鬱、冷酷與歡樂、風趣、溫暖等等矛盾的元素，在氣息、節奏的表現上異於常人，所以讀他的文章，能幫助我們更理解他這個人、他的創作和美學觀念，他小說的背景，他的社會關係網，以及浪子之所以成爲浪子的風華年代。

舉個例子，在〈盛宴之餘〉這篇文章裡，當你看見大詩人周棄子居然也是古龍的朋友，同席還有一票的文人墨客，你不由得不嗅出一股濃濃的「民國風」，而且好像也比較能懂得《白玉老虎》那個深邃而風雅的飲食世界了。

二

既然如此，古龍的散文爲何長年以來無人聞問呢？

這首先，當然是他的小說光芒萬丈，遮掩了其他領域的成就；再者，古龍生前作品版權即已非常紊亂，誰也不願意去捅這個馬蜂窩；第三，沒有人系統化地加以整理。所以雖然也曾出現過三部古龍文集，包括過世當年出版的《不是集》（香港玉郎一九八五），還有根據同一文本出版的《誰來跟我乾杯》（天津百花文藝二〇〇二）以及《誰來跟我乾杯？》（臺北風雲時代二〇〇八）。但這些文集收錄的篇數太少，訛誤太多，很難令有識之士滿意，於是我便興起「捨我其誰」的笨念頭。有些事本來就不是聰明人能做出來的，反而是最笨最肯花時間的人，才能做出這些看似沒有明顯利益的事。

約莫在二〇〇八到二〇一〇年間，我調度各種報刊雜誌，並接受一眾俠友幫助，將古龍文章進行了相對完整的蒐集，二〇一二年在中國大陸推出《笑紅塵》。然而我心中頗有遺憾，到底正體字還是大方些，而且經出版社自我審查後，內容與原貌之間產生不小的落差。到了二〇一六年，也就是古龍過世三十週年，機會來了。天地圖書打算出版一系列的武俠名家散文集，其中古龍自然是不可少的。於是我便在香港推出了正體字的古龍文集，內容更精確也更原汁原味，得到不少好評。只可惜天地要的是選集，不是全集；要的是文學閱讀，不要文獻研究，所以有些文章無緣登榜，註解部分也大幅刪除。

幸而今年是古龍冥誕八十週年，風雲時代社長陳曉林先生決定在臺灣出版最新最齊全的古龍文集，看來上天又給了我一次彌補遺憾的機會。有了前車之鑑，這次我兼顧了篇數的齊全和內容的正確。在分類上以一九七四年和一九八〇年爲界分爲三卷，分別以李白的一句詩句爲題——原因沒有別的，只因許多人喜歡以古龍比之詩仙，情性相同，際遇也相同。而晚期刊登在《民生報》上的兩個專欄「不是集」和「臺北的小吃」各爲第四和第五卷。附錄作爲第六卷，收錄了古龍早期的非「散文」創作，包括翻譯、文藝小說和新詩等。

那麼，這部文集該取名甚麼呢？其實在古龍病逝前，曾經動念要出版第一本散文集，連名稱《葫蘆與劍》都想好了，可惜最後未能如願。有鑑於此，我們決定讓書名回到起初的原點。喝一口葫蘆裡的酒，舞一回劍，這畫面饒富韻味，也許你閱讀的時候也可以比照辦理。

謹以本書感謝凌妙顏、讓你飛、顧雪衣、于鵬和許德成諸位俠友，特別是許兄，大力促成歷來三個古龍文集的問世，非常感謝。

代序

念古龍

著名作家 倪匡

古龍去了。

感覺上，像是少了一半，真正一種實實在在的感覺，少了一半，自此之後，和誰喝酒有那麼痛快，和誰縱笑有那麼盡興，和誰談心有那麼多情？

爲他寫了「訃告」！

我們的好朋友古龍，在今年(七十四年)九月廿一日傍晚，離開塵世，返回本來，在人間逗留了四十八年。

本名熊耀華的他，豪氣干雲，俠骨蓋世，才華驚天，浪漫過人。他熱愛朋友，酷嗜醇酒，迷戀美女，渴望快樂。三十年來，以他豐盛無比的創作力，寫出了超過一百部精采絕倫、風行天下的作品，開創武俠小說的新路，是中國武俠小說的一代巨匠。他是他筆下所有多姿多采的英雄人物的綜合。

「人在江湖，身不由己」，如今擺脫了一切羈絆，自此人欠欠人，一了百了，再無拘束，自由翱翔於我們無法了解的另一空間，他的作品則留在人世，讓世人知道曾有那麼出色的一個人，寫下過那麼多好看之極的小說。

未能免俗，為他的遺體，舉行一個他會喜歡的葬禮。時間：七十四年十月八日下午一時，地點：第一殯儀館景行廳。人間無古龍，心中有古龍，請大家來參加。

古龍治喪委員會　謹啟

這樣的訃告，很特別，是不是？但古龍本來就是一個特別之極的人，應該十分適宜的。

關於古龍，以後自然要寫許多許多，但那自然也要在失去了一半的大創傷不再滴血的時候，現在，怎麼寫呢？只好這樣子了。

唉，古龍！古龍！

附註：傳統一點的悼輓方式，是應該有一副輓聯的：

近五十年人間率性縱情惬意江湖不枉此一生

將三百本小說千變萬化載藉浩瀚當可傳千秋

——原載於《不是集》，玉郎出版社，一九八五年十月出版

代序

小憶古龍

著名作家 倪匡

昨日提到掛在「西苑」的古龍書法，事實是古龍寫的字而已，談不上「書法」的。他喜歡寫的是他小說中的名言：「人在江湖，身不由己」，西苑的那幅卻不是，比較罕見。由於他出名，所以也很有趣味。

那張相片，攝於一九六七年，臺北的一家小照相館，一胖一瘦，他在相背面題字，還有「兄瘦如竹」等句。

那次，進那小照相館的目的，起初並不是照相，而是想去問一下，如何可以替光滑的東西拍照而不反光。那位攝影師說有辦法，但又神秘兮兮吞吞吐吐不肯說，彷彿那是天大的秘密，古龍和我反應相同，都覺得十分滑稽可笑，大笑了一場，忽然興起，就拍照留念。

那年，古龍二十九歲。

他那時已寫出了《絕代雙驕》，小魚兒這人物，到如今還是武俠小說中的熱門人物。他寫

《絕代雙驕》是一九六五年，二十七歲。

而在《絕代雙驕》之前，他已經寫了很多很多。他一生究竟寫了多少部小說，一直有人在統計，可是卻很難統計齊全，原因是：實在太多了，形容多，有「不可勝數」之說，他小說之多，就是不可勝數。

時間過得快，三、四十年的事情，回想起來，好像很近，而他去世，也超過二十年了。幾個月前，和他的大兒子在香港見面。他大兒子高大粗壯，是一位警官，擅武術（跆拳道、柔道）曾得過兩次世界警消運動會的冠軍，但不寫小說。而古龍，是只寫小說，而不懂武術。不過他雖然不懂武術，卻很懂打架之道：憑一股勇氣，他說輸贏決定在勇氣。

他將他的這種說法寫在小說中，將武俠小說的氣氛緊逼出來，渲染十分成功。

實際上是否如此？見過他大喝一聲，衝向好幾個人，那好幾個人落荒而逃，的確，是靠勇氣的。

——原文刊載於香港蘋果日報副刊二〇〇八年三月十二日

左為瘦如竹的倪匡
右為古龍

代序

古龍，再現江湖

著名作家・文化評論家 陳曉林

「別人愈不了解他，他愈痛苦，酒喝得也愈多。他的酒喝得愈多，做出來的事也就更怪異，別人也就更不了解他了。」這是古龍在他的《楚留香新傳》的開場白中，用來說明他筆下那位嗜酒如命的人物胡鐵花的一段話。在古龍終於因酗酒傷肝而離開這個世界之後，人們或許將會發現，這段話其實是他內心深處的自白和自剖。

在他生前，古龍為臺港新馬各地的武俠小說讀者，製造了不少英雄偶像，提供了不少消閒趣味。自從他的《流星・蝴蝶・劍》改編電影大為賣座之後，古龍式的武俠影片曾經盛極一時，港版「楚留香」在電視連續劇上的成功，將古龍筆下的人物和情節帶入了極多家庭，更使人們以為古龍已是名利雙收的作家，應該志得意滿了。

其實，古龍一直解不開他內心的困結。他那不足為外人道的童年身世，他與自己親長之間的情怨糾葛，他與異性之間數不完的離合悲歡，他那已經天各一方的妻兒骨肉，他那永不饜足的欲望追逐……，彷彿形成了一個交互加強的「業障輪迴」，使他的心情永遠不得安寧。於是，他狂熱地歌頌友情的可貴，他執著地沉酣於醇酒的世界，試圖藉由友朋環繞的熱鬧，與酒酣耳熱的快感，來紓解他內心的壓力。不幸的是，了解他的朋友不能一直恭維他這種生活方式，不了解他的朋友只有使他更加痛苦；而酒，終究無情地吞噬了他的健康，甚至奪去了他的生命。

但古龍不愧是一個自我要求極端嚴格的作者，他不斷在嘗試突破既有的模式，追求風格的變化，攀登更高的境界。他一直認爲：儘管他的作品已在影劇圈中受到肯定，但他的根柢仍在小說本身。他將寫作武俠小說，視爲他的終身志業，所以他不但要求自己「敬業」，而且自覺要做到「樂業」的地步。

不斷地追求風格的變化，畢竟不是容易達成的事情。雖然古龍已爲武俠小說開創了不少新的技法和導向，甚至已成爲金庸之外最受各界矚目的武俠作家，然而，他仍永不止息地經營他那「新派武俠」的進一步突破與精煉。就這一點而言，古龍的寫作精神是極值得有心人士推重的。當然，他因自我要求過高，或突破成績不如理想時，所感受到的苦悶，也增加了他內心本已負荷過重的壓力。

古龍早期的作品如《蒼穹神劍》、《飄香劍雨》等，文字典雅，情思曲折，但布局與情節尚不夠緊湊生動，到了他二十三歲起寫出一連串新意盎然的作品時，已儼然有「文藝武俠」的意趣。三十歲到四十歲是他寫作的全盛時期，從《武林外史》開始，古龍在人物刻畫與結構舖展上，漸入佳境，《楚留香》、《陸小鳳》兩個系列，風格明朗，造型突出，《七種武器》自成單元，卻又互為呼應。到了《多情劍客無情劍》推出時，古龍的寫作技巧已充分成熟，陽剛而俐落的文字魅力，加上逼真而感性的氣氛烘染，為武俠小說開拓了嶄新的局面。

後期的古龍，則因急於突破自己甫才建立的風格，所以在作品上的表現並不穩定，雖然仍是屢有佳構，但試驗失敗的作品也不鮮見。不過，他在如《大地鷹飛》、《離別鉤》、《英雄無淚》等新作中所表現的氣勢與巧思，確有不少匪夷所思的創意，非他自己全盛時期的作品可比。從今而後，這種「古龍式」的、陽剛而又具詩意之美的武俠小說，恐將成為絕響了。

人們公認古龍是繼金庸之後，為武俠小說締造高潮的天才作者。據我個人所知，金庸對古龍的作品也很推重，甚至早在古龍聲名尚未鵲起之際，金庸即認為古龍作品的過人之處，早晚有一天會獲得讀者的賞識。然而，即使在古龍的全盛時期，他的《天涯．明月．刀》居然還曾在報紙連載時遭到「腰斬」，可見人們對於接受新的技法與新的風格，總落在創作者本人的後面，這恐怕也正是古龍內心極不平靜的另一個原因。

如今，古龍已經離開了這個世界，不再需要忍受「人在江湖，身不由己」的痛苦。一個公平的論斷似乎應該是：他這個人雖然不免引起爭議，他的作品卻自有不容否認的地位與價值——至少，在武俠小說的世界裏，擴而言之，在現代華人文學創作的領域裏。而或許，他那濃得化不開的內心矛盾，與他那永不止息的自我突破，正是使他的作品具有魅力的真正原因所在。

這些年來，作爲他生前煮酒論劍的忘年知交之一，我心中一直想念著他。我認爲，古龍的作品光燄萬丈，其中至少有三十部必將成爲天下後世傳誦的名篇，固不止在武俠文學的範圍內獲得高度評價而已。而古龍對我個人種種相知相惜的情誼，至今憶來，猶自激動胸臆。

這些年來，經過幾番波折，他離散於外的三個親生兒子終於互相認同，並在我的安排下，一起到他墳前拈香祭父。他的作品在海峽兩岸都有了精編的版本；最近，本土有文學研究者以「古龍作品的轉型創新」爲博士論文題目，我還以口試委員身分參與了該論文的評考，見証了古龍作品登上嚴肅學術殿堂的此一里程碑。同時，我也主編了由諸名家導讀、以名畫配襯的《古龍精品集》，已出版八十冊。

「蘭陵美酒鬱金香，玉碗盛來琥珀光，但使主人能醉客，不知何處是他鄉！」這是古龍與我首次喝酒暢敍時朗吟的李白七絕，他背誦了前兩句，見我能立即續誦，遂立即傾蓋如故，引爲知音。

現在，我爲他編這本文集，以紀念當時意氣相投、舉杯相視的情景。

恍惚中，古龍又來到了眼前。驀然回首，古龍走後的浩浩江湖，可真是寂寞如雪啊！

——原載於《古龍　誰來跟我乾杯》，風雲時代出版

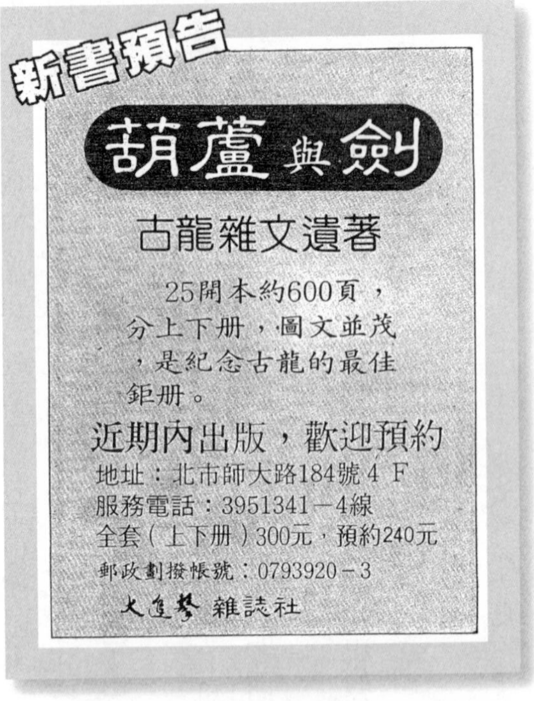
新書預告

葫蘆與劍

古龍雜文遺著

25開本約600頁，分上下册，圖文並茂，是紀念古龍的最佳鉅册。

近期內出版，歡迎預約

地址：北市師大路184號4F

服務電話：3951341－4線

全套（上下册）300元，預約240元

郵政劃撥帳號：0793920－3

大追擊雜誌社

古龍過世前，曾將自己所寫過的散文原稿稿件整理好裝訂成一大冊交給丁情保管，原先預定的書名叫《葫蘆與劍》，計畫分為上下冊交由大追擊雜誌出版。沒想到書還未出版，古龍已逝，雜誌社卻已在雜誌內打上「遺著」先行預告。之後此書仍因故未能在台灣出版。

卷一

欲上青天攬明月

1960–1974

遊俠錄原刊本封面封底

《遊俠錄》附言

刊載於古龍《遊俠錄》第八集末，一九六〇年海光出版

「遊俠錄」這本書是一個嘗試，裡面有些情節承合的地方，是仿效電影「蒙太奇」❶的運用，但是這嘗試成功嗎？

「遊俠錄」結束了，真的結束了嗎？❷

其實放眼天下，又有什麼是成功了的？什麼是結束了的？

---

1 法文"Montage"的音譯，一種藝術領域的拼貼剪輯手法。

2《遊俠錄》共八集，結尾草草收尾，有腰斬之嫌，因此古龍在書末為讀者解惑。

新歲獻辭

本文為研究古龍早期小說創作的重要文獻，形式為駢文，刊載於古龍《飄香劍雨》第六集開頭，一九六一年二月中庸出版、華源經銷

匆匆歲暮，又始新春，倏然一年，彈指間過，所以望者，值此新歲，能爲諸君，稍娛雙目。

蒼穹有七❶，劍毒有四❷，孤星零落❸，書香只一❹，遊俠雖全❺，湘妃未三❻，飄香劍雨，一巴掌矣❼，零零落落，深致歉意，殘金得續❽，神君有別❾，稍強人意，諸書都全，才對得起，新的一年，加工加急，讀者諸君，恭賀新禧，古龍拜年。

1處女作《蒼穹神劍》至一九六一年初只出版七集，其後第一出版社請正陽續寫後七集，其面貌與今本相去甚遠。

2《劍毒梅香》古龍只交出四集便斷稿，清華出版社被迫請上官鼎續寫後十一集，並於一九六〇年十二月起陸續出版。未幾古龍上承前四集劇情，於一九六一年二月交由華源出版社另行推出《神君別傳》，與上官鼎互別矛頭。

3當時《孤星傳》只完成第一集，所以稱「孤星零落」。

4《劍氣書香》古龍只完成一集，真善美出版社另請陳非續寫後七集。

5《遊俠錄》是唯一在一九六〇年殺青的古龍小說。

6指《湘妃劍》當時還沒有出版到第三集。

7一巴掌，指《飄香劍雨》當時才出版五集而已。

8疑《殘金缺玉》於報刊連載時一度斷稿，期間疑由他人代筆，即今本第六章〈謎一樣的人〉，自「看官，你道程垓所見的道士」至「霍老爹，你救活了我，我怎樣謝你才好？」約三千三百五十字。

9《神君別傳》乃《劍毒梅香》主角七妙神君之別傳，全書僅十一章且未完成。

武俠小說的創作與批評

刊載於一九六一年八月二十日《大華晚報》第三版，同版另有諸葛青雲〈賣瓜者言〉、司馬翎〈展望武俠小說新趨勢〉、臥龍生〈武俠小說的前途〉和惆悵客（胡正群）〈外行人語〉等相關文章

武俠小說，不可否認的，有許多人提起它來，會搖搖頭說：「我不看這類東西！」這正如另一些人提到其他作品時，也會輕輕地皺一皺眉頭說：「我不看這類東西！」一樣。任何一種小說，都擁有它的讀者，小說之能有讀者，也自有它存在的因素，我相信無論是誰，只要他選擇了寫作為「職業」，目的總是冀求自己的作品能有讀者，能夠使看完自己作品的人，對於真與偽、善與惡、美與醜，有更明確的分判與認識。那麼他縱然是為生活而寫作，但他對社會人心，也就算是有所貢獻了。

近年來，武俠小說的興起，我不敢說是因為其他文藝作品的貧乏，更不敢說是因為武俠小說本身的充實，但我確知，通俗文學的興起，在任何一個國家都是必然的事，因為讀者有權選擇自己喜愛的作品，他如選擇了以闡揚忠義、針對邪惡為主的武俠小說，又何足以為怪？

作爲一個武俠小說的作者，其內心的辛酸苦辣，是很難以爲人瞭解的，他得留意選擇自己寫作的故事，既不能流於荒謬，更不能失之枯燥。敘事選擇得要不離主題，人物創造的要極不平凡，寫兒女纏綿之情，唯恐稍帶猥褻，寫英雄白刃之鬥，更恐失之殘暴。因爲社會的限制是那麼嚴格，而讀者的要求，卻又日漸其高。

但是，武俠小說寫作者的環境，卻是不同於「袖珍讀物」之在美國，推理小說之在日本——這兩種都是美、日當今最流行的讀物——更不同於任何一本文藝巨作的創作。參考資料的缺乏❶，使得它寫作困難，再加上寫作的過度，以及生活的需求，使得它根本無法經過多次的考慮及修正❷，於是武俠小說本已受到種種限制的寫作環境，就變得更加狹窄，這卻不是一般人所想像得到的。

當然，武俠小說中，也有一些主題含糊不明的作品，這也正如別種小說也有良莠不齊的蕪亂現象一樣，因此我們非常冀求社會的批評，我記得一句話，是說：「真正的創作的活躍時代，是由批評的活躍時代爲前導的。」批評可以改正作品的混亂，提高寫作的水準，更可以啓發讀者的閱讀能力。批評之與寫作，本是休戚相關的事，我站在作者的立場，該是歡迎批評指教的！

1資料缺乏，是因為前人作品被查禁。一九五九年底，臺灣實施「暴雨專案」，查禁「舊派」及香港「左派」武俠小說，目的是為了遏止「為匪宣傳」及「盜印猖獗」。一九六〇年二月十七日，各大報同時刊出臺北市警察局查扣武俠小說四萬八千多本的消息，並且同聲指斥「內容荒謬下流」、「統戰」；到了十九日，冊數已達八萬多本。十八日中央日報第四版則借文藝作家之口指名金庸《射鵰英雄傳》、《碧血劍》等小說在香港左派的《商報》上連載，而其盜印本亦在臺灣民間流傳。諷刺的是，查禁政策導致市場的供需失衡，反而促成了本地作者崛起並大量生產新作，連中央日報都在一九六〇年屈服於讀者壓力，開始連載起武俠小說。

2屠龍生〈談武俠小說諸名作家〉提及臥龍生、司馬翎自言每天都有幾百個人物在腦子裡砍殺，「他不能停筆，因為編者和讀者非叫他砍殺下去不可！」見一九六七年六月四日經濟日報第七版。又古龍〈一個作家的成長與轉變〉：「為了要吃飯、喝酒、坐車、交女友、看電影、住房子，只要能寫出一點東西來，就要馬不停蹄的拿去換錢」。

《劍玄錄》更名啓事

刊載於《劍玄錄》第十一集末，一九六五年華源出版，作者掛名古龍而實為溫玉

「劍玄錄」這書名是我在五年前取的，當時我也曾有寫這本書構思❶，但後來因爲太忙而未曾動筆，實在是因爲太懶，就藉太忙的理由而寬恕了自己，於是過了五年，華源書局的芮發行人❷居然還未忘記這書名，這構思，而他的賢公子小芮先生，就執筆代我寫了這本書❸，承蒙他們看得起，還用了我那根本不響亮的名字「古龍」。

小芮先生是聰明而多學的青年，他寫得實在比我好，我不敢掠美，最主要的是，我想「一個文采如此瑰麗，立意如此新奇的作家，本應該有他自己的聲名。」於是我便向芮發行人建議，「何不用他自己的新名字，創他自己的新事業？」於是「劍玄錄」從第十一集起，就卸下我那塊老招牌了❹，但新招牌呢？又承芮發行人瞧得起，要我爲他的公子起個筆名，起個響亮的筆名可不是件容易的事，但盛情難卻，我只有勉力爲之，我想了許久，突然想起，「諄諄君

子，溫良如玉」這句話，我想就用「溫玉」這兩個字，送給我們博學多才的小芮公子。

古龍 啟

1 一九六〇至一九六一年間，四維出版社多次刊出《劍玄錄》的新書廣告，但古龍「後來因為太忙而未曾動筆」。

2 芮金源。一九八〇至九〇年代曾任臺北市松山區中華里里長。

3 《劍玄錄》的主角姓芮，間接印證真正的作者是這位「小芮先生」——溫玉。溫玉可能還寫了《飄泊英雄傳》、《飄香劍雨續集》等古龍偽作，前者絕大部分抄襲金庸的《素心劍》（連城訣）。

4 第十一集內頁改為「溫玉著」，但封面仍然標「古龍著」。

《鐵血傳奇》前言

刊載於《鐵血傳奇》第一集，一九六七年三月真善美出版

——自古以來，每一代都有他們的傳奇英雄、傳奇故事。這些英雄的聲名與精神永遠不死，這些故事的刺激與趣味，也永遠存在——

蝙蝠公子、畫眉鳥、血衣人、石觀音❶……以及「盜帥」楚留香，這些人正都是亂世武林中的傳奇人物，每個人正都帶有濃厚的傳奇色彩。這些人不但在他們自己的時代裡創造了歷史，而且也爲後世武林開拓了新局面，他們的事蹟，直至千百年後，猶可令人熱血奔騰，熱淚滿腮。

當時的武林，動盪而不安，每一年，每一月，甚至每一日，都會發生些激勵人心的故事，這些故事或恐怖，或離奇，或緊張，或冶艷，卻幾乎都是圍繞著這些人物發生的，是以每一

故事，乍看雖有它們的獨立性，但有了這些相同的人物貫穿其間，每一故事便都微妙地連繫起來；正如一根長線，貫穿起許多粒多采的珍珠一般。

如今，爲了紀念那些精神永遠不死的人物，我便要寫下他們那些趣味永遠存在的故事，並且盡力將這些故事，連綴成一部瑰麗而奇詭的傳奇史篇。

古龍

一九六七、三、二十九於臺北

1本段證明「鐵血傳奇」原初的構想涵蓋血衣人和蝙蝠公子，即今楚留香系列故事之四「借屍還魂」、之五「蝙蝠傳奇」，佐證是新加坡《南洋商報》連載《鐵血傳奇》時也包括「借屍還魂」。換言之，「鐵血傳奇」原為全系列的總名，但古龍與真善美的合作關係只至前三部「血海飄香」、「大沙漠」、「畫眉鳥」，之四至之六「桃花傳奇」改由春秋出版，另名《俠名留香》（一九六九至一九七二），「鐵血傳奇」一名遂因著作權問題而限縮為真善美專屬書名。一九七七年華新新版將《鐵血傳奇》更名《楚留香傳奇》並刪除〈前言〉，次年漢麟本亦將《俠名留香》更名《楚留香傳奇續集》。此後，一九七九年系列之七的「新月傳奇」和一九八二年系列之八的「午夜蘭花」出版時號稱「楚留香新傳」。

我的朋友倪匡

原文刊載於《鐵血傳奇》初版廣告頁

「我的朋友胡適之」這句話，幾乎已成了句成語，那是說一個人假另一人的成就和名聲而自誇自耀，現在我說：「我的朋友倪匡」，也正是如此，無論誰認識他，都會覺得是件值得自傲的事。

「倪匡」❶是我所知道的最鋒利的一枝筆，而且正如梁任公「筆端常帶情感」，他不但能寫令共匪膽寒股慄的社論，令情人們擁抱流淚的詩，而且雜文、影評、劇本、小說，無所不能。他用「魏力」這筆名寫的「女黑俠木蘭花」小說和電影，都早已瘋靡東南亞，現在正被人津津樂道，轟動一時的「獨臂刀」劇本和故事，也正是他和名導演「張徹」合力完成的。只可惜他的武俠小說，雖早已在港澳南洋和歐美等國風行一時，我們臺灣讀者卻還沒有眼福看到。

現在，這遺憾終於由「真善美出版社」來彌補了，「倪匡」令人著迷的武俠小說，終於就快要和我們見面。這實在是可賀可喜，我相信有鑑賞力的讀者們，一定不會錯過這機會的。

第一部是「紅塵白刃」，請讀者諸君拭目以待之。

1本名倪聰，一九三五年生於上海。因政治理念，一九五七年由內蒙古轉進香港，成為戰後最多產的華文作家，其中以科幻小說最負盛名。筆名有衛斯理、沙翁、岳川、魏力、衣其、洪新、危龍等。一九六五年主編《武俠與歷史》時向古龍邀稿，從此結為莫逆之交。

寫在《紅塵白刃》前

刊載於倪匡《紅塵白刃》第一集，一九六八年五月真善美出版。各家文集收錄時失其本名，改題〈談倪匡小說〉。又古龍《浣花洗劍錄》（一九六四至一九六六）在香港《新報》連載時亦名為《紅塵白刃》，為避免讀者混淆，特此說明

寫武俠小說的人，通常本來都是武俠小說迷，我也正是如此，從開始看武俠小說到現在，算來已有二十年了，前面十幾年只是看，後面六七年，不但看，而且還寫，寫的雖不大怎麼樣，看的資格總不算淺了，一本小說是好是壞，我總還能看得出來。

有的小說能令人看之後熱血奔騰，甚至熱淚滿腮，有的小說卻令人一看就想睡覺——後面的一種雖可以代替安眠藥，我卻寧可失眠，也不願拜讀這樣的大作。遺憾的是，要寫出一本令人感動，令人著迷的小說來，並不是件容易事，那不但要有才能，有技巧，還要有敏銳的觸覺，豐富的情感，生動的想像力……這樣的人實在並不太多，但也並非完全沒有，昔年❶的名家不說，能令人一看他們的小說，就捨不得放手的人，至少有六個。

鄭證因的蒼勁嚴謹，朱貞木的奇情綺麗，王度廬的清雅婉約，徐春羽❷的鄉土風味，白羽

的平實精密，以及還珠樓主的空靈博大，多姿多采，就全都是令人百看不厭，蕩氣迴腸的。

能將這六個人的長處都融合在一齊的人，寫出來的小說豈非更了不起麼？只可惜這樣的人到目前爲止，還沒有生出來，能將這其中兩三個人的長處合而爲一的人，據我所知，也不過只有一個。

這一個就是「倪匡」。

他寫的小說縱橫開闊，有還珠的氣勢，朱貞木的綺麗，王度廬的清雅。只不過他的佈局更奇秘，更詭異，他的寫法更新。當然，他的小說也並非沒有缺點，但我相信，看過他小說的人，都不會記得這些缺點的，這正是如大家若能見到捧心西施，只覺其美，還有誰會記得她有心臟病呢？

倪匡寫的武俠書，在港九以及東南亞歐美各地，已享譽多年，在臺灣出版單行本，還是第一次。

1「昔年」指清代以前，因為本文提及的「六個人」都是民國二三十年代的武俠名家。

2在古龍後來的文章中，徐春羽的地位比不上其他五人。〈關於武俠〉（一九七七）：「寫《碧血鴛鴦》的徐春羽，雖然也擁有很多讀者，但比起他們來，就未免稍遜一籌了。」

此「茶」難喝——小說武俠小說

刊載於一九六八年七月《文化旗》第九號，題目「此茶難喝」與童世璋的「粗茶集」一名針鋒相對。本文是古龍早期的筆戰文章，從中可以窺見西方小說對他的深厚影響。文章中特意列舉多部西方經典，證明即使「負面題材」也能創造出文學價值，武俠小說也不例外

客觀說來，武俠小說之遭人非議，的確有其不可避免的原因，雖然作為一個武俠小說的作者，已很難保持客觀的立場，但我也認為武俠小說的確有許多無法否認的缺點，正如世上大多數其他種類的小說一樣。

但非議武俠小說的人，他們的看法是否也能保持客觀而公正呢？

有人說：武俠小說中的人物大多被描寫得太殘酷，邪惡，變態，嚴重的損害了世道人心！

這種評論，實在不值識者之一笑，因為邪惡的人物，正如善良的人物一樣，是任何一部小說中都不可缺少的，只有用邪惡來襯托著善良，才能使善良顯得更高貴。

約翰・斯坦貝克曾經在他的小說中刻劃過各式各樣邪惡的人物，他的第一部小說「金杯」

中的主角亨利毛幹，竟爲了一個女人而屠城，幾乎已可說是「罪惡的化身」，在「天堂報國」中，曾經描述過有縱火狂的賈美龍小姐，在「薄餅坪」中，也曾寫過一羣毫無羞恥的流浪漢，隨時誘姦女人，打架坐牢，他對惡人的描寫，無疑比武俠小說深刻得多，也生動得多，但又有誰能說他的小說「損害世道人心」？

也有人說，武俠小說的故事太荒誕，不合理，甚至有淫猥。

不錯，武俠小說中所描寫的「武功」，用科學的眼光看來，的確很不合理，但浮士德故事中的「魔鬼」合理麼？聊齋誌異中的「仙狐」合理麼？我們爲什麼不能將它也看成是一種寓言式的假託？爲什麼定要對它偏加苛責？何況，世上本就有一些神秘而不可思議的事存在，誰也無法解釋，但誰也不能否認！

小說不是說教，更不是聖經，小說中必須包括各種各類不同的故事，斯丹達爾的「紅與黑」，整本書中幾乎都是在描寫一個少年引誘他朋友妻子的心理過程，奧國現代最偉大的小說家之一拿撒奈・韋斯特，在他最後一本小說「蝗蟲之日」中，也曾很用力的去描寫一個女人一步步裸露的經過，從她穿著一套綠綢睡衣開始，直到她一絲不掛爲止。哈羅・魯賓斯的「江湖男女」，「情歸何處」中，更充滿了暴力與性愛，至於勞倫斯的「查泰萊夫人之情人」和前幾年轟動一時的「查普曼報告」，「北回歸線」，就和中國的「西廂記」和「金瓶梅」一樣，但我們又有誰能否認它們的文學價值？

我們不能也不必期望每一本小說都和「小婦人」，「總主教之死」一樣純樸，假如世上所有的小說家都和「阿爾珂德」，和「維拉凱瑟」一樣，那種情形就真值得悲哀了。

還有人說，武俠小說的作者素質太低，甚至有人曾描寫一個澡堂小廝成爲武俠小說作者的經過，而引爲笑談。

其實這種想法才是可笑的，沒有一個人是天生的作家，也沒有一個人天生就註定不能成作家，只要他的條件夠，一個澡堂小廝非但可以寫武俠小說，也可以寫社論，我們只能爲他喝采。

當然，武俠小說作家中的確有一些不夠水準的，但這也正如「文藝小說」的作家一樣，我們固然看過許多很可笑的武俠小說，但文藝小說中令人可笑復可悲的也有不少。

最妙的是，最近一期「皇冠」上童世璋先生所發表的「宏論」，童先生自稱曾經「研究偏嗜武俠影片及武俠小說的人的心理」，然後歸納出兩個結論：「正常的原因」，是看武俠小說「根本不必用大腦」；「而反常的心理變態都極爲複雜」（註一），童先生將這些「複雜的原因」歸納成八項。

這八項原因寫出來真是堂堂皇皇，用的句子更是「複雜」得令人嘆爲觀止。其一，「可以視爲消滅卑遜情緒而求得一種超乎一切的卓越情緒與卓越感覺的嘗試」，我若非知道這是童先生的大作，幾乎要認爲這是一個初學英文的學生，從一篇艱澀的英文中翻譯出來的。

童先生的其二，是：「逃避現實——至少是暫時的」，「藉此得與外界隔離」；其三是：「希望臨時脫離實際的世界而度著一種想像或回復的生活」；其四是：「殘殺直覺不喜歡的人，恢復到原始的狀態」；其五是：「從那裡獲得一種意識上的，或由自己某種痛苦的自由與特權，代替必不可得的幻想」；其六是：「長久沉迂，可以產生一種『消極迫力』」；其七是「『消極迫力』具有反抗性質」；其八是：「不過祇想將自己寫貧爲富，寫弱爲強」（註二）

假定真有人能看得懂童先生這些「複雜」的偉論，恐怕也沒有能說出這八點偉論在基本上有什麼不同？

童先生說來說去，想說明的只不過是說看武俠小說的人，都在逃避現實而已，他能將「逃避現實──至少是暫時的──」和「希望『臨時』脫離實際的世界」這兩句話，寫成兩項不同的原因，實在令人佩服──至少「臨時」和「暫時」這兩句詞，總有一個字不同呀！

最令人佩服得五體投地的是，童先生竟能將簡簡單單的一句話，推演成洋洋灑灑的八項偉論，我們自然不相信童先生這是在自壯聲勢，更不相信這是在騙稿費，塞篇幅，但我們又怎能相信文學修養深之如童先生者，會寫得出這種話來。

這只怕是童先生到中華商場三樓的理髮店去理髮，被那些理髮小姐的「文藝氣息」燻醉了吧。（註三）

我們要請教童先生的是：

武俠小說中固然有許多描寫邪惡的文字──這原因已在前面說過──但武俠小說中難道就沒有一些教忠教孝，發揚正教的文字麼？「俠以武犯禁」，固然爲史所筆誅，但「有所不爲，有所必爲，一語千金，至死無悔」，這種精神豈非正是我們這個時代所需要的，儒家的「中庸之道」，固然值得尊敬，但墨家「赴湯蹈火」的精神，難道就不值得尊敬麼？

這難道是在鼓勵讀者逃避現實！

武俠小說所強調的是：「殺人者死，」是「善有善報，惡有惡報」，這難道是在鼓勵讀者爲非作歹，「殘殺直覺不喜歡的人」？

武俠小說中難道就沒有一些動人的故事，曲折的情節，感人的場面，有性格的人物？

假如看武俠小說「根本不必用大腦」，那麼看什麼小說才需要用大腦呢？是不是看童先生「吃的文化」？就因爲童先生含以上海話將東西寫成「麥思」，用廣東話將看聽寫成「埋單」，就因爲童先生「每回憶一家大陸上有名的菜館味，口水就會流下幾滴」，童先生這自然「並非貪吃，而是懷舊」，但懷舊時居然會流口水，這倒也少見得很。（註四）

武俠小說絕不是無可非議，十全十美的，但誰也不能否認它是許多種小說中之一種，而且有它的讀者。

三十年代的偉大作家史谷脫・費斯傑羅❶曾說過：「戲劇性小說的規則，與哲學性心理小說不同，前者是一種著重投巧的作品，後者則是一種信仰的目的」。

武俠小說，正也是一種戲劇性的小說，我們不能因爲他選擇的人物和背景不同，就對它有了先入爲主的偏見，這正如任何人都不能輕視南宮搏❷先生「替古人創新意」的歷史故事，而將之詆毀爲「脫古人的褲子」；也不能輕視瓊瑤❸女士描寫各種奇思戀情的小說——雖然瓊瑤女士對「武俠小說」的看法已不是「輕視」這兩個字所能形容。

我們希望公平的批評，以作爲改正的借鏡，我們希望對武俠小說評論的態度是「指正」，而不是「消滅」。

我們希望批評武俠小說的人，至少先看看武俠小說。

六月三十日黎明

「註一」：括弧內都是童先生的原句，見「粗茶集」。

「註二」：這些只不過是童先生八項偉論中之一部分，為了不願令人太「費大腦」，所以並沒有將之完全照抄。

「註三」：這是童先生在大作粗茶集「吃的文化」，一個呼籲中的「故事」。

「註四」：這些也是童先生的原文原句，一字未易。

1 Francis Scott Key Fitzgerald（一八九六至一九四〇），美國小說家，代表作為《大亨小傳》。

2 原文誤作「南宮博」。南宮搏，本名馬彬（一九二四至一九八三），香港的歷史小說家，曾與高陽齊名。有些人批評他的作品不重考據且帶有情色意味。

3 瓊瑤是《皇冠》的臺柱，古龍在此特意提及。

製片？製騙？——且說武俠電影

刊載於一九六八年八月《文化旗》第十號。文章重在揭發某些武俠電影「製片家」的惡行，但對於「健康寫實」路線的反動也是很值得注意的

一部能娛樂別人，能令人愉快的電影，永遠是有益的。因爲「娛樂」本是人類活動中不可缺少的一環，而且是極重要的一環。一個身心愉快的人，才能算是真正健全的人。一個國家中的人若都是愉快的，這個國家必定富強興盛，電影若能令人愉快，就已盡了它應盡的責任。

電影正也和小說一樣，絕不是說教，人們走進電影院的心情，也絕對和走入課室和教室時不同，他希望能看到的是一部能令自己生活調劑，生活愉快的影片，有時甚至希望去流一流眼淚，以求發洩，一個電影製片家若不能幫助觀眾達到這目的，他就要失敗。

可是觀眾的素質有高低，趣味也不同，所以電影製片家必須尋找各種各類不同的素材，以迎合觀眾，因爲沒有觀眾就沒有電影，沒有人能強迫觀眾去看一部他不喜歡的電影。

費里尼有權拍「八又二分之一」❶，觀眾也有權不看，我們絕不能期望所有的觀眾都接受

這類型影片，正如燕窩雖比肉珍貴，但有些人卻偏偏不吃燕窩，那麼，在他們眼中，燕窩的價值就根本不值一文，有些外國人甚至還將「吃鳥做的窩」這件事引爲奇談。

我們必須明瞭電影公司是一種商業機構，既不是學校，也不是浸信會，假如觀眾的興趣在武俠電影，我們就不能強迫他走「健康寫實」的路線，因爲「殺頭的生意有人做，賠本的生意卻沒人做」，何況，什麼才叫做「健康寫實」呢？難道一定要描寫一群人養鴨子才算健康，一定要描寫一群被生活煎熬，爲生活掙扎的人才算寫實？❷

這類型電影本是第二次世界大戰後的義大利導演們所興起的，因爲那時義大利的社會情況的確是如此，但是現在這類素材也早已被義大利的製片與導演所摒棄，我們雖不能否認它的價值，但也不必將之奉爲經典。

只要武俠電影能啓發人性，令人愉快，我們就可以拍武俠電影，我們絕不能因爲它是一部「武俠電影」，就完全否定它的價值。

因爲武俠電影的本身並沒有問題，有問題的只是一些「有問題的武俠電影」。

這些「問題電影」是從哪裡來的呢？我認爲最大的原因，是有些所謂「製片家」，做了粥鍋裡的老鼠屎。

因爲這些「製片家」的心目中，根本就沒有觀眾，他拍出的電影，根本不管是否能使觀眾愉快，因爲他只要拍出一部電影，就已經達到他的目的——「賺錢」，至於這部影片是好是壞，他已完全不放在心上。

我們可以將這種事說得更詳細些：

譬如說，某人是位「製片家」，但自己卻不名一文，於是他就憑著他的兩片嘴皮，說動了星馬的影片商，付給他一百萬（十五萬港幣），買了星馬和香港地區的版權，又說動了臺灣的影片商，付給他一百萬，買了他臺灣的版權，這兩百萬就是他的資本，他若能只花一百五十萬，就拍成一部電影，那麼他就可以刁著大雪茄，蹺著二郎腿，坐在高級夜總會裡享他的清福了。

他非但可以不管這部影片拍得是好是壞，甚至這部影片是否受觀眾歡迎，他也可不聞不問，因爲這部影片就算拍得再好，就算賺進一千萬，他也再不能到手一文，這部電影就算賠光，也和他全無關係，他賺進的五十萬，反正再也不會飛出去。

在這種情況下，他自然不會再選擇好的素材，好的故事，好的導演，因爲凡是好的東西，就一定是要多花錢的，而他卻一心只想撙節成本。爲了還想拍下一部電影，他只有以不合情理的殘酷，流血場面來爭取某一部份觀眾。

這些「製片家」們，自然和那些以電影爲事業的製片家不同，因爲他製的是「騙」，而不是「片」，我們若要提高武俠電影的水準，就一定要扼斷這些「制騙家」的咽喉，切斷他的血脈，令他們不能活動。

除此之外，我們還希望成功的編劇和導演們，能認清一件事，那就是：電影的觀眾，並不如他們想像中那麼喜歡流血。

大多數人去看「金燕子」❸是爲了看王羽❹的英俊矯健，羅烈❺的沉穩慓悍，鄭佩佩❻的嫵媚明艷，是爲了去看王羽和羅烈爲誰對峙時，那種扣人心弦的氣氛，以及他們和鄭佩佩之間，那種欲說還休，猶有回味的情意；並不是爲了去看那些殺進殺出，血流成渠的場面。

在大多數觀眾心目中，流血、打鬥的場面若太冗長，反而會變得枯燥無味——「大刺客」❼中最後一場殺伐若能減短些，故事豈非就更合理？

我們只希望看王羽的情感流露出來，並不希望看他的「腸子」流出來，假如武俠電影能將氣氛製造得更感人，故事推動得更緊湊，主題刻畫得更嚴正。我相信它一定會有更多的觀眾。

---

1 Federico Fellini（一九二〇至一九九三），義大利電影導演，五度獲得奧斯卡金像獎，兩次威尼斯銀獅獎和一次坎城金棕櫚獎。"Otto e Mezzo"（8½）獲得一九六三年奧斯卡最佳外語片及最佳服裝設計獎。

2 中影公司仿效義大利新現實主義，提出健康寫實主義，代表作有《蚵女》（一九六三）和《養鴨人家》（一九六四）。導演李行和參與製作的白景瑞都是古龍中學時代的師長，其中白景瑞是留學義大利的電影博士。

3 一九六八年張徹導演、邵氏出品的武俠片，由鄭佩佩飾演「金燕子」謝如燕，王羽飾演銀鵬，羅烈飾演韓滔。

4 本名王正權（一九四三—），武俠片巨星，代表作是《獨臂刀》。他的另一個身分是竹聯幫的成員。據其自述，國民黨曾透過情報單位，要他暗殺黨外人士許信良。

5 本名王立達（一九三八至二〇〇二），香港動作片明星。《天下第一拳》（一九七二）是香港首部在美國院線上映的電影，羅烈在片中相當搶眼。同年年底，古龍開始連載《絕不低頭》，男主角之一也取名羅烈。

6 鄭佩佩（一九四六—），香港武俠片女星，俠女形象深植人心。中年以後在周星馳電影《唐伯虎點秋香》（一九九三）、李安電影《臥虎藏龍》（二〇〇〇）中仍有精采表現。

7 一九六七年張徹導演、邵氏出品的武俠片，由王羽和焦姣主演。

為我們的「搖籃」，齊來飲一杯

刊載於一九六九年八月九日香港《武俠世界》第五二〇期，為武俠名家「賀武俠世界十週年紀念獻詞」的其中一篇。古龍以故事代替散文，行文之間嘻笑怒罵、群俠亂舞，初試了後世「群俠體」的啼聲

話說這日天氣晴朗，艷陽高照，沈浪、鐵中棠、雲錚、展夢白、李尋歡、阿飛、方寶玉等人動了遊興，一齊來到香港上環❶，但見紅男綠女，熙來攘往，真個是花花世界，眾英雄莫不興高采烈。

突見前面劍氣沖天，掌風呼嘯，卻原來是熊貓兒、王憐花、燕南天、藍大先生不知爲了何故，正在那裡捉對兒廝殺，沈浪、李尋歡等人一見，當下趕上前去，紛紛勸解：「今天大好日子，各位爲何不去道賀，卻在這裡相打？」

燕南天等人當下住了手，齊聲道：「今天是什麼好日子？」

李尋歡笑道：「今日是武俠世界十週年紀念日，我等正要前去擾他幾杯，各位可願共去一醉？」

燕南天等人一拍頭頂，「哎呀」一聲，不禁齊聲道：「如非李兄提醒，我等竟然險些忘了，羅社長❷若是怪罪下來，怎生是好。」

於是大家一齊罷戰休兵，攜手前往，走不多久，已可遙見環球大廈高高矗立，直與天際，金碧輝煌，不可方物，門前更是衣香鬢影，冠蓋雲集，車水馬龍，川流不息，好不熱鬧，眾英雄齊心的喝了聲采，歡呼道：「這就是我們的搖籃。❸」

1《武俠世界》的母體「環球出版社」位於上環新街上的環球大廈。

2指環球出版社、新系集團的創辦人羅斌。羅氏生於澳門，長於上海，年輕時曾在香港唸書。先是，羅斌在上海創辦環球，發行《藍皮書》等刊物；一九五一年二十七歲時轉進香港，陸續開辦《藍皮書》、《武俠世界》、《新報》、《新電視》等十餘種報刊，成為媒體、娛樂界的大亨。

3本文中的群俠出自《怒劍狂花》（情人箭）、《大旗英烈傳》（大旗英雄傳）、《紅塵白刃》（浣花洗劍錄）、《風雪會中州》（武林外史）、《絕代雙驕》和《多情劍客無情劍》等作品，幾乎都在《武俠世界》連載或由環球出版。

《鐵胆大俠魂》前言

刊載於一九七〇年三月五日香港《武俠春秋》第五期封二（封面頁的背面）

《多情劍客無情劍》雖已結束了❶，但李尋歡、阿飛、林詩音、林仙兒，他們之間卻仍有許多動人的故事，尤其是李尋歡，他的命運更令人關心，因爲他那種偉大的人格，已永遠活在人心裡。所以我現在再寫《鐵胆大俠魂》，讓關心他們的讀者能完整地看到他們多姿多采、可歌可泣的一生。

古龍

1古龍於香港《武俠世界》連載《多情劍客無情劍》至一九六九年十二月，並集結而為武林本；其結尾止於阿飛步出少林寺後，面對誅殺林仙兒與否的兩難。一九七〇年三月至一九七一年二月又於《武俠春秋》連載續集（下部），另名《鐵胆大俠魂》。臺灣方面則於一九六九年五月至一九七一年二月由春秋統一出版，名為《多情劍客無情劍》，分九十章；其中第廿六章即前述《鐵胆大俠魂》的開頭，出版於一九六九年十月，早於港版。由此看來，分為兩部份並分別命名，乃是基於在香港兩大武俠刊物上分別連載，原先的架構只是一部《多情劍客無情劍》而已。一九七七年古龍發表於香港《大成》月刊上的〈關於「武俠」〉仍提及「鐵胆大俠魂」，但到了一九七八年，連武林本也宗法春秋本而改名，結束了港版「一分為二」的現象，古龍也不再提起「鐵胆大俠魂」這個名詞了。

寫在《蕭十一郎》之後

刊載於一九七〇年六月十二日香港《武俠春秋》第廿八期。同年七月更名〈寫在蕭十一郎之前〉，刊載於春秋本《蕭十一郎》第一集。數年後，漢麟本又在春秋本的基礎上進行修訂

寫劇本和寫小說，在基本上的原則是相同的，但在技巧上卻不一樣，小說可以用文字來表達思想，劇本的表達卻只能限於言語和動作❶，因爲劇本的最大功能是爲了要「演出」，一定會受到很多限制。

一個具有的相當水準的劇本，也應具有相當的「可讀性」，所以蕭伯納、易卜生、莎士比亞、甚至徐訏❷……這些名家的劇本，不但是「名劇」，也是「名著」。

但在通常的一般情況下，都是先有「小說」，然後再有「劇本」，由小說而改編成的電影很多——由《飄》而有《亂世佳人》❸，是一個最成功的例子，除此之外，還有「簡愛」、「咆哮山莊」、「基度山恩仇記」、「傲慢和偏見」、「愚人船」❹……以及「雲泥」❺、「鐵手無情」❻、「窗外」❼……

《蕭十一郎》卻是一個很特殊的例子，《蕭十一郎》是先有劇本，在電影開拍之後，才有小說的，但《蕭十一郎》卻又明明是由「小說」而改編成的劇本，因爲這故事在我心裡已醞釀了很久，我要寫的本來是「小說」，並不是「劇本」，小說和劇本並不完全相同，但意念卻是相同的。

寫武俠小說最大的通病就是：廢話太多，枝節太多，人物太多，情節也太多……在這種情況下，將武俠小說改編成電影劇本就變成是一種很吃力不討好的事，誰都無法將《絕代雙驕》改編成「一部」電影，誰也無法將「獨臂刀王」❽寫成「一部」很成功的小說。

就因爲先有了劇本，所以在寫「蕭十一郎」這部小說的時候，多多少少總難免要受些影响，所以這本小說我相信不會有太多的枝節，太多的廢話，但是否因此會減少了「武俠小說」的趣味呢？我不敢否定，也不敢預測。

我只願做一個嘗試。

我不敢盼望這嘗試能成功，但無論如何，「成功」總是因「嘗試」而產生的。

---

1 漢麟修訂本增訂為「言語、動作和畫面」。

2 漢麟本刪除「甚至徐訏」。徐訏（一九〇八至一九八〇），詩人、小說家、劇作家。一九五〇年自上海移居香港。

3小說和電影的原文都是"Gone With The Wind"。前者出版於一九三六年，作者Margaret Munnerlyn.

4 "Ship of Fools"（一九六五），費雯麗主演，原著作者是Katherine Anne Porte.

5一九六八年邵氏出品，改編自一九六六年郭嗣汾的同名小說。導演陶秦，井莉和楊凡主演。

6一九六九年邵氏出品，張徹導演，羅烈、李菁主演。編劇和原著作者是倪匡。

7一九六六年由瓊瑤小說首部單行本改編的同名電影，導演是陸建業。

8一九六九年邵氏出品，「獨臂刀」系列之二，張徹導演，王羽和焦姣主演。

說說武俠小說（《歡樂英雄》代序）

《歡樂英雄》序，刊載於一九七一年二月十七日香港《武俠春秋》第四十六期，同年八月收錄於春秋本第一集。疑原刊於他處，移作序文後才添加頭、尾文字

「歡樂英雄」又是個新的嘗試，因爲武俠小說實在已到了應該變的時候。❶

在很多人心目中，武俠小說非但不是文學，不是文藝，甚至也不能算是小說，正如蚯蚓雖然也會動，卻很少有人將它當做動物。

造成這種看法的固然是因爲某些人的偏見，但我們自己也不能完全推卸責任。

武俠小說有時的確寫得太荒唐無稽，太鮮血淋漓，卻忘了只有「人性」才是每本小說中都不能缺少的。

人性並不僅是憤怒，仇恨，悲哀，恐懼，其中也包括了愛與友情，慷慨與俠義，幽默與同情的，我們爲什麼要看重其中醜惡的一面呢？

還有，我們這一代的武俠小說若算由平江不肖生的「江湖奇俠傳」開始，至王度廬的「鐵

騎銀瓶」，和朱貞木的「七殺碑」爲一變，至金庸的「射鵰英雄傳」又一變，到現在已又有十幾年了。❷

這十幾年中，出版過的武俠小說已算不出有幾千幾百本，有的故事簡直已成爲老套，成爲公式，老資格的讀者只要一看開頭，就已可以猜到結局。

所以武俠小說作者若想提高自己的地位，就得變！若想提高讀者的興趣，也得變。

不但應該變，而且非變不可。

怎麼變呢？

有人說，應該從「武」，變到「俠」，若將這句話說得更明白些，也就是說武俠小說中應該多寫些光明，少寫些黑暗。

多寫些人性，少寫些血！

也有人說，這麼樣一變，武俠小說就根本變了質，就不是「正宗」的武俠小說了，有的讀者根本就不願接受，不能接受。

這兩種說法也許都不錯，所以我們只有嘗試，不斷的嘗試。

我們雖不敢奢望別人將我們的武俠小說看成文學，至少總希望別人能將它看成「小說」，也和別的小說有同樣的地位，同樣能振奮人心，同樣能激起人心的共鳴。

❖

「歡樂英雄」每一小節幾乎都是個獨立的故事，即便分開來看，也不會減少它的趣味❸

——如果它還有一點趣味，這嘗試就不能算失敗了。

「註」：在這以前，我曾經寫過一篇「小說武俠小說」，在臺北的「文化旗」登載，還曾蒙「香港影畫」轉載❹

1 龔鵬程〈人在江湖〉：「第三期的作品以《多情劍客無情劍》和《歡樂英雄》、《蕭十一郎》等最為成功，他融合了英文和日文的方式與意境，煉字造句迥異流俗。他不但創造了新的文體，整個形式也突破了以往武俠小說的格局，企圖在武俠小說中表達一種全新的意境與思想。其中《歡樂英雄》以事件的起迄做敘述單位，而不以時間順序為次，是他最得意的一種突創。同時，人物的塑造，也是他這個時期極重要的創獲和貢獻：英雄即在平凡之中，平凡得可能像條狗，但狗是最真實、也是與人情感最深密的。」

2《射鵰英雄傳》問世於一九五七年。

3 這種寫法參考了史坦貝克的《薄餅坪》。

4 今本無此註。

談談「新」與「變」（《大人物》代序）❶

《大人物》序，刊載於一九七一年三月十七日香港《武俠春秋》第五十期，同年十月刊載於春秋本第一集。本文選自春秋本，另港澳偽「華新」本翻印自武俠春秋本，二者字句差異頗多，編者在註解中擇要說明

有一天我在臺灣電視公司看排戲，排戲的大多是我的朋友，我的朋友們❷大多是很優秀的演員。

其中有一位不但是個優秀的演員，也是個優秀的劇作者，優秀的導演，曾經執導過一部出色而不落俗套的反共❸影片，在很多影展中獲得采聲。

這麼樣一個人，當然很有智慧，很有文學修養，他忽然對我說：

「我從來沒有看過武俠小說，幾時送一套你認爲最得意的給我，讓我看看武俠小說裡寫的是些什麼。」

我笑笑。

我只能笑笑，因爲我懂得他的意思。

他認爲武俠小說並不值得看，現在所以要看，只不過因爲我是他的朋友，而且有一點好奇。

他認爲武俠小說的讀者絕不會是他那一階層的人，絕不會是思想新穎的高級知識分子。

他嘴裡雖說要看看，其實心裡卻早已否定了武俠小說的價值。

而他根本就沒有看過武俠小說，根本就不知道武俠小說究竟寫的是什麼。

我不怪他，並非因爲他是我的朋友，所以才不怪他，而是因爲武俠小說的確給了人一種根深蒂固的觀念，使人認爲就算不看也能知道它的內容。

有這種觀念的人並不止他一個，很多人都對我說過同樣的話。說話時的態度和心理也幾乎完全相同。

因爲武俠小說的確已落入了固定的形式。

武俠小說的形式大致可以分爲幾種：

一個有志氣，而「天賦異禀」的少年，如何去辛苦學武，學成後如何揚眉吐氣，出人頭地。

這段歷程中當然包括了無數次神話般的巧合與奇遇，當然，也包括了一段仇恨，一段愛情，最後是報仇雪恨，有情人終成了眷屬。

一個正直的俠客，如何運用他的智慧和武功，破了江湖中一個爲非作歹、規模龐大的惡勢力，這位俠客不但「少年英俊，文武雙全」，而且運氣特別好。有時他甚至能以「易容術」化妝成各式各樣的人，連這些人的至親好友、父母妻子都辨不出真僞。

這種寫法並不壞，其中的人物包括了英雄俠士、風塵異人、節婦烈女，也包括有梟雄惡霸，歹徒小人，蕩婦淫娃。

所以這種故事一定曲折離奇，緊張刺激，而且還很香艷。

這種形式並不壞，只可惜寫得太多了些，已成了俗套，成了公式，假如有人將故事寫得更奇秘些，就會被認爲是「新」，故事的變化多些，就會被認爲是在「變」，其實卻根本沒有突破這種形式。

「新」與「變」並不是這意思。

「紅與黑」寫的是一個少年如何引誘別人妻子的心理過程。「國際機場」❹寫的是一個人在極度危險中如何重新認清自我。「小婦人」寫的是青春與歡樂。「老人與海」寫的是勇氣的價値，和生命的可貴。「人鼠之間」寫的是人性的驕傲和卑賤……

這些偉大的作家們，用他們敏銳的觀察力和豐富的想像力，有力的刻畫出人性，表達了他們的主題，使讀者在爲他們書中的人物悲歡感動之餘，還能對這世上的人與事看得更深些、更遠些。

他們表現的方式往往令人拍案叫絕。

這麼樣的故事，這麼樣的寫法，武俠小說也一樣可以用，爲什麼偏偏沒有人寫過？

誰規定武俠小說一定要怎麼樣寫，才能算正宗的武俠小說？

武俠小說也和別的小說一樣，只要你能吸引讀者，使讀者被你的人物的故事所感動，你就算成功。

❖

有一天我遇見了一個我很喜歡的女孩子，她讀的書並不多，但卻不笨。

當她知道我是個「作家」時，她眼睛裡立刻發出了光，立刻問我：「你寫的是什麼小說？」

我說謊，卻從不願在我喜歡的人面前說謊，因為世上絕沒有一個人的記憶力能好得始終能記得自己的謊言，我若喜歡她，就難免要時常和她相處，謊言就一定會被拆穿。

所以我說：「我寫的是武俠小說。」

她聽了之後，眼睛裡那種興奮而關顧❺的光輝立刻消失。

我甚至不敢去看她，因為我早已猜出了她會有什麼樣的表情。

過了很久，她才帶著幾分歉意告訴我：「我從不看武俠小說。」

直到我跟她很熟之後，我才敢問她：「為什麼不看？」

她的回答使我很意外。

她說：「我看不懂。」

武俠小說本是最通俗的，為什麼會使人覺得看不懂？

我想了很久，才想通。

她看不懂的是武俠小說中那種「自成一格」的對話，那種繁複艱澀的招式名稱，也看不懂那種四個字一句，很有「古風」的描寫字句。

她奇怪，武俠小說爲什麼不能將文字寫得簡單明瞭些？爲什麼不能將對話寫得比較生活化些、比較有人味些。

我只能解釋：「因爲我們寫的是古時的事，古代的人物。」

她立刻追問：「你怎麼知道古時的人說話是什麼樣子的？你聽過他們說話嗎？」

我怔住，我不能回答！

她又說：「你們難道以爲像平劇和古代小說中那種對話，就是古代人說話的方式？就算真的是，你們也不必那麼樣寫呀，因爲你們寫小說的最大目的，就是要人看，別人若看不懂，就不看，別人不看，你們寫什麼？」

她說話的技巧並不高明，卻很直接。

她說的道理也許並不完全對，但至少有點道理。

寫小說，當然是給別人看的，看的人越多越好。

武俠小說當然有人看，但武俠小說的讀者，幾乎也和武俠小說本身一樣，範圍太窄，不看武俠小說的人，比看的人多得多。

我們若要爭取更多的讀者，就要想法子要不看武俠小說的人也來看武俠小說，想法子要他們對武俠小說的觀念改變。

所以我們就要新，就要變！

❖ 要新、要變，就要嘗試，就要吸收。

有很多人都認爲至今小說最蓬勃興旺的地方，不在歐美，而在日本。

因爲日本的小說不但能保持它自己的悠久傳統，還能吸收。

它吸收了中國的古典文學，也吸收了很多種西方思想。

日本作者能將外來文學作品的精華融會貫通，創造出一種新民族風格的文學，武俠小說的作者爲什麼不能？

有人說：「從太史的游俠列傳開始，中國就有了武俠小說。」

武俠小說既然也有自己悠久的傳統，若能再儘量吸收其他文學作品的精華，總有一天，我們也能將武俠小說創造出一種新的風格，獨立的風格，讓武俠小說也能在文學的領域中占一席地，讓別人不能否認它的價值。

讓不看武俠小說的人也來看武俠小說！

這就是我們最大的願望。

現在我們的力量雖然還不夠，但我們至少應該向這條路上去走，掙脫一切束縛往這條路上去走。

現在我們才起步雖已遲了些，卻還不太遲！

一九六九・十二・廿一❻

1偽「華新」本的題目是〈新與變—（代序）—〉。

2偽「華新」本作「他們」。

3偽「華新」本作「動人」。

4"Airport"（一九六八），作者亞瑟海雷（Arthur Hailey, 一九二〇至二〇〇四），加拿大作家，長住於美國。同名電影獲得一九七〇年奧斯卡金像獎提名，並且掀起災難片熱潮，十年之間續拍了三部系列作品。

5偽「華新」本作「美麗」。

6春秋本無文末時間，今據偽「華新」本補上。

《風雲第一刀》後記

刊載於一九七二年十一月廿四日香港《武俠春秋》一三八期。《風雲第一刀》為《邊城浪子》（一九七三南琪）初名，但因評論家和出版社指鹿為馬，中國大陸讀者普遍以為「風雲第一刀」為《多情劍客無情劍》下半部初名

風雲第一刀終於已結束。

近年來，我已很少寫這麼長的故事，太長的故事總難免蕪雜沉悶。

我這麼樣寫，只因爲我一心希望能在這故事裡，寫出一點新的觀念來，一心希望這故事能有一個在新觀念中孕育成的主題。

仇恨和報復，雖然並不可恥，但也絕不値得尊敬。

仇恨雖然是種原始而古老的情感，但卻絕不是與生俱來的，愛和寬恕，才是人類的本性。

這就是我這故事的主題。

我不知道這故事是不是已能將它的主題表達明白，我只知道，假如每個人都能以「寬恕」代替「報復」，這世界無疑就會變得更美好些。

❖

每本小說，都應該有它的主題，武俠小說也一樣，除非你認爲武俠小說根本就不是小說。

事實上，的確有很多人都是這麼想的，其中甚至包括了武俠小說的作者。

假如連武俠小說的作者本身都已看輕武俠小說，又怎麼能期望別人重視它？

難道殘酷的流血報復，真是武俠中不可缺少的？

難道武俠小說中，真的只有這些因素才能吸引讀者嗎？

我不相信。

假如你真的這麼樣想，就未免看輕了武俠小說的讀者。

「小婦人」中，寫的是家庭的溫暖，親情的甜蜜，「戰爭與和平」、「亂世佳人」，寫的是時代的變動，戰爭的殘酷，和人類在戰爭動亂中，所表現出的博愛和信心。

「雙城記」寫的是愛情和友情的偉大，「人性枷鎖」、「紅與黑」❶，寫人性的慾望，克服這種慾望的痛苦和矛盾。

「波城世家」❷，寫新舊兩代間的衝突，「柏林孤城錄」❸，寫人類如何爲了自由而毅然肩負偉大的責任。「海狼」、「白鯨」、「老人與海」❹，寫的是人類不可克服的恐懼，和他們在恐懼中所表現的偉大勇氣。

「傲慢與偏見」的主題，則更明顯。

這些小說的主題，雖然嚴肅，但也同樣充滿了緊張、趣味，和懸疑。

人性的衝突，才真正是任何小說中都不能缺少的動人因素。

❖

作爲一個「寫武俠小說的」，我當然絕不反對以詭譎變化，驚人的情節，和性格凸出的英雄人物來吸引讀者的。我只不過覺得，除了這些之外，還應該再給讀者一點別的東西，一些可以振奮人心的東西。

一些可以讓別人承認武俠小說也是小說的東西。

但我也知道，新的嘗試不但冒險，而且通常總是吃力而不討好的。

可是我心甘情願。

因爲我是個「寫武俠小說的」，我總希望寫武俠小說的人，將來也能被人稱爲「作家」，和別的作家一樣受到重視。

我總希望武俠小說將來也能被人稱爲「小說」，和別的小說一樣，可以讓人堂堂皇皇的擺在客廳裡。❺

古龍一九七二・九・二十

1原文誤作「紅與藍」。

2"H.M. Pulham, Esquire"，作者為美國作家約翰瑪關特（John Phillips Marquand，一八九三至一九六〇）。

3"Siege of Berlin"，或譯「柏林之圍」，作者為法國作家都德（Alphonse Daudet，一八四〇至一八九七）。

4三者均與海洋有關，作者皆美國作家，《海狼》為傑克倫敦，《白鯨記》為梅爾維爾（Herman Melville，一八一九至一九九一），《老人與海》為海明威。

5劉南蘭〈古龍小說會受到威脅嗎？〉：「他的努力、意志隨著時日都逐一實現了，今天有專作司機開著進口車送古龍出入任何場所。物質上的享受，古龍從不提上口，倒是他的『楚留香傳奇』，以二十五開精裝本，與一些文學名著並列在書櫃內時，古龍雙目頓時銳利清熒，神采飛揚……」「武俠小說的紙張原先均是燥紙，印刷粗劣不說，而且多是既薄又小的本子，知識份子以看武俠小說為恥，總是偷偷摸摸的夾在正規教科書裡偷看。但是經過古龍多年的努力，扭轉了武俠小說的頹勢，今日知識份子，堂而皇之的在人前翻閱武俠小說」，見一九七九年《銀河畫報》二五七期。

小說武俠小說

刊載於一九七四年四月廿三日中國時報第十二版，落款時間為民國紀年。一九七三年金庸訪臺後，文化界人士針對武俠小說的地位及價值，在中國時報上爆發長達半年的論戰；古龍於次年發表本文，有蓋棺論定的意味。一九七七年華新・桂冠本《楚留香傳奇》、《多情劍客無情劍》引為代序，與原文存在差異且互有錯訛

一

在很多人心目中，武俠小說非但不是文學，甚至也不能算是小說，對一個寫武俠小說的人說來，這實在是件很悲哀的事情，幸好還有一點事實是任何人都不能否認的——一樣東西如果能存在，就一定有它存在的價值。

武俠小說不但存在，而且已存在了很久！

❖

關於武俠小說的源起，一向有很多種不同的說法：「從太史公的遊俠列傳開始，中國就有了武俠小說。」這當然是其中最堂皇的一種，可惜接受這種說法的人並不多。

因爲武俠小說是傳奇的，如果一定要將它和太史公那種嚴肅的傳記文學相提並論，就未免有點自欺欺人了。

在唐人的小說筆記中，才有些故事和武俠小說比較接近：

「唐人說薈」卷五，張鷟的《耳目記》中，就有段故事是非常「武俠」的：

「隋末，深州諸葛昂，性豪俠，渤海高瓚聞而造之，爲設雞肫而已，瓚小其用，明日大設，屈昂數十人，烹豬羊等長八尺，薄餅闊丈餘，裹餡粗如庭柱，盤作酒盌行巡，自作金剛舞以送之。

昂至後日，屈瓚所屈客數百人，大設，車行酒，馬❶行炙，挫椎斬膾，磓轢蒜齏，唱夜叉❷歌獅子舞。

瓚明日，復烹一雙子十餘歲，呈其頭顱手足，座客皆喉而吐之。

昂後日報設，先令美妾行酒，妾無故笑，昂叱下，須臾蒸此妾坐銀盤，仍飾以脂粉，衣以錦繡，遂擘腿肉以啖，瓚諸人皆掩目，昂於奶房間撮肥肉食之，盡飽而止。瓚羞之，夜遁而去。」

這段故事描寫諸葛昂和高瓚的豪野殘酷，已令人不可思議，這種描寫的手法，也已經很接近現代武俠小說中比較殘酷的描寫。

但這故事卻是片斷❸的，它的形式和小說還是有段很大的距離。

當時民間的小說、傳奇、評話、銀字兒❹中，也有很多故事是非常「武俠」的，譬如說，盜匣的紅線、崑崙奴、妙手空空兒、虯髯客，這些人物就幾乎已經是現在武俠小說中人物的典型。

❖

武俠小說中最主要的武器是劍，關於劍術的描寫，從唐時就已比現代武俠小說中描寫得更神奇。

紅線，大李將軍❺，公孫大娘……這些人的劍術，都已被渲染得接近神話，杜甫的「觀公孫大娘弟子舞劍器行」，其中對公孫大娘和她弟子李十二娘劍術的描寫，當然更生動而傳神。

號稱「草聖」的唐代大書法家❻，也曾自言：「始吾聞❼公主與擔夫爭路，而得筆法之意，後見公孫氏舞劍器，而得其神。」

「劍器」雖然不是劍，但其中的精髓卻無疑是和劍術一脈相通的，由此可見，武俠小說中關於劍術和武功的描寫，並非無根據。

這些古老的傳說和記載，點點滴滴，都是武俠小說的起源，再經過民間評話、彈詞，和說書的改變，才漸漸演變成現在的這種型式。

二

彭公案、施公案、七俠五義、小五義❽，就是根據「說書」而寫成的，已可算是我們這一代所能接觸到的，最早的一種❾武俠小說。

可是這種小說中的英雄，大都不是可以令人熱血沸騰的真正英雄，因爲在清末那種社會環境裡，根本就不鼓勵人們做英雄，老成持重的君子，才是一般人認爲應該受到表揚的。

這至少證明了武俠小說的一點價值——從一本武俠小說中，也可以看到作者當時的時代背景。

現代的武俠小說呢？

❖

我有很多朋友都是智慧很高，很有文學修養的人，他們往往會對我說[10]：「我從來沒有看過武俠小說，幾時送一套你認爲最得意的給我，讓我看看武俠小說裡寫的究竟是什麼。」

我笑笑。

我只能笑笑，因爲我懂得他們的意思。

他們認爲武俠小說並不值得看，現在所以要看，只不過因爲我是他們的朋友，而且有一種好奇。

他們認爲武俠小說的讀者，絕不會是他們那一階層的人，絕不會是思想新穎的高級知識份子。

他們嘴裡雖然說要看，其實心裡早已否認了武俠小說的價值。

而他根本就沒有看過武俠小說，根本就不知道武俠小說寫的是什麼。

我不怪他，並非因爲我是他們的朋友，而是因爲[11]武俠小說的確給了人一種根深蒂固的觀念，使人認爲就算不看也能知道它的內容。

因爲武俠小說的確已落入了一些固定的形式。

——一個有志氣，「天賦異稟」的少年，如何去辛苦學武，學成後如何去揚眉吐氣，出人頭地。

這段經歷中當然包括了無數次神話般的巧合與奇遇，當然也包括了一段仇恨，一段愛情，最後是報仇雪恨，有情人成了眷屬。

——一個正直的俠客，如何運用他的智慧和武功，破了江湖中一個規模龐大的惡勢力。

這位俠客不但「少年英俊，文武雙全」，而且運氣特別好，有時甚至能以「易容術」化妝成各式各樣的人，連這些人的至親好友，父母妻子都辨不出他的真僞。[12]

這種寫法並不壞，其中的人物有英雄俠士、風塵異人、節婦烈女，也有梟雄惡霸、蕩婦淫娃、奸險小人，其中的情節一定很曲折離奇，緊張刺激，而且很香豔。

只可惜這種型式已寫得太多了些，已成了俗套，成了公式，而且通常都寫得太荒唐無稽，太鮮血淋漓，卻忘了只有「人性」才是小說中不可缺少的。

人生並不僅是憤怒、仇恨、悲哀、恐懼，其中也包括了愛與友情，慷慨與俠義，幽默與同情。

我們爲什麼要特別著重其中醜惡的一面？

三

我們這一代的武俠小說，如果真是由平江不肖生的《江湖奇俠傳》開始，至還珠樓主的《蜀山劍俠傳》到達巔峰，至王度廬的《鐵騎銀瓶》和朱貞木的《七殺碑》爲一變，至金庸的《射鵰英雄傳》又一變⓭，到現在已又有十幾年了，現在無疑又已到了應該變的時候！

要求變，就得求新，就得突破那些陳舊的固定形式，去嘗試，去吸收。

「戰爭與和平」寫的是一個大時代中的動亂，和人性中善與惡的衝突，「人鼠之間」寫的卻是人性的驕傲和卑賤，「國際機場」寫的是一個人如何在極度危險中重新認清自我，「小婦人」寫的是青春與歡樂，「老人與海」寫的是勇氣的價值，和生命的可貴。

這些偉大的作家們，用他們敏銳的觀察力，豐富的想像力，和一種悲天憫人的同情心，有力的刻劃出人性，表達出他們的主題，使讀者在悲歡感動之餘，還能對這世上的人與事，看得更深，更遠些。

這樣的故事，這樣的寫法，武俠小說也同樣可以用，爲什麼偏偏沒有人用過？

誰規定武俠小說一定要怎麼樣，才能算「正宗」！

武俠小說也和別的小說一樣，要能吸引人，能振奮人心，激起人心的共鳴，就是成功的！

❖

有很多人都認爲當今小說最蓬勃興旺的地方，不在歐美，而在日本。

因爲日本小說不但能保持它自己的悠久傳統和獨有趣味，還能吸收。

它吸收了中國的古典文學，也吸引了很多種西方思想。

日本作者能將外來文學作品的精華融化貫通，創造出一種新的民族風格的文學。武俠小說的作者爲什麼不能？

武俠小說既然也有自己悠久的傳統和獨特的趣味，若能再儘量吸收其他文學作品的精華，豈非也同樣能創造出一種新的風格，獨立的風格，讓武俠小說也能在文學的領域中占一席之地⑭，讓別人不能否認它的價值，讓不看武俠小說的人也來看武俠小說！

這就是我們最大的願望。

現在我們的力量也許還不夠，但我們至少應該向這條路上走去，擺脫一切束縛往這條路上走去。

現在我們才起步雖已遲了些，卻還是不太遲！

六三年、四月、十日、夜、深夜⑮

---

1 原文誤作「鬲」，依華新・桂冠本更正之。

2 華新・桂冠本誤作「夜又」。

3 原文誤作「片刻」，依華新・桂冠本更正之。

4原文誤作「銀字叟」，依華新・桂冠本更正之。《古杭夢遊錄》：「說話有四家：一銀字兒，謂煙粉靈怪之事。」

5唐人張彥遠《歷代名畫記》卷九：「李思訓，宗室也，即林甫之伯父。……時人謂之大李將軍其人也。」

6指張旭。

7原文誤作「陶」，依華新・桂冠本更正之。

8華新・桂冠本增添以下文字：「和『三俠劍』」。

9華新・桂冠本作「一批」。

10華新・桂冠本作「對我道」，十分拗口。

11《武俠世界》七九六期轉載和華新・桂冠本皆遺漏「我是他們的朋友，而是因為」等文字，造成文意相反。

12這種模式以東方玉為代表。翁文信《古龍新派武俠的轉型創新》引述陳曉林說法：「後因武俠作家東方玉的排擠，人間副刊的主編桑品載先生不得不在《天涯・明月・刀》連載四十五天後，無預警地予以腰斬。」桑品載〈武俠小說・古龍〉：「在我接任主編前，即有位作者寫了十多年，他每篇小說連載都在一年以上，寫完另起新篇，還是他寫。某日，我的上司指示我換人寫，原因是地方反映小說不夠精彩；我便推薦了古龍。」「原以為讀者會喜歡，反應卻出乎意外，不少人直言『看不懂』……我的上級……認為我推薦人選不當，要求再換人。」「我覺得對古龍不公平，便向上級建議：《天涯・明月・刀》繼續寫三個月……可是長官不同意，還指示由之前被古龍接替的那位作者續寫。」

13《武俠世界》七九六期在「射鵰英雄傳」後插入如下文字：「，秦紅的『千乘萬騎一劍香』及拙著『無情劍』」，導致與下文「到現在已又有十幾年了」無法吻合，因為《千乘萬騎一劍香》、《多情劍客無情劍》的完篇時間與本文相去不遠。

14華新・桂冠本作「一席地」。

15華新・桂冠本刪除文末時間。

寫在《天涯・明月・刀》之前

刊載於一九七四年六月一日香港《武俠春秋》二〇八期，前半篇自我抄襲〈小說武俠小說〉。同年四月，中國時報開始連載《天涯・明月・刀》時並未刊出本文

一

在很多人心目中，武俠小說非但不是文學，甚至也不能算是小說，對一個寫武俠小說的人來說，這實在是件很悲哀的事，幸好還有一點事實是任何人都不能否認的——一樣東西如果能存在，就一定有它存在的價值。

武俠小說不但存在，而且已存在了很久！

❖

關於武俠小說的源起，一向有很多種不同的說法：「從太史公的遊俠列傳開始，中國就有了武俠小說。」這當然是其中最堂皇的一種，可惜接受這種說法的人並不多。

因爲武俠小說是傳奇的，如果一定要將它和太史公那種嚴肅的傳記文學相提並論，就未免

有點自欺欺人。

在唐人的小說筆記裡，才有些故事和武俠小說比較接近。

「唐人說薈」卷五，張鷟的「耳目記」中，就有段故事是非常「武俠」的。

「隋末，深州諸葛昂，性豪俠，渤海高瓚聞而造之，爲設雞肫而已，瓚小其用，明日大設，屈昂數十人，烹豬羊等長八尺，薄餅闊丈餘，裹餡粗如庭柱，盤作酒盌行巡，自作金剛舞以送之。

昂至後日，高瓚所屈客數百人，大設，車行酒，馬行炙，挫椎斬膾，磑轢蒜齏，唱夜叉歌獅子舞。

瓚明日，復烹一雙子十餘歲，呈其頭顱手足，坐客皆喉而吐之。

昂後日報設，先令美妾行酒，妾無故笑，昂叱下，須臾蒸此妾坐銀盤，仍飾以脂粉，衣以錦繡，遂擘腿肉以啖，瓚諸人皆掩目，昂於奶房間撮肥肉食之，盡飽而止。

瓚羞之，夜遁而去。」

這段故事描寫諸葛昂和高瓚的豪野殘酷，已令人不可思議，這種描寫的手法，也已經很接近現代武俠小說中比較殘酷的描寫。

但這故事卻是片段的，它的形式和小說還是有段很大的距離。

當時民間的小說、傳奇、評話、銀字兒中，也有很多故事是非常「武俠」的，比如說，盜匣的紅線，崑崙奴、妙手空空兒、虯髯客，這些人物就幾乎已經是現代武俠小說中人物的典型。

❖

武俠小說中最主要的武器是劍，關於劍術的描寫，從唐時就已比現代武俠小說中描寫得更神奇。

紅線、大李將軍、公孫大娘……這些人的劍術，都已被渲染得接近神話，杜甫的「觀公孫大娘弟子舞劍器行」，其中對公孫大娘和她弟子李十二娘劍術的描寫，當然更生動而傳神。

號稱「草聖」的唐代大書法家也曾自言：「始吾聞公主與擔夫爭路，而得筆法之意，後見公孫氏舞劍器，而得其神。」

「劍器」雖然不是劍，但其中的精髓卻無疑是和劍術一脈相通的，由此可見，武俠小說中關於劍術和武功的描寫，並非全無根據。

這些古老的傳說和記載，點點滴滴，都是武俠小說的起源，再經過民間評話、彈詞、和說書的改變，才漸漸演變成現在的這種型式。

二

彭公案、施公案、七俠五義、小五義，就是根據「說書」而寫成的，已可算是我們這一代所能接觸到的最早的一種武俠小說。

可是這種小說中的英雄，大都不是可以令人熱血沸騰的真正英雄，因爲在清末那種社會環境裡，根本就不鼓勵人們做英雄，老成持重的君子，才是一般人認爲應該受到表揚的。

這至少證明了武俠小說的一點價值——從一本武俠小說中，也可以看到作者當時的時代背景。

現代的武俠小說呢？

三

現代的武俠小說，若由平江不肖生的《江湖奇俠傳》開始算起，大致可以分成三個時代。寫《蜀山劍俠傳》的還珠樓主，是第一個時代的領袖。寫《七殺碑》的朱貞木，寫《鐵騎銀瓶》的王度廬，可以算是第二個時代的代表。

到了金庸寫《射鵰》，又將武俠小說帶進了另一個局面。

這個時候，無疑是武俠小說最盛行的時代，寫武俠小說的人，最多時曾經有三百個。

❖

就因爲武俠小說已經寫得太多，讀者們也看得太多，所以有很多讀者看了一部書的前兩本，就已經可以預測到結局。

最妙的是，越是奇詭的故事，讀者越能猜得到結局。

因爲同樣「奇詭」的故事已被寫過無數次了。易容、毒藥、詐死，最善良的女人就是「女魔頭」——這些圈套都已很難令讀者上鉤。

所以情節的詭異變化，已不能再算是武俠小說中最大的吸引力。

但人性中的衝突卻是永遠有吸引力的。

武俠小說中已不該再寫神，寫魔頭，已應該開始寫人，活生生的人，有血有肉的人！

武俠小說中的主角應該有人的優點，也應該有人的缺點，更應該有人的感情。

寫「包法利夫人」的大文豪福樓拜爾❶先生曾經誇下句海口。

他說：「十九世紀後將再無小說。」

因爲他認爲所有的故事情節，所有的情感變化，都已被十九世紀的那些偉大的作家們寫盡了。

可是他錯了。

他忽略了一點！

縱然是同樣的故事情節，但你若從不同的角度去看，寫出來的小說就是完全不同的。

人類的觀念和看法，本就在永不停的改變。隨著時代改變。

武俠小說寫的雖然是古代的事，也未嘗不可注入作者自己新的觀念。

因爲小說本就是虛構的。

寫小說不是寫歷史傳記，寫小說最大的目的，就是要吸引讀者，感動讀者。

武俠小說的情節若已無法變化，爲什麼不能改變一下，寫人類的情感，人性的衝突，由情感的衝突中，製造高潮和動作。

❖

應該怎樣來寫動作，的確也是武俠小說的一大難題。

我總認爲「動作」並不一定就是「打」。

小說中的動作和電影不同，電影畫面的動作，可以給人一種鮮明生猛的刺激，但小說中描寫的動作就是沒有這種力量了。

小說中動作的描寫，應該是簡短有力的，虎虎有生氣的，不落俗套的。

小說中動作的描寫，應該先製造衝突，情感的衝突，事件的衝突，儘各種衝突堆構成一個高潮。

然後你再製造氣氛，緊張的氣氛，肅殺的氣氛。

用氣氛來烘托動作的刺激。

武俠小說畢竟不是國術指導。

武俠小說也不是教你如何去打人殺人的！

血和暴力，雖然永遠有它的吸引力，但是太多的血和暴力，就會令人反胃了。

四

最近我的胃很不好，心情也不佳，所以除了維持「七種武器」和「陸小鳳」兩個連續性的故事外，已很久沒有開新稿。

近月在本刊連載的《歷劫江湖》，和武俠世界上的《金劍殘骨令》，都是我十五年前的舊書，我並不反對「舊書新登」，因爲溫故而知新，至少可以讓讀者看到一個作家寫作路線的改變。❷

「天涯・明月・刀」，是我最新的一篇稿子，我自己也不知道它是不是能給讀者一點「新」的感受，我只知道我是在儘力朝這個方向走。❸

每在寫一篇新稿之前，我總喜歡寫一點自己對武俠小說的看法和感想，零零碎碎已寫了很多，抛磚引玉，我希望讀者倒也能寫一點自己的感想，讓武俠小說能再往前走一步。

走一大步。

一九七四、四、十七、夜、深夜❹

---

1 Gustave Flaubert（一八二一至一八八〇），法國小說家，今譯福樓拜或福婁拜。

2 一九七五年南琪本刪除本段（約八十字）。一九七八年漢麟本則改為「近月在報刊上連載的『歷劫江湖』，和『金劍殘骨令』」；前者即《孤星傳》，後者即《湘妃劍》。

3 讀者當時跟不上古龍的新意。《天涯・明月・刀》一九七四年四月廿五日在中國時報上開始連載，至六月廿八日第一部第七章遭到腰斬，為期僅有兩個月。陳曉林表示：「原因是許多讀者不習慣古龍的快節奏，蒙太奇筆法，去函報社表示要『退報』，嚇得報社老闆仍請東方玉之流連載」。幸而香港方面，六月一日至一九七五年一月廿一日於《武俠春秋》二〇八至二三一期全文連載完畢，即今本所見。

4 一九七五年南琪本刪除本段文字。

卷二

人生得意須盡歡

1974-1980

吃客

刊載於一九七四年十月一日香港《大成》第十一期

吃得是福，能吃的人不但自己有了口福，別人看著他開懷大嚼，吃得痛快淋漓，也會覺得愉快得很，梁實秋先生曾經在一個道地的北京小吃店親眼見到：「棉簾啓處；進來一位趕車的，辮子盤在額上，大搖大擺，手裡托著菜葉裹著的生豬肉一塊，提著一根馬蘭繫著的一撮韮黃，把食物往櫃檯一拍：『掌櫃的，烙一斤餅，再來一碗燉肉。』等一下，肉絲炒韮黃端上來，兩張家常餅、一碗燉肉也端上來了，他把菜餚分成兩份，一份倒在一張餅上，把餅一捲，比拳頭還粗，兩手浮著矗立在盤子上，張開血盆巨口，左一口，右一口，中間一口，不大的功夫，一張餅不見了，又一張也不見了，直吃得他青筋暴露，滿臉大汗。」❶

我雖然沒有梁先生這種眼福，可是看到這段生動的文字，也不禁忽然覺得飢腸轆轆，食慾大振，半夜裡到厨房裡去找點剩肉來打打饞虫。

可是像這位趕車的朋友，還不能算是吃客。

吃客不但要能吃，至少還得要好吃、會吃、敢吃。

一聽到某地有好吃的東西可吃，立刻喜心翻倒，眉飛色舞，恨不得插翅飛去吃個痛快，這無疑是要做吃客的必備條件之一。

有些人縱然在美食當前時，也打不起精神來，不管吃多好吃的東西，也好像吃毒藥一樣，讓別人的食慾也受到影响，這種人當然是不夠資格做吃客的。

「會吃」更是種學問，「三代爲官，才懂得穿衣吃飯」，這並不是誇張的話，連袁子才❷的「隨園食譜」，有時還不免被人譏爲紙上談兵的書生之見。

大千居士❸的吃，雖然也如他的畫一樣名滿天下，倪匡卻說他只會吃「用複雜的方法做出來的菜。」

這句話的確說得很妙。菜餚之中，的確有很多種是要用最簡單的做法，才能保持它的原色原味，尤其是海鮮，有的生吃最妙，日本的生魚片，江浙的滿枱飛（**活搶蝦**），大千居士的腸胃，就未必能消受得起了。

譚厨❹的「畏公豆腐」，大風堂❺的「乾燒鰉翅」、「清湯牛腩」、和「鷄肉獅子頭」，才是適於老人口福的菜，做這種菜的學問，當然比做生魚片大得多，可是生魚片的滋味，也是不容抹煞的。

會做菜的人，自己並不一定講究吃，譚派（**此二字借用譚伯羽❻先生的「發明」**）的彭長貴❼就是一例，他喝多了酒時，固然從不動筷子，平時也只用些清湯泡碗白飯，再胡亂吃點泡菜就夠了，我看他吃飯，總覺得他是在虐待自己的肚子。

講究吃的人卻通常都會做菜，至少懂得怎麼做，應該怎麼樣發鮑翅，怎麼樣切肉斬肉，都是種學問，刀法火候配料，都是一絲也錯不得的。

據說大千夫人發鮑翅的法子，就像是武俠小說中的家傳武功絕技一樣，傳媳不傳女，以免落入外姓手裡。名厨們在炒菜時，也是門禁森嚴，就像是太極陳在練武時一樣，避免楊露蟬❽那樣的人去偷學。

會吃雖然已不容易，敢吃卻更難！

吃客也要有吃膽，不管是蝸牛也好，烏龜也好，蝗虫也好，一概照吃不誤，而且吃得津津有味。

在《唐人說薈》中還有段記載，說是深州有位諸葛大俠名動天下，渤海高瓚乃聞而訪之，兩人互鬥豪侈的結果，諸葛居然將一個侑酒失態的女孩子：「蒸之坐銀盤，於乳房間撮肥嫩食之」下酒，高瓚也不禁看得面無人色，像我看見別人吃蝸牛和生蠔一樣，要落荒而逃了。

這種吃法雖然也像嗜吃傷口結的痂一樣不足取，但卻也可以證明，要能被稱爲吃客，絕不是件容易事，我就絕不夠資格。我們認識的人之中，夠資格的人也不多，倪匡就可以算做一個，看見他吃東西，總會令人覺得人生畢竟還是美好的，能治餚而且還不錯，他看來雖然文質彬彬，弱不禁風，可是好友在坐，美食當前，他也從來不敢後人。

諸葛青雲⑨更是位大吃客，不但吃得好，吃得多，而且吃起來旁若無人，大鬧蟹一頓隨隨便便就可以吃七八隻之多。

李翰祥⑩雖然也精於飲食，可惜他更喜歡喝酒聊天，吃的時候難免注意力分散，至於恂恂君子如金庸，幾乎已到了「以不吃爲吃」的境界，就更不是我們這些人所能領略到的了。

---

1 語出《雅舍小品・吃相》。

2 清代詩人袁枚，字子才，號簡齋，別號隨園老人。

3 即書畫家張大千（一八九九至一九八三），本名張正權，改名張爰、張蝯，小名季，號季爰，別署大千居士、下里巴人。深諳烹調之祕，旅美名廚婁海雲、旅日名廚陳建民均曾接受指點。

4 譚延闓（一八八〇至一九三〇），書法家和美食家，曾任國民政府主席、行政院院長。因延攬名廚曹藎臣而造就「譚廚」之美名。

5 「大風堂」為張大千的齋名，門下稱大風堂弟子。一九七六年古龍《白玉老虎》以大風堂、唐門為小說中的敵對陣營，並且穿插不少的洗手羹湯、佳餚美食。

6 譚延闓的長子。

7 曹藎臣傳人，臺灣「湘菜」的代表人物，被視為蔣介石父子的御廚。

8 楊福魁（福同），字露禪（露蟬），清代著名武師。白羽名著《偷拳》（一九三九）即鋪寫楊氏早年事跡。

9本名張建新（一九二九至一九九七），武俠小說名家，以身體肥大著稱。曾與黃楓、高寶樹、古龍在皇后酒家結拜。

10李翰祥（一九二六至一九九六），港、臺知名電影導演，尤長於歷史劇。

談談「意境」

刊載於一九七四年十二月一日香港《大成》第十三期。當時古龍與第二任妻子葉雪分手，因此本文及〈城裡城外〉、〈朋友〉雖強作豁達，仍難掩悵惘之情

「意境」這兩個字，現在已經不是種時髦的名詞了，現在大家講究的是趣味，是刺激，是一些令人肉體官能興奮的事。

意境卻是完全屬於心靈的。

「采菊東籬下，悠然見南山」是一種意境，「丈夫在世不稱意，披丹披髮弄軟舟」❶是另一種意境，「念天地之悠悠，獨愴然而淚下」是一種意境，「五花馬，千金裘，呼兒將出喚美酒，與爾共消萬古愁」又是另一種意境。

這些意境表現的方法雖不同，卻都是消極的、悲傷的，對人生的看法，都有種無可奈何的想法，一想「燈火闌珊處」的惆悵。

這正是中國自古以來的文人最善於表達的，也正是王國維在「人間詞話」中所推崇的，可

是人生中無疑還有很多種更高的意境，作爲一個現代人，都絕對應該要去嘗試領略。

「成功的滋味至少總比失敗好。」這也是一種意境。

一個人成功後雖難免會覺得空虛寂寞，可是人們也絕不該去歌頌失敗，關羽、岳飛、文天祥，這些失敗的英雄雖令人崇敬，可是大家也不該忘記韓信、李靖、衛青，和郭子儀。至少後者的功蹟絕不比前者少。

❖

人生是什麼？

「不如意事常八九。」

人生中的確有很多不如意的事——明明已達到成功邊緣的挫敗。多年的幸福只因爲一點小事而離散的婚姻，長久的奮鬥只因爲一點疏忽而造成的消沉。

這些事都常常會令人恨不得一頭撞死，因爲這些事都是無可奈何的。

「無可奈何」，豈非就正是人生中最悲傷中的悲傷。

就算你有八百匹五花馬，七千件千金裘，都拿去換了美酒，這種無可奈何的悲傷，還是無法消得去的。

可是人生中無疑還是有很多值得珍惜的事，朋友間的一夕長談，內心深處的一點點共鳴，風塵中偶然逢得的知己，在「世人皆曰殺」的情況中，偶然有一兩個人能「吾意獨憐才。」❷

這些都是能使人從內心深處感覺到溫暖的事，只要有一點點這種溫暖的回憶，已足以令人渡過老年寂寞的冬天。

所以我常常奇怪，人們爲甚麼不去修橋，反去築牆？

❖

寶劍有雙鋒。

人生中有很多事都一樣。

刺蝟只有刺，沒有皮毛，在寒冷時只有互相依偎取暖，也經常會刺痛對方。

「我們靠在一起，雖然不冷了，可是卻會刺痛。不靠在一起，雖然不痛，卻會冷。」這是一種說法。

「我們靠在一起，雖然有點痛，卻不冷了，不靠在一起，雖然有點冷，卻不痛了。」這又是另外一種說法。

人也像刺蝟一樣，有的悲觀，有的樂觀，有的只想到痛苦的一面，卻忘了人生中畢竟還有快樂。

❖

我看電影，總喜歡有快樂的結局，我看小說，總喜歡有歡樂的結束。

我自己寫也一樣。

我總覺得，人生中不如意、不快樂的事已夠多，已不需要我們再去增加。

喜劇所表達的，也許永遠不如悲劇那麼深刻，歡樂的意境，也許永遠沒有悲傷那麼高遠。

可是我寧願讓別人覺得我俗一點，我也寧可去歌頌歡樂，不願去描敘悲傷。
不管怎麼樣，陽光普照的大地，總比「燈火闌珊處」好。

十一、九、燈下空樽前

1《大成》第十四期〈城裡城外〉文末附更正啟事：「上期古龍先生大作『談談意境』中所引李白詩，應為『人生在世不稱意，明朝散髮弄扁舟』之誤。編輯室」。
2語出杜甫〈不見〉：「不見李生久，佯狂真可哀。世人皆欲殺，吾意獨憐才。敏捷詩千首，飄零酒一桮。匡山讀書處，頭白好歸來。」李生即李白，古龍在本文中以李白自喻。

《血鸚鵡》代序

刊載於一九七四年香港《武俠世界》第八〇七期

想寫「驚魂六記」❶，是一種衝動，一種很莫名其妙的衝動。

一種很驚魂的衝動——驚的也許並不是別人的魂，而是自己的。

因爲這又是一種新的嘗試。

嘗試是不是能成功？

天知道。

我不知道，我真的不知道，我已嘗試過太多次！

有些成功，有些失敗。

幸好還有些並不能算太失敗。

❖

寫武俠小說，本來就是該要讓人驚魂的。

荒山，深夜，黑暗中忽然出現了一個人，除了一雙炯炯發光的眸子，全身都是黑的，就像是黑夜的精靈，又像是來自地獄的鬼魂。

如果是你，忽然在黑暗的荒山看見了這麼樣一個人，你驚魂不驚魂？

一刀要砍在你脖子上，一槍要刺在你肚子裡，你驚魂不驚魂？

不驚魂才怪。

我要寫的驚魂，並不是這種驚魂。

❖

恐怖也有它獨特的意境。

「意境」這兩個字，現在已經不是個時髦的名詞了。

現在大家講究的是趣味，是刺激，是一些能令人肉體官能興奮的事。

意境卻是屬於心靈的。

所以恐怖的故事才必須有意境。

因爲只有從心靈深處發出的恐怖，才是真正的恐怖。

那種意境，絕不是刀光血影，所能表達的了。

那才是真正的驚魂。

❖

大法師（驅魔人）❷就表達了這種意境，它的畫面，形像，動作，聲响，都能令人從心底生出恐懼，一種幾乎已接近噁心的恐怖。

可惜寫小說不是拍電影。

小說沒有畫面形像，也沒有動作音調，只有用另一種方式表達！

要用什麼方法才能表達出一種真正恐怖的意境來？

❖

文字。

無論寫什麼小說，文字都絕對是最重要的一環。

故事當然更重要。

沒有故事，根本就沒有小說。可是故事中真正令人恐怖的卻很難找尋。

有人說，鬼故事最恐怖，鬼魂的幽冥世界也最神秘。

可是又有誰真的見過鬼魂？

這種故事是不是也太虛幻？太不真實。

我總覺得在現代的小說中——無論是那一種小說，都一定要有真實性。

❖

所以我寫的「驚魂六記」究竟是種什麼樣的小說，到現在還沒有人知道。

只有等各位看過才知道。

一九七四年，十，卅一，夜深

---

1 薛興國〈古龍點滴〉：「早年，他喜歡看外國的片集。『驚魂六記』的『血鸚鵡』，就是看了『驚魂記』的片集而觸發的靈感。」《血鸚鵡》為「驚魂六記」之一，連載於《武俠世界》八〇七至八一四期，其後斷稿數月。八四〇期至八五三期改由黃鷹代筆，《吸血蛾》等後續五記亦黃鷹所為。一九七九年古龍接受龔鵬程訪問時坦承代筆之事（見龔氏〈人在江湖〉），但陳曉林進一步求證時卻又矢口否認。從連載情形及復刊後使用粵語、語感生變看來，代筆之事屬實。

2 "The Exorcist"（一九七三），改編自威廉彼得布雷迪的同名小說。《大法師》是臺灣的譯名，香港譯名《驅魔人》以括號加注，可能是《武俠世界》編輯所為。《血鸚鵡》的部分橋段模仿《大法師》。

城裡城外

刊載於一九七五年一月一日香港《大成》第十四期

有位聰明人曾經說：結婚就像是圍城，城外的人拚命想攻進去，城裡的人拚命想衝出來。❶

聽過這句話的人一定不少，真正能了解過其中滋味的人一定不多。

我曾經住在過城裡，現在又到了城外。❷

❖

「不識廬山真面目，只緣身在此山中」，住在城裡時，只覺得有時歡樂，有時痛苦，有時愛得天昏地暗，有時恨不得拚個你死我活，其實究竟是什麼滋味，我自己也不太清楚。

現在又到了城外，偶而坐到高樹上，看看城裡的風光，倒真是別有一般滋味在心頭。

是什麼滋味？或許也不過是一種不是滋味的滋味。

❖

看到倪匡夫婦，我心裡總覺得有點甜甜的，又有點酸酸的，是羨慕，又不能不承認有點忌妒。

我只能承認有些人的福氣比較好，倪匡❸無疑是這種人。

我相信無論任何人都絕對想不出任何一句話來形容他們夫婦間那種本來就不是任何言語所能形容得出的感情。

假如這世界上還有一個人能形容得出，我相信那個人一定就是我。

倪大嫂姓李❹，他們住在海威大廈，我們曾經替她起過一個很夠威的名字，「寸步不離」李海威。

在武俠小說裡，如果有個人真的能和人「寸步不離」，不管你走到哪裡，只要一回頭，就能夠看到她，不管你怎麼走，只要一回頭，她還是在你身後，你說「邊個夠她威？」（粵語，喻「誰有她這麼威風？」）

我們替她起這個名字，只因為他們夫婦實在是「秤不離錘」，因為我們總能看見倪大嫂跟在倪匡身旁，不管倪匡說什麼，倪大嫂總是脈脈的看著他，眼睛裡總是充滿了關懷和愛慕。

後來我們才知道，真正離不開的，是倪匡，只要一離開倪大嫂，聰明絕頂的倪匡立刻會變得茫茫然若有所失，甚至會有點驚魂落魄。

寫小說，寫雜文，寫劇本，倪匡一個人就可以比得上古龍三萬個，可是走到路上，如果沒有倪大嫂，他就傻了！

他居然會不認得路，居然會不辨東南西北，甚至不辨前後左右。

愛迪生往往會忘記吃過飯沒有，愛因斯坦常常會用同一塊肥皂洗屁股和刮鬍子，天才總會有些地方讓人覺得笨笨的。

倪匡這種表現是不是也有點笨笨的？

我認為不是。

那只不過是一種依賴，一種互相的依賴，一種深入骨髓、休戚相關、三億七千九百八十六萬棒子都打不散的情感。

一種總是會讓坐在城外高樹上的人流淚的情感。

❖

高樹是什麼樹？

通常都是棵枯樹，也許根還沒有死，可是枝葉都已凋零，坐在樹上的人，隨時都可能掉下來，掉到無底的深淵中去。

有些人隨便怎麼掉，最多也只不過掉進陰溝裡去，有些人卻一掉就會掉進無底的深淵裡。

因為他們沒有根，沒有可以依賴的。

住在城裡的人，遠遠的看見一個人高高的坐在城外的高樹上，一定會覺得這個人又風涼，又愉快。

可是等到他們坐在這棵樹上去的時候，也許他們就寧可躺在陰溝裡。

❖

我說這些廢話，並不一定是要勸各位都搬到城裡去住。

「男大當婚，女大當嫁」，「樹高千丈，落葉歸根」，「人生總得要有個歸宿。」

這些話，我也並不一定十分贊成。

可是每當我看到黃昏日落，林蔭樹下，一對白髮蒼蒼的老夫妻，手挽著手，互相依偎著，遙指著天末一隻孤鴻輕輕低語時，我就希望我自己能有一種權力——讓天下有情人都成眷屬。

十二・二，又在燈下，又是空樽

---

1 語出錢鍾書《圍城》，據聞為法國諺語。

2 一九七四年古龍與妻子葉雪仳離。

3 參見〈我的朋友倪匡〉注解。

4 李果珍，一九五九年與倪匡結婚。

朋友

刊載於一九七五年三月一日香港《大成》第十六期

一個孤獨的人，一個沒有根的浪子，身世飄零，無親無故，他能有甚麼？朋友。

一個人在寂寞失意時，在他所愛的女人欺騙背叛了他時，在他的事業遭受到挫敗時，在他恨不得買塊豆腐來一頭撞死的時候，他能去找誰？朋友。

有人說：世間唯一無刺的玫瑰，就是朋友。

我並不十分贊成這句話。

朋友就是朋友，絕沒有任何事能代替，絕沒有任何話能形容——就是世上所有的玫瑰，再加上世上所有的花朵，也不能，比擬友情的芬芳與美麗。

絕不能。

❖

如果你曾經在塞北苦寒的牢獄中，受盡了飢寒寂寞之苦。

如果你曾經窮愁潦倒，受盡了世人的譏嘲與冷落。

如果你那時有朋友，知道在遠方的某處，還有一個人在關心著你，那麼你的痛苦一定會減輕許多。

因爲你知道你還有朋友；就算只有一個朋友，也已足夠。

❖

一個沒有朋友的人，是個怎麼樣的人？

一個人如果沒有朋友，會變成一個怎麼樣的人？

我不瞭解。

因爲我什麼都沒有，只有朋友。

幸好我還有朋友，否則我也許早已死在某一條陽光照不到的陰溝裡。❶

像一條死老鼠一樣死在那裡，連皮帶肉帶骨頭都已爛得發臭。

❖

白馬非馬。

女朋友不是朋友。

女朋友的意思，通常就是情人，情人之間只有愛情，沒有友情。

愛情和友情不同。

愛情是真摯的，是濃烈的，是不顧一切，不顧死活的，是可以讓人耳朵變聾，眼睛變瞎的。

也可惜愛情通常都是短暫的。

但是這並不可悲。

因為愛情到了「情到濃處情轉薄」的時候，雖然會變成無情，到了「此情可待成追憶」的時候，通常會變成忘情。

但是真摯的愛情得到細心良好的灌溉時，一定會開放出一種美麗芬芳的花朵——友情的花朵。

友情和愛情不同，可是基本上，卻一定是互相溝通的。

因為那都是人類最真純、最原始、也最現代的情感，就因為人類有這種情感，所以人類永存。

❖

多年的朋友，患難與同，到後來一定會有愛——絕不是同性戀那種愛，而是一種互相瞭解，永恆不渝的愛。

多年的情人，結成夫妻，到後來一定會有友情——一種互相信任，互相依賴，至死不離的友情。

在百花競放的春天，在寒冷寂寞的冬天，在你大醉初醒，在你從溫柔甜蜜的夢中醒來時，你可以看見睡在你枕畔的就是你多年以來患難相共，始終廝守在你身旁的妻子。

那是種多麼偉大的幸福？

那時你能不能分得清你與你妻子之間的情感，是友情？還是愛情？

❖

不管是友情也好，不管是愛情也好，只要是真情，就值得珍惜，值得尊敬。

朋友有時會像妻子般親蜜，妻子也會有你朋友般的友情。

所以我喜歡朋友，也希望能有妻子。

但願有一天，我能擁有這一切。

可是，假如在這兩者之間我只能選擇一樣，我寧可選擇朋友。

一九七五、一、廿五、樽前燈下人間

1古龍十七八歲時離家出走，冬夜徘徊臺北街頭。幸蒙朋友救助，在浦城街找到住處，並尋得一份糊口的工作。這也正是他投身於四海幫，「落拓江湖載酒行」的狂飆年代。鄒郎〈來似清風去似煙〉：「古龍……離家出走後，曾為老『四海』小兄弟，不久很幸運的認識了一些當代的公子哥兒們和有名氣的朋友」。古龍〈唐矮子牛肉麵〉中的陳祖烈就是這種朋友。

楔子——寫在《江湖人》之前

刊載於一九七五年六月廿一日香港《武俠春秋》第二四六期。由於「江湖人故事」系列只完成《三少爺的劍》，本文後來改稱《三少爺的劍》序

一

人在江湖，並不是件幸福的事。

人在江湖，就好像是風中的落葉，水中的浮萍，通常都是身不由主的。

有很多事他們很想做，卻不能做。

有很多事他們很不想做，卻非做不可。

因爲他們一定要講義氣，一定要有原則，否則他們就混不下去。

用一句現在的話來說，他們通常都是性格巨星。❶

❖

現代的社會越來越複雜，越來越現實。

現代人隨時隨地都會遭受到各式各樣的約束。

可是以前不同。

「過去的日子都是好日子」，這句話我並不贊成。

可是過去的確有過好日子。

在現代的西方，你就算明知一個人是殺人犯，明知他殺了你的兄弟妻子，假如沒有確實的證據，你也只有眼看著他逍遙法外。

因爲你若想「以牙還牙，以血還血」，你去殺了他，那麼你也變成一個殺人犯。

「報復」並不是種很好的法子，只不過那至少總比讓惡人逍遙法外好。

在以前某一種時代裡，是不會有這種事的。

那是種很痛快的時代，快意恩仇，敢愛敢恨，善有善報，惡有惡報。

用不著老天替你報，你自己就可以報復。

❖

我寫的就是那種時代。

我寫的就是那種時代中的江湖人。

二

在那種時代中，江湖中有各式各樣的人。

有大俠，也有大盜；有鏢客，也有刺客；有義士，也有隱士；有神偷，也有神捕；有俠女，也有妓女；有市井匹夫，也有世家子弟。

他們的生活通常都是多采多姿的，充滿了冒險和刺激。

有很多人對他們憎惡厭恨，也有很多人羨慕他們。

因爲他們通常都衣著光鮮，出手豪闊，大碗喝酒，大塊吃肉。

只可惜這只不過是他們快樂的一面。

他們還有另一面。

痛苦的一面。

❖

神捕捉住了神偷，設宴慶功，大吃大喝，喝得半死爲止。

大盜撈了一票，分一點給窮人，自己去花天酒地，把錢花光爲止。

大俠有名有勢，不管走到哪裡去，都會受到人的尊敬和歡迎。

世家子弟們從小錦衣玉食，要什麼有什麼。

這種生活確實是値得羨慕的，可是你有沒有看見他們的另一面？

❖

他們也有他們的寂寞和痛苦。

夜深人靜，從大醉中醒來，忽然發現躺在自己旁邊的是個自己連名字都不知道的人。

這種滋味你有沒有嚐受過？
在歡呼和喝采聲中，一個人回到家裡，面對著漆黑的窗戶，只希望快點天亮。
這種心情你有沒有想到過？
今宵花天酒地，狂歡極樂，卻連自己明日會在什麼地方都不知道。
甚至連今宵酒醉在何地都不知道。
楊柳舞❷，曉風殘月，這種意境雖然美，卻又美得多麼凄涼，多麼讓人心碎？
這種歡樂，你願不願意享受？
假如你要什麼就有什麼，這人生中還有什麼是值得你去追求的？
這種空虛有誰知道？
我知道。
因爲我也是個江湖人，也是個沒有根的浪子，如果有人說我這是在慢性自殺，自尋死路，
那只因爲他不知道——
不知道我手裡早已有了杯毒酒。
當然是最好的毒酒。

三

武俠小說中寫的本就是江湖人，可是我現在想寫的卻有點不同。

我想寫一系列的故事，每篇故事都以一個典型的代表人物爲中心。
我想寫他們的歡樂，也要寫他們的痛苦。
我想讓他們來做一面鏡子，讓大家可以從這面鏡子中看出自己應該怎麼做。
無論任何，他們總是可愛的人。
因爲他們敢愛敢恨，敢哭敢笑，因爲他們講義氣，有原則。

❖

人生畢竟也是可愛的。
人活著，就應該懂得怎麼去享受生命，怎麼樣去追尋快樂。
一個人臉上若是髒了，是不是要去照鏡子才知道怎樣去擦掉？
我只希望這面鏡子也能做到這一點，能夠幫助人擦掉生命中的污垢。
我真的希望每個人的人生都能變得很快樂。

一九七四、十、廿七、黎明

1以上百餘字，今本無。因為南琪本不按牌理出理，將《狼山》和《三少爺的劍》編入《天涯·明月·刀》並胡亂分章，本楔子因而切割為二：開頭百餘字編入第五十八章，其餘編入第五十九章。一九七七年桂冠本《三少爺的劍》根據南琪本並將楔子更名〈前言〉，卻遺漏了南琪本五十八章的這大段文字。

2桂冠本作「楊柳飛舞」。

從《絕代雙驕》到《江湖人》的一點感想

刊載於一九七六年四月一日香港《武俠春秋》第二七四期，係《絕代雙驕》修訂版的前言。古龍在文章中既肯定了前輩金庸，也鼓勵了追隨者溫瑞安和黃鷹，頗有武林新一代掌門人的氣度

一

寫武俠小說寫了二十年，寫的是什麼小說？

武俠小說。

一種在別人眼中看來，不是小說的小說。

做浪子做了二十年，做的是什麼浪子？

不是浪子的浪子？

為什麼？

❖

做浪子要有一種條件。

沒有情感，因爲薄情永遠是一種女孩子無法抵拒的魅力。

寫小說也要有一種條件——至少要有一種條件。

有情感，很有情感。

❖

人生本來就有矛盾，可惜有種矛盾是永遠沒法子得到妥協的。

二

有人說，絕代雙驕是種很成功的武俠小說，有人說李尋歡是個很成功的武俠人物。

有人說是狗屁。

可是狗屁也有很多種。

至少有種狗屁是「不是狗屁的狗屁」。

我總認爲寫小說要有種原則——至少對得起自己的良心。

有人認爲小魚兒和小李飛刀都是很成功的典型人物，可是，假如我每篇小說都寫這種典型人物，我就對不住自己的良心。

我總認爲，看書的人思想、環境、成熟的程度都在變。

所以寫書的人也要變。

世上絕沒有永遠正確的事，因爲世上根本就沒有絕對的事。

窮則變，變則通。

這是句至理名言，能夠流傳千百年的話，都是至理名言。

一定是的。

一定是，並不是絕對是。

我總希望能創造一種武俠小說的新意境，有時成功，有時失敗。

失敗又如何？

失敗豈非通常都是成功的老母？

所以我最近很想做幾件事——

將最舊的小說，以一種最新的意境表達出來，將最新的小說，以一種最舊的意境表達出來。

這種理想能不能成功？

天知道。

不管天是不是知道，至少我總是一定不知道的。

❖

不知道並沒有關係，也不重要。

重要的是，你有沒有這種信心？有沒有這種勇氣？

假如人總沒有這種勇氣和信心，今天會是一種什麼樣的社會？什麼樣的時代？

❖

據說有些人很喜歡絕代雙驕，可是我自己總覺得，這本書寫得太幼稚。

所以現在我希望能把這本書裡比較幼稚的地方刪除，讓這本書成為一本不太幼稚的武俠小說。

所以現在才會有這本不太幼稚的絕代雙驕。

三

看過卜少夫❶兄寫的一本書叫：「人在江湖」❷。

這名字方龍驤❸兄也用過。

我總認為這是最好的小說書名，因為武俠小說中的人一定在江湖。

少夫兄是我們的老前輩——雖然心並不老，也是老前輩。

龍驤兄也是江湖人，江湖人通常都是英雄，他有所不為，有所必為。

他說我是「酒色之徒」，我說他：「彼此彼此。」

倪匡通徹明悟，金庸恂恂君子，張徹特立獨行，但他們做的事，大多數人不願做，不屑做，更不敢做。

真的不敢。

這些人「能人之所不能，做人之所不敢」。

他們敢作敢爲，敢哭敢笑，敢愛敢恨，別人對他們的看法，他們根本不在乎。

有些人認爲他們又討厭，又可恨，可是我佩服他們，喜歡他們。

他們至少做到了一點——只做自己願意做的事，只做自己喜歡做的事。

這一點已經很不容易。

四

所以我很想寫一篇「江湖人」。

我寫的並不是他們，而是一些特立獨行，敢愛敢恨的人。

這其中有劍客，也有刺客，有大盜，也有大俠，有神偷，也有神捕。

不管他們做過什麼樣的事，至少他們的心地總是善良的。

善良的人，總是可愛的。

世上值得恨，值得怒，值得抱頭大哭，值得一頭撞死的事已太多。

我們爲什麼不能寫一點可愛的人，讓大家知道人生畢竟是可愛的。

五

修訂後的「絕代雙驕」，只希望能將一些不必要，不成熟，不滿意的刪去。❹

剛寫的「江湖人」，只希望能寫一點必要，成熟，滿意的東西。

最近常常有人喜歡把我的舊酒裝在新瓶裡❺，「舊稿新登」，也常常有人喜歡把我的東西「新包裝」，完全用我的寫作方式，寫一點我自己也寫不出來的東西。

追殺❻、十三殺手、相思夫人❼，我看了我很佩服，也很高興。

我相信他們都是年青人。

我喜歡年青人。

他們將來的成就，一定比我高，高三萬六千八十五倍。❽

——只要他們能記住一句話。

寫作最大的目的，是創作。

從蛻變中求創作。

六

金庸一直是我最崇拜的作家，倪匡一直是我最崇拜的朋友。

我的小說，就是從佩服他們之中，而求得一種創造的。

一種從「變」中求「新」的創造。

就是我的創造只不過是個屁，那至少總比嗅別人的屁好。

一九七五、十、十七、夜已深❾

1本名卜寶源（一九〇九至二〇〇〇），香港知名報人，一九四五年創辦《新聞天地》，筆名有邵芙、龐舞陽等。

2出版於一九六三年，武俠名家司馬翎一九七四年也用過這個書名。

3香港作家，原名方棠華，筆名龍驤。

4《絕代雙驕》原刊於一九六六至一九六九年《武俠與歷史》。一九七六年至一九七八年在《武俠春秋》上發表修訂版。

5這些「舊酒」都是一九六三年以前的作品，如一九七一年《武俠菁華》連載《飄香劍雨》；一九七一年《武俠世界》連載《傲劍狂龍》（《彩環曲》），一九七三至一九七四年連載《金劍殘骨令》（《湘妃劍》），一九七五年連載《失魂引》；一九七二年《武藝》連載《諸神島》（《護花鈴》）；一九七三至一九七四年《武俠春秋》連載《歷劫江湖》（《孤星傳》）。多半更名發表，所以說「裝在新瓶裡」。

6溫瑞安〈頓失所寄〉：「我十六歲時在香港發表第一篇武俠小說：『追殺』，筆意格局，完全是因襲古龍的。」溫氏為馬來西亞人，祖籍廣東，出生於一九五四年。

7皆黃鷹「沈勝衣」故事。黃鷹本名黃偉，以筆名「盧令」為《武俠世界》繪圖，一九七五年代續古龍《血鸚鵡》並接手「驚魂六記」。一九九一年四十二歲時猝然過世。

8溫瑞安〈頓失所寄〉：「古龍在生時說：『溫瑞安只要對武俠小說寫得再集中一些，運氣也再好上一些，那武俠小說以後就看他的了。』」

9原文誤植為「一九七三」。

從「因病斷稿」說起

刊載於一九七六年一月香港《大成》第二十六期，當時古龍和第三任妻子梅寶珠新婚燕爾，藉本文答謝失婚期間所受的關懷，以及在《大成》斷稿一年的愧疚

在人們還沒有發明火鐮、火刀、洋火、自來火、火柴，和打火機的時候，只能鎹石爲火，鑽木取火。

那怕只不過是一點零星的火花，也是火花。

因病斷稿

常常看報章雜誌的人，一定會常常看到「作者因病斷稿，暫停一天」這十個字，看過了也就算了，因爲他們絕不會知道編輯先生們排出這十個字時的痛苦和氣惱。

報章雜誌上連載的作品絕不能「開天窗」，作者們都常常要「因病斷稿」，他們的病，卻又通常不是真的病，而是窮病，酒病，懶病，可是我總認爲，最主要的還是心病。

心病有很多種，情緒低落，失戀，心情沮喪，都是心病。

倪匡在編「武俠與歷史」的時候，有一次問我：

「你爲甚麼要斷稿？」❶

「因爲我心情不好。」我說。

「爲什麼心情不好？」

「因爲我時常斷稿。」

這不是笑話，一個每天都要爬稿子的動物，就會知道這絕不是笑話。

有時候你硬是寫不出稿子，就算把刀架在你脖子上，把鎗塞在你的喉嚨裡，你還是寫不出，就算你拚命用頭去撞牆，撞得頭破血流，也還是寫不出。

因爲你有病，你寧可「因病斷稿」，也不願隨便亂寫，更不願倩人捉刀❷。

這是種悲劇，文人的悲劇，無可奈何的悲劇。

幸好不管怎麼樣的悲劇，都有過去的時候。

過來人？有心人？

我病得最重的時候，葦窗兄❸曾經寫了封信給我，他說：

「近來有很多人都認爲你的作品太頹喪，似非壯年人所宜，倪匡兄亦有同感，希望你擅自珍攝。」

我看了這封信之後，我笑了，因爲我已連哭都哭不出。

他還寄了一篇「過來人」❹寫的短文給我，標題是「問古龍」，「過來人」問我的只有一句話：

「舊城既棄，爲何不另覓新城？」❺

可是他在那篇文章裡流露出的同情和關心，非但令我哭不出，連笑都笑不出！

我沒有這種幸運能任事他這麼樣的朋友，我只能說，如果能夠交到這麼樣一個朋友，我寧願三百天不喝一杯酒。

幸好我還認得倪匡，我常常認爲倪匡不瞭解我的痛苦，可是他卻說：

「你的痛苦，只不過是手指上破了點皮，等到你連整個手臂都砍斷的時候，你就會叫痛了。」

對於葦窗兄，我更不知道應該怎麼說，我只能借用王世昭先生的幾句話；

「這位總編輯先生的誠懇和忍耐！如果有人說不動人，那『一定』是假的！」

「一定」這兩個字，是我加上去的，因爲我覺得非此不足以表現出葦窗兄的人格與友情——其實我就算加了上去，還是不足以形容葦窗兄的爲人於萬一。

我只能說：

「過來人」一定是位有心人，因爲他們一定都是從「病」中過來的。

眾裡嫣然通一顧

「眾裡嫣然通一顧，道是無情卻有情。」

前面一句，是王大師（國維）的詞，也是程靖宇先生在「他日相逢不相識」❻一文（見本刊第二十二期）中所曾借用過的。

後面一句，卻是我胡拼亂湊加上去的，因爲我看過程先生的文章後，心裡就不由自主想起了這句話，想拋開卻拋不了。

是無情？是有情？是相識？是不相識？

有誰能分得清？

情是何物？

程先生在那篇文章裡，從來沒有在「情」這方面著墨過一字，可是當我讀到：

「隨後我答應她再坐一會，叫她不如睡下談天。她不答應，我逼她進了被窩……」

當我讀完這一段的時候，我忽然覺得彷彿有淚沾衣。

一九七五，十二，七，夜

1指《絕代雙驕》（一九六六年二月至一九六九年二月）。

2早期的古龍小說經常斷稿，出版社被迫請槍手代為完成，但這還不算是古龍「倩人捉刀」。一九七〇年代中期起，主動找人代筆才成了古龍創作過程中的常態。

3沈葦窗，香港《大成》雜誌社長兼總編輯。《大成》的前身是《大人》。

4可能指香港作家蕭豔清（別名蕭思樓）。他最有名的筆名是過來人，另有阿筱、蕭郎等筆名。

5古龍《大成》第十四期〈城裡城外〉：「我曾經住在過城裡，現在又到了城外。」表明已經離婚。過來人呼應此語，勸古龍另覓姻緣。

6全文刊載於《大成》二十一、二十二期，書寫程氏和童芷苓的悵然往事。文中借用王國維〈蝶戀花〉，其上闋曰：「窈窕燕姬年十五，慣曳長裾，不作纖纖步。眾裡嫣然通一顧，人間顏色如塵土。」

臺北奇俠傳

刊載於一九七六年二月香港《大成》第二十七期，與二十八期〈牛哥的「三奇」〉為上、下篇關係

「臺北奇俠傳」這五個字裡，至少有一個半字不足信。

因爲我寫的這些人雖然多多少少有點俠氣，卻絕沒有「以武犯禁」，所以這個「俠」字，最多只能看一半，左邊的一半——人。

這些人的身分雖然不同，生命卻都是多采多姿的，我最多只能從他們的「弱水三千中，取一瓢飲」，當然更談不到替他們立「傳」。

可是他們的確都在「臺北」，而且都很「奇」，奇得很有趣。

前前後後在臺北耽了二十年❶，知道的奇人奇事總有不少，可是我無論從哪方面去想，第一個想到的總是馬芳踪❷。

「天賦異稟」馬芳踪

提起馬芳踪這個人，當然是大大的有名。

他是臺北的名男人，他發明了「長頭髮」這三個字來代表「美麗的女性」，他在臺北華報，用「柳上惠」爲筆名寫的小品，一直很受歡迎。

他是現任的「臺北邵氏❸」、「第一飯店」、「春風得意樓❹」的瓢把子，包辦了人生中食、住、娛樂三大項目。

他也是昔年富可敵國的郵傳部大臣盛宣懷盛宮保❺的孫女公子，青衣名票穎若館主❻的「黑漆板凳❼」。

可是他的「奇」，並不在這些方面。

我第一次看見他，是在「美艷親王」焦鴻英❽家裡，我和焦大姐的弟弟鴻鋆是好朋友，鴻鋆和女子籃球國手張錦雲訂婚時❾，在臺北的美而廉二樓開舞會，馬芳踪和他的「館主」也去了。

那已是十七年以前的事，那時候他儀容修潔，容光煥發，貌如潘安，人如玉樹，到處笑臉迎人，實在是個翩翩濁世的佳公子。

奇怪的是，在經過了十七八年並不算十分好過的日子之後❿，他看起來還是那樣子，幾乎連一點都沒有變。

那時候他擁著珠光寶氣、儀態萬千的「館主」翩翩起舞時，也不知令多少後生小子羨煞。

現在他如果偶而去風花雪月一番，我雖然已不再是後生小子，可是如果我看見了，我還是會羨慕得要命。

我常常問他：

「你究竟是駐顏有術，還是天賦異稟？」

他總是笑，笑得總是有點神秘兮兮的樣子。

「通天教主」李費蒙

說起李費蒙[11]這名字，也許還有人不知道，如果說起「牛哥」，那就是誰人不知，哪個不曉了。

牛哥、牛哥的哥哥李凌翰[12]，最近和「製片王」王龍合作的製作人張仁道，是我認得的朋友中，除了馬芳踪之外，最駐顏有術、天賦異稟的三個人。

牛哥的漫畫是一絕，簽名式也是一絕，他的人更是一絕。

他當年畫的「老油條」、「牛伯伯」、「四眼田雞」、「牛小妹」，滑稽突梯，諷刺入骨，現在他的漫畫鋒芒雖已稍減，可是線條之美，仍不作第二人想。

他當年寫的小說「賭國仇城」、「職業兇手」、「情報販子」全都風行一時。

他編過劇，做過導演，而且還親自上銀幕當過小生，和吳驚鴻[13]演過對手戲。

他喝酒喝了三十多年，到現在還是酒到杯乾，喝上個三兩瓶紹興，依然面不改色。

他交的朋友，上至達官貴人、明星名導，下至販夫走卒、流氓太保，不認得他的人實在不多，他認得的人實在不少。

今年他雖然已經到了「知天命」的年紀，可是如果你在臺北的「知名之地」，看見一個銳眼如鷹，談笑風生，而且時常語驚四座的人，如果你好奇，悄悄的去問：「那個人是誰？」

你得到的回答通常都會是：「他就是牛哥。」

可是牛哥的奇，並不在這些方面。（待續）

1「二十年」係取概數，當時已有二十五六年。

2古龍《流星・蝴蝶・劍》中的「馬方中」，可能取自馬芳踪的諧音。

3香港邵氏在臺分公司，一九七三年二月由馬芳踪接任經理。古龍之所以和邵氏簽約，與馬氏有密切關係。

4位於西門町的粵菜館，投資者包括影星秦祥林、張帝和張沖、胡錦夫婦。

5清代習稱「太子少保」為「宮保」；官高位尊，為太子的教師之一。

6「青衣」是傳統戲曲中的正旦。「票友」指業餘的戲曲演員，知名的票友稱為「名票」。穎若館主為上海社交名媛和京劇名伶，本名盛毓珠，字岫雲。祖父為清代名臣盛宣懷。枕邊人為名琴師周長華，一九五四年病逝於臺北。數年後周氏弟子馬芳踪離婚，改與盛氏結婚。

7 "Husband"（丈夫）的戲謔性譯法。

8 上海名媛，梅蘭芳親傳弟子，以電影《美豔親王》（一九四九）而著稱。曾與蔣經國傳出誹聞。

9 焦鴻鋆是古龍的淡江同窗。一九六〇年二月廿一日於「美爾康」訂婚。

10 馬芳踪長年擔任外事警察，一九六三年曾捲入弊案，自殺未遂。

11 本名李敬光，字費蒙，一九二五年出生於香港，一九九七年病逝於臺北。門生眾多，有「牛家班」之稱。他和夫人馮娜妮是古龍親近而敬畏的朋友。

12 亦為漫畫家。

13 上海影星，一九四九年拍攝《阿里山風雲》時因戰亂而滯留臺灣，成為當時的首席女伶。

牛哥的「三奇」（「臺北奇俠傳」之二）

刊載於一九七六年三月香港《大成》第二十八期。各家文集將〈臺北奇俠傳〉的「『通天教主』李費蒙」一段併入本文

牛哥的三奇

牛哥不但奇，而且有三奇。

只要認得牛哥的人，都知道他最喜歡的一件事，既不是喝酒，也不是吃肉，他甚至不能算好色。

他最喜歡「臭人」——是「臭人」，不是罵人。

被他「臭」的人，通常都是他的朋友，而且通常都不會生他的氣，我從童子軍時代就被他「臭」，「臭」了十七八年，也沒有生過氣。

他不但喜歡「臭人」，而且很會「臭人」，一件明明是「無中生有」的事，只要被他沾到一點邊，經過他加酒添醬之後，好像就變成「確有其事」了，不但別人相信，連「當事人」都

幾乎有點非相信不可的樣子。

可是他「臭人」有點好處。

他只「臭人」，從不傷人，而且他「臭」起人來，絕對一視同仁，六親不認；只要他高興，什麼人他都「臭」，連他的老婆都不能倖免，別人又怎麼能生氣？

這是一奇。

在別人心目中，他一直是個「大」人，大塊吃肉，大碗喝酒，大來大去，大模大樣，甚至還有人認爲他是個冤大頭。

這真是大錯而特錯。

其實他一點都不大，做什麼事他都很小心，他從來不欠別人一個小錢，別人不注意的小地方，他都照顧得很周到。

在外面玩，有時候他雖然也會大而化之，可是一回到家裡，他照樣抱孩子，下廚房，切一點綠的蔥，黃的薑，紅的辣椒，擺在一條魚上，做成一道漫畫一樣的清蒸魚，端給正在打麻將的老婆大人吃。

他的第三奇，就是他有個奇妻。

俠女、俠侶

大家都知道張作霖是東北王，都以爲天不怕，地不怕，其實他也有害怕的時候。

至少他有點怕他的把兄弟馮麟閣。

他搶先一步，搶到了奉天督軍的寶座，馮麟閣就在他的督軍府對面，也照樣造了座督軍府，而且還在院子裡擺上十來架大炮，炮口正對著他的督軍府，張大帥也只有低聲下氣的去求和。

大家都知道張學良是東北的四公子之一，卻不知道東北氣派最大的一位公子並不是張少帥，而是「馮庸大學」的創辦人馮庸❶。

據說他創立這間大學，只不過因爲他懶得去考別的大學。

馮庸就是馮麟閣的大少爺，也就是馮娜妮的父親，牛哥的岳父。

將門虎女，這位牛大嫂實在可以算是條「虎」——雖然不是那種人人見了都要退避三舍、頭大如斗的母老虎，可是多少總有點虎威。

她心直口快，只要看見一個人有一點不順眼的事，她就會指著那個人的鼻子罵得「那小子」抬不起頭來。

她常常喜歡自稱「老娘」，喝起酒來也不饒人，據說有很多「知名之士」都被她灌得跪地求饒——這雖然是她自己說的，可是無風不起浪，被她灌得跪下來的人多少總有一兩個。

如果你認爲她真是個「老娘」，你也大錯而特錯了。

我跟她是中學同學，大學同學❷，她一直是我們的校花，現在雖然已經快到「二十，二十❸了，可是紮起小辮子，穿起牛仔褲來，依然還是個「牛小妹」，走到馬路上，照樣還是有人吹口哨。

她跟牛哥，不但是經過患難、見過真情的夫妻，而且實在是天生的一對。

他們夫唱婦隨，婦唱夫隨，夫妻兩個人一吹一唱，一搭一檔，公不離婆，秤不離錘，別人「雙拳難敵四手」，所以，他們「臭人」的時候，別人只有乖乖的聽著，傻傻的作苦笑狀，然後還得敬他們一杯酒。

鄭證因的《邊城俠侶》、金庸的《神鵰俠侶》，都是我看過很多遍的武俠小說，我佩服這兩位作家，更羨慕這兩對俠侶。

牛哥牛嫂這一對無疑也是俠侶，我希望他們也像楊過和小龍女一樣，能夠永遠青春不老，笑傲江湖。

1馮庸（一九〇一至一九八一）是張學良的拜把兄弟。一九二七年散盡家財，於瀋陽創辦中國第一所西式大學，完全免費，所以古龍說他的氣派最大。

2馮娜妮是古龍在師院附中的學姊，前者就讀高中部廿五班時，後者讀初中部卅六班。後來又成了淡江英專的前後期校友。古龍的結拜兄長諸葛青雲曾說，如果「古龍死過一千次，牛嫂一定救他九百九十九次」，見一九八五年九月廿三日民生報第九版。

3二十加二十就是四十了。

盛筵之餘

刊載於一九七六年四月香港《大成》第二十九期。本文可以窺見古龍在「正統」文壇上豐沛的人脈關係

三月十日，一定是個吉日，諸事皆宜，尤其宴客。❶我的運氣一定也特別好，所以才會機緣巧合，參加了那一次難得的盛宴。

難得的不是酒菜之豐美，而是人。主人難得，客人也難得。

要做主人並不難，要懂得怎麼做一個好主人，就不是件容易事了。「三代爲官，才懂得穿衣吃飯」，請客也同樣是種學問。

那天的主人是朱庭筠先生，臺北「華報」❷的老板，風趣健談，能喝酒，會點菜，而且堅決不讓別人跟他搶會帳，實在具備了做一個好主人所有的條件。尤其是一個本來是想跟他搶著付賬的人，更會覺得這位主人實在是善體人意，功德無量——這個人就是我。

那天的客人，除了我之外，不是才子，便是詩翁，「大成」的老總沈葦窗兄，就是那天的

主客。

那天，詩人周棄子❸酒已微醺，雖未吟詩，已有詩情；名畫家高逸鴻❹來得最遲，暖流之中，著開斯米套頭毛衣，而不改色，額不見汗，不但畫境已爐火純青，修養也已爐火純青。

新聞界的前輩李浮生❺先生亦有蕭三爺（蕭同茲先生）❻之風，自己雖然很少說笑，卻一直在欣賞別人的笑，別人的快樂，他也能共享。

貓庵先生的「身邊文學」❼雖然活潑輕健，妙語如珠，卻是個沉默寡言的人，正如在座的薛慧山先生❽一樣，既有彩筆，又何妨沉默如金。

那天我最高興的是看到了陳定山❾先生，他的文章精簡流利，不但有一種別人沒法子學，也學不會的風格，有些句子簡直就是詩。

我本來只佩服他的文章，等我有幸識荊之後，才知道原來他的人比文章更可佩，更可愛。定山先生最近題款時，常喜歡題上「時年八十」，我可以想像到他心裡的驕傲和喜悅。

能活到八十，已經是件值得驕傲的事，更值得驕傲的是，一個八十歲的人，還能有那麼蓬勃的生氣，那麼健旺的生命力，望之仍如五十許人。

那絕不是「健康食譜」的功效，定公至今猶健啖能飲，勝慨豪情，光射四座，我從未想到一個八十歲的人，還能有那麼大的酒量。

我想那除了要有一份廣闊的胸襟和樂觀的態度外，還要有一份對生命、對人類的熱愛，才能使一個人永駐青春。

名演員葛香亭⑩先生常說：「活在愛情裡的人，才能永遠年青。」

在飽食之餘，還能看到這許多位名人的風采，這次盛宴，實在是一個後生小子很難忘懷的。

❖

張佛千⑪先生在他所寫的「一燈小記」中，曾經記過很多很絕的人名對，以「張大千」對「阮小二」最妙，小子見獵心喜，也想學學前輩的風流，至今卻只有用「原森」，對「井淼」的一聯，自覺差強人意。（原、井二君，都是名演員。）

那天我忽然又想到了一個，想以「沈葦窗」對「杜魯門」。（其後定公說：「杜魯門」之「魯」字如譯作「蘆」字，更切。）

我沒有說出來，因爲小子雖不敏，卻也不致於笨得要到魯班門前去弄大斧。

一九七六年，三，十一，夜

1同年春天的《白玉老虎》開頭：「三月二十七日，大吉。諸事皆宜。」

2一九七七年十二月，華報被聯合報買下，次年改組為民生報。

3本名周學藩（一九一二至一九八四），臺灣舊體詩壇的首席詩人。

4高逸鴻（一九〇八至一九八二）為補教名師高國華之父，別號蘭香館主。一九七八年古龍拜師學畫。

5即戲劇創作者、戲劇評論家「隴西散人」。

6蕭同茲（一八九五至一九七三），新聞界大老，長期擔任中央通訊社社長，被視為我國通訊事業現代化的推手。

7貓庵長年在華報發表《重來小記》，由生活點滴延伸出許多妙文。

8畫家、畫評家，號慧山逸士。清代名臣薛福成之後。善於評論張大千、溥心畬、徐悲鴻等名家名作。

9本名陳蘧（一八九六至一九八九），字蝶野、小蝶，四十歲改字定山。書畫名家，兼善詩文。曾贈送古龍兩副對聯，嵌入他和妻子梅寶珠之名：「古匣龍吟秋說劍，寶簾珠卷晚凝妝。」「寶靨珠當春試鏡，古韜龍劍夜論文。」

10古龍的乾爹。一九七七年古龍爆發桃色風波，葛氏擔任演藝人員生活自律評議委員會召集人，通過制裁案。

11本名張應瑞（一九〇七至二〇〇三），擅長對聯，有「聯聖」之稱。曾贈古龍：「寶劍多名篇，古詩最愛讀。健筆有奇氣，龍性孰能馴？」「古俠不得見，龍性孰能馴？」

一點「異」見

刊載於一九七六年七月香港《大成》第三十四期，落款時間為民國紀年。次年古龍與趙姿菁發生了桃色風波，一九八〇年又發生吟松閣的喋血事件，成為影劇和社會要聞，比本文提及的兩個事件更為沸沸揚揚

如果有一件很引人注意的事發生了，每個人都會有一點意見，如果他的意見和別人的有一點不同，不管是因爲他的看法想法和別人不同，還是因爲他去看這件事的角度不同，他的意見，都只能算是一點「異」見。

白老師離婚

白老師就是電影圈內人人皆知的「小白」，小白就是白導演、白景瑞❶，我叫他白老師，因爲我在師院附中唸書的時候，他在師院（就是現在的師範大學），他做實習老師時，的確教過我，教的是美術。

其實他是我的老朋友，我一直叫他❷老師，並不完全是因爲我有「一日爲師，終生爲師」

那種美德，也有一部分是因爲我知道老師在學生面前總是要吃一點虧的，老師要付帳的時候，學生通常都可以在旁邊看著，而且心安理得。

❖

離婚是件很痛苦的事，卻是每個人都能享有的法定權利，其中的是非利害得失，更不是局外人所能妄置一詞的。

白老師這次離婚❸，卻說了句很受人非議的話，他說他離婚，是因爲他「第一次戀愛」了。❹

有很多人，尤其是很多知道他過去的老朋友，都認爲他不該說出這麼樣一句話。

我卻認爲他說的是實話。

每個人在戀愛的時候，都會認爲那是他第一次戀愛，因爲愛情是會變質的，變爲親情，變爲友情，有時候甚至會變爲仇恨和負擔，「時間」已使他過去的愛情變質，這一次的愛情就變成「第一次」了。

這種事是對？還是錯？也沒有人能下定評。

我只知道，能夠永遠保持一次戀愛如倪匡夫婦者，是天下最幸福的人。

我只希望白老師的這次戀愛，是他的最後一次。❺

作爲一個學生，作爲一個二十多年的老朋友，這實實在在是我真心希望的。

慎用利器

刀劍是利器，槍炮是利器，拳頭有時候也是利器，能傷人的都是利器，不知道慎用利器的人，一定會有煩惱災禍。

江湖人士往往會乘一時之快，乘一時的血氣之勇，而妄用利器，使親者痛，仇者快。

王羽是我的朋友，他的那件聳動的「杏花閣之風波」❻，其中的是非利害，我也不敢妄置一詞。

可是我知道，「輿論」也是種利器，還比刀劍槍炮更能傷人，而「輿論」往往是報紙所造成的，至少報紙的力量可以左右輿論，已是不爭的事實。

王子犯法，與庶民同罪，在法律之前，人人平等。

似乎一個有名的人做錯了事，絕不能因爲他是名人而逃避懲罰，輿論也絕不能因爲他是名人而將他做的事加以渲染，在他還沒有受到法律公正審判前，已經先加了他的罪。

欲加之罪，何患無辭？可是一字之貶，有時已可毀了一個人的一生。

作爲一種可以左右輿論的力量，在他運用這種利器時，是不是應該特別謹慎？

六十五，八，四，夜

1白景瑞（一九三二至一九九七）是留學義大利的電影博士，劇作有《寂寞的十七歲》、《再見阿郎》和《金大班的最後一夜》等。

2原文誤作「他的」，依文意更正之。

3一九七六年，白景瑞為影星夏玲玲與妻子葉青青離婚，夏玲玲亦與未婚夫羅小鵬解除婚約。

4一九七六年七月九日聯合報第九版：「白景瑞……只和好友私下透露，他與夏玲玲是他這一生的第一次戀愛。」八月十日中國時報第七版：「白景瑞說：他必須澄清的最重要一點為，不曾說過他與夏玲玲的感情問題是第一次的戀愛。」

5這段忘年之愛最後並沒有修成正果。

6一九七六年四月廿三日，王羽和關壯飛、鄧國澧等竹聯幫份子於臺北市的杏花閣酒家飲宴，召來酒女貴妃（王秀華）。晚間十時許，同席的陳伯裕邀貴妃外出遭拒，引起王羽不滿，貴妃躲入其他房間，房內的酒客起而護花，結果遭到殺傷。

關於「陸小鳳」

刊載於一九七七年三月一日香港《大成》第四十期

關於「大成」

每個人都會聽到一些有關他自己的消息，有的消息很好，有的消息不好，有的消息不好也不壞。

對我來說，從「大成」來的消息，通常都是令人愉快的。

讀「大成」的愉快實在太多了，不但經常可以讀到一些令人感動的好文章，而且經常可以看到一些賞心悅目的好畫好字。

我不會寫字，我寫的字常常使排字房裡的朋友頭大如斗，幸好我還能欣賞別人寫出來的好字。

在我的印象中，寫好字的人，就好像「劍客」一樣，通常都是男人，因爲「筆意」和「劍意」確實有很多相通之處。

最近我才知道我的看法實在是井蛙之見，因爲我總算有幸看到了呂媞女士的字，她的字剛健婀娜，如果她不練字而去學劍，她的劍法也必定可以上追古人。

看到呂女士在「大成」三十八期❶發表的一篇文章❷，我更感動，我絕對不敢說王中原先生是我的「文章知己」，因爲我根本不敢說我寫的那些東西也能算「文章」，甚至不敢說那是「小說」。

因爲有很多人都認爲「武俠小說」是荒誕不經的，是不合邏輯的，也是不合法治精神的。雖然「武俠」發源盛行於中國，卻有很多中國人認爲它比不上發源於英倫的偵探小說，就因爲這緣故。

想不到現在居然有位在英國學法律的王先生也承認它的存在價值，可見它在這方面多少已經有了些改進，這一點也正是我一心想做到的。王先生對我的愛護與鼓勵，我一定會永銘在心。❸

還有一個有關我的消息，也來自「大成」。

最近我有幸請到臺靜農❹教授和「大成」的沈老總杯酒聯歡，臺教授道德文章書法名重士林，葦窗兄的字蘊藉敦厚，字如其人，我看見他，才知道「陸小鳳」在香港電視上的反應「還不錯」。❺

關於「陸小鳳」

「陸小鳳」的故事我已經寫了很多篇，有時候寫得雖然「還不錯」，也不能算「很不錯」。

陸小鳳這個人當然是虛構的，從他的「四條眉毛」，到他的行爲、他的思想、他的感情、他的武功，每一樣都是虛構的。

但是誰也不能說這世界上絕不可能有這麼樣一個人存在。

因爲我沒有把他變成一個永遠不錯的神，他也是一個人，有血有肉，有思想有感情，有時也會做錯事，有時甚至會錯得很可笑。

我喜歡寫人的故事，縱然是虛構的故事，也是「人」的故事，不是「神」的故事。

人有很多種，故事也有很多種。

我只喜歡寫一些能夠令人愉快的人，寫一點令人愉快的故事。

這世界上的悲傷不幸已經夠多了，我們爲什麼還要去增加？

令人愉快的故事雖然難免會使一些有學問的人覺得太通俗，可是我認爲那至少總比增加別人的痛苦煩惱好一點。

能賺一點錢也比賺人的眼淚好。

一九七七、二、七、夜

1應為三十七期。

2指呂媞的〈重遊星馬〉。該文提及：「王中原兄留學英國多年習法律，想不到竟是個武俠小說迷，尤其是『古龍』的小說，他一讀再讀……他曾於去年二月廿四日在『星洲日報』副刊以『近代武俠小說漫談』為題，在泛論中西小說的優劣之後，特別指出古龍作品與眾不同的地方」云云。古龍「有幸看到」的「剛健婀娜」的字亦見於該文附圖。

3古龍於第四十期發表本文後，《大成》第四十一期立即轉載王中原〈武俠小說新談〉（即〈近代武俠小說漫談〉）。

4本名臺傳嚴（一九〇二至一九九〇），魯迅的學生，曾於臺大中文系擔任系主任長達二十年。

5香港無線電視一九七六年播映「陸小鳳」，一九七七年播映「陸小鳳之決戰前後」，一九七八年播映「陸小鳳之武當之戰」，皆由劉松仁飾演陸小鳳。

作者聲明

刊載於一九七七年二月十二日《中國時報》第三版、《碧血洗銀槍》連載第一六四期後

作者聲明：坊間現有「汪精衛賣國秘史」一書❶，擅署「古龍」作，除依法追究外，特聲明此書絕非作者所撰。

1 該書於一九七六年出版，至一九七九年文翔圖書仍持續發行。

《白玉老虎》後記

一九七六年春天，香港《武俠世界》八六三期開始連載《白玉老虎》，同年冬天中斷，古龍為此寫了一篇後記

「白玉老虎」這故事，寫的是一個人內心的衝突，情感與理智的衝突，情感與責任的衝突，情感與仇恨的衝突。

我總認爲，故事情節的變化有窮盡時，只有情感的衝突才永遠能激動人心。

這故事中主要寫的是趙無忌這個人。

現在趙無忌內心的衝突已經被打成了一個結，死結。

所以這故事也應該告一段落。❶

但是趙無忌還要活下去，這個結遲早總是要解開的，所以這故事一定也還要繼續下去。

關心趙無忌的人，關心鳳娘、千千、憐憐、曲平、唐傲、唐缺，和那一雙奇怪而可愛的孿生子的人，也一定希望能看下去，所以我也一定會寫下去❷，再過幾期後，我一定會讓每個人

滿意。

——至少我一定會盡力。

1今日流傳的〈後記〉只到此處，以下約一百三十字在華新・桂冠本（一九七七）中遭到刪削。就文獻價值而言，完整的篇幅比較珍貴，但在藝術安排上，閹割的〈後記〉成為小說的一部分，使故事停在一個「止於當止」的高妙境界，這種效果不妨以元代雜劇《趙氏孤兒》類比。

2古龍終究沒有完成這個承諾。一九七七年歐陽瑩之〈泛論古龍的武俠小說〉：「現在已過了幾十期，他在『武俠世界』已開始了另一篇新稿，但『白玉老虎』呢？難道古龍的承諾一文不值？」一九八五年，古龍讓弟子申碎梅（薛興國）寫了續集《白玉雕龍》，但讀者普遍不是很滿意，甚至是很不滿意。

關於「武俠」

刊載於一九七七年六月一日香港《大成》第四十三期至十一月一日第四十八期，分六次刊完，文字承襲〈小說武俠小說〉和〈寫在《天涯・明月・刀》之前〉之處甚多。一九八三年更名〈談我看過的武俠小說〉，於二月一日至八月一日在《聯合月刊》第十九至二十五期分七次刊完

聽說倪匡準備寫「中國武俠小說史」❶，對一個寫武俠小說的人說來，這實在是件非常值得歡喜興奮的事。

武俠小說之由來已久，武俠小說之不被重視，由來也已久，現在終於有人挺身而出，爲這種小說作一個有系統的紀錄，使它日後也能在小說的歷史中佔一席地。這件工作的本身，已無疑是武俠小說歷史中的一大盛事；只要是寫武俠小說的人，都應該來共襄盛舉。

所以我也不免見獵心喜，只可惜我既沒有倪匡兄那麼大的魄力，也沒有那麼大的本事，我只不過像是個獻曝的野人，想把我對武俠小說的一點點心得和感想寫出來，既不能算正式的紀錄，更不能算嚴肅的評論。

假如它還能引起讀者諸君一點點興趣，爲倪匡兄的工作作一點鋪路的工作，我就已心滿意足了。

一

關於武俠小說的原起，一向有很多種不同的說法——自太史公的《遊俠列傳》開始，中國就有了武俠小說——這當然是其中最堂皇的一種，但接受這種說法的人並不多。因爲武俠小說是傳奇的，如果一定將它和太史公那種嚴肅的傳記相提並論，就未免有點自欺欺人了。

在唐人的小說記事中，才有些故事和武俠小說比較接近。

「唐人說薈」卷五，張鷟的「耳目記」中，就有段故事是非常傳奇，非常「武俠」的。

「隋末，深州諸葛昂，性豪爽，渤海高瓚聞而造之，為設雞肫而已。瓚小其用，明日大設，屈昂數十人，烹豬羊等長八尺，薄餅闊丈餘，裹餡粗如庭柱，盤作酒盌行巡，自作金剛舞以送之。——「屈」即邀請之意。

昂至後日，屈瓚所屈客數百人，大設，車行酒，馬行炙，挫椎❷斬膾，磑礫蒜齏，唱夜叉❸歌獅子舞。

瓚明日，復烹一雙子十餘歲，呈其頭顱手足，座客皆喉而吐之。

昂後日報設，先令美妾行酒，妾無故笑，昂叱下，須臾蒸此妾坐銀盤，仍飾以脂粉，衣以錦繡，遂擘腿肉以啖，瓚諸人皆掩目，昂於乳房間撮肥肉食之，盡飽而止。瓚羞之，夜遁而去。」

這段故事描寫諸葛昂和高瓚的豪野殘酷，已令人不可思議，這種描寫的手法，也已經和現代武俠小說中比較殘酷的描寫接近。

但這故事卻是片斷的，它的形式和小說還是有段很大的距離。

當時，民間的小說、傳奇、評話、銀字兒中，也有很多故事，是非常「武俠」的，譬如說：盜盒的紅線、崑崙奴、妙手空空兒、虯髯客，這些人物，就幾乎已經和現代武俠小說中的人物互無分別。

武俠小說中，最主要的武器是劍，關於劍術的描寫，從唐時開始，就有很多比現代武俠小說中的描寫更神奇。

紅線和大李將軍的劍術，已被渲染得幾近神話，但有關公孫大娘的傳說，卻無疑是有根據的，絕非空中樓閣。

杜甫的「觀公孫大娘弟子舞劍器行」，其中對公孫大娘和她弟子李十二娘劍術的描寫，就是非常生動而傳神的。

「昔有佳人公孫氏，一舞劍器動四方，觀者如山色沮喪，天地爲之久低昂。如羿射九日落，矯如群帝驂龍翔，來如雷霆收震怒，罷如江海凝清光……」

杜甫是個詩人，詩人的描寫，雖不免近於誇張，可是以杜甫的性格和他的寫作習慣看來，他縱然誇張，也不會太離譜。

何況，號稱「草聖」的唐代大書法家張旭，也曾自言：「始吾聞公主與擔夫爭路，而得筆法之意，後見公孫氏舞劍器，而得其神。」

由此可見，公孫大娘不但實有其人，她的劍術，也必定是非常可觀的——劍器雖然不是劍，是舞，但是舞劍也必然可以算是劍術的一種，只可惜後人看不到而已。

那麼，以此類推，武俠小說中有關武功的描寫，也並非全無根據，至少它並不像一些「文藝界的衛道者」所說的那麼荒謬。

這些古老的傳說和記載，點點滴滴，都是武俠小說的起源，再經過民間的評話、彈詞，和說書的改變，才漸漸演變成現在的這種型式。

「彭公案」、「施公案」、「七俠五義」、「小五義」和「三俠劍」，就都是根據「說書」而寫成的，已可算是我們這一代人所能接觸到的最早的一批武俠小說。

「七俠五義」本來並沒有七俠而是「四俠五義」❹，後來經過一代文學大師俞曲園（樾）❺先生的增訂修改，加上黑妖狐智化、小諸葛沈仲元、小俠艾虎，才變為現在這種版本，而風行至今，所以嚴格說來，俞曲園也是我們這些「寫武俠小說的」的前輩。

張杰鑫❻的「三俠劍」是比較後期的作品，所以它的型式和現在的武俠小說最接近。

這本小說中最主要的一個人物，本來應該是「金鏢勝英」，他的「迎門三不過，甩頭一字」，和「魚鱗紫金刀」，都是「天下揚名」的武器，但他卻並不是個可以令人熱血沸騰的英雄人物。

他太謹慎，太怕事，而且有點老奸巨滑，他掌門弟子黃三太的性格也一樣，比起來，傷在黃三太鏢下的山東竇爾墩，就比他們有豪氣得多，但竇爾墩後來卻偏偏又被黃三太的兒子黃天霸擊敗了。

勝英、黃三太、黃天霸，本是一脈相承的英雄，但卻又偏偏都不是真正的典型英雄人物。

勝英是「劍客」艾蓮遲的第四個徒弟，但武功比起他的師兄弟來，卻差得很多，非但比不上他的大師兄「鎮三山，轄五嶽，趕浪無絲鬼見愁，大頭鬼王」夏侯商元，就算跟他的五師弟「飛天玉虎」蔣伯芳、六師弟「海底撈月」葉潛龍比起來，也望塵莫及。

所以我以前一直想不通，張杰鑫爲什麼要將他書中的英雄寫成這麼樣一個人，直到現在我才瞭解，他當時這麼樣寫，是有他的苦衷的。

在清末那種社會環境，根本就不鼓勵人們做英雄，老成持重的君子，才是一般人認爲應該受到表揚的。

武俠小說也和別的小說一樣，要受到社會習慣的影響，所以從一本武俠小說中，也不難看出作者當時的時代背景。

張杰鑫的這本「三俠劍」，非但結構散漫，人物也太多，並不能算是本成功的小說，因爲這本小說，本來就不是有計劃的寫出來的，而是別人根據他的「說書」筆錄的❼，叫座的說書，應聽眾和書場老闆的要求，欲罷不能，只有漫無限制的延長下去，到後來當然難免會變得尾大不掉，甚至無法收場。

我特別提出這本書來，就因為後來所有的武俠小說，幾乎全都犯了這種通病，人物和故事的發展，常常都會脫離主線很遠，最顯著的兩個例子，就是平江不肖生的「江湖奇俠傳」和還珠樓主的「蜀山劍俠傳」。

二

平江不肖生和還珠樓主都是才氣縱橫，博聞強記的天才作家，他們的作品都是海闊天空，任意所之，雄奇瑰麗，變化莫測的。

平江不肖生向愷然❽，和三湘奇俠柳森嚴是同一時代的人物，他的「江湖奇俠傳」據說就是根據柳森嚴的傳說再加以渲染寫成的，書中的主角——「金羅漢」呂宣良的弟子柳遲，就是柳森嚴的化身。❾

但後來故事的發展，已完全脫離了這條主線，前面寫的絕頂高手，到後來竟變成了不堪一擊的人物，很多人看這本書，都是看了一半興趣就降低了，正如有些人看「紅樓」只看前八十回；看「三國」看到死諸葛嚇走活司馬後就罷手一樣。

因為後面的一段，看了實在有點叫人洩氣，但前面的一段，卻是非常精彩的，甚至可以說百看不厭，所以「江湖奇俠傳」不但在當時可以轟動，而且在武俠小說中，也可算是本不朽的名著。

這種只有一半精彩的名著，例子並不少[10]，「格列佛遊記[11]」和「鏡花緣」也是這樣的——最妙的是，這兩本書本身也有很多相像的地方，前面的一半，都是假借一些幻想中的王國，來諷刺當時社會中的病態，和人性中可悲可笑的一面。

「格列佛遊記」中，有大人國和小人國，「鏡花緣」中，也有君子國和女兒國，這種奇妙的偶合，實在是非常有趣的，由此可見，東方人和西方人的思想哲學，在基本上並沒有太大的分歧，只可惜後世的讀者，往往只接受書中趣味的吸引，而忽略了其中的寓意。

❖

「蜀山劍俠傳[12]」的結構雖然也很散漫，趣味卻是一致的，每一個人物的性格，都絕對能前後呼應，每一個人的來歷和武功，都交待得非常清楚，而且層次分明，若單以武俠小說而論，這本書無疑是要比「江湖奇俠傳」成功。

除了寫人物生動突出外，書中寫景，也是一絕，寫古代的居室之美，服用器皿之精，飲食之講究，更沒有任何一本武俠小說能比得上。看這本書的時候，無異同時也看了一本非常有趣的食譜和遊記。

我一向認爲武俠小說的趣味，本該是多方面的。多方面的趣味，只有在武俠小說中，才能同時並存。

——偵探推理小說中沒有武俠，武俠小說中卻能有偵探推理；言情文藝小說中沒有武俠，武俠小說中卻能有文藝言情。

這正是武俠小說一種非常奇怪的特性，像「蜀山劍俠傳」的寫法，正好能將這種特性完全發揮。

所以這種寫作的方式，一直在武俠小說中佔有非常重要的地位，還珠樓主李壽民[13]也因此而成爲承先啓後、開宗立派的一代大師。

除了「蜀山」之外，還珠樓主的著作有「柳湖俠隱」、「長眉真人傳」、「峨嵋七矮」、「雲海爭奇記」、「兵書峽」、「青門十四俠」、「青城十九俠」、「蠻荒俠隱」、「黑森林」、「黑螞蟻」、「力」等，其中大多數都和「蜀山」有很密切的關係。

這些書，幾乎沒有一部是真正完整結束的，因爲他寫的局面實在太大，所以很難收拾殘局，直到現在爲止，還是有很多武俠小說會犯同樣的毛病。

但是和還珠樓主同一時代的作者中，卻有一個人從未受到他的影響，這人就是王度盧。

三

王度盧[14]的作品，不但風格清新，自成一派，而且寫情細膩，結構嚴密，每一部書都非常完整。

他的名著「鶴驚崑崙」、「寶劍金釵」、「劍氣珠光」、「臥虎藏龍」、「鐵騎銀瓶」，雖然是同一系統的故事，但每一個故事都是獨立的，都結束得非常巧妙。

他也是第一個將寫文藝小說的筆法，帶到武俠小說中來的人。

和他同時的名家，還有鄭證因、朱貞木、白羽，除了這幾人外，寫「勝字旗」的望素樓主，寫《碧血鴛鴦》的徐春羽，雖然也擁有很多讀者，但比起他們來，就未免稍遜一籌了。

鄭證因[15]是我最早崇拜的一位武俠小說作家，他的文字簡潔，寫俠林中事令人如身歷其境，寫技擊更是專家，幾乎能將每一招、每一式都寫得極生動逼真，所以有很多人都認爲他本身也必定精於技擊。

他是位多產作家，寫的書通常都很短，所以顯得很乾淨俐落，其中最長的一部是「鷹爪王」，最有名的一部也是「鷹爪王」。他的寫作路線，仿效的人雖不多，但是他書中的技擊招式，和幫會規模，卻至今還被人在採用，所以他無疑也具有一派宗主的身分。

如果將當時的武俠小說分爲五大派：還珠樓主、王度廬、鄭證因、朱貞木、白羽，就是五大門派的掌門人。

朱貞木[16]的「七殺碑」、「羅刹夫人」、「艷魔島」、「龍岡恩仇記」……。

白羽[17]的「十二金錢鏢」、「毒砂掌」、「獅林三鳥[18]」……。

每一本都是曾經轟動一時的名著，都曾經令我廢寢忘食，一看就是一個通宵。

除此之外，還有部書雖然不太爲人所知，卻是我最偏愛的。

那就是白羽和于芳合著的「神彈乾坤手」和「四劍震江湖」。

我一直不知道于芳是個怎麼樣的人，爲什麼只寫了這樣短短的兩部書，就不再有作品問世了。

事實上，這些名家的作品都不太多，而且在二十年前，就已幾乎不再有新作問世，所以在四十和五十年代之間的一段時候，可以算是武俠小說最消沉的一段時候。

在這段時期中，只出了一位抄襲的「名家」，將還珠樓主書中的「黑摩勒」和「女俠夜明珠」，抄成了一部很暢銷的武俠小說。

直到五十年代開始後，才有個人出來「復興」了武俠小說，爲武俠小說開創了一個新的局面，使得武俠小說又蓬勃發展了二十年。

在這二十年中名家輩出，作品之豐富，和寫作技巧的變化，都已到達一個新的高峰，比起還珠樓主他們的時代，尤有過之。

開創這個局面的人，就是金庸。

四

我本不願討論當代的武俠小說作者，但金庸卻可以例外。

因爲他對這一代武俠小說的影響力，是沒有人能比得上的，近十八年來的武俠小說，無論誰的作品，多多少少都難免受到他的影響。

他融合了各家各派之長，其中不僅是武俠小說，還融會了中國古典文學和現代西洋文學，才形成了他自己的獨特風格，簡結、乾淨、生動！

他的小說結構嚴密，局面雖大，但卻能首尾呼應，其中的人物更栩栩如生[19]，呼之欲出。

尤其是楊過。

楊過無疑是所有武俠小說中，最可愛的幾個人其中之一。

楊過、小龍女、郭襄[20]間的感情，也無疑可以算是武俠小說中最動人的愛情故事之一。

最重要的是他創造了這一代武俠小說的風格，幾乎很少有人能突破。

可是在他初期作品中，還是有別人的影子。

在「書劍恩仇錄」中，描寫「奔雷手」文泰來逃到大俠周仲英的家，藏在枯井裡，被周仲英無知的幼子，爲了一架望遠鏡出賣，周仲英知道這件事後，竟忍痛殺了他的獨生子。

這故事幾乎就是法國文豪梅里美[21]最著名的一篇短篇小說的化身，只不過將金錶改成了望遠鏡而已。

但這絕不影響金庸先生的創造力，因爲他已將這故事完全和他自己的創造聯成一體，看起來是一氣呵成的，看到「書劍恩仇錄」中的這一段故事，幾乎比看梅里美「尼爾的美神[22]」故事集中的原著，更能令人感動。

看到「倚天屠龍記」中，寫張無忌的父母和金毛獅王在極邊冰島上的故事，我也看到了另一位偉大作家——傑克・倫敦[23]的影子。

金毛獅王的性格，幾乎就是「海狼」。

但是這種模倣卻是無可非議的。

因爲他已將「海狼」完全吸引溶化，已令人只能看見金毛獅王，看不見海狼。

武俠小說最大的優點，就是能包羅萬象，兼收並蓄——你可以在武俠小說中寫「愛情文藝」，卻不能在「文藝」小說中寫武俠。

每個人在寫作時，都難免會受到別人影響的，「天下文章一大抄」，這句話雖然說得有點過火，卻也並不是完全沒有道理。

一個作家的創造力固然可貴，但聯想力、模倣力，也同樣重要。

我自己在開始武俠小說時，就幾乎是在拚命模仿金庸先生，寫了十年後，在寫「名劍風流」、「絕代雙驕」時，還是在模仿金庸先生。

我相信武俠小說作家中，和我同樣情況的人並不少。

這一點金庸先生也無疑是値得驕傲的。

❖

金庸先生所創造的武俠小說風格雖然至今還是足以吸引千千萬萬的讀者，但武俠小說還是已到了要求新、求變的時候。

因爲武俠小說已寫得太多，讀者們也已看得太多了。

有很多讀者看了一部書的前兩本，就已經可以預測到結局。

最妙的是，越奇詭的故事，讀者越能猜到結局。

因爲同樣「奇詭」的故事已被寫過無數次了，易容、毒藥、詐死、最善良的女人就是女魔頭——這些圈套，都已很難令讀者上鉤。

所以情節的詭奇變化，已不能再算是武俠小說中最大的吸引力。

人性的衝突才是永遠有吸引力的。

武俠小說中已不該再寫神，寫魔頭，已應該開始寫人，活生生的人！有血有肉的人！

武俠小說中的主角應該有人的優點，也應該有人的缺點，更應該有人的感情。

寫「包法利夫人」的大文豪福樓拜爾曾經誇下一句海口。

他說：

「十九世紀後將再無小說。」

因爲他覺得所有的故事情節，所有的情感變化，都已被十九世紀的那些偉大作家們寫盡了。

可是他錯了。

他忽略了一點。

縱然是同樣的故事情節，如果從不同的角度去看，寫出來的小說就是完全不同的。

人類的觀念和看法，本來就在永遠不停地改變，隨著時代改變。

武俠小說寫的雖然是古代的事，也未嘗不可注入作家自己新的觀念。

因爲小說本來就是虛構的。

寫小說不是寫歷史傳記，寫小說最大的目的，就是要吸引讀者，感動讀者。

武俠小說的情節若已無法再變化，爲什麼不能改變一下，寫寫人類的情感，人性的衝突，由情感的衝突中，製造高潮和動作。

五

武俠小說中當然不能沒有動作，但描寫動作的方式，是不是也應該改變了呢？

——這道人一劍削出，但見劍光點點，劍花錯落，霎眼間就已擊出七招，正是武當「兩儀劍法」中的精華，變化之奇幻曼妙，簡直無法形容。

……

這大漢怒喝一聲，跨出半步，出手如電，一把就將對方的長劍奪過，輕輕一拗，一柄百煉精鋼製成的長劍，竟被他生生拗爲兩段。

……

這少女劍走輕靈㉔，身隨劍走，劍隨身游，霎眼之間，對方只覺得四面八方都是她的劍影，也不知哪一劍是實，哪一劍是虛？

……

這書生曼聲長吟：「勸君更進一杯酒，西出陽關無故人。」掌中劍隨著朗吟聲斜斜削出，詩句中那種高遠清妙、凄涼蕭疏之意，竟已完全溶入這一劍中。

……

鄭證因派的正宗技擊描寫：「平沙落雁」、「立鳥劃沙」、「黑虎偷心」、「撥草尋蛇」，還珠樓主派的奇秘魔力、裸裎魔女……這些，固然已經有些落伍，可是我前面所寫的那些「動作」，讀者們也已看過多少遍了呢？

應該怎麼樣來寫動作，的確也是武俠小說的一大難題。

我總認為「動作」並不一定就是「打」。

小說中的動作和電影不同，電影畫面的動作，可以給人一種鮮明生猛的刺激，但小說中描寫的動作沒有這種力量了。

小說中動作的描寫，應該是簡短而有力的，虎虎有生氣的，不落俗套的。

小說中動作的描寫，先該製造衝突，情感的衝突，事件的衝突，讓各種衝突堆積成一個高潮。

然後再製造氣氛，緊張的氣氛，肅殺的氣氛。

用氣氛來烘托出動作的刺激。

武俠小說畢竟不是國術指導。

武俠小說也是教你如何去打人、殺人的。

血和暴力，雖然永遠有它的吸引力，但是太多的血和暴力，就會令人反胃了。

❖

幾乎所有的小說中，都免不了要有愛情故事。

愛情本來就是人類情感中最基本的一種，也是最早的一種，遠比仇恨還要早。

我們甚至可以說，沒有愛情，就沒有人類。

幾乎所有偉大的愛情故事中都充滿了波折、誤會、困難和危機，令讀者爲故事中相愛的人焦急流淚。

羅密歐與茱麗葉、梁山伯與祝英臺，抱著橋柱而死的尾生[25]……他們的困難雖能解決，但最後還是因爲「誤會」而死。

席格爾「愛情故事」[26]中的男女主角，他們的愛情幾乎可以說是完全順利的，任何困難都沒有能阻擾他們的愛情。

最後的結局卻還是悲劇。

好像有很多人都認爲愛情故事一定要是悲劇，才更能感人。

在武俠小說中，王度盧的小說正是這一類故事的典型。

尤其是「寶劍金釵」中的李慕白和俞秀蓮，他們雖然彼此相愛很深，但卻永遠未能結合，有很多次他們眼見已將結合了，到最後卻又分手。

因爲李慕白心裡總認爲俞秀蓮的未婚夫「小孟」是爲他而死的，他若娶了俞秀蓮，就不夠義氣，就對不起朋友。

這就是他們惟一不能結合的原因。

我卻認爲這原因太牽強了。

不但我認爲如此，就連故事中的江南鶴、史胖子、德嘯峯，連俞秀蓮的師兄楊鐵槍，也都認爲這理由根本就不能成爲理由。

可惜李慕白是個非常固執的人，無論別人怎麼勸他，無論俞秀蓮怎麼樣對他表示愛慕之意，到了最後關頭，他還是用慧劍斬斷了情絲。

有很多人也許會因此認爲李慕白是條有血性、夠義氣的硬漢。

我卻認爲這是李慕白性格中最不可愛的一點。

我認爲他提不起，放不下，不但辜負了俞秀蓮的深情，也辜負了朋友們的好意。

他甚至連「小孟」都對不起，因爲小孟臨死時，是要他好好照顧俞秀蓮的，因爲小孟知道俞秀蓮對李慕白的感情。

可是他卻讓俞秀蓮痛苦了一生。

以現代心理學的觀點看來，李慕白簡直可以說是個有心理變態的人。

因爲他的家庭不幸，從小父母雙亡，他的叔父對他也不好，他從小就沒有得到過愛，所以他畏懼愛，畏懼負起家庭的責任。

所以只要有女孩子愛他，他總是要逃避，總是不敢挺起胸膛來接受。

他對俞秀蓮如此，對那可憐的風塵女子纖娘也一樣。

如果說得偏激些，他簡直是個不折不扣的自憐狂。

這故事雖然無疑是成功的，不但能感動讀者，而且能深入人心，我卻不喜歡這故事。

我總認爲人世間悲慘不幸的事已夠多，我們爲什麼不能讓讀者多笑一笑？爲什麼還要他們流淚？

❖

楊過和小龍女就不同了，他們的愛情雖然經過了無數波折和考驗，但他們的愛心始終不變。

楊過愛小龍女是不顧一切、沒有條件的，既不管小龍女的出身和年紀，也不管她是否被人玷污，他愛她，就是愛她，從不退縮，從不逃避。

我覺得這才是真正的男子漢大丈夫。

假如小龍女因爲自覺身子已被人玷污，又覺得自己年紀比楊過大，所以配不上楊過，因此而將楊過讓給了郭襄，而且對他們說：「你們才是真正相配的，你們在一起才能得到幸福。」

假如故事真是這樣的結局，我一定會氣得吐血。

有些人也許會認爲這故事的傳奇性太濃，太不實際，但我卻認爲愛情故事本來就應該是充滿幻想和「羅曼蒂克」的。

❖

就因爲我自己從小就不喜歡結局悲慘的故事，所以我寫的故事，大多數都有很圓滿的結局。

有人說：悲劇的情操比喜劇高。

我一向反對這種說法，我總希望能爲別人製造些快樂，總希望能提高別人對生命的信心和愛心。

假如每個人都能對生命充滿了熱愛，這世界豈非會變得更美麗得多？

有一次去花蓮，有人介紹了一位朋友給我，他居然是我的讀者。

他是個很誠實、很老實的人，這種人通常都吃過別人的虧，上過別人的當，他也不例外。

一夜在微醺之後，他告訴我，有一陣他也曾很消沉，甚至想死，但看了我的小說後，他忽又發現生命還是值得珍惜的。

我聽了他的話，心裡的愉快真像得到了最榮譽的勳章一樣。

在我早期的小說「孤星傳」裡，我曾寫過一個很荒唐的故事。

一個男孩子和一個女孩子，在他們去捉蝴蝶的時候，他們的家忽然被毀滅，等他們帶著美麗的蝴蝶回去時，他們的父母親人都已慘死，他們的家已變成一片廢墟。

他們的年紀還小，但世界上卻已沒有他們可以依靠的人。

他們只有靠自己。

從此那男孩子就用盡一切力量，來照顧那女孩子，他吃盡了各種苦，受盡了飢寒的折磨，有了吃的和穿的，他總是先讓給他的小情人。

在這種情況下，他的發育當然不能健全。

到後來他們終於遇到救星，有兩位世外高人分別收容了他們。

男孩子跟著一個住在塔上的孤獨老人走了，收容那女孩子的，卻是位聲名很顯赫的女俠。

他們雖然暫時分別，但他們知道遲早總有再相聚的一天。

所以他們拚命努力，都練成了一身很高深的武功。

男孩子練的武功屬於陰柔一類的，而且大部分時候都耽在那孤塔上，再加上他發育時所受到的折磨，他長大了後，當然是個很矮小的人。

那女子練的功夫卻是健康的，發育也非常健全。

等他們歷盡千辛萬苦，重新相聚的時候，他們的滿懷熱望忽然像冰一樣被凍住了。

那男孩子站在女孩子面前，簡直就像是個侏儒。

這種結局本來充滿對人生的諷刺，本來應該是個很尖酸的悲劇。

但是我不肯。

我還是讓他們兩人結合了，而且是江湖中最受人羡慕、最受人尊敬的一對恩愛夫妻。

因爲他們的愛情並沒有因任何事改變，所以值得受人尊敬。

這悲劇竟變成了喜劇。

邱吉爾是個偉人，也是個很樂觀的人，他說過一句發人深省的話：

「不幸的遭遇，常能使人逃避更大的不幸。」

只要你能抱著這種看法，生命中就沒有什麼事能打擊你了。

失敗雖然不好，但成功卻往往是從失敗中得來的。

六

但人生中的確有很多悲劇存在，所以任何作者都不能避免要寫悲劇。

「蕭十一郎」就是個悲劇。

一對武林中最受人尊敬的夫妻，妻子竟然愛上了個聲名狼藉的大盜。

在當時的社會中，這無疑是個悲劇。

有很多寫作的朋友在談論這故事時，都說蕭十一郎最後應該爲沈璧君而死的，這樣才能讓讀者留下一個雖辛酸，卻美麗的回憶，這樣的格調才高。

我還是不願意。

在最後，我還是爲這對戀人留下了一條路，還是爲他們留下了希望。

「阿飛的故事」也是悲劇。

他愛上了一個最不值得他愛的女人，而她根本不愛他。

在這種情況下，悲劇的結局是無法避免的。

但阿飛卻並沒有因此而倒下去，他反而因此而領悟了真正的人生和愛情。

他並沒有被悲哀擊倒，反而從悲哀中得到了力量。

這就是《多情劍客無情劍》和《鐵胆大俠魂》的真正主題。

但是這概念並不是我創造的，我是從毛姆的《人性枷鎖》㉗中偷來的。

❖

模仿絕不是抄襲。

我相信無論任何人在寫作時，都免不了要受到別人的影響。

《米蘭夫人》㉘雖然是在德芬・杜・莫里哀㉙的陰影下寫成的，但誰也不能否認它還是一部偉大的傑作。

在某一個時期的瓊瑤作品中，幾乎到處都可以看到「蝴蝶夢」和「呼嘯山莊」。

「藍與黑」㉚這名字，也絕不是抄襲「紅與黑」的，因爲它有自己的思想和意念。

你若被一個人的作品所吸引所感動，在你寫作時往往就會不由自主的模仿他。

我寫「流星、蝴蝶、劍」時，受到「教父㉛」的影響最大。

「教父」這部書已被馬龍白蘭度㉜拍成一部非常轟動的電影，「流星、蝴蝶、劍」中的老伯，就是「教父」這個人的影子。

他是「黑手黨」的首領，頑強得像是塊石頭，卻又狡猾如狐狸。

他雖然作惡，卻又慷慨好義，正直無私。

他從不怨天尤人，因爲他熱愛生命，對他的家人和朋友都充滿愛心。

我看到這麼一個人物時，寫作時就無論如何也丟不開他的影子。

但我卻不承認這是抄襲。

假如我能將在別人傑作中看到的那些偉大人物全都介紹到武俠小說中來，就算被人侮罵譏笑，我也是心甘情願的。

武俠小說中，現在最需要的，就是一些偉大的人，可愛的人，絕不是那些不近人情的神。

❖

無論寫哪種小說，都要寫得有血有肉，但卻絕不是那種被劍刺出來的血，被刀割下來的肉，更不是那種「血肉橫飛」、「血肉模糊」的血肉。

我說的血肉，是活生生的，是活生生的有血有肉的人。

我說的血，是熱血，就算要流出來，也要流得有價值。

鐵中棠、李尋歡、郭大路……都不是喜歡流血的人。

但是他們寧可自己流血，也不願別人爲他們流淚。

他們的滿腔熱血，隨時都可以爲別人流出來，只要他們認爲他們做的事有價值。

他們隨時可以爲了他們真心所愛的人而犧牲自己。

他們的心裡只有愛，沒有仇恨。

這是我寫過的人物中，我自己最喜歡的三個人。

但他們是人，不是神。

因爲他們也有人的缺點，有時也受不了打擊，他們也會痛苦、悲哀、恐懼。

他們都是頂天立地的男子漢，但他們的性格卻是完全不同的。

鐵中棠[33]沉默寡言，忍辱負重，就算受了別人的冤屈和委曲，也從無怨言，他爲別人所做的犧牲，那個人從來不會知道。

這種人的眼淚是往肚子裡流的，這種人就算被人打落牙齒，也會和著血吞下肚子裡去。

但郭大路㉞卻不同了。

郭大路是個大叫大跳、大哭大笑的人。

他要哭的時候就大哭，要笑的時候就大笑，朋友對不起他時，他會指著這個人的鼻子大罵，但一分鐘之後，他又會當掉褲子請這個人喝酒。

他喜歡誇張，喜歡享受，喜歡花錢，他從不想死，但若要他出賣朋友，他寧可割下自己的腦袋來也絕不答應。

他有點輕佻，有點好色，但若真正愛上一個女人時，無論什麼事都不能令他改變。

李尋歡的性格比較接近鐵中棠，卻比鐵中棠更成熟，更能瞭解人生。

因爲他經歷的苦難太多，心裡的痛苦也隱藏得太久。

他看來彷彿很消極，很厭倦，其實他對人類還是充滿了熱愛。

對全人類都充滿了熱愛，並不僅是對他的情人，他的朋友。

所以他才能活下去。

他平生惟一折磨過的人，就是他自己。

❖

李尋歡和鐵中棠、郭大路還有幾點不同的地方。

他並不是個健康的人，用現代的醫藥名詞來說，他有肺結核，常常會不停的咳嗽，有時甚至會咳出血來。

在所有的武俠小說主角中，他也許是身體最不健康的人。

但他的心理卻是絕對健康的，他的意志堅強如鋼鐵，控制力也很少有人能比得上。

他避世、逃名，無論做了什麼事，都不願讓別人知道。

可是在他活著時，就已成爲一個傳奇人物。

見過他的人並不多，沒有聽過他名字的人卻很少，尤其是他的刀。

小李飛刀。

他的刀從不隨便出手，但只要一出手，就絕不會落空。

我一向很少寫太神奇的武功，小李飛刀卻是絕對神奇的。

我從未描寫過這種刀的形狀和長短，也從未描寫過它是如何出手，如何練成的。

我只寫過他常常以雕刻來使自己的手穩定，別的事我都留給讀者自己去想像。

武俠小說中的武功，本來就是全部憑想像創造出來的。

事實上，他的刀也只能想像，無論誰都無法描寫出來。

因爲他的刀本來就是個象徵，象徵著光明和正義的力量。

所以上官金虹的武功雖然比他好，最後還是死在他的飛刀下。

因爲正義必將戰勝邪惡。

黑暗的時間無論多麼長，光明總是遲早會來的。

所以他的刀既不是兵器，也不是暗器，而是一種可以令人心振奮的力量。

人們只要看到小李飛刀的出現，就知道強權必將被消滅，正義必將伸張。

這就是我寫「小李飛刀」的真正用意。

七㉟

武俠小說中，出現過各式各樣奇妙的武器。

刀槍劍戟、斧鉞鉤叉、鞭鐧鎚抓、練子槍、流星鎚、方便鏟、跨虎籃、盤龍棍、弧形劍、三節棍、降魔刀、判官筆、分水鐝、峨嵋刺、白蠟大竿子……。

刀之中又有單刀、雙刀、鬼頭刀、九環刀、戒刀、金背砍山刀……。

這些武器的種類已夠多，但作者們有時還是喜歡為他書中的主角創造出一種獨門的奇特武器，有的甚至可以作七八種不同的武器使用，甚至還可以在危急時射出暗器和迷藥來。

但武器是死的，人卻是活的。

一件武器是否能令讀者覺得神奇刺激，主要還是得看使用它的是什麼人。

在我的記憶中，印象最深的有幾種。

張杰鑫的「三俠劍」中，「飛天玉虎㊱」蔣伯芳用的亮銀盤龍棍。

這條棍的本身，並沒有什麼奇特的地方，絕對比不上「金鏢」勝英用的魚鱗紫金刀，更比不上「海底撈月」葉潛龍用的削鐵如泥的寶劍，也比不上「混海金鰲」孟金龍用的降魔杵。

就因爲使用它的人是「飛天玉虎」蔣伯芳，所以才讓我留下了極深刻的印象。

二十年前我看這本小說時，只要一看到蔣伯芳亮出他的盤龍棍，我的心就會跳。

「鷹爪王」的手是種武器，鐵腳板的腳也是種武器，倪匡最喜歡爲他電影故事中的主角創造新招式、新武器，每一種都能讓人留下很深刻的印象。

他豐富的想像力好像永遠都用不完的。

但是武俠小說最常見的武器，還是刀和劍。

尤其是劍。

正派的大俠們，用的好像大多數是劍。

一塵道長的劍，李慕白的劍，黑摩勒的劍，上官瑾的劍，展昭的劍，金蛇郎君的劍，紅花會中無塵道長的劍，「蜀山」中三英二雲的劍……。

這些都是令人難忘的。

但武功到了極峰時，就不必再用任何武器了，因爲他「飛花摘葉，已可傷人」，任何東西到了他手裡，都可以變成武器。

因爲他的劍已由有形，變爲無形。

所以武俠小說中的絕頂高手，通常都是寬袍大袖，身無寸鐵的。

這也是種很有趣的現象。

好像從來都沒有懷疑過，一個人的血肉之軀，是不是能比得上殺人的利器？

❖

暗器也是殺人的利器。

有很多人都認爲，暗器是雕蟲小技，既不夠光明正大，也算不了什麼本事，所以真正的英雄好漢，是不該用暗器的。

其實暗器也是武器的一種。

你若仔細想一想，就會發現現代的武器其實就是暗器。

手槍和神箭又有什麼分別？機關槍豈非就是古時的連珠弩箭？

練暗器也跟練刀練劍一樣，也是要花苦功夫的，練暗器有時甚至比練別的武器還要困難些。

苦練暗器的人，不但要有一雙銳利的眼睛，還要有一雙穩定的手。

只要你不在背後用暗器傷人，暗器就是完全不可非議的。

武俠小說中令人難忘的暗器也很多。

俞三絕的「十二金錢鏢」、「彈指神通」的毒砂、柳家父女的鐵蓮子……。

這些雖不是白羽所創造的暗器，但是他的確描寫得很好。

王度廬的小說中，描寫的玉嬌龍的小弩箭，也跟她的人一樣，驕縱、潑辣，絕不給人留餘地。

他已將玉嬌龍的性格和她的暗器溶爲一體，這種描寫無疑是非常成功的。

「書劍恩仇錄」中的「千手如來」趙半山，是武俠小說中暗器最犀利、心腸卻最慈軟的人。

「七俠五義」中的「白眉毛」徐良也一樣，他的全身上下都是暗器，無論在任何情況、任何角度下，都可以發出暗器來。

「金鏢」勝英的甩頭一字、迎門三不過，孟金龍的飛抓，上官瑾的鐵胆，鄭證因寫的子母金梭，出手雙絕……

這些都是描寫得很成功的暗器。

但在武俠小說中被寫得最多的，還是四川「唐門」的毒藥暗器。

四川是不是真的有「唐門」這一家人，誰也不能確定。

但我相信有很多人都跟我自己一樣，幾乎都已相信他的存在。

因爲這一家人和他們的毒藥暗器，幾乎在每一個武俠小說作家的作品中都出現過，幾乎已和少林、武當，這些門派同樣真實。

假如它只不過是憑空創造出來的，那麼這創造實在太成功了。

只可惜現在誰也記不得究竟是哪一位作者先寫出這一家人來的。

在「名劍風流」中，我曾將這一家人製造暗器的方法加以現代化，就好像現在的間諜小說中，製造秘密武器一樣。

我寫的時候自己覺得很愉快、很得意，因爲我認爲唐家既能以他的暗器在武林中獨樹一幟，那麼這種暗器當然是與眾不同的，製造它的方法當然應該要保密。

但現在我的觀念已改變了。

唐家暗器的可怕，也許並不在於暗器的本身，而在於他們發暗器的手法。

暗器也是死的，人才是活的。㊲

一張平凡的弓，一支平凡的箭，到了養由基㊳手裡，就變成神奇了。

所以現在我已將寫作的重點，完全放在「人」的身上。

各式各樣的人，男人、女人。

❖

無論誰都不能否認，這世界上絕不能沒有女人。

「永恆的女性，引導人類上昇。」

所以連武俠小說中也不能沒有女人。

女人也跟男人一樣，有好的，有壞的，有可愛的，也有可恨的。

俞秀蓮是個典型的北方大姑娘，豪爽、坦白、明朗，但她也是個典型的舊式女性。

所以她雖然深愛著李慕白，卻不敢採取主動來爭取自己的幸福。

她雖然很剛強，但心裡有委曲和痛苦時，也只有默默的忍受。

若是我寫這故事，結局也許就完全不同了。

我一定會寫她跟定了李慕白，李慕白走到哪裡，她就跟到哪裡，因爲她愛他，愛得很深。

這種寫法當然不如王度盧的寫法感人，我自己也知道。

但我還是會這麼樣寫的。

因爲我實在不忍讓這麼一個可愛的女人，痛苦孤獨一生。

王度盧寫玉嬌龍，雖然驕縱、任性，但始終還是不敢，也不願意光明正大的嫁給羅小虎。

因爲她總覺得自己是個千金小姐，羅小虎是個強盜，總認爲羅小虎配不上她，世俗的禮教和看法，已在她心裡生了根。

俞秀蓮不能嫁李慕白，是被動的，玉嬌龍不能嫁羅小虎，卻是她自己主動的。

所以我不喜歡玉嬌龍。

所以我寫沈璧君，她雖然溫柔、順從，但到了最後關頭，她還是寧願犧牲一切，去跟著蕭十一郎。

我總認爲女人也有爭取自己幸福的權利。

這種觀念在那種時代當然是離經叛道，當然是行不通的。

但又有誰能否認，當時那種時代裡，沒有這種女人？

「鐵胆大俠魂」中的孫小紅，「絕代雙驕」中的蘇櫻，「大人物」中的田思思……就都是在這種觀念下寫成的。

她們敢愛，也敢恨，敢去爭取自己的幸福，但她們的本性，並沒有失去女性的溫柔和嫵媚，她們仍然還是個女人。

女人就應該是個女人。

這一點看法我和張徹先生完全相同，我的小說中是完全以男人爲中心的。

在很小的時候，我就不喜歡看那種將女人寫得比男人還要厲害的武俠小說。

我不喜歡「羅刹夫人」，就因爲朱貞木將羅刹夫人寫得太厲害了，沐天瀾在她面前，簡直就像是個只會吮手指的孩子。

這並不是因爲我看不起女人——我從來也不敢看不起女人，英雄如楚之霸王項羽，在虞姬面前也服貼得很。

但虞姬若也像項羽一樣，叱吒風雲，躍馬橫槍於千軍萬馬之中，那麼她就不是個可愛的女人了。

女人可以令男人降服的，應該是她的智慧、體貼和溫柔，絕不該是她的刀劍。

我尊敬聰明溫柔的女人，就和我尊敬正直俠義的男人一樣。

❖

「俠」和「義」本來是分不開的，只可惜有些人將「武」寫得太多，「俠義」卻寫得太少。

男人間那種肝膽相照、至死與共的義氣，有時甚至比愛情更偉大，更感人！

王度廬寫李慕白和俞秀蓮之間的感情固然寫得好，寫李慕白與德嘯峯之間的義氣寫得更好。

德嘯峯對李慕白的友情，是完全沒有條件的，他將李慕白當做自己的兄弟手足，他爲李慕白做事，從不希望報答。

他獲罪後被發放離家時，還高高興興的拍著李慕白的肩膀，說自己早就想到外面去走動走動了，還再三要李慕白不要爲他難受。

他被人欺負時，還生怕李慕白爲了替他出氣而殺人獲罪，竟不敢讓李慕白知道。

這種友情是何等崇高，何等純潔，何等偉大！

李尋歡對阿飛也是一樣的，他對阿飛只有付出，從不想收回什麼。

愛情是美麗的，美麗如玫瑰，但卻有刺。

「世上唯一無刺的玫瑰就是友情！」

愛情雖然比友情強烈，但友情卻更持久，更不計條件，不問代價。

勇氣也應該是持久的。

在一瞬間憑血氣之勇去拚命，無論是殺了人，還是被殺，都不能算是真正的勇氣。

蘇軾在他的「留侯論」中曾經說過：

「匹夫見辱，拔劍而起，挺身而鬥，此不足爲勇也，天下有大勇者，卒然臨之而不驚，無故加之而不怒，此其所挾持者甚大，而其志甚遠也。[39]」

這段文章對勇氣已解釋得非常透徹。

勇氣是知恥，也是忍耐。

一個人被侮辱，被冤枉時，還能夠咬緊牙關，繼續去做他認爲應該做的事，這才是真正的勇氣。[40]

所以楊過是個有勇氣的人，鐵中棠也是，他們絕不會因爲任何外來的影響，而改變自己的意志。

敢承認自己的錯誤，也是種了不起的勇氣。

武俠小說中若能多描寫一些這種勇氣，那麼武俠小說的作者一定比現在更受人尊敬了。

---

1 參見倪匡〈從「獨臂刀」到「奇幻小說」〉，一九七八年六月十七日中國時報第十二版。

2 原文誤作「碓」。

3 原文誤作「又」。

4 應該是「三俠」，即南俠展昭、北俠歐陽春及雙俠丁兆蘭、丁兆蕙。但雙俠由二人組成，所以古龍說是「四俠五義」。該作源自石玉崑等人的說唱故事《龍圖公案》，後來改寫為小說，光緒年間出版時改題《三俠五義》。

5 俞樾（一八二一至一九〇六），字蔭甫，號曲園。章太炎之師，俞平伯之曾祖。是清代的文學家、藝術家及治學名家。

6 張杰鑫是天津知名的評書人，卒於一九二七年。

7《三俠劍》故事在民初相當流行。據聞由張氏的師侄蔣軫庭紀錄成文，一九三〇至一九四四年連載於《新天津報》。

8本名向愷然（一八九〇至一九五七），湖南平江人。曾赴日留學，返國後作《留東外史》諷刺留學生的醜狀。一九二三年起發表武俠小說，代表作為《江湖奇俠傳》和《近代俠義英雄傳》；前者引發武俠創作熱潮，曾改編為電影《火燒紅蓮寺》，後者則以霍元甲故事聞名。向氏提倡練武強國，與霍氏有共通處。

9讀者郭浩賢持不同意見，《大成》四十五期刊載其投書〈武俠小說名家補遺〉：「柳遲實在影射民初長沙名人柳惕怡。」平江不肖生之子向一學〈回憶父親一生〉也說：「聽說書中寫的柳遲，就是父親的好朋友柳惕怡。」至於柳森嚴其人正反評價不一，本文略過不表。

10原文誤作「小」。

11《格列佛遊記》有「小人國」、「大人國」、「飛島」和「馬國」等故事，前二者趣味性較強，而後二者較為冷硬，這可能是古龍以為「只有一半精彩」的原因。

12《蜀山劍俠傳》長達四百餘萬字而仍未完成，其系列故事繁多，內容瑰奇壯麗，是明清以來劍俠小說的代表性鉅著，影響當時及後世武俠作品深遠。該作於一九三二年七月起在天津的天風報連載，並由天津勵力印書局（勵力出版社）分集出版單行本；一九四六年十月第卅六集起改由上海正氣書局出版，至一九四八年九月出版第五十集。

13還珠樓主（一九〇二至一九六一），四川長壽人，本名李善基，改名李壽民。出生於官宦世家，幼時曾隨父親宦遊南北，家道中落後飽經風霜。北遊天津時因連載《蜀山劍俠傳》，崛起為一代名家。其人博覽典籍，通習武術和氣功，思想、文筆皆有可觀，為眾所公認的武俠宗師。若以平江不肖生為第一任「武林盟主」、南派（上海）武俠的標竿人物，則還珠樓主為第二任盟主、北派（天津北平）的首席作家。

14原名王葆祥（一九〇九至一九七七），字霄羽，出身為北京的旗人（滿人）家庭。原先創作哀情小說，一九三〇年代開始跨足武壇。筆法細膩，擅於描摹愛情及悲劇。

15本名鄭汝霈（一九〇〇至一九六〇），天津人。武俠作品多達八十餘部，以中篇小說為主。代表作為長篇小說《鷹爪王》（一九四一），正續集共一百零三回，逾兩百萬字。

16原名朱楨元（一九〇五—？），字式顓，浙江紹興人。任職於天津電話局時受同事李壽民影響而開始武俠創作。其作品融合奇情、歷史，將章回體改為字數不一的新式標題，語言的現代感也較強。

17本名宮竹心（一八九九至一九六六），祖籍山東，自幼生長於天津、北京。本為文藝青年，一九二七年開始書寫武俠小說謀生。一九三八年以《十二金錢鏢》一舉成名，其冷筆熱腸和社會寫實風格，與還珠樓主的浪漫奇想、熱情奔放形成對比。

18原文誤作「島」。

19原文誤作「躍躍如生」。

20原文誤作「黃蓉」，據〈談我看過的武俠小說〉更正之。下同。

21梅里美（Prosper Merimee，一八〇三至一八七〇），法國小說家、劇作家、歷史考古學家，尤以中短篇小說聞名。小說《卡門》被比才改編成歌劇，至今享譽不衰。

22中篇小說，或譯〈伊爾的美神〉、〈伊勒的維納斯像〉。有中文譯本取為書名，收錄〈尼爾的美神〉、〈瑪特渥・法爾哥勒〉等梅里美小說。這裡古龍說的「原著」，指的正是《尼爾的美神》中的〈瑪特渥・法爾哥勒〉。

23傑克・倫敦（Jack London，一八七六至一九一六），美國作家，早年貧困和流浪的經歷對他的作品有深遠的影響。小說代表作有《馬丁・伊登》、《野性的呼喚》、《白牙》、《海浪》等。

24原文誤作「雲」。

25《莊子・盜跖》：「尾生與女子期於樑下，女子不來，水至不去，抱樑柱而死。」

26Erich Wolf Segal（一九三七—），美國作家。電影"Love Story"根據他的同名小說改編，贏得一九七〇年金球獎最佳影片。

27毛姆（一八七四至一九六五），英國小說家、劇作家。一九一五年出版代表作《人性的枷鎖》。

28《米蘭夫人》（Mistress of Myllen），英國女作家維多利亞・荷特（Victoria Holt，一九〇六至一九九三）的作品。

29德芬杜莫里哀（一九〇七至一九八九），英國女作家，一九三八年發表《蝴蝶夢》（Rebecca），一九四〇年希區考克導演的同名電影上映，獲得奧斯卡金像獎最佳影片。

30 號稱四大抗戰小說之一，作者王藍，一九五八年出版。

31 馬利奧・普佐（Mario Puzo，一九二〇至一九九九），美國小說家，父母是義大利移民。一九六九年發表小說《教父》（The Godfather），敘述美國黑手黨柯里昂家族的故事。一九七二年電影上映，由法蘭西斯柯波拉執導，馬龍白蘭度、艾爾帕西諾等人主演，一舉贏得奧斯卡金像獎最佳電影、最佳男主角及最佳改編劇本等獎項。一九七四年的續集又贏得最佳影片、最佳導演等六項獎項。有些人以為《流星・蝴蝶・劍》受到電影的影響，這是錯的，當時後者還沒有出品。古龍是直接閱讀原文小說，並且參考《拾穗》連載的譯本《黑手黨傳奇》（一九七〇）。

32 馬龍白蘭度（Marlon Brando，一九二四至二〇〇四），美國電影巨星，屢次獲得奧斯卡金像獎最佳男主角提名，兩度獲獎。

33 《大旗英雄傳》（一九六三至一九六五）的男主角。

34 《歡樂英雄》（一九七一至一九七二）的男主角。

35 原文誤標「六」。

36 古龍《銀鉤賭坊》中的反派人物方玉飛，外號正是「飛天玉虎」。

37 一九七六年古龍《白玉老虎》中的唐門，成功詮釋了「暗器也是死的，人才是活的」這兩句感悟，堪稱唐門書寫之高峰，影響溫瑞安等後輩作家頗深。

38 春秋時代楚國的神射手。

39 文中有若干錯字，據蘇軾原文更正之。

40 一九七七年八月，古龍與稚嫩的女演員趙姿菁鬧出桃色風波，成為社會上「千夫所指」的批判對象。十一月，古龍在聯合報上連載的《大地飛鷹》因而意興闌珊、草草收尾：「是自己做錯的事，自己就要有勇氣承擔。既不必怨天尤人，也不必推諉責任，就算錯得沒有別人想像中那麼多，也不必學潑婦罵街，乞丐告地狀，到處去向人解釋。」「……他至少還沒有做過丟人現眼，讓人看不起的事。」可與本文結尾相互參照。

楚留香這個人

刊載於《楚留香傳奇續集》第一部，一九七八年一月漢麟出版。該書共分三部（冊），前兩部為「蝙蝠傳奇」（合併「借屍還魂」），第三部為「桃花傳奇」。參見〈《鐵血傳奇》前言〉註解

江湖中關於楚留香的傳說很多，有的傳說簡直已接近神話，有人說他：「駐顏有術，已長生不老」，有人說他：「化身千萬，能飛天遁地」，有人喜歡他，佩服他，也有人恨他入骨。但真正見過他的人卻並沒有幾個，真正能瞭解他的人當然更少了。

他年紀已不算小，但也絕不能算老。

他喜歡享受，也懂得享受。

他喜歡酒，卻很少喝醉。

他喜歡善舞的女人，所以一向很尊敬她們。

他嫉惡如仇，卻從不殺人。

他痛恨爲富不仁的人，所以常常將他們的錢財轉送出去，受過他恩惠的人，多得數也數不

清。

他有很多仇人，但朋友永遠比仇人多，只不過誰也不知道他的武功深淺，只知道他這一生與人交手從未敗過。

他喜歡冒險，所以他雖然聰明絕頂，卻常常要做傻事。

他並不是君子，卻也絕不是小人。

江湖中的人，大多都尊稱他爲「楚香帥」，但他的老朋友胡鐵花卻喜歡叫他：「老臭蟲」。

楚留香就是這麼樣一個人！

他這一生中實在是多采多姿，充滿了傳奇性。

也許就是因他是這樣一個人，所以無論他走到哪裡，都會遇到一些與眾不同的人，發生一些不同凡響的事。

只要有關他的故事，就一定充滿了不平凡的刺激。

楚留香的故事，我只寫過五篇❶，有：

「血海飄香」、「大沙漠」、「畫眉鳥」、「蝙蝠傳奇」和「桃花傳奇」，若還有第六篇，恐怕就是別人冒名寫出來的了。

對於那些冒「古龍」的名，寫「楚留香」的故事的人，我雖然覺得啼笑皆非，卻也很感激他們的「好意」。因爲他們至少對「古龍」這名字還看得起，至少也和我一樣，覺得「楚留香」這人很有趣。

只可惜他們的寫法和做法未免有些無趣而已。

❖

楚留香的故事，每篇都是完全獨立的。❶

1漢麟本將「借屍還魂」納入「蝙蝠傳奇」，而當時還沒有「新月傳奇」和「午夜蘭花」，所以只有五篇。

2這可能是回應某些人的批評：在「蝙蝠傳奇」中與蝙蝠公子同歸於盡的金靈芝，在「桃花傳奇」中竟然復活了。

關於「小李飛刀」

刊載於一九七八年六月一日香港《大成》第五十五期。香港無線電視臺於同年播映朱江主演的《小李飛刀》和《小李飛刀之魔劍俠情》，主題曲由羅文演唱

一

小說不是用機器製作出來的，寫小說通常都沒有什麼一定的規格和程序，有時候是先有故事才有人物，因爲要編織一個故事的情節而製造出一些人物來，有時候卻是先有人物才有故事，先想到了一個性格突出的人物，因爲這個人物的性格思想行爲，而產生故事。

「多情劍客無情劍」是屬於後者的，「小李飛刀」在我心裡已經構思了很久，開始時只有一個模糊的影子，慢慢才形成一個「人」。

等到我開始寫他時，這個「人」已經有他自己獨立的思想，他的行爲幾乎已不受我的控制——每一個寫小說的人大概都有過這種經驗，當書中的人物不受自己控制時，那種經驗是非常奇妙的。

❖

「小李飛刀」是個世家子，是位探花。

他有肺病，終日不停的咳嗽，他不能喝酒，卻偏偏要終日不停的喝。

因爲他的情緒總是很抑鬱。

他的名字叫李尋歡，可是他所能尋找到的總是煩惱。

他時常委屈自己、犧牲自己去成全別人，可是他自己心裡還是會因此而覺得很痛苦，因爲他畢竟是個人，不是神。

只要是人，就難免有矛盾痛苦。

他做的事也許並不是他真心樂意做出來的，要一個人完全犧牲自己去成全別人絕不是件愉快的事，但他卻畢竟還是去做了。

我認爲這一點才是最重要的。

如果一個人只「想」而不「做」，無論他的想法多善良偉大，也沒有用。

我寫「小李飛刀」並不想把他寫成一個完美無瑕的神。

我寫的本來就是一個人，有血有肉有淚的人，有他的優點，也有他的缺點，人性中本來就有一些無法避免的弱點，誰也沒法子否認。

❖

沒有人知道「小李飛刀」用的飛刀有多長多重？是什麼樣子？也沒有人知道他用的是什麼

手法？

因爲連我自己也不知道。

大多數事物在神秘朦朧中都會顯得更完美，何況「小李飛刀」不僅是一種神秘武器而已，也是一種象徵——一種精神力量的象徵，一種正義之力的象徵。

世界上有很多美好的事物，都因爲這種力量才能存在至今。

❖

我自己也不知道我寫的這個人物是成功還是失敗，雖然有很多人對他都很喜愛，可是自謙「讀」我的小說已有十年的歐陽瑩之❶先生卻在一篇論文中說「小李飛刀」是個有點「矯情做作」的人，關於這一點，以後我將爲文和歐陽先生討論。

不管怎麼樣，這個「人」至少還是有一點值得討論的價值。

二

前幾天見到羅文❷，他特地送我一張他的金唱片「小李飛刀」。

他絕不是小李飛刀那一型的人，他生動活潑炫燿而有吸引力，他唱出「小李飛刀」的悲傷，卻是在一種極生動活潑炫燿的情況下唱出來的。

我從未想到有人能把「小李飛刀」唱出這麼樣一種風格來。

可是他成功了，因爲他有他自己的風格。

成功絕不是僥倖的。

五、十六、晨

附：《小李飛刀》歌詞　　作者盧國沾

難得一身好本領　情關始終闖不過
闖不過柔情蜜意　亂揮刀劍無結果
流水滔滔斬不斷　情絲百結衝不破
刀鋒冷　熱情未冷　心底更是難過
無情刀　永不知錯　無緣份　只嘆奈何
面對死　不會驚怕　離別心悽楚
人生幾許失意　何必偏偏選中我
揮刀劍　斷盟約　相識注定成大錯

1香港的女性科學家，評論古龍的先驅之一，以〈泛論古龍的武俠小說〉和〈「邊城浪子——天涯・明月・刀」評介〉聞名。

2本名譚百先（一九五〇至二〇〇二），香港的樂壇教父。他演唱的《小李飛刀》深受古龍喜愛。

不唱悲歌——少年十五二十時（《離別鉤》代序）

刊載於一九七八年八月香港《大成》第五十七期，其後作為春秋版《離別鉤》代序。文末落款時間為民國紀年。一九八五年改寫為〈多少往事〉、〈人生如戲〉、〈浪子情懷總是酒〉、〈開始「武俠」〉和〈黃昏時的小夜曲〉等五篇短文

這個世界上有很多種人，有的人喜歡追憶往事，有的人喜歡憧憬未來，但也有些人認爲，老時光並不一定就是好時光，未來的事也不是任何人所能預測的，只有「現在」最真實，所以一定要好好把握。

這種人並不是沒有事值得回憶，只不過通常都不太願意去想它而已。

往事如煙，舊夢難尋，失去的已經失去了，做錯的已經做錯了，一個人已經應該從其中得到教訓，又何必再去想？再想又有什麼用？

可是每當良朋快聚，在盈樽的美酒漸漸從瓶子裡消失，少年的豪情漸漸從肚子裡升起來的時候，他們也難免會提起一些往事，一些只要一想起就會讓人覺得心裡快樂得發瘋的往事，每件事都值得他們浮三大白。

讓人傷心失望痛苦悔恨的事，他們是絕不會去想的。他們總是希望自己能爲自己製造一些歡愉，也希望別人同樣快樂。

不如意事常八九，人生中的苦難已經夠多了，爲什麼還要自尋煩惱？我很瞭解這種人的想法和心情，因爲我就是這種人。

現在我要說的這些事，每當我一想起，就會覺得好像是在一個零下八度的嚴冬之夜，冒著風雪回到了家，脫下了冷冰冰濕淋淋的衣服，鑽進了一個熱烘烘的熱被窩。

❖

朋友和酒都是老的好。

我也很瞭解這句話。我喜歡朋友，喜歡喝酒，陪一個二十多年的老朋友，喝一杯八十年陳的白蘭地，那種感覺有誰能形容得出？

可惜在現代這種社會裡，這種機會已經越來越少了。

社會越進步，交通越發達，天涯如咫尺，今夜還在你家裡跟你舉杯話舊的朋友，明日可能已遠在天涯。

我的運氣比較好，現在我還是可以時常見到很多很老很老的朋友。遠在我還沒有學會喝酒的時候，就已經認得他們。

淡水之夜

喝酒無疑是件很愉快的事，可是喝醉酒就完全是另外一件事了。

你大醉之後，第二天醒來時，通常都不在楊柳岸，也沒有曉風殘月。

你大醉之後醒來時，通常都只會覺得你的腦袋比平常大了五六倍，而且痛得要命，尤其是在第一次喝醉的時候更要命。

我有過這種經驗。

那時候我在念淡江❶（校名），在淡水，幾個同學忽然提議要喝酒，於是大家就想法子去「找」了幾瓶酒回來。

大概有五六個人，找來了七八瓶酒，中國酒、外國酒、紅露酒、烏梅酒、老米酒，雜七雜八的一大堆酒，買了一點鴨頭、雞腳、花生米、豆腐乾，在一個住在淡水的同學用一百二十塊錢一個月租來的一間小破屋子裡喝，喝到差不多了，陣地就轉移到淡水海邊的防波堤上去。不是楊柳岸，是防波堤。

那天也沒有月，只有星——繁星。

大家提著酒瓶，躺在涼冰冰的水泥堤上，躺在亮晶晶的星光下，聽海風吹動波浪，聽海濤輕拍堤岸，你把酒瓶傳給他，他喝一口，他把酒瓶遞給我，我喝一口，又喝了一輪之後，大家就開始比賽放屁，誰放不出就要罰一大口。

隨時都能夠把屁放出來絕不是件容易事，身懷這種「絕技」的只有一個人，他說放就放，絕對沒有一點拖泥帶水的情況發生。

所以他拚命放屁，我們只有拚命喝酒。

那天大家真是喝得痛快得要命，所以第二天就難受得要命。

可是現在想起來，難受的感覺已經連一點都沒有了，那種歡樂和友情，那一夜的海浪和繁星，卻好像已經被「小李」的「飛刀」刻在心裡，刻得好深好深。

太保與白痴

我當然不是那位在「流星、蝴蝶、劍」上映之後，忽然由「金童」改名爲「古龍」的名演員❷。

可是我居然也演過戲。

我演的當然不是電影而是話劇，演過三次，在學生時代學生劇團裡演的那種話劇，當然沒有什麼了不起。

可是那三次話劇的三位導演，卻真是很了不起，每一位導演都非常了不起。

——李行、丁衣、白景瑞❸，你說他們是不是很了不起？

所以我常常喜歡吹牛，這三位大導演第一次導演的戲裡面就有我。

在這種情況下，這種牛皮我怎能不吹？

我想不吹都不行。

❖

第一次演戲是在附中，那時候我是師範學院附屬中學初中部第三十六班❹的學生，李行先生是我們的訓育組長，還在和他現在的夫人談戀愛，愛得水深火熱，我們早就知道他們是會白首偕老、永結連理的。

那一次我演的角色叫「金娃」，是個白痴，演過之後，大家都認爲我確實很像是個白痴。直到現在他們還有這種感覺。

我自己也有。

❖

第二次演戲我演的那個角色也不比第一次好多少，那次我演的是個小太保，一個被父母寵壞了的小太保。

那時候我在念「成功❺」，到復興崗❻去受訓，第一次由青年救國團❼主辦的暑期戰鬥文化訓練。我們的指揮老師就是丁衣先生。

現在我還是時常見到丁衣先生。他臉上有兩樣東西是我永遠都忘不了的。

——一副深度近視眼鏡和一臉溫和的笑。

❖

我也忘不了復興崗。

復興崗的黃昏

多麼美麗的復興崗，多麼美麗的黃昏。

復興崗當然絕不是只有在黃昏時才美麗。早上、晚上、上午、中午、下午，每天每一個時候都一樣美。

早上起來，把軍毯摺成一塊整整齊齊的豆腐乾，吃兩個減肥節食的人連碰都不能碰的白麵大饅頭，就開始升旗、早操、上課。

中午吃飯，吃得比平時在家裡最少多兩倍。

下午排戲，每個人都很認真，每一天每一個時候都過得認真而愉快。

可是我最忘不了的還是黃昏，復興崗的黃昏。

❖

「黃昏時，你言詞優美，化做歌曲。」

有一個年紀比我大一點的女孩子，有一對小小的眼睛，一個小小的鼻子，一張小小的嘴，在黃昏的時候，總是喜歡唱這隻歌。

她唱，我聽。

剛下了課，剛洗完澡，剛把一身臭汗洗掉，暑日的酷熱剛剛過去，絢麗的晚霞剛剛升起，清涼的風剛剛從遠山那邊吹過來，風中還帶著木葉的芬芳。

我陪她走上復興崗的小路上，我聽她唱。輕輕輕的唱。

她唱的不是一隻歌，她唱的是一個使人永遠忘不了的夢。

現在想起來，那好像已經是七八十個世紀以前的事情，卻又好像是昨天的事。

直到現在，我還不知道那時候我對她究竟是一種什麼樣的感情，我只知道那時候我們都很快樂，我們在一起既沒有目的，也沒有要求，我們什麼事都沒有做，有時甚至連話都不說。

可是我們彼此都知道對方心裡很快樂。

❖

話劇演了三天，最後一天落幕後，臺下的人都散了，臺上的人也要散了。

我們來自不同的學校，不同的地方，在一起共同生活了五個星期，現在戲已散了，我們一排排躺在舞臺上，面對著臺下一排排空座位。

就在片刻前，這裡還是個多麼熱鬧的地方，可是忽然間就已曲終人散，我們大家也要各分東西。

——那天晚上跟我一起躺在舞臺上的朋友們，那時你們心裡是什麼感覺？

那時候連我們自己也許都不知道自己心裡是什麼感覺，可是自從那天晚上離別後，每個人都好像忽然長大了許多。

❖

第三次演戲是在「成功」，我們的訓育組長是趙剛❽先生，演戲的導演卻是從校外請來的，就是現在的「齊公子」小白。

最佳讀者

白景瑞先生不但導過我的戲，還教過我圖畫⑨，畫的是一個小花瓶和一隻大蘋果，花瓶最後的下落不明，唯一可以確定的是，蘋果絕沒有被人吃進肚子，因爲那是臘做的，吃不得。

直到現在，我還是稱白先生爲「老師」，可見我們之間並沒有代溝。

我寫第一本武俠小說的時候，他在自立晚報做記者，住在李敬洪⑩先生家裡，時常因爲遲歸而歸不得，那時我住在他後面一棟危樓的一間斗室裡，我第一本武俠小說⑪剛寫了兩三萬字時，他忽然深夜來訪，於是就順理成章的做了我第一位讀者。

前兩年他忽然又看起我的書來，前後距離達十八年之久，對一個寫武俠小說的人來說，這樣的讀者只要有一個就已經應該覺得很愉快了。

從圖畫到文字

沒有寫武俠小說之前，我也像倪匡和其他一些武俠作者一樣，也是個武俠小說迷，而且也是從小人書看起的。⑫

「小人書」就是連環圖畫，大小大約和現在的卡式錄音帶相同，一本大約有百餘頁，一套大約有二三十本，內容包羅萬象，應有盡有，其中有幾位名家如趙宏本、趙三島、陳光鎰、錢笑佛⑬，直到現在我想起來印象還是很鮮明。

陳光鎰喜歡畫滑稽故事，從一隻飛出籠子的雞開始，畫到雞飛、蛋打、狗叫、人跳、碗破、湯潑，看得我們這些小孩幾乎笑破肚子。

錢笑佛專畫警世說部，說因果報應，勸人向善。趙宏本和趙三島畫的就是正宗武俠了，「七俠五義」中的展昭和歐陽春，鄭證因⑭創作的鷹爪王和飛刀談五，到了他們筆下，好像都變成了活生生的人。

那時候的小學生書包裡，如果沒有幾本這樣的小人書，簡直是件不可思議的事。

可是不知不覺小學生都已經長大了，小人書已經不能再滿足我們，我們崇拜的偶像就從趙宏本轉移到鄭證因、朱貞木、白羽、王度盧和還珠樓主，在當時的武俠小說作者中，最受一般人喜愛的大概就是這五位。

然後就是金庸。

金庸小說結構精密，文字簡練，從「紅樓夢」的文字和西洋文學中溶化蛻變成另外一種新的型式，新的風格。如果我手邊有十八本金庸的小說，只看了十七本半我是絕對睡不著覺的。

於是我也開始寫了。

引起我寫武俠小說最原始的動機並沒有甚麼冠冕堂皇的理由，而是爲了賺錢吃飯。

那時我才十八九歲⑮，寫的第一本小說叫「蒼穹神劍」。

從「蒼穹神劍」到「離別鉤」

那是本破書，內容支離破碎，寫得殘缺不全，因為那時候我並沒有把這件事當做一件正事。

如果連寫作的人自己都不重視自己的作品，還有誰會重視它？

寫了十年之後，我才漸漸開始對武俠小說有了一些新的觀念、新的認識，因為直到那時候，我才能接觸到它內涵的精神。

一種「有所不為，有所必為」⑯的男子漢精袖，一種永不屈服的意志和鬥志，一種百折不回的決心。

一種「雖千萬人吾往矣」的戰鬥精神。

這些精神只有讓人振作向上，讓人奮發圖強，絕不會讓人頹廢消沉，讓人看了之後想去自殺。

於是我也開始變了，開始正視我寫的這一類小說的型態，也希望別人對它有正確的看法。

武俠小說也是小說的一種，它能夠存在至今，當然有它存在的價值。

最近幾年來，海外的學者已經漸漸開始承認它的存在，漸漸開始對它的文字結構思想和其中那種人性的衝突，有了一種比較公正客觀的批評。

近兩年來，臺灣的讀者對它的看法也漸漸改變了，這當然是武俠小說作者們共同努力的結果。

可是武俠小說之遭人非議，也不是完全沒有原因的，其中有些太荒謬的情節，太陳舊老套的故事，太神化的人物，太散漫的結構，太輕率的文筆，都是我們應該改進之處。

要讓武俠小說得到它應有的地位，還需要我們大家共同努力。

❖

從「蒼穹神劍」到「離別鉤」，已經經過了一個漫長而艱苦的過程，一個十八九歲的少年，已經從多次痛苦的經驗中得到寶貴的教訓。

可是現在想起來這些都是值得的，無論付出多大的代價都是值得的。

因爲我們已經在苦難中成長。

一個人只要能活著，就是件愉快的事，何況還在繼續不斷的成長。

所以我們得到的每一次教訓，都同樣值得我們珍惜。都可以使人奮發振作，自強不息。

一個人如果能時常這麼樣去想，他的心裡怎麼會有讓他傷心失望痛苦悔恨的回憶？

六七、六、廿一夜

1 一九五七年古龍考上淡江英語專科學校（即今淡江大學）夜間部英語科。

2金童本名駱貴虎，是香港的武打演員。一九七六年古龍原著的電影《流星蝴蝶劍》轟動各地，金童赴臺發展時順勢改名「古龍」，經古龍抗議後改名「古龍龍」，但一般人仍稱古龍。牛哥曾以漫畫打趣此事，稱古龍「武俠小說家兼武俠電影編劇兼武打電影演員」。

3李行本名李子達（一九三〇—），代表作有《王哥柳哥遊臺灣》、《養鴨人家》和《汪洋中的一條船》等。白景瑞是李行的大學同學和事業夥伴。丁衣（一九二五—）字克用，筆名尼羅，以劇作聞名。

4附中的班號按歷年的班級數目累計而成。一九六三年初中部因政策而停辦，總計一百零九班。第三十六班是一九五四年的畢業班。

5一九五四年古龍考上成功中學（高中）。

6位於北投，一九五一年成為政工幹部學校的校區，蔣經國命名「復興崗」。

7一九五二年成立，由蔣經國擔任首任主任，為一帶有黨國色彩的青年組織。

8臺灣廣播界名人，藝名趙剛，本名趙正我，兩個名字都曾出現在古龍小說中。

9古龍就讀附中時，白景瑞擔任實習老師。

10李費蒙（牛哥）的哥哥。

11指《蒼穹神劍》，動筆於一九五九年。

12參見倪匡〈從「獨臂刀」到「奇幻小說」〉，一九七八年六月十七日中國時報第十二版。

13小人書作者有所謂「四大名旦」沈曼雲、趙宏本、錢笑呆、陳光鎰和「四小名旦」趙三島、筆如花、顏梅華、徐宏達。疑錢笑佛即錢笑呆。

14原文誤作鄭證「園」，據春秋本《離別鉤》代序更正之，下同。

15此處依戶籍登記（一九四一年出生），實際上是一九三八年出生，也就是二十一歲才寫了《蒼穹神劍》。

16春秋本《離別鉤》代序僅作「有所必為」。

《鳳舞九天》前言

刊載於一九七八年九月十九日民生報第七版。原文多處無標點，今考量閱讀便利而予以斷開

陸小鳳是一個人，是一個絕對能令你永難忘懷的人。

在他充滿傳奇性的一生中，也不知遇見過多少怪人和怪事，也許比你在任何時候，任何地方所聽說過的都奇怪。

陸小鳳的故事我已寫過的有「陸小鳳」、「鳳凰東南飛❶」、「決戰前後」、「銀鉤賭坊」、「幽靈山莊」、「武當一戰❷」，最新的就是這篇「鳳舞九天」，其中只有一部分曾在香港連載過，卻因故中斷，如今再將它全篇整理完成❸，也算完成了一個心願。

爲了使讀者對陸小鳳這個人和他的故事更熟悉，所以先介紹故事中三位和他關係最密切的人物。❹

1一九七八年，春秋本更名《繡花大盜》。

2一九七〇年代中期，武俠春秋本將《銀鉤賭坊》一分為二，後半部稱為《冰國奇譚》；《幽靈山莊》一分為二，後半部稱為《武當一戰》。

3「陸小鳳」系列一九七二秋至一九七五年春連載於香港的明報並《武俠與歷史》，其後始有《武藝》連載、武俠春秋本、武林本和春秋本等版本。《隱形的人》為系列之六，一九七四年秋至一九七五年春連載而未完。一九七八年，古龍囑託薛興國蒐集舊稿，更名《鳳舞九天》並代筆續完，於民生報連載後交付春秋出版。可能由於蒐集不完整，《隱形的人》部分文字並未收入《鳳舞九天》，這就是武功翻印本《隱形的人》第二六二頁末行「一張由四十九個人，三十七柄刀織成的網」以降至第三百頁的文字。二〇〇一年薛氏接受張文中訪談時說：「他寫了開頭八千字，說我不寫了，興國你幫我寫下去！」然而經由版本比較，代筆僅佔《鳳舞九天》四成左右，薛氏說法有誤。

4以下抄襲首部曲《陸小鳳傳奇》開篇文字，分為「老實和尚」、「西門吹雪」和「花滿樓」三部分，連載至九月廿三日為止，其後才開始了《鳳舞九天》的故事。

「武俠」與「女性」

一九七八年十一月一日同步刊載於香港《大成》第六十期、臺灣《女性》一四五期，二者文字存在差異，可能先交付其中一方後，略作修訂而又交付另一方。本書選用《大成》版本，另以注解開列二者之異同

一

如果你是一個寫武俠小說的人，如果你也曾遇到過一些又可愛又聰明的女孩子，用一種又甜蜜又溫柔又同情的態度告訴你，她是從來不看武俠小說的，你心裡是什麼滋味？

我不知道你心裡是什麼滋味，我只知道在這種情況下我心裡連一點滋味都沒有，甜的鹹的酸的苦的辣的，什麼樣的滋味都沒有。

因爲我已經聽得❶很習慣了，尤其是在我開始寫武俠小說那段時間，如果有一天我沒有聽到這一類的話，那一定是因爲那天我根本沒有遇到過一個女孩子。

那時候女孩子們好像從來都不把武俠小說當作是一種小說。就好像也很少有女孩子會認爲老鼠也是一種動物一樣。❷

❖

有一次我曾經忍不住去問一個跟我比較熟一點的女孩子：

「你爲什麼從來不看武俠小說？」

她的回答很絕：「我看不懂。」她說：「我完全看不懂。」

我傻了，因爲那時候我也完全不懂她爲什麼會看不懂？

一個連《離騷》、《史記》、《文心雕龍》都能看得懂的大學中文系女生，怎麼會看不懂最通俗的武俠小說？

幸好現在我已經懂了。❸

她說她看不懂的意思，並不是真的不懂，而是不能接受。

那時候我們寫的一些武俠小說，確實很難讓一些有思想的人去接受它，非但女孩子們無法接受，連男孩子也一樣摒棄。

因爲那些故事❹有時候確實不合情理，不合邏輯，而且一成不變。

幸好現在我們已經漸漸變了。❺

我們已經學會在奪寶、尋仇、爭奪武林盟主，和尋找武功和秘笈這一些充滿血腥打鬥以及千篇一律的詭奇變化的故事中，加入了一點點新的趣味和一點點人性。

我們不再寫荒誕的神話，開始寫人，有血有肉有淚的人。

❖ 人性的創造是最重要的❻，無論在任何一種小說中都是最重要的。

二

只要是人，就有人性。

人性是有弱點的，貪婪、懦弱、嫉妒、恐懼，都是人性中最原始的弱點。

可是人性中也有它光明可愛善良的一面，所以人類直到現在還能夠存在，武俠小說最強調的，就是其中最容易被現在這種工業社會所遺忘忽視的幾點。

——俠氣、義氣、勇氣、血氣，和一種「有所不爲，有所必爲」的精神，一種奮戰到底，永不妥協的精神。

這種精神也是一個女孩子很難接受的。

一個溫溫柔柔文文靜靜的女孩子，心裡充滿了羅曼蒂克的幻想與憧憬，你怎麼能期待她離開那間❼從她六、七歲時就屬於她自己的小小溫室，放下她那厚厚一大疊巴哈、莫札特❽、安迪威廉斯❾和奧莉維亞紐頓❿的唱片去接受武俠小說？

幸好我認爲這還是可以期望的。⓫

因爲現在的女性也變了，已經變得更堅強，更獨立，更明朗⓬，更勇於面對現實。

安迪威廉斯的柔情，⓭和武俠小說中的俠義精神並不是互相衝突的，就好像又香又甜的爆玉米和約翰韋恩⑭鐵硬的拳頭也沒有衝突⑮一樣。

（一）

1《女性》無「聽得」二字。

2《女性》無此句。

3《女性》作「現在我懂了。」

4《女性》作「情事」。

5《女性》作「現在我們已經變了」。

6《女性》作「人性永遠是最重要的」。

7《女性》作「她那間」。

8《女性》作「莫札爾特」。

9 Howard Andrew Williams（1927—），美國流行樂巨星，Andy Williams為其暱稱。

10《女性》作「奧莉薇亞紐頓瓊」。Olivia Newton—John（1948—），澳大利亞女歌手，一九七四年葛萊美獎得主。

11《女性》作「我卻認為這還是可以期望的。」

12《女性》作「明理」。

13《女性》作「安迪威廉斯柔情似水的歌曲」。

14 John Wayne（一九〇七至一九七九），美國西部片、戰爭片的巨星。

15《女性》作「也沒有什麼衝突」。

「武俠」中的「女性」

一九七八年十二月一日同步刊載於香港《大成》第六十一期、臺灣《女性》一四六期，二者有版本差異。《大成》的〈「武俠」與「女性」〉文末標（一），〈「武俠」中的「女性」〉文末標（二）且有民國紀年，《女性》兩文均無

一

女性是無所不在的。也是不能不存在的。

因爲如果沒有女性，這個世界上所有的生命都無法延續。

所以，在「武俠」這個世界裡，也不能沒有女性。❶

❖

武俠小說裡，當然也有女性：各式各樣的女性，有的溫柔，有的潑辣，有的聰明，有的愚昧，有的可以讓男人幸福終生，也有的可以讓人痛苦悔恨一輩子。就好像有些男人可以讓女人痛苦終生一樣。

在這一方面，女性和男性都是絕對沒有什麼不同的。❷不管是在現實的世界裡，還是在虛

構的小說裡，都沒有什麼不同。

可是，在另一方面來說，女人和男人畢竟還是有點不同。

尤其是在「武俠」這個世界裡，這種分別更明顯，因爲在武俠小說裡寫的人通常都不是普通人，遇到的情況通常都不是普通的情況。

如果要把一個人「推」到一種極危險極困難極複雜極難作選擇的情況下❸，一個男人和一個女人所作的選擇通常都不會相同。

尤其是一個江湖人。

二

武俠小說裡寫的大多是江湖人。

一個沒有根的浪子，一個又享有家又怕有家想天天能洗熱水澡穿乾淨衣服又怕受拘束的浪子。❹

一個雖然精明機警厲害，卻隨時都會爲了一件事一句話一點恩怨一個朋友而把大好頭顱拋卻的人。❺

一個只因爲自己學劍，就把自己獻身於劍的劍客。

一個有所不爲有所必爲的英雄，有時候雖千萬人亦往矣，有時候大刀架在脖子上也不幹❻。

一個常常都會忘記自己只有一條命的人。

這些人都是江湖人。

這些人的思想行爲個性和他們處理一件事的方式，通常都不是女性所能瞭解的。

所以在「江湖」中，女性並不多。

雖然不多，也不是沒有。

三

在很多很多武俠小說中，「女性」都佔有一種很特殊的地位。

有很多很多武俠小說，都慣常把一個女人寫成一個「超人」，聰明伶俐，武功奇高，把男人都當作土狗。就算不會武功，她的靈氣❼也可以讓男人隨時去爲她死。

這種情況當然不是不可能的。

可是有些人卻不願意這麼樣寫。

因爲這些人總認爲女性應該有女性的溫柔，一種男人永遠不會有的溫柔。

因爲這些人也認爲女性總會有她天生的弱點，在心理上和生理上都無法避免的弱點，在某種情況下，都是絕對無法和一個健康強壯受過嚴格訓練的男人用刀劍去作生死對決的。

可是這些人又認爲一個男人和一個女人在基本上的智慧並沒有什麼太大的分別，所以在最基本的出發點上是應該平等的。

所以這些人在他們寫的武俠小說裡的人物中，女性通常都不會是其中的英雄豪傑人物。

這些人裡最明顯的一個例子就是古龍，因爲古龍總認爲女性雖然感情豐富，對「友情」和「義氣」的瞭解卻比較少。

❖

非常不幸，古龍就是我。

（二）

六十七、十、廿

1《女性》將兩段併段，其後接上一段（句）：「絕對不能沒有」。

2《女性》作「女性和男性實在沒有什麼不同的」。

3《女性》將長句用頓號斷開，削弱了文氣。

4同注3。「乾」字《大成》作「干」，依《女性》更改之。

5同注3。

6《女性》作「辭」，誤。

7《女性》作「美麗」。

我不教人寫武俠小說，我不敢

刊載於一九七九年三月四日至五日中國時報第十二版，分兩日刊完。《大成》六十五期轉載時更名〈我不敢教人寫武俠小說〉。本文及續篇〈我也是江湖人〉是繼一九六八年〈小說武俠小說〉後最重要的論戰文章，對手武盲（唐文標）曾於一九七三年批判現代詩而引發文壇風暴

一、當頭一棒

身為一個寫了二十年武俠小說的人，拜讀了人間副刊廿四—廿六日「武盲❶」先生所寫的「你也想寫武俠小說嗎？」❷一系列文字之後，實在很難保持緘默，尤其是武盲先生那四句擲地有金石聲的「宣言」，宛如當頭棒喝，更使人覺得受益匪淺，感觸良多。

——那麼你不妨看看他們怎麼寫？

他們的武林怎樣虛假和冒替？

他們的主角怎樣非人性和殘忍？

他們的歷史觀點如何荒唐而且無理？

他們的地理知識如何不真和僵硬？

❖

「他們」的意思，無疑是指所有這些寫武俠小說的人，武盲先生這一棒已經打翻一船人了，我們姑且不論這種說法是否犯了以偏概全的錯誤，卻不能不懷疑武盲先生在寫這篇文章時，是不是已經對中國新一代的武俠小說有深入的研究？有沒有注意到中國的武俠小說已經在隨著時代而改進轉變？

中國的武俠小說本來就不是「傳統的民間故事」，這兩者之間本來就有一段很大的距離，如果武盲先生認為『武俠小說已因不再是傳統的民間故事而「啼笑皆是」而嘆其變為畸形』（註），那麼我們就難免會覺得有點啼笑皆非了。

二、關於「武林」

「武林」本來就是個象徵性的名詞，象徵著一個特殊的社會形態，生存在這個社會中的人，本來就是一些特殊的人，非但生活方式和常人不同，思想行為和情感也和常人不一樣，所以通常也不能見容於常人的社會。

這種人就是江湖人。

一個沒有根的浪子，一個孤獨而倔強的靈魂，他們也許什麼都沒有，但他們也是有血有肉的人，而且通常都有一股氣。

一股「爲朋友兩肋插刀」的義氣，一股「雖千萬人吾往矣」的勇氣，一股「有所不爲，有所必爲」的俠氣，還有一股完全不計利害成敗得失的血氣。

這股氣也許是武盲先生❸所不能瞭解的，但是這個世界上卻的確有這種人存在。以前有，現在有，以後也會有。

所以正如武盲先生所說：「這個武林雖與歷史朝代無關，可是什麼年代都必然存在」，因爲這種人和這股氣也是同樣會必然永遠存在的。雖然不會存在於大學的殿堂中，可是也不僅『只存在於武俠小說中而已。』只不過終年生活在象牙之塔中的飽學之士們很難接觸到他們而已。

❖

正如「武林」一樣，「象牙塔」也是個象徵性的名詞，有時固然存在於文學的殿堂中，有時也會存在於一個到處丟滿臭襪子的斗室裡。❹

所以『古來筆記小說描寫的遊俠，皆是首尾不見的神龍地蛇之流。』因爲這些故事本來就出自於「文人手筆」，他們和江湖人本來就生活在兩個不同的世界中，當然無法捉摸到江湖人生命的軌跡。

但是武俠小說中寫的就是江湖人，雖然並不一定是大俠奸盜盟主鏢客保鑣喇嘛，卻都是江湖人。

人在江湖，有時會因爲惺惺相惜而成爲刎頸之交，有時會因爲受人點水之恩而以義相報，有時也會因爲含眦之仇拔刀相見，甚至會因爲仗義負義而不惜血濺五步。

人在江湖，就難免會碰到這些事，武俠小說寫的本來就是這些事，本來就不會寫張村的婆媳不和，李村的農作歉收，也不會寫某家的一條母狗生了一窩小狗。

所以武盲先生才會感嘆：『您不動則已，一動必然碰上高手，小心點，他們會來找碴的，唉，怎的都碰上這類人呢！』

事實上，人在江湖，碰上的本來就是這類人，就好像你在大學校園裡碰到的一定大都是大學生一樣，並沒有什麼值得感嘆驚訝之處。

三、「丐」可以為俠，「妓」亦可以為俠

在武俠小說中，「丐幫」的確是其中的主流之一，只不過丐幫子弟並不是一群『市井無賴』的化身，也不是些『名窮而身不窮，在日常生活中胡作妄爲的人』，就算在武俠小說裡，描寫丐幫子弟胡作妄爲的情況也很少。

他們雖然並不完全是『因災禍而家貧，被迫行乞之人』，卻也不是『以不勞而獲靠人施捨過一生的人』。❺

在靠天吃飯的農業社會中，每個朝代裡都難免有些因爲天災人禍而流離失所的人，有的從

農村流落到城市，而流爲丐，在三十年代美國經濟不景氣時，也有千千萬萬人在一夕間流落爲丐，這種情況古今中外皆然，何足爲異？

爲了生存，爲了避免惡犬豪奴的欺凌，這些人就難免會結而成群，結群成幫，這也不是什麼罪大惡極、『罪實不赦』的事。

這些人如果路見不平，攘臂而起，做幾件行俠仗義的事，能不能算『要飯不要臉』？有什麼地方不要臉？一個人要行俠仗義，難道還要先取得某種資格？難道只有達官貴人富商巨賈文人學者才有行俠仗義的資格。

武盲先生說：『這些討飯的人，拿什麼去行俠仗義？真正要行俠仗義，一定要窮要飯麼？』

「要窮要飯」和「行俠仗義」完全是兩回事，怎麼能混爲一談？

這句話說得實在令人覺得很詫異。

婦女被侮於鬧市街頭，盜賊橫行於銀行門外，一個人是不是會拔刀相助，並不在於他是什麼身分地位，而在於他是不是有這種勇氣。

❖

「放下屠刀，立地成佛」，善惡本是一念間的事，一念間可以成佛，爲什麼就不能成俠？「丐」又何妨？「妓」又何妨？

四、因「生存」而「存在」

在每一次足以令朝代變換的大動亂發生之前，通常都有一次大饑荒大災禍，民不聊生，鋌而走險，因而戰禍連結，家破人亡，流民散於四方，如果把這些人集合起來，就是一股可怕的力量。

一些有識有志之士，就會想到利用這股力量做一番事業。於是幫會因此而生，丐幫亦因此而生。

等到天下底定，王者王，侯者侯，寇者寇，中原之鹿已如狡兔之死，這些曾爲逐鹿者效死的人也必將如走狗之將見烹了。

可是他們還要活下去，還不想死。

爲了生存，他們必須要保持他們的力量，卻不得不將他們的力量由公開而轉爲地下。

如果說他們：『已經踢開民族大義，冷凍反抗異邦統治的熱血，外表掛上「替天行道」的招牌，內行「奸淫邪盜」的勾當。』那是很不公平的。❻

吃喝嫖賭，本來就是人類的劣根性，「奸淫邪盜」的勾當，在『當時良善人民所生所活的農村，武說師兄們慈悲地爲我們保留了一份乾淨土』上，也時常都會發生的，又何獨「武林」？

❖

當然，江湖人做的事並不是沒有值得非議之處，可是武俠小說中要表揚的並不是這些事，而是怎麼樣去消滅這些人和這種事之間的過程。

在這段過程中，一定會發生一些悲壯慷慨激昂的故事，一定會出現一些艱苦卓絕百折不回的勇士，爲了表達出他們的志節和勇氣，就不能不提高和他們對立的惡勢力的可怕。

我想武盲先生一定也應該瞭解這種襯托對比的方法是寫作技巧的一種，所以武盲先生說：『真奇怪，古時中國真有那麼多人在做壞事嗎？也不明白這樣子的長期書寫是否也在讚揚他們的作惡天才呢？』這種說法就不能不讓人覺得很詫異而驚訝了。

五、小說就是小說

武盲先生又說：『所有武俠小說，都專爲主角而寫，一般來說都是單一主角制，武俠小說就是主角個人的傳記。』

如果武盲先生認爲這種寫作方法是錯誤的，就更令人驚訝了。

小說就是小說，小說中通常都有一個主角，所有的故事通常都是環繞這個主角而發生的，從「虬髯客」、「聶隱娘」到「紅樓夢」、「金瓶梅」、「鏡花緣」，從「傲慢與偏見」、「小婦人」，到「頑童奇遇記」、「決鬥者宮本武藏❼」、「江湖男女」、「午夜情挑❽」、「再見女郎❾」、「轉捩點❿」，從「紅與黑」到「藍與黑」，從「基度山恩仇記」到「教父」，從荷馬到大仲馬，從福爾摩斯到包艾洛⑪，從芥川龍之介到哈洛羅賓斯⑫。

我們所接觸到的小說，大多都是這樣子的，甚至連「三國演義」都如此，「儒林外史」、「水滸傳」、「官場現形記」、「二十年目睹社會怪現象⑬」看來雖不同，只因這一類的小說嚴格說來並不能算是「一部小說」，而是很多部小說故事串連而成的，可見其中的每一個故事也都要以一個主角爲中心。

❖

武俠小說也是小說的一種，在基本的寫作方法和構造上，和別的小說並沒有什麼不同，有男主角，有女主角，有正派人物也有邪派人物，有常人也有畸人，幫閑和陪襯的人亦不可少，否則那也就不是小說了。如果說只用一個「套子」就可以寫武俠小說，我實在不敢，我沒有那麼大的本事，也沒有那麼大的膽子。

武俠小說不是教科書，寫的不是歷史地理，所以「不能」也「不便」寫得太僵硬。

武俠小說中的男主角並不一定是『十八歲的白衣英俊少年』，也並不一定『比女俠大一歲也』，小李飛刀就是個三十多歲的中年人，而且有肺病。絕非『年少英俊』，也不會『隨時改變主意』。

武盲先生所列舉的一些「條件」，在某一段時期的某一些作品中，的確是不能否認的詬病，但是我們也希望武盲先生能大量接收幾點事實。

二十年前，在臺灣寫武俠小說的作者最少有兩百位，可是到現在還能存在的已經不會超出二十。

一百部武俠小說，並不能代表全部武俠小說，一千部也不能。只要其中有一兩部超脫了武盲先生爲武俠小說劃定的範圍，武盲先生的這篇大作就難免會讓人有武斷之嫌了。

以武盲先生的學識和文采，寫的又是這麼樣一篇足以影響到武俠小說整體價值的論述文章，是不容有這種遺憾的。

六、有些事不妨點到為止

「武俠小說中那些揮手千金的英雄豪傑們，他們的錢是從哪裡來的？」

這個問題並不是武盲先生第一個提出來的，元寶既不會從天下掉下來，江湖好漢們也沒有鄧通鑄錢的銅山⓮，他們以何爲生？

每個人都有他求生的方式，每個人求生的方式都不同。

不可否認，江湖中錢財的來源有很多都不是得自於正途，對於這一點，有些人寫作的原則是：既不諱言，也不去強調渲染描寫，就正如有些人從來不去強調描寫性慾發生及結束的過程一樣。

我們只要知道這種事是一定會發生的就足夠了。

❖

唯一一點必須強調的是，丐幫子弟的錢財並非全部得自乞討，江湖中人所得的也並非全爲不義之財。

丐幫中也有一些本來相當有身分的人，爲了避仇，爲了贖罪，爲了還願，爲了要自由自在，或是爲了要做一件大事而隱身於丐。

他們的形骸雖爲丐，實卻非丐。

化身爲丐，飄泊四海，放浪形骸，無拘無束，豈非也是件很痛快的事？⑮

有些人總認爲人生不過一齣戲目，他要演什麼角色，就演什麼角色，別人對他的看法，他根本不在乎。

❖

江湖中也有一些一絲不苟的狷介之士，寧可餓死，也不妄取一錢。

這種人在武俠小說中也不是不存在的，阿飛，楊錚，和那些歡樂英雄們就是這些人，卻不知武盲先生爲何忘記提起？

其實這個世界上本來就有很多事是這樣子的，有的總是容易被人想起，有的總是容易被人忘記。

所以忘了也無妨。

七、武俠小說的精神

無論武俠小說是不是已因淘汰而轉變，因轉變而有了新的開創，武俠小說畢竟只不過是小說的一種而已，正如別的小說一樣，有的寫得還可以看一看，有的寫得一文不值。所以武肓先生也不必對它有苛責。

武俠小說中的江湖人，也不是『完全不依人間規律行事，也沒有人間的一切苦難和希望』。

他們行事也有他們的規律，甚至比一般社會中的規律要求得更強烈更嚴格，生死之間可以輕如鴻毛，正邪之間卻絕難兩立。

他們大哭大笑，敢愛敢恨，他們從不妥協，更不逃避。

他們讀的書不多，因此他們『朋友間的感情常和道義上的意氣纏在一起』。因為他們根本不知道『道德上的義』是怎麼回事，他們很可能會認為『道德上的義』就不是義而是「仁」，是「忠」，是「孝」了。

所以他們會為了朋友去拚命，因為別人「以國士待他，他就要以國士報之」，武松為了施恩如是行，豫讓又何嘗不如是！

❖

在我們這個時代裡寫武俠小說，當然會『缺乏「橫」的歷史』。

『宋明時代的風土人情，百姓生活等等，近代武俠小說有沒有這種可能？工業時代的心態怎能推論當日的哲學和認知？』

這答案當然也是否定的，而且我甚至可以坦白承認，對武肓先生這兩個充滿『哲學和認知』的問題，我甚至連懂都不太懂。

但是有一點卻是我可以肯定的，在我們這一代的武俠小說中，還是有一種不屈不撓，永不屈服，永不向邪惡低頭的精神存在，而這種精神正是工業社會中最缺少的一種，也是我們現在最需要的一種。

所以一個寫了二十年最受人非議的武俠小說之後還在寫武俠小說的人，除了要吃飯喝酒花錢之外，多少總還有一些其他的原因。

這些原因就是我們最希望武盲先生和一些像武盲先生一樣的飽學之士們能瞭解的。

二・廿六・深夜

（註）有『』括號者，皆引自武文。

1武盲者，政大數學系教授、中山文學獎得主唐文標（一九三六至一九八五）。薛興國〈古龍點滴〉：「去世不久的唐文標教授……喜歡用不同的筆名。這些筆名，都取之於武俠小說中被殺的小角色。唐教授和古龍是朋友，當然也用過古龍作品下的『死人』作筆名。」

2該系列文章刊載於一九七九年二月廿四日至廿六日中國時報第十二版人間副刊，分上中下三篇，各有題目。文中以「古龍師兄」為箭靶，引發古龍為文反駁。

3《大成》轉載時作「唸數學的武盲先生」。

4這裡是諷刺唐文標教授的家居生活。

5古龍高中時離家出走，一度流落街頭，因此對「丐幫」頗見迴護。

6古龍年少時曾投靠四海幫，終其一生都和江湖人有所往來，因此對武盲的譏諷憤憤不平。參見〈朋友〉註解。

7作者為日本作家柴田錬三郎（一九一七至一九七八）。這證明古龍的確看過柴田的作品。

8 "The Other Side of Midnight"（一九七三），作者為美國作家席尼薛爾頓（Sidney Sheldon, 一九一七至二〇〇七）。

9 "The Goodbye Girl"，一九七七年贏得奧斯卡金像獎若干獎項。

10作者為美國作家亞瑟勞倫斯。他監製的改編電影獲得一九七七年金球獎並奧斯卡金像獎提名。

11 Hercule Poirot，或譯白羅，「推理小說之后」阿嘉莎克莉絲蒂筆下的名偵探。

12《江湖男女》的作者。

13應作《二十年目睹之怪現狀》，作者吳沃堯。

14《史記・佞幸列傳》：「上使善相者相通，曰：『當貧餓死。』文帝曰：『能富通者在我也，何謂貧乎？』於是賜鄧通蜀嚴道銅山，得自鑄錢。鄧氏錢布天下，其富如此。」

15《大成》於本段之後增補如下文字：「唐寅之至友張潔每行此類事，棄家放舟之倪雲林又何嘗不類此？托爾斯泰在晚年為什麼要放棄妻子兒女家財去補皮鞋？」

我也是江湖人

本文為〈我不教人寫武俠小說，我不敢〉續篇，刊載於一九七九年三月六日至七日中國時報第十二版，分兩日刊完。原文錯訛甚多，疑排版誤植，今依據相關文獻並對照香港《大成》第六十六期轉載予以更正，不另一一說明

一、武盲先生的「創見」？

近二十年來，武俠小說已經寫得太多了，讀者們也看得太多，所以有很多讀者看了一部書的前兩本，就已經可以預測到結局。

最妙的是，越奇詭的故事，讀者越能猜到結局。

因為同樣「奇詭」的故事已被寫過無數次，易容、毒藥、詐死、最善良的女人就是「女魔頭」，這些圈套都已很難令讀者上鉤。

❖

在很多人心目中，武俠小說非但不是文學，不是文藝，甚至也不能算是小說，就好像蚯蚓一樣，雖然也會動，卻很少被人當作動物。

造成這種看法的原因，固然是因為某些人的偏見，可是我們自己也不能完全推卸責任。

武俠小說有時的確寫得太荒唐無稽，太鮮血淋漓，卻忘了只有「人性」才是每本小說中都不能缺少的。

人性中並不僅有憤怒、仇恨、悲哀、恐懼，其中也包括了愛與友情，慷慨與俠義，幽默與同情，我們為什麼要特別強調其中醜惡的一面？

❖

近來武俠小說的確已幾乎落入了固定的形式，大致可以分為幾種。

●一個有志氣而「天賦異稟」的少年，如此去辛苦學武，學成後如何揚眉吐氣，出人頭地。

這段歷程中當然包括了無數次神話般的巧合與奇遇，當然也包括了一段仇恨，一段愛情，最後當然是報仇雪恨，有情人終成了眷屬。

●一個正直的俠客，如何運用他的智慧和武功，破了江湖中一個為非作歹規模龐大的勢力，這位俠客不但「少年英俊，文武雙全」，而且運氣特別好，有時甚至能以「易容術」化裝成各式各樣的人，連這些人的至親好友父母妻子都辨不出真偽。

這些形式並不壞，只可惜寫得太多了些，已成了俗套，成了公式。

❖

所以武俠小說若想提高自己的地位，就得求新求變，從武變到俠，多寫些光明，少寫些黑暗，多寫些人性，少寫些血。

❖

以上這幾段話，都是我從我自己寫的一些有關武俠小說的感想中摘錄出來的，在五六年前就已公開發表過，海內外各地的報章雜誌都曾刊載。❶

自己抄自己的文章並不是件有趣的事，我特地把這幾段話摘錄出來，也不是想證明武盲先生在日前發表的大作中所再三陳述的觀點，我們自己早已有痛切的反省。

我更不敢指責武盲先生在他所「創造」的『萬里追踪法❷』中對我們的教誨，並沒有什麼地方能夠讓我們拜讀後覺得惶恐慚悔而汗流浹背的新意。

我只不過想讓大家明白，武盲先生的觀點在大體上說來和我們自己的覺醒並沒有什麼分別，只不過武盲先生鋒利的文筆把它寫得忽然讓人恍然大悟，這個問題原來是武盲先生『一個一個剔出來的。』而且告訴大家：『您必然開始懷疑這類東西爲什麼存在的了，或者，有什麼事人不可幹的呢？』

二、超人的自信

武盲先生不但文筆鋒利，痛快淋漓，嘻笑怒罵間皆成文章，隨手拈來皆是「創見」，這些都還不是我們最佩服的。

我們最佩服的，是武盲先生的自信。

一種超人的自信。

『您必然開始懷疑。』『真的，我們的武俠小說已不再是傳統的民間故事，我們怎麼能不「啼笑皆是」地看到他，看到他們的畸形呢？』『您仍想寫武俠小說嗎？「依樣畫葫蘆」，原抄不誤。』『除了「熟讀武說三百本，不會講武也會抄」之外，您還需要什麼額外的預備知識，也許您才會驚訝呢！』『一個坐在書井中胡寫九道的武說師兄們，又怎能知道天地之大，社會與人的複雜關係呢？』『您不信嗎，分析一下看看。』

這些話雖然好像都是在問讀者『您不信嗎？』其實武盲先生都早已先將這些問題的答案肯定了，因爲武盲先生早已說明，那是『必然』的，是『真的』，根本不容人有絲毫懷疑。

更令人佩服的是，武盲先生在『一個坐在書井中胡寫九道的武說師兄』之後，又巧妙的加了一個『們』字。

這個『們』字加得多麼讓人心悅誠服，我們這些只會胡寫九道的『一個人們』想不佩服也不行的。❸

❖

我們不能不相信，追程超人的自信是來自武盲先生對武俠小說深切的認識。

可是我們也不能不懷疑，武盲先生對武俠小說的認識究竟有多深？

最低限度，武盲先生自己大概也不能不承認，『萬里追踪法』已經不是這一代武俠小說的『唯一寫法』了。

三、小說的本質

武盲先生自己也承認：

『確實，在古代中國，法律之外，常有許多歹徒豪強，橫行鄉曲，魚肉小民，真的需要有些義俠義盜，爲有冤無路訴的小民申張。』

可是武盲先生卻又否定了這一點武俠小說中的價值，因爲這些事：

『武俠小說中的大俠，是不計較的，他要管的是大事，只報私仇，只爭武林霸主，是他自己的恩恩義義而已，與小民無關。』

❖

這種見解確實很精闢，可是我們也不能不提醒武盲先生，小說是寫給人看的。是讓人在寂寞憂鬱時，在公餘有閑又有暇，夜半無人又無眠時看的，是一種可以讓人消情遣興，排憂解愁的讀物。如果還有一點可以振奮人心的作用，那就更好了。

在這種情況下，小說中寫的通常都是一個人一生中比較重要的一個階段，一些比較重要的事，足以影響到這個人的思想和生命。

在這種情況下，小說中寫的也可能是某一個時代中一些比較重要的人和事，足以影響到這個時代中某一些文化和思想的轉變。

葛洪的「西京雜記」，斐啓的「斐子語林」，陶潛的「搜神後記」，劉義慶的「世說新語」，張鷟的「朝野僉載」，「耳目記」，溫庭筠的「乾𦠆子」，薛用弱的「集異記」，王仁裕的「開元天寶遺事」，李德裕的「次柳舊聞」，歐陽修的「歸田錄」，梁紹壬的「兩般秋雨盦隨筆」，俞樾的「春在堂隨筆」。❹

在這些前人的小說筆記中，我們已經可以看到他們落筆的準則。

就算是武盲先生視作經典之作的「水滸」也不例外。

「水滸」中寫武松的「武十回」，也只不過寫他的「過關」、「打虎」、「遇兄」、「拒挑」、「殺嫂」、「復仇」、「流放」、「行者」、「上梁山」，這些事而已，因為這些事寫的就是他的恩義。

至於武松是不是曾經在鄉里中為一個受了欺負的『小民』打過架出過氣，這些事施耐庵先生不必寫我們也可以想像得到的，就好像施先生不必寫武松每天都要吃飯睡覺一樣。

寫小說畢竟不是記流水帳，在古今中外橫直任何一個時代裡任何一位作者，在寫一部小說的時候都會有他們的選擇和準則，不管他們是要寫一個人，還是要寫一個時代，都會先定好一個範圍，然後再在這個範圍中選擇一些他們認為值得自己寫也值得別人看的故事。

武俠小說也不能例外。

因為這些胡寫九道的「一個寫武俠小說的人們」多少也有一點選擇力。

四、坐下來寫吧

在武盲先生的大作中，有一點是我絕對贊同而且佩服的。

因爲我記得曾經有一位有志於寫作的青年去問一位已負盛名的作家。❺

「我應該怎麼樣開始寫小說？」

回答是：「找一張桌子、一張椅、一支筆、一疊紙，然後坐下來寫。」

❖

要寫作，「坐下來寫」無疑是最重要的一環。

武盲先生也說：『一般寫武俠小說根本不需要什麼「文學先修班」，什麼「函授中文系」之類玩意兒，一支筆，一疊稿紙，還有一個姜維式斗大的膽子❻寫下去便成了。』

遺憾的是，武盲先生在這段卓見中多寫了「武俠」兩個字，因爲無論寫什麼小說都是這樣子的，都不需要先進「文學先修班」，也不需要入「函授中文系」，只要肯寫，敢寫，有決心坐下來寫，縱然不成功，至少也已入門了。

❖

入門和成功之間當然還有一點距離，還要有一點經驗、一點智慧、一點興趣、一點悲天憫人的胸懷、一點能體諒別人容忍別人和瞭解別人的氣度，不尖酸不刻薄不自私。

最重要的，當然還要有一點感情。

就算是『一個胡說九道的武說師兄們』也一樣需要這幾點的。否則他也必將被淘汰。

因爲大多數讀者並沒有武盲先生所說的那麼『癡』，那麼『迷』，那麼『無可奈何』，一部只靠『依樣畫葫蘆』和『照抄不誤』的武俠小說，要吸引讀者也絕不像武盲先生所說的那麼容易。

❖

「文學先修班」和「函授中文系」，和寫小說也完全是兩回事，甚至連「大學文學系」，「文學研究所」，對寫小說也未必有什麼影響，我們朋友中有很多學化工、機械、數學的人都得了文學獎。

一個人是不是能寫小說，並不在於他的學歷，而在乎他是不是有這種興趣天份仁心和耐心。

——如果你沒有仁心，你怎麼能體會到別人的痛苦悲傷和感觸，你怎麼能寫出他們那種心情來？

——如果你沒有耐心，你怎麼能忍受寫作時的寂寞和孤獨。

不管寫什麼小說都是這樣子的，寫武俠小說也一樣。如果武盲先生能瞭解這一點，我們就感激不盡了。

五、一個問題——看過沒有？

寫到這裡，我想我們可以寫到最重要的一點了，也就是討論武盲先生這篇大作最重要的一個關鍵。

——最近這兩年來的武俠小說，武盲先生「看」過的究竟有多少？

我不敢問武盲先生對武俠小說的「認識」、「瞭解」、「研究」與「創造」。

我也不敢問武盲先生是不是「寫」過武俠小說。

我只敢問，如果武盲先生「看」過這最近兩年的武俠小說，就應該知道其中最少有一些已經有一點改變了，已經不再寫『萬里追蹤法』，已經不爭奪『武林盟主』，已經不再寫『對別人刁鑽古怪，對主角多麼癡心的女俠』，已經漸漸開始『走到一個廣闊的世界來了。』

更重要的一點是，比任何一點都重要。

——武盲先生究竟「看」過多少江湖人？

❖

六、江湖人，多麼讓人難以瞭解的江湖人

我還想請問武盲先生，有沒有「看」過江湖人？

武盲先生無疑也看過的。因爲這個時代也有江湖人，不是地痞流氓，而是真正的江湖人。

遺憾的是，武盲先生看到他們時，未必能分辨得出而已。

因爲他們在正常人的社會裡，看起來和別的人並沒有什麼不同，對於正常社會中的人，他們絕不會有一點侵犯騷擾之處，更不會粗暴無禮。如果你尊敬他們，他們會加倍尊敬你。如果他們把你當作朋友，只要你有困難需要他們幫助，他們絕不會推諉逃避。

因爲他們瞭解你的生活方式是跟他們不同的，立場也和他們不同，只要你的生活真的正常而且正直，他們非但不會侵犯損害，而且會加以保護。

如果他們要求你做一件事，首先一定會設法瞭解你能否做得到的，然後再用正常的方法，提出合理的要求和條件，付出合理的代價，還會將你的恩情永遠牢記在心。

如果你鄭重答應了他們而不去做，才可能會有一點麻煩，因爲他們自己重信義、守諾言，最不能容忍的就是這種假冒僞善口是心非的僞君子，見利忘義言而無信欺善怕惡的小人。

只有這種人才會怕他們，因爲他們對這種人是不會有客氣的。

❖

他們之中的大多數人，平常的態度都很斯文，待人接物甚至比平常人更溫和有禮，只有在別人侵犯到他們，出賣了他們的時候，他們才會採取激烈的手段，而且通常是比較直接的一種法子。

不平則鳴，以牙還牙，現代的社會已經不允許這種行爲存在了。

他們自己也知道，他們也想過正常人的生活，可惜卻往往會因爲一口氣忍不下去而鑄成大錯，就算本來是別人的錯，等他們採取行動後也變成他們的錯了，因爲他們始終都不能明瞭時代在改變，某些古老的法則已被淘汰，血氣之勇已不足恃，所以他們就必然會受到排斥。

這就是江湖人的悲哀。

這個世界上永遠有江湖人存在，也永遠有這種悲哀。但是他們那種守然諾、重信義、鋤強扶弱、永不妥協，路見不平就要拔刀相助，有仇必報有恩也必報的精神，也永遠隨著他們的悲哀存在。

❖

我瞭解他們這種悲哀，非常瞭解。

他們的精神和行爲也並非完全沒有可取之處。

所以我一直試圖將這種可悲的矛盾溶入武俠小說中，而能讓人在消遣之餘有所感觸，而能激發我們中國人人性中某種潛在的無畏精神，消除我們這個社會中某些怯懦逃避狡詐不平的現象，使我們中國人在這個苦難的時代中站得更穩，站得更直。

這種寫法是和『橫的歷史』無關的，但卻有一種縱橫開闊的俠義精神貫穿其間。

我不知道武盲先生是不是也認爲我們這個時代的確需要這種精神存在。

1《大成》轉載時改作「在『大成』上也曾刊載。」

2武盲〈心裡有數〉：「整本書就是跟著主角團團轉，萬里追踪……金庸的『射鵰英雄傳』，古龍的『孤星傳』『絕代雙驕』臥龍生的『奪情劍』就是這類的典型！」見一九七九年二月廿六日中國時報第十二版。

3文章中直接點名「古龍師兄」寫了「武説」，因此「一個胡説八道的武説師兄們」指的就是古龍。

4在原文中，各書名錯置頗多。

5《大成》轉載時在本段之後增添以下文字：「（井中既無資料，記憶又復欠佳，不記得是蕭伯納？是馬克吐溫？還是別人。）」

6《三國志・蜀書・姜維傳》裴松之注引《世語》：「維死時見剖，膽如斗大。」

一個作家的成長與轉變

——我為何改寫《鐵血大旗》

刊載於一九七九年四月十三日中華日報第十一版，文末落款時間為民國紀年。一九七九年五月廿九日大華晚報第十版〈一個作家的成長與轉變——寫在重寫怒劍之前〉即為本文，只置換其中的書名而已

一

人都是會變的，隨著環境和年齡而改變，不但情緒思想情感會變，甚至連容貌形態身材都會變。

作家也是人，作家也會變，作家寫出來的作品當然更會變。

每一位作家在他漫長艱苦的寫作過程中，都會在幾段時期中有顯著的改變。

在這段過程中，早期的作品通常都比較富於幻想和衝勁，等到他思慮漸漸縝密成熟，下筆漸漸小心慎重時，他早期那股幻想和衝動也許已漸漸消失了。

這一點大概也可以算是作家們共有的悲哀之一。

二

如果有胸懷大量的君子肯把「寫武俠小說的」人也算爲作家，那麼我大概也可以算爲一個作家了。

我第一次「正式」拿稿費的小說是一篇「文藝中篇」，名字叫做「從北國到南國」，是在吳愷玄先生主編的「晨光」上分兩期刊載的，那時候大概是民國四十五年左右，那時候吳先生兩鬢猶未白，我還未及弱冠。❶

如今吳先生已乘鶴而去，後生小子如我，髮頂也已漸見童山，只可惜童心卻已不復在了。

吳先生一生盡瘁於文，我能得到他親炙的機會並不多，可是寫到這裡，心裡卻忽然覺得有種說不出的惆悵和懷念。

❖

除了還有勇氣寫一點新詩散文短篇之外，寫武俠小說，我也寫了二十年，在這段既不太漫長也不太艱苦的過程中，也可以分爲三段時期❷。

早期我寫的是「蒼穹神劍」、「劍毒梅香」、「孤星傳」、「湘妃劍」、「飄香劍雨」、「失魂引」、「遊俠錄」、「劍客行」、「月異星邪」、「殘金缺玉」等等。

中期寫的是「武林外史」、「大旗英雄傳」（**鐵血大旗**）、「情人箭」（**怒劍**）、「浣花洗劍錄」（浣花洗劍）、「絕代雙驕」，還有最早一兩篇寫楚留香這個人的「鐵血傳奇」。

然後我才寫「多情劍客無情劍」，再寫「楚留香」，寫「陸小鳳」，寫「流星・蝴蝶・劍」，寫「七種武器」，寫「歡樂英雄」。

而一部在我這一生中使我覺得最痛苦，受到的挫折最大的是「天涯・明月・刀」。[3]

因爲那時候我一直想「求新」、「求變」、「求突破」，我自己也不知是想突破別人還是想突破自己，可是我知道我的確突破了一樣東西——我的口袋。我自己的口袋。

在那段時候唯一被我突「破」了的東西，就是我本來還有一點「銀子」可以放進去的口袋。

三

口袋雖然破了，口袋仍在，人也在。

我毫無怨尤。

因爲我現在已經發現那段時候確實是我創作力最旺盛、想像力最豐富、膽子也最大的時候。

那時候我什麼都能寫，什麼都敢寫。尤其是在寫「大旗」、「情人」、「浣花」、「絕代」的時候。

那些小說雖然沒有十分完整的故事，也缺乏縝密的邏輯與思想，雖然荒誕，卻多少有一點味。

那時候寫武俠小說本來就是這樣子的，寫到哪裡算哪裡，爲了故作驚人之筆，爲了造成一種自己以爲別人想不到的懸疑，往往會故意扭曲故事中人物的性格，使得故事本身也脫離了它的範圍。

在那時候的寫作環境中，也根本沒有可以讓我潤飾修改、刪減枝蕪的機會。

因爲一個破口袋裡通常是連一文錢都不會留下來的，爲了要吃飯、喝酒、坐車、交女友、看電影、住房子，只要能寫出一點東西來，就要馬不停蹄的拿去換錢；要預支稿費，談也不要談。❹

這種寫作態度當然是不值得誇耀也不值得提起的，但是我一定要提起，因爲那是真的。

爲了等錢吃飯而寫稿，雖然不是作家們共有的悲哀，但卻是我的悲哀。❺

我相信有這種悲哀的人大概還不止我一個。

❖

忽然間，我口袋裡那個破洞居然被縫起來了，大概是用我思想中某幾條線縫起來的。

因爲我同時也發現了我思想中已經缺少幾條線，有些我本來一直自認爲很離奇玄妙的故事，現在我已經不敢寫了。

可是以前那些連我自己都認爲有些荒誕離譜的故事，至今我還是覺得多少總有一點可以讓人覺得緊張、刺激、興奮、愉快的趣味。

我能不能把那些故事換一種寫法，換幾個人名和一個書名再寫出來？能不能把舊酒裝在新瓶子裡？

不能。

重複寫雷同的故事，非但反而會讓人更覺煩厭，自己也會覺得不是滋味。

所以我才想到要把那些故事改寫，把一些枝蕪、荒亂、不必要的情節和文字刪掉，把其中的趣味保留，用我現在稍稍比較精確一點的文字和思想再改寫一遍。[6]

❖

這種工作已經有人做過了。

在香港，有一位我一直非常仰慕推崇的名家[7]已經把他自己的作品修飾整理過一遍，然後再重新發表。

我的至友和結義兄長倪匡，也曾將另一位名家曾經轟動一時的名作刪節潤飾[8]，至今猶在海外各大報章雜誌連載中。

他們工作的環境與條件，他們的慎思與明斷，都不是我能比得上的。

我寫的那些敝帚自珍的東西，更不能和那些名作相提並論。

我這麼做，既沒有一點「想將之藏諸名山」的想法，也沒有一點想要和「唐宋劍俠與水滸相比較」的意思，這一點是我特別要向曾經在中國時報痛責過「武說」的一位君子，請求諒解與原諒的。[9]

我這麼做，只不過要向讀者諸君多提供一點消遣和樂趣而已，如果能夠讓諸君在消遣之餘還有一點振奮鼓舞之意，那就更好了。

四

我寫的大多數小說，都已由只能在租書店流傳的小薄本改爲勉強可以登堂的大厚本了⑩；其中只有極少數例外，因爲我知道小薄本的讀者總是比較少一點；能看到的人也不會太多。

所以我一直想把這幾部書保留，作爲我改寫的嘗試。這幾部書之中當然也有一些值得保留的價值。

這一部「鐵血大旗」就是其中之一。

六八、三、廿九、夜深

1古龍誤記。應為短篇、一期刊完、民國四十四年。當時古龍就讀成功中學高二，未滿十八歲。

2以下作品並未完全按照創作先後排序。

3由於讀者跟不上古龍腳步，加以另一位名家東方玉爭奪固有地盤，一九七四年六月八日《天涯・明月・刀》遭中國時報腰斬，前後僅連載四十五天。《天涯・明月・刀》是古龍首次在主流大報上連載小說，腰斬自是一大打擊，事隔多年仍耿耿於懷。一九七七年王禎和《電視・電視》：「編輯不能接受，認定沒有打，就不是武俠小說，就不為讀者所喜愛……我堅守原則，不變風格。後來我就乾脆半途停了，沒繼續寫下去。」一九八二年《時報周刊》

二五〇期〈古龍的武俠與感情世界〉：「每一種我用新的方式寫作，讀者不見得立即接受，但是，後來都會喜歡，譬如『天涯・明月・刀』剛寫的時候，真是一片叫罵之聲，現在卻有很多人叫好。」

4因為古龍口碑極差。一九六〇年，清華出版社曾預支古龍稿費，結果《劍毒梅香》只交出四集。

5武俠作家的稿費相當優渥，古龍卻浪費成性，造就了自身的悲哀。

6這是門面話。《鐵血大旗》原名《大旗英雄傳》，著作權已賣斷給真善美。十餘年後，古龍擅自交付漢麟出版並更改書名，試圖以改寫之名規避侵權之實。同樣的情形還有《怒劍》（情人箭）和《浣花洗劍》（浣花洗劍錄）等。又一九七〇年代後期，古龍多數作品曾交由漢麟出版社修訂，若非小幅增刪無關痛癢，便是劇烈變動面目可憎，使人低估古龍的創作水準——《蒼穹神劍》的腰斬堪稱最佳例證。

7一九七〇年代，金庸大舉翻修舊作，僅僅七萬多字的《雪山飛狐》就有十之六七的文字重新潤飾。

8還珠樓主的《蜀山劍俠傳》被倪匡濃縮、改寫成《紫青雙劍錄》。

9「藏諸名山」、「唐宋劍俠與水滸傳」等語引自武盲（唐文標）在中國時報上的系列文章「你也想寫武俠小說嗎？」

10在很長的一段時間裡，臺、港的武俠小說有三種連載方式：一是在專業的武俠期刊上連載，二是在報紙或一般期刊上連載，然後集結出版單行本（有些在連載過程中即已出版）。第三是透過租書店分集出版小薄本。分集小薄本是武俠小說特有的型態，迥異於其他小說，常被視為漫畫一類，不登大雅之堂。不少小薄本紙張粗糙，分行浮濫而版面空疏，編印又錯誤百出，顯示出版商只顧撈錢的心態。一九七〇年代後期，漢麟和華新（桂冠）挾著古龍如日中天的聲勢，先後推出了大開本的改版作品，每冊多在數百頁以上，裝訂精美，改變了武俠出版的生態。

關於「楚留香」(《新月傳奇》序)

楚留香系列之七《新月傳奇》的序言，刊載於一九七九年四月《時報周刊》第五十九期，距離系列之六《桃花傳奇》已有七年多的時間。文末落款時間為民國紀年

一

小說裡一定有人物，人物中一定有主角，無論寫什麼小說大概都不能例外，就算天地一沙鷗❶中的那隻鷗，也是擬人化的，也有思想和情感。

武俠小說中的人物無疑是要比較特殊一點，無論形象和性格都比較特殊。

因爲武俠小說寫的本來就是一種特殊的社會，小說中人物的遭遇通常都不是普通一般人會遭遇到的，而且經常被「推」入一個極尖銳的「極端」中，讓他在一種極困難的情況下作選擇，生死勝負、成敗榮辱往往就決定在他的一念間。

是捨生取義？還是捨義求榮？這其間往往根本沒有什麼選擇的餘地。因爲武俠小說的作者一定要讓他的主角在這種磨練和考驗中表現出真正的俠義精神，表現出他的正直堅強的勇氣。

一個人如果經常會受到這種考驗，就好像一塊鐵被投入鐵匠的烘爐中，經過千鎚百鍊後，自然會化凡鐵成精鋼的。

所以武俠小說中的主角，通常都是一個非常堅強的人，絕不屈服，絕不妥協，義之所在，百折不回。無論他們的外表看來是個什麼樣的人，這一點決心和勇氣卻是永遠不會改變的，就算他們的軀體已因愁苦、傷痛、疾病而被傷害，這一點也不會改變，否則他就根本不會出現在武俠小說中，根本就不值得寫了。

❖

但他們也是人，有血有肉，有思想有情感，所以他們也有很多種不同的類型，有些冷如岩石，有些熱情如火，有些木訥沉著，有些瀟洒風流，還有些平常看來雖然平凡懦弱，可是在他們面臨大節大事時，卻能表現出一種非常人所能企及的決心和勇氣。

人本來就有很多種，在創造小說中的人物時，當然也應該有很多種不同的型態，否則這種小說也根本不值得寫了。

❖

就算在武俠小說的人物中，楚留香無非也應該算是一個很特殊的人，有很多值得別人歡喜佩服懷念之處。

因爲他冷靜而不冷酷，正直而不嚴肅，從不僞充道學，從不矯揉做作，既不會板起臉來教訓別人，也不會擺起架子來故作大俠狀。

所以我也喜歡他。

所以我一直都想把他的故事再多想幾個，讓別人也能分享他對人生的熱愛和歡樂。

他這一生中本來就充滿了傳奇，有關他的故事本來就是有很多還沒有寫出來，每一個故事中都充滿了冒險和刺激，充滿了他的機智與風趣，也充滿了他對人類的愛與信心。

不把這種故事寫出來，實在是件很遺憾的事，而且讓人很難受。

所以我又決定要寫了。

❖

在重寫這個人之前，我當然希望大家都能瞭解他是個什麼樣的人。

楚留香究竟是個什麼樣的人呢？

二

江湖中人人都知道楚留香「楚香帥」，卻很少有人知道這個人在哪裡？有多大年紀？長得是什麼樣子？

因爲他成名極早，所以有的人說他已「垂垂老矣」，可是也有的人說他還很年輕，甚至還有的人說他已經學會「駐顏之術」，能夠青春常駐。

因爲他有「盜帥」之名，所以有的人說他只不過是個比較有本事的大盜而已，可是也有些人說他的「盜」只不過是一個手段而已，一種爲了使人間事更公平合理的手段，而且他已經將這件事化作一種藝術。

一種極風雅的藝術。

❖

有很多朋友都認爲我在開始寫他的故事時那張短箋最能表現出他這種特性。

「聞君有白玉美人，妙手雕成，極盡妍態，不勝心嚮往之，今夜子正，將踏月來取，君素雅達，必不致令我徒勞往返也。」❷

這是他要去「取」一尊白玉美人前，先給那個主人的「通知」。

他要「取」一樣東西之前，一定會通知對方，要對方好好防備。

他甚至還會告訴你，他要來取此物，只不過因爲你已經不配擁有它。

這是件很絕的事，實在很絕。

所以就連他的對頭們也不能不承認，這個人是獨一無二的。

江湖人永遠都不會有第二個楚留香，就好像江湖中永遠都沒存有第二個小李飛刀一樣。

❖

可是楚留香和李尋歡不同。

他沒有李尋歡那種刻骨銘心的相思和痛苦，也沒有李尋歡的煩惱。

在他心裡，這個世界上根本就沒有什麼不能解決的事，所以也沒有什麼真正能令他苦惱的問題。

只不過他也是個人，有人性中善的一面，也有惡的一面。

可是他總能將惡的那一面控制得很好。

有時他也會作出很傻的事，傻得連自己都莫名其妙，有時他甚至會上人的當。

幸好他總是很快就會發覺，而且就真上了當之後，也能一笑置之。

他總認爲，不管在多麼艱苦困難的情況下，能夠笑一笑總是好事。

三

沒有事的時候，楚留香總喜歡住在一條船上。

一條很特別的船，潔白的帆，狹長的船身，輕巧快速，甲板光滑如鏡，通常都停泊在海邊，船舷下通常都吊著一瓶從波斯來的葡萄酒，讓海水把它「鎮」得剛好冷得適口。

他不在這條船上的時候，也有人替他管理照顧這條船。

三個女孩子，聰明而可愛的女孩子。

蘇蓉蓉溫柔體貼，負責照料他的生活衣著起居，李紅袖是才女，對武林中的典故人物如數家珍，宋甜兒是女易牙，精於烹飪，蘇蓉蓉和李紅袖都很怕她，怕她說「官話」。

「天不怕，地不怕，就怕廣東人說官話。」

宋甜兒說的官話確實很少有人能聽得懂，可是❸人與人之間如果心意相通，又何必說話？

四

楚留香的鼻子從小就有毛病，從現代的醫學觀點來看，大概是鼻竇炎一類的毛病。

所以他常常喜歡摸鼻子。

可是這種毛病並沒讓他苦惱過，這條路不通，他就換一條路走，鼻子不適，他就訓練自己用另外一種方法呼吸，用身體中的毛孔幫助他的呼吸。

人生中有很多事都是這樣子的，偉大的畫家眼睛常常不好，偉大的樂師耳朵往往不太靈，貝多芬晚年時已經是個聾子。

楚留香的鼻子不好，卻最喜歡香氣。

每當他做過一件很得意的事情之後，就會留下一陣淡淡的、帶著鬱金花芬芳的香氣。

這就是「楚留香」這個名字的來歷。

❖

像楚留香這麼樣一個人，當然有很多朋友，各式各樣的朋友。

他的朋友中有少林寺的方丈大師，也有滿街化緣的窮和尚，有冷酷無情的刺客，也有感情衝動的少年，有才高八斗的才子，也有一字不識的村夫。

他的朋友中最老的一個是胡鐵花。

胡鐵花也是個妙人。

他喜歡找楚留香拚酒，喜歡學楚留香摸鼻子，沒事也要臭楚留香幾句，找找楚留香的麻煩。

❖

可是楚留香真的有麻煩時，他立刻就會去拚命。❹

他也和楚留香一樣，喜歡酒、喜歡女人、喜歡管閒事、抱不平。

他還有一件楚留香沒有的煩惱。❺

——喜歡他的女人，他都不喜歡，他喜歡的女人，都不喜歡他。

五

楚留香這一生中做過各式各樣的事，好事做得固然很多，傻事做的也不少。

他幾乎什麼事都做，只除了一件事。

——他絕不做自己不願做的事，這個世界上絕對沒有任何人能勉強他。

❖

這就是楚留香。

1 "Jonathan Livingston Seagull"（一九七〇），作者為美國作家李查巴哈（Richard Bach）。

2 此一短箋為《血海飄香》開頭文字。

3 原文誤作「可見」，據《大成》六十八期轉載更正之。

4 《大成》轉載時無此句。

5 同注4。

吃膽與口福

刊載於一九七九年七月四日中國時報第十二版，部分文字沿襲一九七四年〈吃客〉。原文誤植甚多，今依〈吃客〉及香港《大成》第七十期轉載更正之

一、吃得是福

我從小就聽人說：「吃得是福」，長大後也常常在一些酒樓飯館裡看到這四個字，現在我真的長大了，才真的明白這四個字的意思。

吃得真是福氣。

唯一令人不愉快的是，現在能有這種福氣的人已經越來越少了。

社會越進步，醫學越發達，人類的壽命越來越長，對於吃的顧慮也越來越多，心臟、血壓、肥胖、膽固醇，這些我們的祖先以前連聽都沒有聽到過的名詞，現在都已經變成了吃客的死敵。

在這種情況下，要做一個真正的吃客，實在很不容易。

❖ 吃得是福。能吃的人不但自己有了口福，別人看著他開懷大嚼，吃得痛快淋漓，也會覺得過癮之至。

可是能吃還不行，還得要好吃，會吃，敢吃，才算具備了一個吃客的條件。

一聽到什麼地方有好吃的東西可吃，立刻食興大發，眉飛色舞，恨不得插翅飛去吃個痛快，就是吃得塌在椅子上動彈不得，也在所不惜。別的事都不妨暫時放到一邊去。

這種人實在值得大家羨慕。

有些人雖然在美食當前時，也打不起精神來，不管吃多好吃的東西，也好像有毒藥一樣，讓別人的食慾也受到影響，這種人當然是不夠資格做吃客的。

夠資格做吃客的人並不多，我的老師高逸鴻先生❶，我的至友倪匡都夠資格。一看到他們坐在桌子上，拿起筷子，我就感覺得精神一振，覺得人生畢竟還是美好的，能活著畢竟還不錯。

他們雖然也有些不能吃不敢吃的顧忌，可是好友在座，美食在案，他們也從來不敢後人。

二、吃的學問

「會吃」無疑是種很大的學問，「三代爲官，才懂得穿衣吃飯」，這不是誇張，袁子才的「隨園食譜」有時都不免被人譏❷爲紙上談兵的書生之見。

大千居士的吃和他的畫一樣名滿天下，那是倪匡所說：「用複雜的方法做出來的菜。」做菜是種藝術。從古人茹毛飲血進化到現在：有很多佳餚名菜都已經成爲了藝術的結晶，一位像大千居士這樣的藝術家，對於做一樣菜的選料配料刀法火功的挑剔之嚴，當然是可以想像得到的。

可是倪匡說得也很妙。菜餚之中，的確也有不少是要用最簡單的做法才能保持它的原色與真味。所以白煮肉、白切雞、生魚片、滿臺飛的活蝦，也依舊可以保存它們在吃客心目中的價值。

可是要做譚廚的「畏公豆腐」，大風堂的「干燒鰉❸翅」這一類的菜，學問就大了。據說大風堂發鮑翅的法子，就像是武俠小說中的某一門某一派的家傳武功絕技一樣，傳媳不傳女，以免落入外姓之手。

名廚們在治理拿手絕活時，也是門禁森嚴❹，不許外人越雷池一步，就像是江湖上幫門練武一樣，謹防外人與後生小子們偷學。

奇怪的是，真正會做菜而且常做菜的人自己卻不一定講究吃。

譚派名廚彭老爺❺就是一例，他在臺北時，我去跟他吃飯，如果喝多了酒，他幾乎從不動筷子，平時也只不過用些清湯泡❻碗白飯，再胡亂吃些泡菜豆豉辣椒而已，我看他吃飯，常常覺得他是在虐待自己。

三、吃膽

會吃已經很不容易，敢吃更難。

有的人硬是有吃膽，不管是蝸牛也好，老鼠也好，壁虎也好，蝗蟲也好，一律照吃不誤，而且吃得津津有味。

我有個朋友是武俠電影的明星，非常有名氣的明星，溫文儒雅，英俊瀟洒，也不知道是多少少女心目中的白馬王子。一劍在手時，雖千萬人，亦無懼色。

他也真有吃膽。

我就看見過他把一條活生生的大蟒蛇用兩隻手一抓，一口就咬了下去，從從容容，而不改色，就把這條蛇的血吸了個乾乾淨淨。

他甚至還曾經把一隻活生生的老鼠吞到肚子裡。

唐人話本中還有段記載，說是深州❼有位諸葛大俠，名動天下，在渤海的另一位大豪高瓚乃聞❽而訪之，兩人互鬥豪傑的結果，諸葛居然將一個侍酒失態的女妾「蒸之坐銀盤，於乳房間撮肥嫩食之」，連高瓚都不禁看得面無人色，要落荒而逃了。

這種吃法，不嚇得人落荒而逃才怪。

四、吃的情趣

當代的名人中，有很精於飲饌的前輩都是我仰慕已久的，高師逸鴻、陳公定山、大風堂主❾、陳子和❿先生、唐魯孫⓫先生、梁實秋先生、夏元瑜⓬先生，他們談的吃，我非但見所非見，而且聞所未聞，只要一看到經由他們那些生動的文字所介紹出來的吃，我就會覺得饑腸轆轆，食慾大振，半夜裡都要到廚房裡去找點殘菜餘肉來打打饞蟲。

後生小子如我，在諸君子先輩面前，怎麼敢談吃，怎麼配談？

我最多也不過能領略到一點吃的情趣而已。

❖

有高朋滿座，吃一桌由陳子和先生提調的乳豬席⓭，固然是一種不可多得的享受。

在夜雨瀟瀟，夜半無人，和三五好友，提一瓶大家都喜歡喝的酒，找一個還沒有打烊的小館子，吃兩樣也不知道是什麼滋味的小菜，大家天南地北的一聊，就算是胡說八道，也沒有人生氣，然後大家扶醉而歸，明天早上也許連自己說過什麼話都忘了，但是那種酒後的豪情和快樂，卻是永遠忘不了的。

這豈非也是一種情趣？

❖

我總覺得，在所有做菜的作料中，情趣是最好的一種，而且不像別的作料一樣，要把份量拿捏得恰到好處，因爲這種作料總是越多越好的。

在有情趣的時候，和一些有情趣的人在一起，不管吃什麼都好吃。

有一天晚上，一個薄醉微醒後的晚上，我陪兩個都很有意思的朋友，一個男朋友，一個女朋友，我問他們：

「現在你最想吃什麼？」

他們兩個人的兩種回答都很絕。

一個人說：「我最想吃江南的春泥。」另外一個人說：

「我想吃你。」

---

1 一九七八年，古龍拜高逸鴻為師，學習國畫。

2 原文誤作「説」。

3 原文誤作「煌」。

4 原文作「門禁嚴禁」，依《大成》修改之。

5 《大成》作「彭長貴」。

6 原文誤作「洗」。

7 原文誤作「梁州」。

8 原文誤作「間」。

9 即張大千。

10 書畫名家，居於香港。他和高逸鴻都替古龍小說的封面題過字。

11 本名唐葆森（一九〇八至一九八五），字魯孫，出身於滿清鑲紅旗。晚年為專欄作家，長於書寫美食。

12 夏元瑜（一九〇九至一九九五）以幽默散文知名，人稱「老蓋仙」。

13 《大成》夾注：「（聞陳子和先生臥病醫院，甚為想念。）」

寫在《劍胆星魂》之前

刊載於一九八〇年六月一日中央日報第十版。由於前三段文字自我抄襲〈一個作家的成長與轉變〉，因此我們只取最後的第四段文字

在這段成長轉變的過程中，「流星・蝴蝶・劍」可以算是一個很特別的據點❶，在武俠電影那一方面，這部小說大概也可以算是比較特別的一部❷，所以我特別把這部書再提供給讀者，而且給了它一個新的書名——劍胆星魂❸。

1倪匡〈古龍武俠小說中的幾個人物〉：「『流星・蝴蝶・劍』是古龍所有作品之中，最好的一部，堪稱是武俠小說中的顛峰之作」，見一九七四年《大成》第九期。另一位武俠巨擘臥龍生也說，古龍作品中他最喜歡《流星・蝴蝶・劍》，見一九八五年九月廿三日民生報第九版。《流星・蝴蝶・劍》借鑑《教父》，融合日本《帶子狼》和《聖經》的若干設定，在語言、題材上為武俠小說引進新意，並且延續了《多情劍客無情劍》和《蕭十一郎》的氣

質，創造出一個滄桑、瑰麗而多奇的情境。

2 一九七六年由邵氏公司改編的同名電影上映，轟動港臺及東南亞，帶動了此後十年的武俠電影熱潮。

3 當時《流星・蝴蝶・劍》已與華新公司簽約推出二十五開新版。古龍擅自更名《劍胆星魂》並交付中央日報發表，引發違約爭議。經桂冠圖書提出抗議後，六月二十日《劍胆星魂》停刊，僅僅連載二十日。

卷三

古來萬事東流水

1980–1985

寫當年武壇風雲人物於酒後 其一 王度廬

刊載於《鶴舞江南》下冊，一九八〇年十二月環怡出版，漢麟經銷。一九五九年底臺灣開始實施「暴雨專案」，「舊派」武俠小說紛紛遭禁。二十年後，漢麟出版社將王度廬的「鶴—鐵五部曲」更名出版，由古龍掛名主編。《鶴舞江南》即首部曲《鶴驚崑崙》

一

每本書都有一個作家。

每一本成功的書，都有一個成功的作家，就好像每一個成功的男人，都有一個成功的女人一樣。

這種比譬是不是很荒謬？

不是。

因爲一個作家跟一本書的關係，就好像一個丈夫跟一個妻子一樣，他們已經達到一種息息相關，生死與共的階段。這種感覺，絕不是一個沒有寫過小說的人所能瞭解的。

這種感覺當然也不是一個沒有結過婚的人所能瞭解的。

當一個小說作家，一個真正的小說作家，創造了一個他喜愛他也相信會被讀者所喜愛的人物時，那麼他所創造的這個人物，就變成一個活生生的人了，已脫離了他的控制範圍。

❖

一個作家，如果要讓他筆下的人物生，那個人物當然是生。

一個作家如果要他筆下的人物死，那個人物當然是死。

這種事是沒有人能夠否認的。

因爲那個人物產生在那位作家的筆下，他的喜怒哀樂、生死榮辱當然也都在那位作家的控制之下。

❖

這個道理是每個人都能瞭解的，就好像每個人都能瞭解雞蛋是雞生出來的一樣。

可是這個道理是不是絕對正確的呢？

不是。

雞蛋是雞生出來的，雞也是雞蛋生出來的。每件事都有兩面，一個作家固然能夠控制他筆下的人物，可是一個作家筆下所產生的一個真正成功的人物，往往就不受那位作家的控制了。

因爲他已經有了生命。他自己的生命。

這個生命，是誰給他的呢？當然是創作他的那位作家。

❖

有什麼樣的作家才能夠創造一個真正有他自己獨立思想生命的人物呢？

只有一種作家，那當然無疑是一種能夠讓人永遠懷念的作家。

二

現在，我是一個寫武俠小說的人，以前當然不是，沒有人能夠在七八歲的時候就能寫武俠小說。

以前，我甚至也不是一個看武俠小說的人。

我從七八歲的時候就開始看武俠小說的了。卻不是一個看武俠小說的人。

因為我只不過是一個看武俠小說的「迷」。

我「迷」武俠小說從我七八歲的時候一直到現在❶。可是「迷」的武俠小說作者也只不過三五個人。

三

王度廬是誰？

現在的年輕朋友們大概已經很少人知道王度廬是誰了❷。

幸好我已不再年輕，所以我還知道王度廬是誰。

❖

我從七八歲的時候就開始看武俠小說，那個時候，我最不欣賞的武俠小說作家就是王度廬。

因爲那時候我總覺得王度廬的小說太淡。

因爲那時候我只有七八歲。

❖

每個人都有七八歲的時候，可是七歲、八歲、九歲、十歲、十一歲、十二歲，每一歲都會過去的。

人生每一個階段都會過去的，從這個階段到那個階段，每一個階段都有每一個階段的思想成熟轉變。

❖

所以到了我生命中某一個階段中，我忽然發現我最喜愛的武俠小說作家竟然是王度廬。

❖

可是我最不能原諒的，也是王度廬。

四

每一部成功的小說裡，一定都有一個成功的男主角，王度廬的小說裡，寫的最成功的一個男人，就是李慕白。

王度盧的小說裡，寫的最失敗的一個人，也是李慕白。

王度盧絕不想把李慕白寫成一個失敗的男人，更絕不想把李慕白寫成失意的男人。

可惜王度盧已經不由自主了。

因為李慕白已經脫離了王度盧的控制，因為李慕白在王度盧筆下已經變成了一個活生生的、有思想的、有個性的、有血有肉的人物。

一個作家能夠在他的筆下創造出這樣的一個人物，絕不是一件容易的事。

五

文人相輕。

一個作家對另外一個作家的讚揚總是有限度的。

一個作家對另外一個作家能夠如此讚揚，當然也有它必然的理由。

六

王度盧是一個作家。

我也是。

古龍

一九八〇年十月

1參見龔鵬程〈人在江湖〉：「從六七歲時在漢口看『娃娃書』起，就與武俠結下了不解之緣。」

2參見〈關於「武俠」〉注解14。透過李安改編的電影《臥虎藏龍》（二〇〇〇），許多年輕人又對原作者王度盧熟悉起來。

關於飛刀（《飛刀，又見飛刀》序）

《飛刀，又見飛刀》序，刊載於一九八一年二月十五日聯合報第八版，文末落款時間為民國紀年

一

刀不僅是一種武器，而且在俗傳的十八般武器中排名第一。

可是在某一方面來說，刀是比不上劍的，它沒有劍那種高雅神秘浪漫的氣質，也沒有劍的尊貴。

劍有時候是一種華麗的裝飾，有時候是一種身分和地位的象徵。

在某一種時候，劍甚至是一種權利和權威的象徵。

刀不是。

劍是優雅的，是屬於貴族的，刀卻是普遍化的，平民化的。

有關劍的聯想，往往是在宮廷裡，在深山裡，在白雲間。

刀卻是和人類的生活息息相關的。

人出世以後，從剪斷他臍帶的剪刀開始，就和刀脫不開關係，切菜、裁衣、剪布、理髮，修鬚、整甲、分肉、剖魚、切煙、示警、揚威、正法，這些事沒有一件可以少得了刀。

人類的生活裡，不能沒有刀，就好像人類的生活裡，不能沒有米和水一樣。

奇怪的是，在人們的心目中，刀遠比劍更殘酷更慘烈更凶悍更野蠻更剛猛。

二

刀有很多種，有單刀，雙刀，朴刀，戒刀，鋸齒刀，砍山刀，鬼頭刀，雁翎刀，五鳳朝陽刀，魚鱗紫金刀。

飛刀無疑也是刀的一種，雖然在正史中很少有記載，卻更增加了它的神秘性與傳奇性。

至於「扁鑽」是不是屬於刀的一種呢？那就無法可考了。❶

三

李尋歡這個人物是虛構的，李尋歡的「小李飛刀」當然也是。

大家都認爲這個世界上根本不可能有李尋歡這樣的人物，也不可能有「小李飛刀」這樣的武器。

因爲這個人物太俠義正氣，屈己從人，這種武器太玄奇神妙，已經脫離了現實。

因爲大家所謂的「現實」，是活在現代這個世界中的人們，而不是李尋歡那個時代。

所以李尋歡和他的小李飛刀是不是虛構的並不重要，重要的是這個人物是否能夠活在他的讀者們的心裡，是否能激起大家的共鳴，是不是能讓大家和他共悲喜同歡笑。

❖

本來誰也不知道李尋歡和他的飛刀究竟是什麼樣子的，可是經過電影的處理後，卻使得他們更形象化，也更大眾化了。

從某一種角度看大眾化就是俗，就是從俗，就是遠離文學和藝術。

可是我總認爲在現在這麼樣一種社會形態中，大眾化一點也沒有什麼不好。

那至少比一個人躲在象牙塔裡獨自哭泣的好。

四

有關李尋歡和他的飛刀的故事是一部小說，「飛刀，又見飛刀」這部小說，當然也和李尋歡的故事有密不可分的關係。

可是他們之間有很多完全不相同的地方。

——雖然這兩個故事同樣是李尋歡兩代間的恩怨情仇，卻是完全獨立的。

——小李飛刀的故事雖然已經被很多次搬上銀幕和螢光幕，但他的故事，卻已經被寫成小說很久了，「飛刀」的故事現在已經拍攝成了電影了，小說卻剛剛開始寫。❷

❖

這種例子就好像蕭十一郎一樣，先有電影，才有小說。

這種情況可以避免很多不必要的枝節，使得故事更精簡，變化更多。

因爲電影是一種整體的作業，不知道要消耗多少人的心血，也不知道要消耗多少物力和財力。

所以寫電影小說的時候，和寫一般小說的心情是絕不相同的。

❖

幸好寫這兩種小說還有一點相同的地方，總希望能讓讀者激起一點歡欣鼓舞之心，敵愾同仇之氣。

我想這也許就是我寫小說的最大目的之一。

——當然並不是全部目的。

五

還有一點我必須聲明。

現在我腕傷猶未癒，還不能不停的寫很多字，所以我只能由我口述，請人代筆。❸

這種寫稿的方式，是我以前一直不願意做的。

因爲這樣寫稿常常會忽略很多文字上和故事上的細節，對於人性的刻劃和感傷，也絕不會有自己用筆去寫出來的那種體會。

最少絕不會有那種細緻婉轉的傷感，那麼深的感觸。

當然在文字上也會有一點欠缺的，因爲中國文字的精巧，幾乎就像是中國文人的傷感那麼細膩。

❖

幸好我也不必向各位抱歉，因爲像這麼樣寫出來的小說情節一定是比較流暢緊湊的，一定不會有生澀苦悶冗長的毛病。

而生澀苦悶冗長一向是常常出現在我小說中的毛病。

七〇、二、十二、夜，於病後，

非關病酒。不在酒後。

---

1 一九八〇年十月廿二日下午，古龍和友人王沖、林鷹、吳濤在北投吟松閣商討劇本，酒酣耳熱。廿三日凌晨，影星柯俊雄的跟班陳文和、葉慶輝邀約敬酒，古龍不從而引發衝突，右手腕被葉氏以扁鑽割傷，送到榮民總醫院輸血，並且縫了四十幾針。相關報導超過一年以上，鬧得路人皆知。這裡古龍提起「扁鑽」，幽了自己一默。

2 相關電影有二：第一部是一九八一年上映的《飛刀，又見飛刀》，另一部是一九八二年的《一劍刺向太陽》。

3 吟松閣事件留下手腕無力的後遺症，弟子丁情經常代為執筆紀錄。〈《怒劍狂花》後記——心中的話之二〉：「他因手受傷，時常會痛，所以只好用唸的，由我這個不成材的人來寫。這時我才真正體會到古大俠文字的優美，造句的靈巧，和對話的簡潔幽默。」荻宜〈浪子・書生・古龍〉：「自從北投挨刀後，加上接踵而至的婚變，古龍心境轉變極大。他的右手腕常作痛，他對妻兒想念日深，逐漸寫得少了。」見一九八三年十一月廿八日聯合報第十二版。

寫當年武壇風雲人物於酒後　其二　鄭證因❶

本文刊載於《淮上英雄傳》上冊，一九八一年五月萬盛出版。當時萬盛將「舊派」武俠名家鄭證因的代表作《鷹爪王》拆成《淮上英雄傳》、《十二連環塢》和《雁蕩俠隱記》，由古龍掛名主編

一

這個名字在現在讀者的心目中，一定是非常陌生的，可是在我唸中小學的時代，情況就不大相同了。

我從小就看武俠小說，第一個讓我佩服得五體投地的作家就是他。

鄭證因寫「淮上大俠王道隆」，寫「女屠戶陸七娘」，寫「邊城俠女」，寫「鐵傘先生」——鄭證因寫的小說種類數量之多，是和他同時代的武俠小說家很難比擬的，因爲他的作品的特色就是簡單、明快，從不拖泥帶水，所以他的小說大都比和他同時代的武俠小說家的作品短。

❖ 鄭證因的作品裡面，沒有被翻紅浪，也沒有杯底豪情，更沒有那千千萬萬縷剪不斷理還亂捨不得放不下的離愁別緒兒女柔情。

但是他寫的人物也並不是沒有性格的。

二

很奇怪的，在鄭證因節奏明快故事緊湊的小說人物中，居然時常會出現一些性格非常鮮明的角色，這些角色的性格甚至會鮮明得接近鮮艷。

「女屠戶」陸七娘和金七老就是一例。

那真是一段讓人看了覺得感懷悲惻不能自已的故事，陸七娘蕩，金七老嚴制，如果說陸七娘是個現代的嬉皮，那麼金七老就是個十八世紀的英國清教徒❷。

可是他們兩人也並不是沒有相同的地方。

「女屠戶」是要命的，金七老也是要命的❸。

❖ 這一點也很可能就是鄭證因故意創作的關鍵——在嬉皮放蕩子和清教徒之間，是不是也有某種放蕩子所不願說清教徒所不敢說的關係。

三

陸七娘是叛徒，是家庭的叛徒，是社會的叛徒，是武林的叛徒。

金七老呢？

金七老是專門制裁叛徒的人。

所以金七老一心要殺陸七娘，可是最後他不但沒有殺陸七娘，反而把陸七娘收歸門下，在他們那個時代，這是一種非常嚴肅嚴重的舉動，遠比現代的訂婚結婚的儀式還要嚴肅嚴重的多。

因為金七老最後終於發現陸七娘的外表雖然邪惡，可是她的心卻是極其脆弱善良的。

在當時那個社會裡，一個弱女子只要做錯了一點事，一點點讓那些大男人們覺得不對的事，就會被看成一個蕩女一個淫婦一個屠戶，就好像現代這個社會裡那些大男人的觀點一樣。也好像現代社會裡那些那麼有道德觀念的淑女對一個浪子的觀念一樣。

四

時代在變，社會在變，人的觀念也在變。

幸好只有一樣事是永遠都變不了的，那就是人的尊嚴和價值。

一個有尊嚴有價值的人，永遠是一個有尊嚴有價值的人。

一個有尊嚴有價值的作家，永遠是一個有尊嚴有價值的作家。

鄭證因就是一例。

❖

現在大家對鄭證因這個人一定比較了解得多一點了，如果我這篇短文已經引發了各位對鄭證因這個人一點點好奇心，如果各位還想對鄭證因這個人多了解一點點，那麼有什麼法子呢？

我有一個法子——

看他的小說。

五

要了解一個作家最好的法子，就是看他的小說。

我絕對相信天下再也沒有比這個法子更好的法子了。

古龍

一九八一、一、十八醇酒在瓶，美女在側，好友在座，人生至樂，一致於此，夫復何憾？

縱然樂極，亦有何悲？

1參見〈關於「武俠」〉注解15。

2十六世紀英國國教興起時，有些基督徒反對國教隨從天主教的遺風。他們按照《聖經》過嚴謹敬虔的生活，並且改革禮俗、制度上的種種弊病。

3原文誤作「要命的也是要命的」，依文意補正之。

談當年武壇風雲人物於酒後 其三 朱貞木

刊載於一九八一年一月三十日南洋商報。萬盛出版社刊載本系列其一王度廬、其二鄭證因時，均稱「『寫』當年武壇風雲人物於酒後」，且第二篇發表時間晚於本篇（系列其三）。推測南洋商報為本系列原始出處，其後方交由萬盛刊載。今不依時序，將本篇置於系列文章第二篇之後

一

中國的武俠小說究竟是從何時源起、何時蓬勃？每一種說法都不同，已經無法考據確定。可以確定的是，近代中國武俠小說最興盛蓬勃的時期是——

- 民國三十年左右，由還珠樓主、王度廬、鄭證因、朱貞木、白羽所共同開創的時期；
- 民國五十年左右，由金庸開創的時期；
- 臺灣作家如雨後春筍出現的六十年代。

現在我們要談的是，在第一個時期中風格獨創的朱貞木。

二

朱貞木在和他同一時代的武俠作者中，無疑是一位作品風格絕對與眾不同的作家。

王度廬、鄭證因、白羽、他們的作品雖然也都有他們獨特的風格，卻比較接近。

他們的作品無論人數、武功、故事都比較有真實感，很少有虛幻、玄妙的事物情節出現，換句話說，也就是他們的作品都比較寫實。

還珠樓主恐怕是最不寫實的一位作家了。

還珠的故事海闊天空，魚龍漫衍，奇瑰壯麗，不可方物，其學思淵博，想像力之豐富，大概至今還未有任何一位作家能比得上，可是他寫小說，也不是沒有缺點的。

他寫小說往往就好似一匹脫了韁的野馬，到了想收的時候，已經收不住了。

就好像我這個人一樣。

朱貞木不一樣。

朱貞木的小說和這兩派都不一樣，也可以說是介於這兩派中間的。

他的小說往往會在很平凡的人物和情節中，呈現出非常驚人的局面，充滿了神秘而豐富的想像力和幻想力。

他的小說寫得儂情豔密，昔年曾令我歎為觀止，現在回想起來，還是覺得回味有甘。

三

朱貞木的小說裡，曾經創造出幾個非常特殊的人物。

羅剎夫人、沐天瀾、太湖王、千手觀音、七寶和尚、鐵腳板、四川楊展……。

這些人物雖然也都有他們獨特的個性，可是我卻不喜歡。

我喜歡的是，瞽目閻羅左鑒秋、陸地神仙游一瓢。

陸地神仙溫文儒雅，神通之廣大，已經到了不可思議的程度，在我十來歲那個時代，我想不把他當作我心目中的英雄都不行。

可是我還是比較喜歡左鑒秋。

左鑒秋絕對是個悲劇性的人物，生命中充滿了悲愴和不幸，除了悲愴和不幸之外，幾乎沒有人能夠在他生命中找出什麼別的。

左鑒秋的生命幾乎已經有點像莎士比亞手下垂死的理查王一樣。

在我十來歲那個年紀，在那種充滿了羅曼蒂克的幻想又充滿了對個人英雄崇拜的年紀，我最喜歡的武俠人物居然會是一個充滿了悲劇性的失敗人物，由此可見朱貞木刻劃這個人物時所用的筆力是多麼深厚。

四

看朱貞木的小說，和看還珠、白羽、王度盧、鄭證因的小說一樣，都已經是二十年前的往事了。

可是現在想起他們，忽然發現他們依舊存在我的心裡，就好像忽然想到了一個闊別二十多年的老朋友一樣，心裡依舊還是充滿了對往日的懷念和友情。

那種溫暖就好像你在寒冷的冬天晚上，從失意和風雪中歸來，傾杯一談，喝下了一杯一百年的白蘭地一樣。

一九八一．一．廿夜

文後忽然憶及一聯：常未飲酒而醉，以不讀書為通。

風鈴．馬蹄．刀——寫在《風鈴中的刀聲》之前

《風鈴中的刀聲》序，刊載於一九八一年十月廿一日聯合報第八版

一

作爲一個作家，總是會覺得自己像一條繭中的蛹，總是想要求一種突破，可是這種突破是需要煎熬的，有時候經過了很長久很長久的煎熬之後，還是不能化爲蝴蝶，化作蠶，更不要希望能練成絲了。

所以有很多作家困死在繭中，所以他們常常會酗酒、吸毒、逃避、自暴自棄，甚至會把一根「雷明頓」的散彈獵鎗含在自己的咽喉裡，用一根本來握筆的手指扳開鎗擎扣下扳機，把他自己和他的絕望同時毀滅。❶

創作是一件多麼艱苦的事，除了他們自己之外，恐怕很少有人能明白。

可是一個作家只要活著就一定要創作，否則他就會消失。

無聲無息的消失就不如轟轟烈烈的毀滅了。

❖

所以每一個作家都希望自己能夠有一種新的突破、新的創作。對他們來說，這種意境簡直已經接近「禪」與「道」。

在這段過程中，他們所受到的挫折辱罵與訕笑，甚至不會比唐三藏在求經的路途中所受的挫折和苦難少。

宗教、藝術、文學，在某一方面來講是殊途同歸的。在他們求新求變的過程中，總是免不了會有一些痛苦的煎熬。

二

作爲一個已經寫了二十五年武俠小說，已經寫了兩千餘萬字，而且已經被改編了兩百多部武俠電影的作者來說，想求新求變，想創作突破，這種慾望也許已經比一個沉水的溺者，想看到一根浮木的希望更強烈。

只可惜這種希望往往是空的。

所以溺者死，作者亡，也是一件很平常的事，他們不死不亡的機率通常都不會超過千分之一。

❖

「風鈴中的刀聲」絕不會是一條及時趕來的救援船，更不會是一塊陸地。我最多只不過希望它是一根浮木而已，最多只不過希望它能帶給我一點點生命上的綠意。

三

有一夜，在酒後，和倪匡兄，閒聊之中我忽然想起來這個名字。聊起來，故事也就來了，那時候誰也不知道這個故事是個什麼樣的故事，只不過有點故事的影子而已。

有一天，酒後醉，醉後醒。這個故事的影子居然成了一點形。

然後在床上，在浴中，在車裡，在樽邊，在我還可以思想的時候，這個故事就好像一隻蛹忽然化作了蝴蝶。

蝴蝶也有很多種，有的美，有的醜，有的平凡，有的珍貴。

這隻蝴蝶會是一隻什麼樣的蝴蝶？

誰知道。

四

有一夜，有很多朋友在我家裡喝酒，其中有編者、有作家、有導演、有明星、有名士、有美人、甚至還有江湖豪客、武術名家。

我提議玩一種遊戲，一種很不好玩的遊戲。

我提議由一個人說一個名詞，然後每個人都要在很短的時間裡說出他們認爲和那個名詞有關的另外三個名詞。

譬如說：

一個人說出來的名詞是「花生」。

另外一個人聯想到的三個名詞就是「傑美卡特❷」、「青春痘」、「紅標米酒」。

❖

那一天我提出來的是：「風鈴」。

大家立刻聯想到的有：

秋天、風、小孩的手、裝飾、釘子、等待、音樂匣、悠閒、屋簷下、離別、幻想、門、問題、伴侶、寂寞、思情、警惕、憂鬱、回憶、懷念……

在這些回答中有很多是很容易就會和風鈴聯想到一起的，有一些回答卻會使別人覺得很奇突，譬如說釘子。「你怎麼會把釘子和風鈴聯想到一起？」我問那個提出這個回答的人。

這一次他的回答更絕：「沒有釘子，風鈴怎麼能掛得住？」小孩的手呢？小孩的手又和風鈴有什麼關係？

回答的人說：「你有沒有看見過一個小孩在看到風鈴時不用手去玩一玩的？」

❖

「你呢？」他們問我，「你對於風鈴的聯想是什麼？」

「我和你們有點不同。」我說：「大概是因爲我是一個寫小說的，而小說所寫的總是人，所以我對每一件事情每一樣東西聯想到的都是人。」

「這次你聯想到的是一些什麼人？」

「浪子、遠人、過客、離夫。」我忽然又說：「這次我甚至會聯想到馬蹄聲。」

「馬蹄聲？風鈴怎麼會讓你聯想到馬蹄聲？」

我給他們的是三行在新詩中流傳極廣的名句。

「我達達的馬蹄是美麗的錯誤，

我不是歸人，是個過客。」❸

五

一個寂寞的少婦獨坐在風鈴下，等待著她所思念的遠人歸來，她的心情多麼淒涼多麼寂寞。

在這種情況下，每一種聲音都會帶給她無窮的幻想和希望，讓她覺得歸人已歸。

等到她的希望和幻想破滅時，雖然會覺得哀傷痛苦，但是那一陣短短的希望畢竟還是美麗的。

所以詩人才會說：「是個美麗的錯誤。」

如果等到希望都沒有的時候，那才是真正的悲哀。

❖

在這一篇「風鈴中的刀聲」中，一開始我寫的就是這麼樣的一個故事。

這個故事裡當然也有刀。

六

一刀揮出，刀鋒破空，震動了風鈴。淒厲的刀聲襯得風鈴聲更優雅美麗，這種聲音最容易撩起人們的相思。

相思中的人果然回來了，可是他的歸來卻又讓所有的希望全部破滅。

這是個多麼殘酷的故事，不幸的是真實有時比故事殘酷。

於是思念就變成了仇恨，感懷就變成了怨毒。

於是血就要開始流了。

❖

「爲什麼武俠小說裡總是少不了要有流血的故事？」有人問我。

「不是武俠小說裡少不了要有流血，而是人世間永遠都避免不了這樣的事。」我說，「在這個世界上每一個角落裡，隨時隨刻都可能有這一類的事發生。」

「這種事難道就永遠不能停止？」

「當然可以阻止。」我說：「只不過要付出很大的代價而已。」

我又補充：「這種代價雖然每個人都可以付出，但卻很少有人願意付出。」

「爲什麼？」

「因爲要付出這種代價就要犧牲。」

「犧牲什麼？」

「犧牲自己。」我說：「抑制自己的憤怒，容忍別人的過失，忘記別人對自己的傷害，培養自己對別人的愛心。在某些方面來說，都可以算是一種自我犧牲。」

「我明白了。」問我話的朋友說，「這個世界上的血腥和暴力一直很難被阻止，就因爲大多數人都不願去管這種事。」

他的神情嚴肅而沉痛：「因爲要犧牲任何事都很容易，要犧牲自己卻是非常困難。」

「是的。」

❖

我也用一種同樣嚴肅而沉痛的表情看著我的朋友，用一種彷彿風鈴的聲音對他說。

「可是如果你認爲這個世界上已經沒有願意犧牲自己的人，那你就完全錯了。」

我的朋友笑了，大笑！

我也笑。

七

我笑，是因爲我開心，我開心是因爲我的朋友都知道，武俠小說裡寫的並不是血腥與暴力，而是容忍、愛心與犧牲。

我也相信這一類的故事也同樣可以激動人心。

1指美國文豪海明威，他在一九六一年舉槍自盡。王禎和《電視‧電視》（一九七七）訪問古龍：「尤其海明威精練、明亮的英文，最影響我的文體了。我近期作品就有一個野心——儘量使我每一頁的中文像海明威的英文那樣簡短活潑、那樣清澈得可以看透流水，得見澗底。」

2或譯吉米‧卡特。曾為花生農夫，一九七七至一九八一年間擔任美國總統。

3出處為〈錯誤〉。古龍引用時誤將兩行分作三行，今據鄭愁予原詩更正之。鄭愁予曾表示：「古龍和三毛都能背我的詩，現在這兩個人都不在了。」見一九九六年三月五日民生報電視資訊版。

《陸小鳳與西門吹雪》前言

刊載於一九八一年十一月《時報周刊》第一九六期，文末落款時間為民國紀年。《陸小鳳與西門吹雪》即《劍神一笑》。一九八〇年古龍先開拍電影《劍神一笑》，一九八一年七月四日起同名小說於新加坡南洋商報連載，年底《時報周刊》連載時更名《陸小鳳與西門吹雪》，但集結出版時又改回《劍神一笑》。本前言刊載時無題，僅有各小標題

劍與劍神

劍，是一種武器，也是十八般兵器之一。可是，它和其他任何一種武器都不一樣，我們甚至可以說，它的地位和其他任何一種武器，都有一段很大的距離。

武器最大的功用只不過是殺人攻敵而已。劍卻是一種身分和尊榮的象徵，帝王將相貴族名士們，都常常把劍當作一種華麗的裝飾。

這一點已經可以說明劍在人們心目中的特殊地位。

更特殊的一點是，劍和儒和詩和文學也都有極密切的關係。

❖

李白就是佩劍的。

他是詩仙，也是劍俠。他的劍顯然不如詩，所以他僅以詩傳，而不以劍名。

在中國古代，第一位以劍術留名的人，恰巧也姓李。大李將軍的劍術，不但令和他同一時代的人目眩神迷，嘆爲觀止，也令後代的人對他的劍法生出無窮幻想。

可是真正第一個把「劍」和「神」這兩個字連在一起說的人，卻是草聖張旭。

❖

張旭也是唐時人，在李肇的「國史補」中有一段記載。

旭言：吾始聞公主與擔夫爭路，而得筆法之意；後見公孫氏舞劍器而得其神。

有人說劍器並不是一種劍，而是一種舞。也有人說劍器是一種繫綵帶的短劍，是晉唐時，女子用來作舞器的。可是也有人說它是一種武器。

關於這些，金庸先生和我在書信中討論過，連博學多聞如金庸先生，也不能做一個確切的結論。遠在晉唐間，這一類的事，如今大都已不可考，各家有各家之說，其說誰也不可定。

我們只能說，如果劍器也是劍的一種，那麼，公孫大娘無疑是被人稱作「劍神」的第一人。

這或者也是「劍神」這兩個字的由來。

劍神與劍仙

能夠被人稱爲劍神的人，除了他的劍術已經出神入化之外，還要有一些必要的條件。

那就是他的人格和人品。

因爲劍在武器中的地位是獨特而超然的，是不同於凡俗的。所以，一個人如果能被人稱爲劍神，那麼他的人品和人格也一定要高出大多數人很多。

能夠達到這種條件的人就當然不會多了，每隔三、五百年，也不過只有三、五人而已。

就算在被別人視爲最荒誕不經的武俠小說中，這種人都不太多。在比較嚴謹一點的作品裡，這種人更少之又少。

因爲「劍神」是和「劍仙」不同的，在武俠小說中劍仙就比較多得多了。

尤其是在當年「還珠樓主」、「平江不肖生」，甚至在「朱貞木」的武俠小說中，都時常會有很多劍仙出現，都能以氣御劍，御劍殺人於千里之外。

只不過他們都不是劍神。

因爲他們都缺少一股氣，一股傲氣。

我覺得要作爲一位劍神，這股傲氣是絕對不可缺少的，就憑著這股傲氣，他們甚至可以把自己的生命視如草芥。

因爲他們早已把自己的生命奉獻給他們所熱愛的道。

他們的道就是劍。

他們既不求仙也不求佛，人世間的成敗名利，更不值他們一顧，更不值他們一笑。

他們要的只是他們那一劍揮出時的尊榮與榮耀，在他們來說那一瞬間就已是永恆。

爲了達到這一瞬間的巔峰，他們甚至可以不惜犧牲一切。

❖

在武俠小說的世界中，有幾個人夠資格被稱爲劍神。

我不敢妄自菲薄，我總認爲西門吹雪可以算是其中的一個。

劍神之笑

西門吹雪也是一個有血有淚有笑的人，也有人的各種情感，只不過他從來不把這種情感表達出來而已。

他可以單騎遠赴千里之外，去和一個絕頂的高手，爭生死於瞬息之間，只不過是爲了要替一個他素不相識的人去復仇伸冤。

可是如果他認爲這件事不値得去做，就算是他在這個世界上唯一的朋友，陸小鳳去求他，他也不去。

他甚至還有一點幽默感。

有一次，他心裡明明願意去替陸小鳳做一件事，可是他偏偏還要陸小鳳先剃掉那兩條不像鬍子卻像眉毛的鬍子。

❖

總而言之，這個人是絕對令人無法揣度，也無法思議的。

這個人的劍平生從未敗過。

要練成這種不敗的劍法，當然要經過別人所無法想像的艱苦鍛鍊。要養成這種孤高的品格，當然也要經過一段別人無法想像的艱苦歷程。

往事的辛酸血淚困苦艱難，他從未向別人提起過，別人當然也不會知道。

可是每個人都知道一件事，西門吹雪從來不笑。❶

從來也沒有人看過他的一笑。

❖

一個有血肉有情感的人，怎麼會從來不笑？難道他真的從來沒有笑過？

我不相信。

至少我就知道他曾經笑過一次，在一件非常奇妙的事件中，一種非常特殊的情況下，他就曾經笑過一次。

我一直希望能夠把這次奇妙的事件寫出來，因爲我相信無論任何人看到這件事之後，也都會像西門吹雪一樣，忍不住要笑一笑。

能夠讓大家都笑一笑，大概就是我寫作的兩大目的之一了。

古龍七〇、五、二深夜凌晨間，有酒無劍❷

賺錢當然是我另外的一大目的。

1錯了，西門吹雪在《決戰前後》中笑過。

2南洋商報連載《劍神一笑》時無此段文字，而有以下兩行：「劍不笑，劍神亦不笑。」和「劍神一笑，笑在美人一淚中。」。

《陸小鳳與西門吹雪》註

刊載於一九八二年三月《時報周刊》第二一二期第七十三頁。註中所言金庸晚年否認，至今武俠迷仍為此事之真偽及是非爭論不休

寫武俠小說寫了二十三四五六七年，從沒有寫過「註」。

可是我從小就很喜歡看「註」，因為它常常是很妙的，而且很絕，常常可以讓人看了哈哈大笑。

譬如說，有人寫「XX拔劍」之後，也有註，「此人本來已經把劍放在桌上了，等他吃過飯之後，又帶在身邊，所以立刻可以拔出。」

看了此等註後，如不大笑，還能怎樣?哭?

「註」有時也可以把一個作者的心聲和學識寫出來，註出一些別人所不知而願聞的事，有時甚至就像是畫龍點睛，無此一點，就不活了。

才子的眉批，也常類此。金聖嘆之批四才子，更為此中一絕。

❖

我寫此註，與陸小鳳無關，與西門吹雪更無關，甚至跟我寫的這個故事都沒有一點關係，可是我若不寫，我心不快，人心恐怕也不會高興。

因爲在我這個鳥不生蛋的「註」中出現的兩個人，在現代愛看小說的人們心目中，大概比陸小鳳和西門吹雪的知名度還要高得多。

這兩個人當然都是我的朋友，這兩個人當然就是金庸和倪匡。

❖

有一天深夜，我和倪匡喝酒，也不知道是喝第幾千幾百次酒了，也不知道說了多少鳥不生蛋讓人哭笑不得的話。

不同的是，那一天我還是提出了一個連母雞都不生蛋的上聯要倪匡對下聯。

這個上聯是：「冰比冰水冰。」

冰一定比冰水冰的，冰溶爲水之後，溫度已經升高了。

水一定要在達到冰點之後，才會結爲冰。所以這個世界上任何一種水，都不會比「冰」更冰。

這個上聯是非常有學問的，六個字裡居然有三個冰字，第一個「冰」字，是名詞，第二個冰字是形容詞，第三個也是。

我和很多位有學問的朋友研究，世界上絕沒有任何一種其他的文字能用這麼少的字寫出類似的詞句來。

❖

對聯本來就是中國獨有的一種文字形態，並不十分困難，卻十分有趣。無趣的是，上聯雖然有了，下聯卻不知在何處。我想不出，倪匡也想不出。

倪匡雖然比我聰明得多，也比我好玩得多，甚至連最挑剔的女人看到他，對他的批語也都是：

「這個人真好玩極了。」

可是一個這麼好玩的人也有不好玩的時候，這麼好玩的一個上聯，他就對不出。這一點也不奇怪。

奇怪的是，金庸聽到這個上聯之後，也像他平常思考很多別的問題一樣，思考了很久，然後只說了四個字：「此聯不通。」

聽到這四個字，我開心極了，因爲我知道「此聯不通」這句話的意思，就是說：「我也對不出。」

❖

金庸先生深思睿智，倪匡先生敏銳捷才，在這種情況下，如果能有一個人對得出「冰比冰水冰」這個下聯來，而且對得妥切，金庸、倪匡和我都願意致贈我們的親筆簽名著作乙部，作爲我們對此君的敬意。這個「註」，恐怕是所有武俠小說中最長的一個了。

《陸小鳳與西門吹雪》小啟

刊載於一九八二年三至四月《時報周刊》第二一一三期第七十九頁

關於「冰比冰水冰」，雖然接到很多信，每封信都好玩極了，有的甚至比「好玩」更「好玩」。

病一周，病去竟真如抽絲，倪匡返港，赴機場前，爲了讓❶再見古龍，讓我「又見倪匡」。

除了看病，就看信了。

病不好看，信好看，我和他已經有了一點相同的意見，只不過爲了再多等一點「好玩」，所以我們下周再談。

1疑「讓」字後遺漏「他」字。

《陸小鳳與西門吹雪》古龍小啓

刊載於一九八二年四月《時報周刊》第二一五期第八十一頁

大病一場，半死不活，脫稿一期，惹人生氣，只有一件事，覺得很高興。

大家對「冰比冰水冰」的反應，居然比剛燒開的熱水還熱，從各地來的信，已經有好大好大一大堆了，如果是這麼樣大的一堆錢，就算是十元小張的，也可以喝好幾個月的酒。

只不過錢是冷的，信卻是熱的，錢不可能永留袋中，溫情卻可以永存心裡——這不肉麻，這真是我的感覺。

信來自全省各地，還遠至金門澎湖離島，甚至有的來自「鐵窗」中，而且自稱「鐵窗中人」，而且連郵票都沒貼，因爲在他那種情況下，他不能做的事好像通常都要比別人想像中多一點。

郵票雖未貼，也不能貼，可是他卻貼上了一種遠比郵票更能貼進人心的東西。他貼上了他的寂寞和關心，我回報他的只有祝福和感激。

❖

信也來自各種職業階層，所受的教育高至大學教授，低至國小國中，所受到的社會尊敬，也有天地之別。職業更是五花八門，有的甚至在三百六十行之外。

他們只有一點是相同的——

他們都是人。

只要是人，就喜歡「好玩」的事，好玩的事是沒有人不喜歡的，就正如好吃的東西大家都喜歡吃，好看的東西大家都喜歡看一樣。

❖

來信中有些下聯實在比我那鳥不生蛋的上聯好得多，有的有意思，有的有巧思，有的有哲理，可是我一定還要找我的朋友倪匡和我的前輩金庸商量商量商量，才能夠下決定，畢竟他們也是要送書的。

書可求，他們的簽名卻不是隨隨便便就可以要得到的。

所以這一點我一定要求來信的諸君原諒。

《陸小鳳與西門吹雪》小啓

刊載於一九八二年四月《時報周刊》二一六期八十三頁

有關冰水，即見分曉。
簽名送書，決不賴皮。
請稍待。

楚留香和他的朋友們（《午夜蘭花》序）

《午夜蘭花》序，刊載於一九八二年九月十六至十七日中國時報第八版。本文吸收了一九七九年〈關於「楚留香」〉全文和一九七八年〈楚留香這個人〉的大部分文字

我想楚留香應該是一個相當有名的人，雖然他是虛構的，是一個虛構的小說中的人物，可是他的名字，卻「上」過臺灣各大報紙的社會新聞版，而且是在極明顯的地位。

他的名字，也在其他一些國家造成相當大的震盪。

對於一個虛構的武俠小說人物來說，這種情況應該算是相當特殊的了。

一般來說，只有一個真實存在於這個社會中的人，而且造成過相當轟動新聞的人物，才能上得了一家權威報紙的第三版。❶

楚留香，很可能是唯一的例外。

——這個人爲什麼會是例外，他究竟有什麼特別的地方？

我想這個問題大概並不是每個人都能了解的，所以我在寫這篇「楚留香新傳」之前，至少應該先介紹一下楚留香這個人，和他的朋友們。

要介紹楚留香，就不能不介紹他的朋友，沒有朋友，就沒有楚留香了。

不論怎麼樣，我們當然還是要介紹楚留香。

關於楚留香

小說裡一定有人物，人物中一定有主角，無論寫什麼小說，大概都不能例外，就算天地一沙鷗中的那隻鷗，也是擬人化的，也有思想和情感。

武俠小說中的人物無疑是要比較特殊一點，無論形象和性格都比較特殊。

因爲武俠小說寫的本來就是一種特殊的社會，小說中人物的遭遇通常都不是普通一般人會遭遇得到的，而且常被「推」入一個極尖銳的「極端」中，讓他在一種極困難的情況下作選擇，生死勝負，成敗榮辱，往往就決定在他的一念間。

是捨生取義？還是捨義求榮？這其間往往根本沒有什麼選擇的餘地。因爲武俠小說的作者一定要讓他的主角在這種磨練和考驗中表現出真正的俠義精神，表現出他的正直堅强的勇氣。

一個人如果經常會受到這種考驗，就好像一塊鐵被投入洪爐中，經過千錘百鍊之後，自然會化凡鐵成精鋼的。

所以武俠小說中的主角，通常都是一個非常堅强的人，絕不屈服，絕不妥協，義之所在，百折不回。無論他們的外表看來像個什麼樣的人，這一點決心和勇氣卻是永遠不會改變的，就算他們的軀殼已因愁苦、傷痛、疾病而被傷害，這一點也不會改變，否則他就根本不會出現在武俠小說中，根本就不值得寫了。

❖

但他們也是人，有血有肉，有思想有感情，所以他們也有很多種不同的類型，有些冷如岩石，有些熱情如火，有些木訥沉著，有些瀟灑風流，還有些平時看來雖然平凡懦弱，可是在他們面臨大節大事時，卻能表現出一種非常人所能企及的決心和勇氣。

人本來就有很多種，在創造小說中的人物時，當然也應該有很多種不同的形態，否則這種小說也根本不值得寫了。

❖

就算在武俠小說的人物中，楚留香無疑也應該算是一個很特殊的人，有很多值得別人喜歡、佩服、懷念之處。

因爲他冷靜而不冷酷，正直而不嚴肅，從不僞充道學，從不矯揉做作，既不會板起臉來教訓別人，也不會擺起架子來故作大俠狀。

所以我也喜歡他。

所以我一直都想把他的故事多寫幾個，讓別人也能分享他對人生的熱愛和歡樂。

他這一生中本來就充滿了傳奇，有關他的故事本來就還有很多還沒有寫出來，每一個故事中都充滿了冒險和刺激，充滿了他的機智與風趣，也充滿了他對人類的愛與信心。

不把這種故事寫出來，實在是件很遺憾的事，而且讓人很難受。

所以我又決定要寫了。

❖

在重寫這個人之前，我當然希望大家都能了解他是個什麼樣的人。

楚留香究竟是個什麼樣的人呢？

盜帥只有一個

江湖中人都知道楚留香——「楚香帥」，卻很少有知道這個人在哪裡？有多大年紀？長得什麼樣子？

因爲他成名極早，所以有人說他已「垂垂老矣」，可是也有的人說他還很年輕，甚至還有的人說他已學會「駐顏之術，能夠使青春常駐」。

因爲他有「盜帥」之名，所以有的人說他只不過是個比較有本事的大盜而已，可是也有人說他的「盜」只不過是一個手段而已，一種爲了使人間更公平合理的手段，而且他已經將這件事化作一種藝術。

一種極風雅的藝術。

❖

有很多朋友都認爲我在開始寫他的故事時——那張短箋，最能表現出他這種特性。

「聞君有白玉美人，妙手雕成，極盡妍態，不勝心嚮往之，今夜子正，將踏月來取，君素雅達，必不致令我徒勞往返也。」

這是他要去「取」一尊白玉美人前，先給那個主人的通知。

他要取一樣東西之前，一定會先通知對方，要對方好好防備。

他甚至還會告訴你，他要來取此物，只不過因爲你已經不配擁有它。

這是件很絕的事，實在很絕。

所以就連他的對頭們也不能不承認，這個人是獨一無二的。

江湖中永遠都不會有第二個楚留香，就好像江湖中永遠都不會有第二個小李飛刀一樣。

風流飄逸處處留香

可是楚留香和李尋歡不同。

他沒有李尋歡那種刻骨銘心的相思和痛苦，也沒有李尋歡的煩惱。

在他心裡，這個世界上根本就沒有什麼不能解決的事，所以也沒有什麼真正能令他苦惱的問題。

只不過他也是個人，有人性中善的一面，也有惡的一面。

可是他總能將惡的一面控制得很好。

有時他也會做出很傻的事，傻得連自己都莫名其妙，有時他甚至會上人的當。

幸好他總是很快就會發覺，而且就是上了當之後，也能一笑置之。

他總認為，不管在多麼艱難困苦的情況下，能夠笑一笑總是好事。

❖

沒有事的時候，楚留香總喜歡住在一條船上。

一條很特別的船，潔白的帆，狹長的船身，輕巧快速，甲板光滑如鏡，通常都停留在海邊，船舷下通常都吊著一瓶從波斯來的葡萄酒，讓海水把它「鎮」的剛好冷得適口。

他不在這條船上的時候，也有人替他管理照顧這條船。三個女孩子，聰明而可愛的女孩子。

蘇蓉蓉溫柔體貼，負責照料他的生活衣著起居，李紅袖是才女，對武林的人物典故如數家珍，宋甜兒是女易牙，精於烹飪，蘇蓉蓉和李紅袖都很怕她，怕她說「官話」。

「天不怕，地不怕，就怕廣東人說官話。」

宋甜兒說的官話確實很少有人能聽得懂，可是人與人之間如果心意相通，又何必說話？

❖

楚留香的鼻子從小就有毛病，從現代的醫藥觀點來看，大概是鼻竇炎一類的毛病。所以他常常喜歡摸鼻子。

可是這種毛病並沒有讓他苦惱過，這條路不通，他就換一條路走，鼻子不通，他就訓練自己用另一種方法呼吸。用身體的毛孔幫助他呼吸。

人生中有很多事都是這樣的，偉大的畫家眼睛常常不好，偉大的音樂家往往耳朵不太靈，貝多芬晚年已經是個聾子。

楚留香的鼻子不好，卻最喜歡香氣。
每當他做過一件很得意的事情之後，就會留下一陣淡淡的，帶著鬱金香花芬芳的氣息。
這就是「楚留香」這個名字的來歷。

第八個故事

像楚留香這麼樣的一個人，當然有很多朋友，各式各樣的朋友。
他的朋友中有少林寺的方丈大師，也有滿街化緣的窮和尚，有冷酷無情的刺客，也有感情衝動的少年，有才高八斗的才子，也有一字不識的村夫。

❖

胡鐵花也是個妙人。
他喜歡找楚留香拚酒，喜歡學楚留香摸鼻子，沒事也要「臭」楚留香幾句，找楚留香的麻煩。
他也和楚留香一樣，喜歡酒，喜歡女人，喜歡管閒事，打抱不平。
——喜歡他的女人，他都不喜歡，他喜歡的女人，都不喜歡他。

❖

楚留香這一生中做過各式各樣的事，好事做得固然多，傻事也做得不少。
他幾乎什麼事都做，只除了一件事。
——他絕不做自己不願意做的事，這個世界上絕對沒有任何人能夠勉強他。

❖

這就是楚留香。

他這一生中實在是多采多姿，充滿了傳奇性。

也許就因爲他是這麼樣一個人，所以無論他走到哪裡，都會遇到一些與衆不同的人，發生一些不同凡響的事情。

只要有關他的故事，就一定充滿了不平凡的刺激。

楚留香的故事，我只寫過七篇，有：「血海飄香」、「大沙漠」、「畫眉鳥」、「蝙蝠傳奇」、「桃花傳奇」、「借屍還魂」和「新月傳奇」❷，若還有第八篇，恐怕就是別人冒名寫出來的了。

對於那些冒古龍的名，寫楚留香的故事的人，我雖然覺得啼笑皆非，卻也很感激他們的好意。因爲他們至少對古龍這名字還看得起，至少也和我一樣，覺得楚留香這人很有趣。

只可惜他們的寫法和做法未免有些無趣而已。

❖

楚留香的故事，每篇都是完全獨立的。現在我就要寫他的第八個故事。以後有關楚留香的故事，我把他歸納於——

楚留香新傳。❸

有敵也有友

每一個作家，寫稿的經歷都是有轉變的。風格有轉變、文字有轉變、思想有轉變、名聲有轉變，稿費當然也有轉變。

能活在這個世界的作家中，不能轉變的，就算還沒有死，也活不著了。

——就如一個作家寫了一部很成功的小說後，還繼續要寫一部相同類型的小說，甚至還要寫第二部、第三部、第四部。

——如果一個作家不能突破自己，寫的都是同一類型同一風格的小說，那麼這位作家就算不死，讀者心目中，也已經是個「死作家」。

逆水行舟，不進則退。退就是死。

❖

新就是變。

我寫楚留香「新」傳，當然一定要變，只不過我寫的「楚留香新傳」，寫的還是「楚留香」。——寫的還是楚留香和他的朋友們。

❖

楚留香是個非常可愛的人，他當然會有很多朋友，一個有很多朋友的人，當然也不會沒有很多仇敵——一個人如果總是常常維護他的朋友，怎麼會沒有朋友。

❖

仇敵往往會給一個最致命的傷痛，可是朋友們仍然還是一個人一生中最重要的。

無友亦無敵，平靜過一生的人，日子也許過得安詳快樂，是不是真的快樂，就很難說了。

可以確定的是，我們的「香帥」楚留香，是絕不願意過這種日子的。

他「有友」，也「有敵」。

他的朋友多，仇敵也不少。

爲了深入這個人，我不但要變他的朋友，也要變他的仇敵。

是應該先變朋友，還是先變仇敵呢？

❖

朋友。

無論任何順序上來說，朋友，總是佔第一位的。

楚留香的朋友們

●胡鐵花

要寫楚留香，當然不可不寫胡鐵花，我在前面雖然寫過，可是「一點」是絕對不夠的。

所以現在我還要再寫好幾個「一點」。

胡鐵花不是楚留香，我們甚至可以說，他和楚留香是完全不同的兩個人。

這個世界上往往就有很多事都是這個樣子的，恩愛的夫妻，親密的朋友，往往都不是同一類型的人。

他們都以四海爲家，浪跡天涯，行踪不定。

只不過楚留香並不是個浪子，胡鐵花才是。

楚留香是遊俠。

遊俠沒有浪子的寂寞，沒有浪子的頹喪，也沒有浪子那種「沒有根」的失落感，也沒有浪子那份莫名其妙無可奈何的愁懷。

遊俠是高高在上的，是受人讚揚和羨慕的，江湖大豪們結交的對象，是「胯下五花馬，身披千金裘」，是「騎馬倚斜橋，滿樓紅袖招」的濁世佳公子。

浪子呢？

胡鐵花不是遊俠，是浪子。

他看起來雖然嘻嘻哈哈，希里嘩啦，天掉下來也不在乎，腦袋掉下來也只不過是個碗大的窟窿，可是他的內心卻是沉痛的。

一種悲天憫人卻也無可奈何的沉痛，一種「看不慣」的沉痛。

……這個世界上有很多人，很多事是他看不慣的，而且非常不公平，可是以他一個人的力量，他能怎麼辦呢？

他只有坐下來喝酒。

❖

這種心情當然不是別人所能了解的，別人愈不了解他，他愈痛苦，酒喝得也就愈多。

他的酒喝得愈多，做出來的事也就更怪異，別人也就更不了解他了，到後來，有些人甚至已經認爲，他已經變得像是以前傳說中的「酒丐」、「瘋丐」那一類的人物了，有些人甚至索性認爲他已經變成了個瘋子。

只有楚留香知道胡鐵花絕不是個瘋子，所以胡鐵花爲了楚留香也可以做出任何人都做不到的事，甚至可以把自己像火把一樣燃燒，來照亮楚留香的路途。

❖

有很多讀者都認爲楚留香這個人是一個可以令大家快樂的人，可是在我看來他這個人自己是非常不快樂的。

●姬冰雁

姬冰雁看起來是非常不快樂的，冷冷淡淡，面無表情，在香港製作的電視劇集裡，他甚至被女孩們稱之爲「木頭」。

這種說法真是荒謬可笑至於極點。

姬冰雁不是木頭，也不是石頭，也不是冰塊。

他是座火山。

在他已經凝固冷卻多年的岩石下，流動著的是一股火燙的血，他也像胡鐵花一樣，隨時可以爲他的朋友付出一切。

●中原一點紅

在某一方面來說，中原一點紅做事的方法是和姬冰雁有些相同的。

他一身黑衣，面如死灰，瞬息殺人，面不改色。

他是天下索價最高的職業殺手，「合約」一定，永無更改，他要殺的對象也就死定了。

他的劍術精絕，「殺人不見血，劍下一點紅」。他的一劍刺出，只要能奪取對方的精靈魂魄就已足夠，又何必要別人多流血。

——他是個藝術家，不是屠夫。

他的「合約」只有一次沒有完成，因爲他忽然覺得這一次他要殺的對象是他的朋友，是一個值得他尊敬信任的朋友。

這個朋友當然就是楚留香。

●左輕侯

左輕侯是擲杯山莊的主人。

擲杯山莊在松江府城外，距離名聞天下的秀野橋還不到三里，每年冬至前後，楚留香幾乎都要到這裡來住幾天，因爲他也和季鷹先生張翰一樣，秋風一起，就有了蓴鱸之思❹，因爲天下唯有松江秀野橋下所產的鱸魚才是四鰓的，而江湖中人誰都知道，擲杯山莊主人左二爺除了掌法冠絕江南之外，親手烹調的鱸魚更是妙絕天下。

江湖中人也都知道，普天之下能令左二爺親自下廚房，洗手做魚羹的，總共也不過只有兩個人而已。

楚留香恰巧就是這兩個人其中之一。

但是這一次楚留香到擲杯山莊來，並沒有嘗到左二爺妙手親調的鱸魚膾，卻遇到了一件平生從未遇的、最荒唐、最離奇、最神秘、也最可怖的事。

他爲左二爺解決了這件事，所以不管他出了什麼麻煩，左二爺也會爲他解決的。

像左輕侯這樣的江湖大豪，爲了解決一件事，通常都是不計一切後果，不擇一切手段的，甚至連身家性命，都在所不惜。

這或許也就是他們能成爲武林大豪的原因。

●不寫的朋友

楚留香的朋友多采多姿、五花八門，而且全都精采絕倫，誰也不知道究竟有多少個朋友，可是這一次我只寫了這幾個。

因爲和我們這一次將要看到的這幾個故事中無關的朋友，我不寫。

關係不大的，我也不寫。

楚留香認識很多種不同女孩子，有的姿容宛妙，有的溫柔體貼，有的刁蠻潑辣，有的天真活潑，有的心如蛇蠍，可是她們也有相同的地方。

她們見到楚留香的時候，她們的心，就會變得像初夏暖風中的春雪一樣溶化了。

可是我並不認爲她們是楚留香的朋友，因爲我總認爲在男女之間「友情」和「義氣」是很少會存在的，也很難存在。

所以我不寫。

還有一些根本不是朋友的朋友，出賣朋友如刀切豆腐，吃起朋友來如吃龜孫，錦上有花，雪中無炭，恩將仇報，口蜜腹劍，嘴裡叫哥哥，腰裡掏傢伙。

這種「朋友」，你叫我怎麼寫？

疑問和傳言

如果這個世界上真的有楚留香這麼樣一個人存在，那麼在他活著的時候，就已經是個傳奇人物。

一個傳奇人物所引起的爭議和問題，通常都是非常多的，無論在他生前死後都一樣。

目前街頭巷尾，大街小巷，尤其是在臺北，大家都在談論著楚留香。

大家最有興趣的一個問題是——

楚留香和他的三個「天使」❺——蘇蓉蓉、李紅袖和宋甜兒之間，有沒有什麼特別的關係？一個風流倜儻的楚留香，三個甜甜蜜蜜的小女孩，同居一船，會怎麼樣？能怎麼辦？

答案是：

——你說怎麼辦，就怎麼辦，你說應該怎麼樣，大概也就是那麼樣一個樣子了。

每個人都有他自己的想法，如果你一定要那麼想，誰也沒有法子叫你不那麼想。對不對？

楚留香的身世

有關於這個問題，是最容易回答的，因爲這個問題根本就沒有答案。因爲楚留香根本就沒有過去，只有現在和將來。❻

版權問題

在一個有文明有文化有法治的地方，一個創作者的權益，是絕對會受到保護的，如果他的版權受到損害，對方一定會受到法律的制裁。

關於「楚留香」的版權問題卻是一個很滑稽的例外。

台灣是一個尊重人權，尊重版權的地方，可是因爲某一種疏忽，卻有很損及有關「楚留香」版權的地方出現。❼

一個小說中的人物能夠被群衆所重視，被羣衆所歡迎寵愛，造成一股相當大的轟動，使得這個人物能夠在娛樂界、影視界，甚至音響唱片界，甚至在服裝界、建築界，都造成一種相當大的轟動，這種光榮，當然是屬於大家的。

屬於製作羣，以及扮演劇中人的演員明星們。

可是這個人物的版權，絕不屬於那部電影或那部電視劇集的製片、導演、演員，就算那個演員是明星也一樣，不能例外。

阿嘉莎克麗斯蒂❽創造「包洛特」，柯南道爾創造「福爾摩斯」，無論哪一個行業，如果要使用「包洛特」和「福爾摩斯」的名字，都一定要經過作者本身或者作者親屬、後代的同意，而且要付給他們一筆相當龐大的一筆數目作為權利金，無論哪一種行業都不能例外。

伊恩佛來明❾創造的「○○七」，更是一個最好的例子。

無論哪一行要用「○○七詹姆斯龐德」作為宣傳號召，都要經過作者的同意，「史恩康納利」和「羅傑摩爾」是無權做主的，因為他們只不過是飾演這一個角色的演員而已。

楚留香呢？

我笑了。

我只有笑笑，講起來我可以打官司，而且我可以說我是絕對可以受到法律保障的。

可是我只有笑笑，因為自古以來中國的文人是不喜歡打官司的，打官司太麻煩，太不好玩，肥肥和秋仔卻又是那麼好玩的人❿。

除了笑笑，還能怎麼樣？

❖

可是在一個有法治，有文化的地方，這個問題還是應該提出來讓大家來對準眼睛看一下的。

用眼睛對準來看一下的意思，換句話來說，也就是希望有關這種事件的各方面也應該用一種非常「文明」的態度，來「正視」這種問題。

我相信這一定也是千千萬萬辛苦創作的朋友，所希望的有關方面正視的問題。

❖

結論

江湖中關於楚留香的傳說很多，有的傳說甚至已接近神話。

有人說他，「駐顏有術，已長生不老」，有人說他「化身千萬，能飛天遁地」。

只有一件事，是大家公認的。

如果楚留香要在今天晚上偷光你的褲子，那麼明天早上你大概就再也找不到一寸可以穿在你腿上的綢緞絲棉皮毛布料了。

甚至可能連一張不透光的紙都找不到。

甚至有很多人相信，他能夠在你不知不覺間，偷掉你的腦袋。

最妙的是他不只⑪偷褲子和腦袋，只偷天下大多數人都希望他去偷的東西，譬如說，奸賊的壞心，盜匪的惡膽，這些他都是要偷的。

這種「偷」是一種「偷」？還是一種藝術？

現在我又要寫楚留香了，寫的是「楚留香新傳」，因爲他這一生中實在是充滿了傳奇性，不可不寫，也不能不寫。⑫

他無論走到哪裡都會遇到一些非常不平凡的人，發生一些非常不平凡的故事，只要有關他的故事，就一定會充滿了一些非常不平凡的興奮和刺激。

在「楚留香新傳」中，我準備再寫有關他的四個故事。⑬

四個故事都是全新的，而且完全獨立。

我要寫的這四個故事，第一個故事我相信大概是大家都想不到的故事，而且是會讓大家都大吃一驚的。因爲這個故事在一開始時，楚留香就已經是個死人。

❖

能夠讓大家都大吃一驚，豈非正是一個作家的最大目的之一。

所以這個故事我想不寫都不行。

所以現在我就要推出「楚留香新傳」的第一個故事——

午夜蘭花。

1聯合報一九八二年六月七日、八日、十五日都將港劇《楚留香》的相關新聞置於第三版。而在「趙姿菁桃色風波」和「吟松閣深夜喋血」兩個社會事件中，古龍自己也登上了主流報紙的第三版。

2按連載順序，「借屍還魂」在「蝙蝠傳奇」之前。

3一九七九年《新月傳奇》在《時報周刊》上連載時，副題已是「楚留香新傳」。一九八二年《午夜蘭花》又標榜「楚留香新傳之二」，有重複炒作「新傳」一詞的嫌疑。

4張翰字季鷹，西晉詩人。《世說新語・識鑒》：「張季鷹辟齊王東曹，在洛見秋風起，因思吳中菰菜羹、魚膾，曰：人生貴得適意爾，何能羈宦數千里以要名爵。遂命駕便歸。俄而齊王敗，時人皆謂為見機。」

5暗引一九七六至一九八一年間的影集"Charlie's Angels"（查理的天使），臺譯「霹靂嬌娃」。

6在《鐵血傳奇》中，古龍曾點出楚留香、胡鐵花的身世和《大旗英雄傳》的夜帝、鐵血大旗門有關，細節則略過不表，保留想像空間。

7林清玄〈訪古龍談他的「楚留香」新傳〉：「古龍不得不清瘦。因為『楚留香』轟動臺北，鄭少秋在『來來』做秀，中視播完轉到華視，連立法院也談論楚留香的時候，沒有人問過古龍的意見。『楚留香』是古龍創造的，大家在談楚留香時，竟忘了他是古龍筆下的人物，以為鄭少秋生來就是楚留香。在我們這個社會裡，彷彿任何人都可以決定楚留香的命運，除了古龍。」

8Dame Agatha Mary Clarissa Christie（一八九〇至一九七六），英國女作家，有「偵探小說之后」的美名。

9Ian Lancaster Fleming（一九〇八至一九六四），英國作家。

10指沈殿霞和鄭少秋。一九八二年八月鄭少秋以港劇《楚留香》中的扮相赴臺作秀，入帳近八百萬元。同劇演員「見賢思齊」，紛紛以劇中造型登臺淘金。

11原文誤作「只」，與上下文不符，依文意更正為「不」。

12林清玄〈訪古龍談他的「楚留香」新傳〉：「他幾年不寫楚留香，有三個原因。一是吟松閣風波。二是離婚，妻子和情人都遠去了。三是他拍的「劍神一笑」和「再世英雄」賣座不佳。古龍是個江湖人。江湖人也是人，免不了喜怒哀樂，竟是他無心寫楚留香。」

13未能如願，《午夜蘭花》已是楚留香的最後一部故事。

另一種美——關心那些需要幫助的孩子們

一九八二年十一月十三日，古龍應中國時報邀約，偕友人探訪「振興復建中心」的孩童，歸來後寫下此文。同版另有蘇小鷺〈當我們同在一起〉側寫活動過程。本文刊載於同年十二月十一日中國時報第八版，文末落款時間為民國紀年

每個人這一生中，都會想到要去做一些有意義的事。可是做出來的事，卻往往是不對勁的。因爲這種事說起來好像很容易，做起來卻很難。嚴格說來，這個世界上恐怕有大多數人都不能真正明白，要去做什麼事才是真正有意義的。

我也不例外。

我這一生中好像一直都處於一種半暈迷的狀態中。「有意義」這三個字我也不知道說過多少遍，可是我懂不懂呢？天知道。❶

幸好懂與不懂，只不過是一刹那間的事。現在我總算明白，能夠幫助別人，能夠使別人快樂，能夠讓別人說出苦難，至少總不會是沒有意義的。

尤其是對一些生理殘障的人。

他們也是人，是不是也有權利美好地渡過一生？

❖

這問題我急切需要大家來解答。

❖

我在很小的時候，就聽說過「人之將死，其言也善。」

在一個人很小的時候就聽見過的話，通常都很容易記住的，一句被很多人在很小的時候就聽見過的話，通常都是有道理的。

可是我不懂這句話，至少我不能瞭解這句話中真正的感覺。

❖

等到我比較長大一點了，有了情，有了愛，有了顧慮，甚至還有了一點忌妒，一點恩怨，我的日子就漸漸開始不好過了。等到我開始有了一點思想的時候，不但日子不好過，連晚上都不好過了。

可是在那些半睡半醒昏昏迷迷的路上，我還是有一點收獲。

一個人在那種時候，「感覺」反而特別靈敏，平常你聽不見的聲音，在那時候忽然響如雷鳴，就連蚊子飛動，在你聽來都如像飛機一樣。平常感覺不到的事，在那種時候你也可以感覺得到了，就連你情人的手擱在你身上，你都會覺得比抱她還重。

雖然我已經有了這種感覺，可是我不懂。我完全不懂我的感覺爲什麼會在那種時候變得如此敏銳。

最後我終於還是懂了。

在我「死」的那一天，我終於懂了。

每個人都會死，死有什麼感覺？沒有人懂。

因爲每個人都只能死一次，人死了，就是死人，死人還有什麼感覺。

也許鬼有感覺，死人非鬼，鬼也非死人，幸好我有一點不同。

❖

我還活著，也不是鬼，可是我卻有過「死」的感覺。

我曾經被醫院拒收❷，醫院通常都不收死人的，連一個快死的半死不活的人都不會收。

因爲那時候我已失血二千五百CC，已經超過人體的所有血液的總量百分之九十，那時候我的最高血液只有八。

是「八」，不是「八十」。

那時候我幾乎已經死亡了。

那時候的感覺就如你半睡半醒時一樣，忽然變得特別敏銳，也忽然明白了「人之將死，其言也善」這句話的意義。

我在那一瞬間，我也忽然想通了一點我從來沒有想通的道理。

也許不是從未想通，而是從未想過。因爲這一點道理，只有一個人在那種將死未死半死不活的生死關頭才能想得到的。

我忽然想到，一個人活著，是因為他的肉體在活動，可是他的肉體為什麼又如此脆弱？

我瀕死，倪匡從香港飛來看我，他的女兒❸也很傷心。

她問倪匡：

「隨便一個人，用一把小刀，就可以把古龍叔叔殺死，這是不是太不公平了？」

倪匡不回答，倪匡問我，我笑笑，我只能笑笑，連林肯和甘迺迪都被人隨隨便便的一槍射殺，我算什麼，除了笑笑，我能幹啥？

只不過從這一點，我又證明了一件事。

所以一個人真正的價值，並不在他的肉體，而在於他的意志和精神。

武俠小說強調的，看來好像是一個人的體力和武功、殘酷和暴力。

其實不是。

——至少我不是這麼寫的。

我一向認爲，體力武功和陰謀，只不過能取勝於一時而已。

真正的勝利，還是要取決於他的意志、智慧、自信，一種樂觀進取的自信，所以正義之師往往都能在最後關頭擊敗強逆之旅。

楚留香能擊敗很多比他高強的對手，也因爲如此。

❖

所以我忽然感覺到，一個人生存的價值，只在於一點，只在於他生存時對於自己生命的看法態度。

❖

如果一個人在心裡認爲自己已經死了，就算別人看他仍然活得鮮蹦活跳，他也已是個死人。

❖

我敢說這句話，因爲我有過這種經驗，因爲我不但在生理上死過一次，在心理上也死過一次。④

❖

寫武俠小說，拍武俠電影，眼前盡見滿天刀光劍影，一個生龍活虎般的人，伸出手，踢出腿，肌肉的躍動美得宛如羚羊，宛如琴鍵，宛如春泉，宛如雙劍相擊後的震顫。

可是今天我忽然看見了另一種美。

我忽然看到了一個女孩，全身都不能動，她的頭被一種特別的醫療器具夾住，她的腿也被夾住，她的骨骼受到某一種極嚴重的損害，可是她仍然可以用一種非常明亮的眼光看著我，甚至還會給我看她用她唯一能動的手做的漂亮小雨傘。

因爲她的心沒有被夾住！

還有一些小男孩，雖然在某一方面來說他們是有一點殘障，可是他們那種樂觀的態度，也許比這個世界上「那某部分的人」還要健全得多。

——他們至少不會去害人。

看到他們，我沒有哭，也沒有故作熱淚盈眶狀，因爲我根本沒有這種必要。

我跟他們在一起，我大笑，他們也大笑，因爲我們在那一刻，真的是非常開心的。

我發覺他們是真心喜歡我，我也是真的喜歡他們。

可是等到我離去時，我又想到了另一個問題——

他們是不是能常常這樣開心呢？

❖

我希望他們能常常開心，我也希望我們認識和我們知道的一些常常表現開心的人，能夠給他們一點開心，不管多少，只要有一點也足夠了。

七一、十一、十五夜深

雖在酒後，清醒無比，只覺得眼前有一燈如豆。

1這種深切自省的文字，在古龍的筆下很少見。也許看見了孩子們，讓這位飲者有了一些清醒。

2指一九八〇年十月的吟松閣事件。古龍被人砍傷，緊急送到佑民醫院卻遭到拒收，再送榮民總醫院後總算挽回一命。榮總的對面正是振興復健中心。

3倪匡與李果珍生有一女倪穗，一子倪震。

4指妻子梅寶珠攜子離去。時隔吟松閣事件不遠，「屋漏偏逢連夜雨」。

雜文與武俠

刊載於一九八二年十二月一日《聯合月刊》第十七期，落款時間為民國紀年

一

對一個寫武俠的人來說，雜文雖然是另外一個世界，可是兩者之間，至少也有一點相同的地方。

在大多數人心目中，都把小說分爲很多種，推理偵探，可以增進思慮；青春愛情，充滿飛躍的活力；悲歡離合，當然是文藝；寫一個好小子或者一個好女孩從黑暗中衝向光明，就是寫實；把這些故事的背景都寫到鄉下去，就是鄉土了；寫到匪區去，反共的鄉土文學多麼偉大❶。

至於武俠小說呢，哈哈，這種小說怎麼樣算做一種小說？就算你能夠把這些素材全都寫進去，也沒有人會承認你寫的是一種小說。

❖ 寫雜文的情況，差不多也是這樣子的。

散文的意境深遠，文字優美，總是能深入人心，專欄的見解精闢，總是有獨到之處，方塊當然更權威，權利定期定時，文化尖兵，你想要它不權威都不行，連它自己想要它不權威都不行。

至於雜文呢？最多也只不過是消閒解愁而已，就算有一點散文的意境、專欄的獨到、和方塊的見解，也只不過是碰巧而已。

二

幸好寫雜文和寫武俠還是有一點愉快的地方，不但能讓看的人愉快，也能讓寫的人愉快。因爲它們通常都是有趣的。

寫武俠，可以什麼都寫，推理偵探悲歡離合青春愛情和那些從暴力和泥土中掙脫向上的好小子好女孩，都可以寫進去。

不管你承不承認它是小說，它總有人看。

有些人甚至還承認，小說並不分種類，最多只能分爲兩種。

——一種好，一種壞，一種有人看，一種沒有。

雜文的情況差不多也是這樣的。

三

寫雜文的時候，你可以什麼都寫，既不必考慮到它是不是有意境，也不必想到它是不是能影響到別人的思想，更不必談什麼大道理。

你們所要想到的，只問它是不是有趣，是不是能讓你動手寫，是不是有人看。

在這種心情下寫雜文，就比較愉快了。

七一、十一、十七、夜

1 各家文基於政治敏感而刪除本段文字。

看《小李飛刀》第一集

刊載於一九八三年一月《聯合月刊》第十八期，文末落款時間為民國紀年

一、電視、朋友、酒

在兩年以前，我就已經是個單身漢了❶，可是重新過單身漢的生活之後，我家裡的朋友反而更多。

尤其是在十二月十一日這一天。

因爲這一天的晚上，是「小李飛刀」在華視頻道上第一次出現的日子。❷

——這麼多宣傳，這麼多劇照，再加上「對抗」，對抗的又是港劇，又是女將，真好玩。

我只不過是一個寫「武俠小說」的，可是我朋友的職業、學歷、身分、地位，都比我受人尊敬得多。

他們都很好玩。

——「好玩」的意思，有時候就是有趣。

所以他們也喜歡有趣的人、有趣的事，有趣的電視節目他們也不願錯過，甚至每一分鐘都不願錯過。

所以他們才會在十二月十一日這一天的晚上，到我家來看小李飛刀，而且事先聲明，絕不喝酒。

喝了酒，不但會影響判斷力，也會影響到欣賞力，所以大家聲明：

「十一時之前，大家都不喝酒，誰喝，誰是烏龜。」

❖

到了十時零三分的時候，每個人都變成了烏龜。

——嚴格來說，到了九時五十分左右，就有一大半人變成烏龜了。

九時五十八分時，百分之八十五的朋友，都已經在開懷暢飲。

電視機呢，哇！好像已經遠在天外，小李飛刀呢？誰還記得誰才是烏龜。

——你說這種情況好不好玩？

當然不好玩。

在我家裡，坐我的椅子，吃我的飯，喝我的酒，居然不看小李飛刀，哎呀，真氣死我也。

到了後來，我實在忍不住了，終於找到一個脾氣比較好的「總」字頭朋友❸，一把揪住他，兇狠無比的問：「你爲什麼要關掉電視機，爲什麼不看小李飛刀？」

我的朋友嚇了一跳，用一種非常吃驚，而且非常抱歉的眼光看著我：

「你在說什麼？」他的聲音好像剛被狗咬了一口：「難道你敢說剛才我們看的那檔子戲是小李飛刀？❹」

我沒有回答他的話，就算他是十八個大學的博士，我也不管了。

因爲我已經被他氣死。

二、小李與飛刀

趙錢孫李，

張王李趙。

百家姓據說是宋朝人寫的，宋朝的皇帝姓趙，趙字當先，理所應當。

張王李趙四大姓，走遍全國，到處碰到。

不管老新兵，姓「李」的人大概總要比其他姓氏的多一點，甚至多很多。

可是「小李」只有一個。

——我的意思當然是說：「小李飛刀，例不虛發」的那個小李。

❖

刀有很多種，大刀小刀長刀短刀寬刀窄刀單刀雙刀虎頭刀鬼頭刀雁翎刀砍山刀斬馬刀，以及戒刀腰刀解腰刀鴛鴦刀魚鱗紫金刀青龍偃月刀五鳳朝陽刀，甚至連菜刀屠刀剃頭刀都叫刀，都是刀。

每種刀都是刀，每種刀用力被擲飛出去之後，都是致命的武器。

如果你把一柄剃頭刀用力擲出，刀飛、刀割，割斷了一個人的咽喉，不管是碰巧也好，不是碰巧也好，只有一點總是不爭的事實——

這把刀總是從一個人的手裡飛出去，殺死了另外一個人。

不管這把刀是一種什麼樣的刀都一樣。

❖

可是「飛刀」只有一種。

——我的意思當然是說：「小李飛刀，例不虛發」的那種飛刀。

三、一點感覺，還未寫出

小李人人都可以演，人人都可以把一柄刀擲出去傷人。

可是這個「小李飛刀」卻是不一樣的，尤其對我來說，更不一樣。

所以我總難免對這個「小李飛刀」有一點感想，甚至還有一點偏愛。

有了偏愛，就難免會有偏見；有了偏見，就難免有得罪別人的地方。

可是即使如此，我還是要把這一點感覺寫出來，因爲一個像我這樣的人，有感覺的時候已經不多了。

七一、十二、廿一夜，有好友自遠方來

1指一九八〇年底梅寶珠攜子離去。

2此劇為一九八二年華視連續劇《小李飛刀》，由韋辛製作，衛子雲主演。當時臺視正在播出港劇《楊門女將》。

3應指當時《聯合月刊》的總編輯陳曉林。

4此處古龍借他人之口遂行批判。一九八三年一月廿九日聯合報第九版：「古龍長久以來對華視改編他的『小李飛刀』極表不滿，主要是他認為『小李飛刀』並未拍出原著中的境界，並對原著情節改易太多」。

另一個世界——還是有關武俠

原始出處待考。三、四兩段抄錄自〈寫在蕭十一郎之後〉和〈代序——談談「新」與「變」〉

一

我有很多好朋友都跟我一樣，都是靠一支筆活了許多年的人，所以他們都覺得這種生涯實在痛苦極了，只要一提起筆，就會覺得頭大如斗。

只有我是例外，我的感覺不一樣。

提筆有時候也高興得很。

酒酣耳熱，好女在坐，忽然有巨額帳單送來，人人俱將失色，某提筆一劃，就已了事，眾家朋友呼嘯而去，付賬至少已在今夜後，豈能不高興乎？

至於簽字拿錢，簽合約簽收據，一簽之下，支票就來，不需吹灰之力，在這種情況下，就算你想不高興，都困難得很。

可是若見到稿紙攤開在你面前時，就算你想高興也高興不起來了。稿子當前，你只有寫。尤其是寫長篇連載，少寫一天都不行，就算別人不說你，你自己心裡也好像犯了罪一樣，時時刻刻都恨不得一頭撞死。有一次潘壘❶告訴我，有一次報館催稿，他寫不出，這位縱橫港臺影藝文壇的名作家與名導演，居然忍不住號啕大哭起來。

——這是多麼可愛的態度，這個人有一顆多麼可愛的赤子之心。

有一陣子我寫稿如烏龜，每天急得滿地亂爬也沒用，倪匡問我：

「你最近為什麼寫不出稿？」

「因為我心情不好。」我說。

「你為什麼心情不好？」

「因為我寫不出稿。」

這個笑話絕不是笑話，只有以寫作為生寫了三十年的人，才明白其中的痛苦。

二

可是寫雜文就不同了。

對我來說，寫雜文就像是另外一個世界，一個文雅而悠閒的世界，充滿了豐富的人生體驗和趣味。

其實我根本沒有資格寫雜文的，前幾天，有幸與唐魯孫與夏元瑜兩先生同席，見到他們那種平和溫雅的長者風采，聽到了他們那種充滿了機智幽默而又博學多聞強記的談吐，我更瞭解雜文之不易爲。

如果沒有那種豐富的學識和經歷，如果沒有那種廣闊的胸襟和精闢的見解，如果沒有那種悲天憫人的幽默感，而一定要去寫雜文，就是婢學夫人，自討沒趣了。

不幸的是，我又偏偏喜歡寫。

寫雜文至少不像寫長篇連載，時時刻刻都感覺到好像有一根鞭子在後面抽著你。

幸好我還有一點點自知之明，所以我寫的大多都是我比較瞭解的事。

我敢寫友情，因爲少小離家，無親無故，已經能多少瞭解到一點友情的可貴。

我敢寫「人在江湖，身不由己」，因爲我已深深瞭解到一個江湖人的辛酸和那種無可奈何的痛苦。

我敢寫吃，因爲我好吃。

我敢寫喝酒，因爲我雖然還沒有到達「醉鄉路穩宜頻至，他處不堪行❷那種意境，卻已經常常有：「五花馬，千金裘，呼兒將出換美酒，與爾同銷萬古愁」那種豪氣了。

有時候，我當然也會寫一點有關武俠小說這一方面的事，寫了這麼多年武俠小說，心裡多多少少總難免會有一點感觸。

這種感覺，在我最先寫這一類雜文的兩篇小稿裡，感觸最深。

那已經是在多年前寫的了。

那時候武俠小說根本還沒有被承認是一種小說，那時候的武俠小說還只不過是薄薄的一小本，印刷粗劣，紙質粗糙，編校粗忽，內容也被大多數人認爲是「極爲粗俗」。❸那已經是十餘年以前的事了，那時我還是個少不更事的、還很有餘勇可鼓的青年敢死隊，胸中還不時有血氣上湧，隨時都敢去衝鋒。

現在，我就把那篇❹不成氣候也不成器的短文，再寫一遍出來，讓大家比較比較，現在武俠小說的地位，是不是已經比當時有了一種比較公平的估價。

三

十六年前❺，《蕭十一郎》第一次拍成電影時（由徐增宏❻導演，邢慧❼等主演），我曾有如下的感想：

寫劇本和寫小說，在基本的原則上是相同的，但在技巧上卻不一樣，小說可以用文字來表達思想，劇本的表達卻只能限於言語、動作和畫面，一定會受到很多限制。

一個具有相當水準的劇本，也應具有相當的「可讀性」，所以蕭伯納、易卜生、莎士比亞等，這些名家的劇本，不但是「名劇」，也是「名著」。

但在通常的情況下，都是先有「小說」，然後再有「劇本」，由小說而改編成的電影很多，由《飄》而有《亂世佳人》，是個最成功的例子，除此之外，還有《簡》、《呼嘯山莊》、《基度山恩仇記》、《傲慢與偏見》、《愚人船》，以及《雲》、《鐵手無情》、《窗外》等。

《蕭十一郎》卻是一個很特殊的例子，《蕭十一郎》是先有劇本，在電影開拍之後，才有小說的，但《蕭十一郎》卻又明明是由「小說」而改編成的劇本，因爲這故事在我心裡已醞釀了很久，我要寫的本來是「小說」，不是「劇本」。小說和劇本並不完全相同，但意念卻是相同的。

寫武俠小說最大的痛病就是：廢話太多，枝節太多，人物太多，情節也太多。在這種情況下，將武俠小說改編成電影劇本，就變成是一件吃力不討好的事，誰都無法將《絕代雙驕》改編成「一部」電影，誰也無法將《獨臂刀王》寫成「一部」很成功的小說。

就因爲先有了劇本，所以在寫《蕭十一郎》這部小說的時候，多多少少總難免要受些影響，所以這本小說我相信不會有太多的枝節，太多的廢話，但因此是否會減少了「武俠小說」的趣味呢？我不敢否定，也不敢預測。

我只願作一個嘗試。

我不敢盼望這嘗試能成功，但無論如何，「成功」總是因「嘗試」而產生的。

四

有一天我在臺灣電視公司看排戲，排戲的大都是我的朋友，我的朋友們大都是很優秀的演員。

其中有一位不但是個優秀的演員，也是個優秀的劇作者、優秀的導演，曾經執導過一部出色而不落俗套的反共影片，在很多影展中獲得喝采聲。

這麼樣一個人，當然很有智慧，很有文學修養，他忽然對我說：「我從來沒有看過武俠小說，幾時送一套你認爲最得意的給我，讓我看看武俠小說裡寫的究竟是些什麼？」

我笑笑。

我只能笑笑，因爲我懂得他的意思。

他認爲武俠小說並不値得看，現在所以要看，只不過因爲我是他的朋友，而且有一點好奇。

他認爲武俠小說的讀者絕不會是他那一階層的人，絕不會是思想新穎的高級知識份子。

他嘴裡說要看看，其實心裡卻早已否定了武俠小說的價値。

而他根本就沒有看過武俠小說，根本就不知道武俠小說寫的究竟是什麼。

我不怪他，並非因爲他是我的朋友，所以才不怪他，而是因爲武俠小說的確給予別人一種根深蒂固的觀念，使人認爲就算不看也能知道它的內容。

有這種觀念的並不止他一個，有很多人都對我說過同樣的話。說話時的態度和心理也幾乎完全相同。

因爲武俠小說的確已落入了固定的形式。

武俠小說的形式大致可分爲幾種：

一個有志氣而「天賦異稟」的少年，如何去辛苦學武，學成後如何去揚眉吐氣，出人頭地。

這段歷程中當然包括了無數次神話般的巧合與奇遇，當然，也包括了一段仇恨，一段愛情，最後是報仇雪恨，有情人終成了眷屬。

一個正直的俠客，如何運用他的智慧和武功，破了江湖中一個爲非作歹、規模龐大的惡勢力，這位俠客不但「少年英俊，文武雙全」，而且運氣特別好，有時他甚至能以「易容術」化裝成各式各樣的人，連這些人的至親好友、父母妻子都辨不出真僞。

這種寫法並不壞，其中的人物包括了英雄俠士、風塵異人、節烈婦女，也包括梟雄惡霸、歹毒小人、蕩婦淫娃。

所以這種故事一定離奇曲折，緊張刺激，而且還很香艷。

這種形式並不壞，只可惜寫得太多了些，已成了俗套，成了公式，假如有人將故事寫得更奇秘些，就會被認爲是「新」，故事的變化多些，就會被認爲是在「變」，其實卻根本沒有突破這種形式。

「新」與「變」並不是這意思。

《紅與黑》寫的是一個少年如何引誘別人妻子的心理過程。《國際機場》寫的是一個人如何在極度危險中如何重新認清自我。《小婦人》寫的是青春與歡樂。《老人與海》寫的是勇氣和價值，以及生命的可貴。《人鼠之間》寫的是人性的驕傲和卑賤……

這些偉大的作家們，因他們敏銳的觀察力和豐富的想像力，有力地刻畫出人性，表達了他們的主題，使讀者在爲他們書中的人物悲歡感動之餘，還能對這世上的人與事，看得更深些，更遠些。

他們表現的方式往往令人拍案叫絕。

這麼樣的故事，這麼樣的寫法，武俠小說也一樣可以用，爲什麼偏偏沒有人寫過？

誰規定武俠小說一定要怎麼樣寫，才能算正宗的武俠小說？

武俠小說也和別的小說一樣，只要你能吸引讀者，使讀者被你的人物故事所感動，你就算成功。

❖

有一天我遇見了一個我很喜歡的女孩子，她讀的書並不多，但卻不笨。

當她知道我是個「作家」時，她眼睛裡立刻發出了光，立刻問我：「你寫的是什麼小說？」

我說謊，卻從不願在我喜歡的人面前說謊，因爲世上絕沒有一個人的記憶力能好得始終能記得自己的謊言，我若喜歡她，就難免要時常和她相處，若時常相處，謊言就一定會被拆穿。

所以我說：「我寫的是武俠小說。」

她聽了之後，眼睛裡那種興奮而關顧的光輝立刻消失。

我甚至不敢去看她，因爲我早已猜出了她會有什麼樣的表情。

過了很久，她才帶著幾分歉意告訴我：「我從不看武俠小說。」

直到我跟她很熟之後，我才敢問她：「爲什麼不看？」

她的回答使我很意外。

她說：「我看不懂。」

武俠小說本來是通俗的，爲什麼會使人覺得看不懂？

我想了很久，才想通。

她看不懂的是武俠小說中那種「自成一格」的對話，那種繁複艱澀的招式名稱，也看不懂那種四個字一句，很有「古風」的描寫字句。

她奇怪，武俠小說爲什麼不能將文字寫得簡單明瞭些？爲什麼不將對話寫得比較生活化些，比較有人情味。

我只能解釋：「因爲我們寫的是古時的事，古代的人物。」

她立刻追問：「你怎麼知道古時的人說話是什麼樣子的？你聽過他們說話嗎？」

我怔住，我不能回答！

她又說：「你們難道以爲像平劇和古代小說中那種對話，就是古代人說話的方式？就算真的是，你們也不必那麼樣寫呀，因爲你們寫小說的最大目的，就是要人看，別人若看不懂，就不看，別人不看，你們寫什麼？」

她說話的技巧並不高明，卻很直接。

她說的道理也許並不完全對，但至少有點道理。

寫小說，當然是給別人看的，看的人越多越好。

武俠小說當然有人看，但武俠小說的讀者，幾乎和武俠小說本身一樣，範圍太窄，不看武俠小說的人，比看的人多得多。

我們若要爭取更多的讀者，就要想法子要不看武俠小說的人也來看武俠小說，想法子要他們對武俠小說的觀念改變。

所以我們就要新，就要變！

要新，要變，就要嘗試，就要吸收。

有很多人都認爲當今小說最蓬勃興旺的地方，不在歐美，而在日本。

因爲日本的小說不但能保持它自己的悠久傳統，還能吸收。

它吸收了中國的古典文學，也吸收了很多種西方思想。

日本作者先能將外來文學作品的精華融會貫通，創造出一種新的民族風格的文學，武俠小說的作者爲什麼不能。

有人說：「從太史公的《游俠列傳》開始，中國就有了武俠小說。」

武俠小說既然也有自己悠久的傳統，若能再儘量吸收其他文學作品的精華，總有一天，我們也能將武俠小說創造出一種新的風格，獨立的風格，讓武俠小說也能在文學的領域中占一席之地，讓別人不能否認它的價值。

讓不看武俠小說的人也來看武俠小說！

這就是我們最大的願望。

現在我們的力量雖然還不夠，但我們至少應該向這條路上去走，掙脫一切束縛往這條路上去走。

現在我們才起步雖已遲了點，卻還不太遲！

五

現在我的希望還是和以前一樣，我只希望大家都能認同，小說只有兩種——一種好，一種壞，好的小說好看，壞的小說看不下去。

1本名潘承德（一九二七—），易名潘磊，筆名潘壘。一九四九年自上海逃往臺灣，一九七五年移居香港。小說代表作有《紅河三部曲》、《魔鬼樹》等。一九六〇年代起投身於電影，為中影和邵氏編導多部作品。

2李煜《烏夜啼》：「醉鄉路穩宜頻到，此外不堪行。」

3疑本句之後有文字闕漏或段落重整。

4疑闕漏，應作「那兩篇」。

5《蕭十一郎》開拍於一九六九年（上映於一九七一年），十六年後為一九八五年。

6徐增宏（一九三五—）是香港的武俠片導演，早年在邵氏拍片，執導《江湖奇俠》（一九六五）等作品，一九七一年轉與嘉禾公司合作。胡正群〈破繭之作，露業奠基——《名劍風流》創作前後〉提及古龍和徐氏的交情：「……導演毛毛（徐增宏）來臺發展。交上了香港導演，尋歡作樂占去了寫稿的時間，《名劍風流》停了將近兩年。但和毛毛『聊』的故事『絕代雙驕』卻在此刻動了筆。」時為一九六五年。又秦逐客〈邵氏「十二金錢鏢」陰謀偷關 武俠明星古龍幕後運籌帷幄〉：「……電檢處未予通過，該片導演毛毛（徐增宏）專程來臺邀請此間武俠『明星』古龍參與多方活動」，見一九六九年《文化旗》廿一期。

7本名邢詠慧（一九四四至二〇〇七），香港女星，一九七三年與邵氏約滿後息影赴美。晚年疑因精神異常而殺死母親，出獄後不久過世。

寫給創作

刊載於一九八三年七月《創作》二五二七月號。原文闕若干標點，今按文意補上

辦雜誌是件非常艱苦的事，可是也像世上其他很多種艱苦的事一樣，如果你真的把你的精力和心血投注在其中，就一定可以從其中得到很多沒有別的任何事可以替代的樂趣。

這個世界上，有很多事都是這樣子的。

創作是一種快樂，是一種生命孕育後的再生，是一種經歷千辛萬苦後的突破，可是在創作的過程中，那種掙扎的痛苦，那種求全求美的淚痕，也不是其他任何人可以想像的。

痛苦與快樂，本來就像是一對雙生子，一胎雙生，互爲因果，有時候你中有我，有時候我中有你，有時候苦中有快樂，有時候快樂中有痛苦。

這個世界上，有很多事都是這樣子的，就正如：

寶劍有雙鋒

七一、九、廿、夜

在旦夕朝暮都有相思的人，有酒，有友，還有一願

《槍手・手槍》——代序

刊載於偽作《手槍》上冊，一九八四年六月萬盛出版。真正的作者于志宏由於經營漢麟出版社不善，回頭寫起小說。古龍為了幫助他，除了掛名，還在序文中宣稱《手槍》是自己年輕時的作品。但也有人認為小說開頭的確是古龍親筆

一

有很多署名「古龍」的小說，都不是古龍寫的，這是大家都知道的事。人在江湖，身不由己，這一類的事我相信大家也都知道，我當然也知道。

這個世界上本來就有很多事都是這樣子的，爲了朋友、爲了環境、爲了錢、爲了各式各樣不同的理由，有誰能完全拒絕去做一些他不想去做的事呢？

從另一方面去看，我常說：

——一個人就因爲常常會去做些他不想做的事，他的生命才有價值。

二

可是也有些書明明是我寫的，大家卻否認。❶

我從十幾歲開始寫稿，先寫新詩、再寫文藝、再寫武俠，其中的悲酸歡苦，也只能比做如魚飲水了。

在我這三十年寫作生涯中，可以分作好幾個時期，「劍毒梅香」、「蒼穹神劍」，並不是第一個時期。更早，我還寫很文藝的「從北國到南國」（注：可惜原書已失❷）和這本「手槍」。

那時候我過得很充滿「生命」，所以我敢說，這本書也是很「生命」的。

雖然我寫的是距離現在很遠的一個時代，又很遠、又不很遠，比「武俠的時代」更難捉摸的時代，比起現代的暴力又溫和優雅刺激，但是我相信，這個故事還是會讓你在讀過之後覺得很開心，這個世界上，還有什麼比開心更好的？

古龍

1沒聽說這樣的事，反而有許多書明明不是古龍寫的，古龍卻說是。本段文字採取了聲東擊西的策略：承認一部份的偽作，掩護另一部份。

2事實上這是短篇小說，一九五五年刊載於《晨光》雜誌上，沒有「原書」可失，古龍記錯了。

《短刀集》前言

刊載於一九八五年三月一日聯合報第十二版。《短刀集》包括〈賭局〉、〈狼牙〉、〈追殺〉、〈海神〉等四個短篇，萬盛集結出版時更名《賭局》

有的刀雖然短，可是通常都比長刀更兇險，比長劍更毒惡，一擊致命，生死呼吸，殺人於方寸間。

有些人和故事也和短刀一樣，短、奇、險、絕。

現在我要說的，就是這一類的故事。

高手（《獵鷹》序）

《大武俠時代·獵鷹》前言，刊載於一九八五年四至五月《時報周刊》第三七四期，收錄於萬盛本《獵鷹》。「大武俠時代」為系列故事，狹義僅指《時報周刊》上的〈獵鷹〉、〈群狐〉和〈銀雕〉（未完），寬義則涵蓋聯合報上的《短刀集》四篇及《大追擊》雙週刊上的《財神與短刀》（未完）

在我們這些故事發生的時候，是一個非常特殊的時代。

在這個非常特殊的時代裡，有一個非常特殊的階層。

在這個非常特殊的階層裡，有一些非常特殊的人。

這個時代，這個階層，這些人，便造成了我們這個武俠世界。

在我們這個世界裡，充滿了浪漫與激情。

充滿了鐵與血、情與恨，在暴力中的溫柔，以及優雅的暴力。

鐵血相擊，情仇糾結，便成了一些令人心動神馳的傳奇故事。

天空中有日月星辰，照出了人世間的醜陋和美麗，這個世界上也有些人亮如星辰，雖然明滅不定，但是它在某一刻發射出的光芒，已足照耀永世。

這些人當然都是高手，每一行每一業中都有高手，常常會用一些特別的方法，做出一些別人做不到的事，甚至令人難以置信。

現在我們要寫的，就是這一類的人的故事。

在「六扇門❶」裡，也有高手，他們的反應和嗅覺，似乎都要比別人高上一等，有時甚至會有一種野獸般的第六感，讓他們總能在千鈞一髮的關頭，逃過敵手致命的一擊。

可是當他們出手時，卻往往能一擊命中，那種準確的判斷、精密的計算，和無比快捷的動作，就像是一隻鷹。

一隻獵鷹。

現在我們首先要說的，就是一個獵鷹般的高手和他的故事。

1即「衙門」，官府的代稱。

銅錢的兩面（《群狐》序）

《群狐》前言，刊載於一九八五年五至六月《時報周刊》第三七八期。

寶劍有雙鋒，錢幣有兩面，刀卻不同。

錢幣的兩面，不管你從哪面看，除了上面的花紋不同外，幾乎是完全一樣的。寶劍的雙鋒不管你從哪邊看，都是青鋒凜凜，寒光照人。

刀呢？

如果你從刀鋒那邊看它，它的刃薄如紙，如生死的邊緣。如果你從刀背那邊看它，卻❶好像完全沒有侵略性和危險性，絕不會割傷你的手。

所以一般看起來，刀雖然還不及劍的鋒銳，遠比劍遲鈍，可是❷實際上它卻有它狡猾和善於隱藏自己的一面，就好像這個世界上的某一種人一樣。

現在我們要說的❸，就是這一類的人和故事。

1原文誤作「都」，據萬盛本《獵鷹》更正之。

2原文作「可見」，與上下文不符。

3原文誤作「現在我們要說人」，據萬盛本《獵鷹》更正之。

一些問題，一些回答

刊載於丁情《那一劍的風情》第三集，一九八五年六月萬盛出版

最近有一些人問了我一些問題，問的人很多，答的人卻只有我一個，所以我只好在這裡把所有的問題做一次總回答，如果有人再問，我就可以請他們看書。下面就是那些問題和回答。

❖

問：古龍先生，聽說最近你收了兩位女徒弟，跟你合作寫小說？

答：學徒的時代好像已經過去了，徒弟我是不敢收的，跟我合作寫稿的人，最近倒有兩個。

問：是不是丁情和申碎梅？

答：是的。

問：她們究竟是什麼樣的女孩子？居然能夠得到古大俠的青睞。

答：女孩子？我幾時說過他們是女孩子？

問：不是女孩子？丁情、申碎梅，這麼綺麗的名字，難道不是女孩子？

答：我的名字叫古龍，難道我就是一條龍？名字是名字，人是人，完全是兩回事，叫李聰明的人，也許偏是個笨蛋，叫趙美麗的人，也許醜得可以把人從半夜嚇醒。

問：大俠，你這就不對了，一個被稱為大俠的人，是不能打太極拳的。

答：我幾時打過太極拳？

問：那麼你就該痛痛快快的告訴我們，丁情和申碎梅是不是女孩子？

答：其實這是不重要的，他們是男是女都不重要❶，重要的是，他們有沒有寫作的天份和才能。

問：這一點我們也同意，可是跟一個漂亮的女孩子在一起寫稿，總比跟一個大男人在一起愉快些！

答：應該是的。

問：在那種情況下，靈感是不是也應該來得快一點？

答：嗯，好像是應該快一點。

——笑，大家一起笑。

問：對這兩個年輕漂亮又聰明的女徒弟，古大俠，你究竟傳授過他們什麼高招絕技？

——這小子拿著雞毛當令箭，居然就一口咬定他們是「年輕漂亮又聰明的女徒弟」了。再分辯下去還是一樣有理說不清，反而越描越黑，所以我也只能苦笑。

答：我說過寫作完全是靠天份興趣和才能，別人是傳授不來，所以我最多只不過能夠給他們一點幫助而已。

問：幫助？什麼樣的幫助？

答：他們年輕，幻想力一定比我豐富，可是有關佈局、結構、人物的塑造、文字的技巧，他們大概比我還要差一點。

問：關於這一類的事，我相信大概有很多人都要比你差一點吧？

——偶而替自己吹吹牛，大概也不能算犯法吧？

問：除了這些幫助外，你還能給他們些什麼呢？

答：我只能給他們一張桌子、一張椅子、一疊稿紙、一枝筆，叫他們把稿紙攤開在桌上，把自己放到椅子上去，拿起筆來開始寫。

問：坐下來開始寫，這就是寫作的第一要訣？

答：是的。

問：你對這兩位女徒弟，是不是有所偏愛呢？譬如說，對這個好一點，對那個壞一點？

答：那是絕對沒有的事。

問：就算對他們的人能夠做到完全公平，對他們作品的看法，總應該有一點差別吧？

答：差別當然是有一點的，可是那也只不過是看法角度上的差別而已，在基本上，還是沒有差別的。

問：古大俠，你好像又在打太極拳了。

答：這不是太極拳，這是真話。

——我開始用比較嚴肅一點的態度來回答他們的問題，因爲他們的問題也漸漸開始問的比較嚴肅。

答：丁情和申碎梅，本來就是兩個完全不同典型的人，寫出來的東西，當然也完全不同。

問：古大俠，能不能請你說得更清楚一點？

答：申碎梅比較內向，看的書比較多，年紀也比較大一點，寫出來的東西，沈穩平實，條理分明，比較適於寫推理一類的故事。

問：丁情呢？

答：丁情活潑外向，愛笑愛鬧，鬼主意特別多，大家一起出去玩，麻煩惹得最多的一個人總是他，平時雖然嘻嘻哈哈，有時候又會變成一個性格巨星，噘起嘴來，嘴上好像可以掛七八個酒瓶，你們想一想，這麼樣的一個人會寫出什麼樣的作品來？

問：當然是跟他人不一樣❷的作品。

答：有時候甚至比他的人還要胡鬧，可是你又不能說他完全沒有道理，有時候甚至還會覺得他寫的很有趣。

問：這麼樣說起來，我倒要看看他寫的到底是什麼玩意？

答：看看，總不會對你有損失的。

問：可是你叫我看什麼呢？

答：那一劍的風情。

問：那一劍的風情？（笑）這倒是個標標準準的古龍式武俠小說的名字。

答：我可以保證，這是百分之一百的標準，因為這名字本來就是我取的。

問：一個浪漫的名字，一個浪漫的故事，一個新起的漂亮女作家，看樣子「這一劍」，我想不看都好像有一點不行了。

答：我說過，先看看總不會有損失。

❖

問：申碎梅寫的是一篇什麼故事呢？

答：他的一篇叫白玉雕龍❸。

問：白玉雕龍，是不是跟白玉老虎有一點關係？

答：關係好像還不只一點。

——事實上，白玉雕龍就是白玉老虎的續集。

問：白玉老虎寫的一個什麼樣的故事？

答：是一個復仇的故事，趙無忌復仇的故事。

問：白玉老虎好像還沒有寫完就結束了。

答：一個故事應該在什麼時候結束，並不是絕對的，如果你說在男主角和女主角結婚時結束，就算一個完美的故事？以後他們如果離婚了呢？

問：不管怎麼說，白玉雕龍總應該算是白玉老虎的一個結局，對不對？

答：對。

問：那麼它是一個什麼樣的結局？

答：故事的結局，通常都是不能事先透露的，只不過復仇的故事，通常都只有一種結局，不管它的其中情節千變萬化，結局還是只有一種。

問：哪一種？

答：復仇成功。

問：復仇難道沒有失敗的時候？

答：當然有，只不過我不喜歡寫那樣的故事而已，人生中的憾事已夠多，所以我的故事，通常都會有一個圓滿的結局。

問：復仇的故事，如果要有一個圓滿的結局，當然就是復仇成功。

答：是的。

問：雖然結局只有一種，可是故事發展的過程中，仍然有千變萬化，古大俠，你的意思是不是這樣子的。

答：是的。

1 古龍以隱晦閃爍的方式操弄性別議題。丁情和申碎梅的確不是女性，而是蔣慶隆和薛興國的女性化筆名。據聞「申碎梅」一名借自薛興國的女性友人。

2 原文誤作「一樣」，與上下文意不符。

3 一九八五年三月起於民生報連載，古龍為名義上的共同作者。當時薛興國還在同一個版面上煞有其事寫了〈古龍來也〉採訪古龍，問及申碎梅如何如何，而申碎梅分明就是薛氏自己。

多少往事

刊載於一九八五年六月廿八日《大追擊》雙週刊第四期，為古龍專輯「天母夜談——俠客行」前半編的第一篇，過半數的文字摘自一九七八年〈不唱悲歌〉。前半編另有〈人生如戲〉、〈浪子情懷總是酒〉、〈開始「武俠」〉和〈黃昏時的小夜曲〉等四篇短文，皆從〈不唱悲歌〉簡化而來，本書不另重複收錄

這個世界上有很多種人，有的人喜歡追憶往事，有的人喜歡憧憬未來，但是也有些人認爲，老時光不一定就是好時光，未來的事也不是任何人所能預料的，只有「現在」最真實，所以一定要好好把握。

這種人並不是沒有事値得回憶，只不過通常都不太願意去想它而已。

往事如煙，舊夢難尋，失去的已經失去了，做錯的已經做錯了，一個人已經應該從其中得到教訓，又何必再去想?再想又有什麼用?

可是每當良朋快聚，在盈樽的美酒漸漸從瓶子裡消失，少年的豪情漸漸從肚子裡升起來的時候，他們也難免會提起一些往事，一些快樂的往事。

讓人傷心失望痛苦悔恨的事，他們是絕不會去想的。他們總是希望自己能爲自己製造一點歡愉，也希望別人同樣快樂。

一

所以我寫稿多年，什麼都寫，就是不寫別人的私事。[1]

不寫別人，當然更不寫自己。

我一向認爲，每個人都有保留他自己隱私的權力。

可是每個人一生中多少總是有些有趣的事是希望別人共享的，如果一個人總是能讓別人來分享他的快樂，這個世界豈非也會快樂得多。

二

所以現在我寫這篇稿子，寫我的思念和快樂，其中當然也有些事，在當時看來雖然微不足道，後來卻影響了我的一生，甚至改變了我的一生。

---

1 這話不真實。〈一點「異」見〉寫的就是白景瑞的私事。

紅燈綠酒

刊載於一九八五年七月《大追擊》第五期，為「天母夜談——俠客行」後半編的第一篇

一

開始寫武俠，就開始賺錢了，一個人如果能只賺錢而不花錢，當然是令人想不佩服都不行的。不幸的是，這種人並不多，所以這個世界上大多數人還能活得很快樂。

那時候武俠小說還是薄薄的一本。筆快的人，三四天就可以寫一本，每本的稿費從五百元到參仟元不等，我爬到參仟元的時候，還是民國四十九年的夏天，賺錢真是賺得愉快極了。

賺得愉快，花得當然也要愉快。

那時候臺北市燈紅酒綠的地方雖然還❶不及現在普遍，但卻已足夠讓一個初入花花世界的年輕人痛痛快快的把錢花得精光了。

二

民國五十年左右，臺北市的酒家雖然已有不少，年輕人去的卻不多。上酒家一定要呼朋喚友，成群結黨，喝得才痛快，上舞廳就方便多了。

最早的時候，臺北的舞廳還只有一家「華僑俱樂部❷」，北投的「眾樂園」❸、基隆的「國際聯誼社」雖然也流行過一陣子，路途畢竟太遙遠，所以每天晚上「華僑」門口的私家三輪車都排成長龍，等候恩客帶小姐出來兜風之後再去吃消夜。

其實那些三輪車大多數都不是「私家」的，只不過裝潢得漂亮一點，充當一些死要面子的「大亨」們故作有車狀而已，就算「大亨」做不成，做做「大頭」也有趣得很。

要出去玩，本來就是要時常當當大頭的。

那時候我居然也儼然大頭，登堂入室了。

1各家文集改「還不及」作「遠不及」。

2一九五八年元月開幕，鄰近古龍的母校成功中學。第一任妻子鄭月霞（莉莉）曾在這裡上班。古龍年輕時也曾在這裡打過群架、上過社會新聞，見一九六二年七月廿四日《徵信新聞報》第三版。

3當時北投尚未劃入臺北市，所以眾樂園不算是「臺北」舞廳。

卻讓幽蘭枯萎

刊載於一九八五年七月《大追擊》第五期，為「天母夜談——俠客行」後半編的第二篇

一

直到現在，我才發現一件可惜❶的事，又可怕，又可怖❷，又可憐。

直到現在，我才發現我這一生中竟然從來沒有循規蹈矩的依照正統方式去交過一個女朋友。

這絕不是因爲害怕——怕責任、怕結婚、怕失去自由、怕被人拋棄、怕受到傷害。

老實說，那時候我還不太懂「害怕」這兩個字是什麼意思。

直到最近，還有讀者來信，說我老是在書裡把女性寫成「那樣子」，一定是因爲我曾經被女孩拋棄，受到過傷害，甚至連心理都有點不正常了。

我敢保證，那也不是我沒有交過女朋友的理由，那時候我根本還不知道「受到傷害」是怎

麼回事，更不知道一個大男人爲什麼要爲女人傷心。

我之沒有交過正常的女朋友，大概只因爲我過的生活一直都不太正常，別人還正「背著書包上學去」的時候，我已經「落拓江湖載酒行」了。

風塵中的女孩，在紅燈綠酒的交相輝映下，總是顯得特別美的，脾氣當然也不會像大小姐那麼大，對男人總比較溫順些，明明是少女們不可以隨便答應男人的事，有時候她們也不得不答應。

從某種角度言，這是一種無可奈何的悲劇。

所以風塵中的女孩心裡往往會有一種不可對人訴說的悲愴，行動間也往往會流露出一種對生命的輕蔑，變得對什麼事都不太在乎了，做事的時候，往往就會帶著種浪子般的俠氣！

對於一個本身血液中就流著浪子血液的男孩來說，這種情懷，正是他們所追尋的，假如一跌入十丈軟紅塵，就很難爬出來了。❹

二

有時候我也會想，在我那一陣終日忙著去灌溉野生的薔薇時，是不是也曾有幽蘭爲我枯萎？

想到這一點，一個男人心裡總難免會有些自我陶醉，有時候說不定還會覺得有點安慰。

這種心情，說來是不是又可憐、又可悲！

1各家文集作「可怕」。
2各家文集作「可悲」。
3原文誤作「竟」，依各家文集更正之。
4古龍的前兩任妻子鄭月霞、葉雪都出身於風塵。「十丈軟紅塵」，各家文集作「十里洋場」。

繁華一夢

刊載於一九八五年七月《大追擊》第五期，為「天母夜談——俠客行」後半編的第三篇

一

那時候的華僑俱樂部，經理是蔡文錦，八面玲瓏，酒量極宏❶，比起喝黑松汽水來，更是無人能敵，有一次他喝黑松汽水我喝酒，就曾經被他灌得七葷八素，連自己是怎麼回去的都不知道。

那是我生平第一次大醉，卻不幸不是最後一次。

現在還在舞國中流連的名大班依菲和老宋❷，那時候已經在華僑了，繁華一夢，轉眼二三十年了，眼看著風流嫵媚❸，物是人非，他們心裡不知道是不是也有很多感慨。

繼華僑之後，萬國聯誼社、華都、國際、夜巴黎、仙樂斯、維納斯、第一、米高梅，各舞廳次第興起，也曾各領一時風騷，當年的名女嬌娃❹，有些至今居然還能再見❺，居然還是好

朋友，喝過兩杯後，想起了當年，心裡也不知是什麼滋味?!

二

那時候上班的女孩，和現在多少有些不同，因爲去舞廳的客人也不同了，就連那一點虛假而脆弱的情趣，都被拋在腦後。

唯一讓人覺得有一點開心的是，那時候上班的女孩中，有很多人的歸宿都不錯，而且林下手標❻，依舊可人，甚至連那一點豪氣和義氣都不減當年。

看到他們，我總是會覺得很高興，很快樂。

1各家文集作「酒量極高」。
2各家文集作「老宗」。
3玉郎本《不是集》作「風流換畫」，風雲時代本《誰來跟我乾杯》改作「風流雲散」。
4各家文集作「名女艷姬」。
5各家文集改「再見」作「遇見」。這些名女嬌娃包括女星張小蘭，她在皇后酒家時的藝名是林思思。一九七九年古龍推薦她演出電影，無端惹出誹聞。
6各家文集誤作「林下風標」。

人在江湖

刊載於一九八五年七月《大追擊》第五期，為「天母夜談——俠客行」後半編的第四篇

一

看到那些曾經把快樂帶給別人，自己也能想法子讓自己快樂的女孩，就正如看到我的某一些朋友一樣，總是會讓我有乾一杯的衝動。

那些朋友中大多數也跟我一樣，少小離家，流浪在江湖，對人事還在半知半解之間，只憑❶著一時血氣之勇，也不知道做過了多少似對非對，似錯非錯的事，只求得一個問心無愧，倒也無所怨尤。

這些人之中，有一些在壯年時就已故去了，有些固然是因爲恩怨難了，行走於暗巷之中，濺血於五步之內，可是多數還是因酒而死。

這是因爲他們多喜逞一時之意氣，做匹夫之狂態？還是因爲他們胸中都有些解不開的結，

要借他人之杯酒，來澆自己胸中的塊磊？

不管怎麼樣，我死去的朋友們，我但願你們都能安息。

二

「人在江湖，身不由己」，我相信自古以來，就有很多人有這種感觸，只不過由我先把它從思想變爲黑字、印在白紙上而已。

人在江湖，固然是身難由己，其實人不在江湖，又何嘗能夠由得自己呢？如果一時覺得悶氣，就放歌縱飲，唯有令親者痛，仇者快。

我也曾是酒徒，我也曾在生死間來去，我又何嘗沒有一些尖錐般的感觸刺在心裡？如今雖然自甘寂寞，遠避山上❷，但卻依然時常會有些身不由己的悲哀。

可是最近我已經懂了，人生本來就是這樣子的。

1原文作「想」，依玉郎本《不是集》改「憑」。

2這裡的「山上」指天母，是臺北的高級住宅區。陳融〈古龍的武俠和感情世界〉：「他住的是一百多坪的大廈，擺設十分豪華之外，書房是一定要有的，喝茶還要有喝茶的房間，看閉路電視，也得弄個房間。」詳見一九八二年《時報周刊》二五〇期。

轉變與成型

刊載於一九八五年七月《大追擊》第五期，為「天母夜談——俠客行」後半編的第五篇

一

開始花錢，就得賺錢。

那時候我寫的武俠小說，從「蒼穹神劍」開始，接著的是：

劍毒梅香、殘金缺玉、游俠錄、失魂引、劍客行、孤星傳、湘妃劍。

這些有多數❶是破書，拾人牙慧，幾乎完全沒有自己的思想和風格。

然後是：

飄香劍雨、神君別傳❷、情人箭、浣花洗劍錄、大旗英雄傳、武林外史。

一直到武林外史，我的寫作方式才漸漸有了些轉變，漸漸脫離了別人的窠臼。

二

然後就開始寫自己的小說了。

絕代雙驕❸、小李飛刀的多情劍客無情劍❹、楚留香的鐵血傳奇和俠名留香、陸小鳳的故事、七種武器、蕭十一郎、流星蝴蝶劍、天涯明月刀。

然後在別人口中總是帶著三分諧笑味道的所謂「古龍式小說」，「古龍式文字❺」，「古龍式對白」，才漸漸成型。

1 各家文集作「大多數」。

2 本文的分期和作品先後並不是很正確。比如《飄》、《神》二書出版於一九六一年，應該放在第一時期。

3 原文誤作「絕代雙嬌」。當年公論報和《武俠春秋》連載時亦有此誤。

4 一九七三年《九月鷹飛》在《武俠世界》連載時，若干期別上有副標題「小李飛刀第二代故事」。因此「小李飛刀的多情劍客無情劍」一語，完整語意應為「小李飛刀系列的多情劍客無情劍」。

5 各家文集遺漏「字」而作「古龍式文」。

酒界轉生

刊載於一九八五年七月《大追擊》第五期，為「天母夜談——俠客行」後半編的第六篇

一

我本來也是個喝酒的人，而且喝得很多，跟很多酒界中的「名人」、「大將」都喝過酒，而且拚過酒。

喝酒有名的人，未必真的能喝，有的以酒齡勝，有的以慢酒勝，還有的只不過徒擁虛名而已。

千軍易得❶，一將難求，喝酒的人雖多，真正能稱爲大將的，卻沒有幾個。

在影劇圈裡，王羽是真的能喝，非但能連盡十餘杯面不改色，而且能長期抗戰，再加上他的出手靈敏，反應快，猜拳也是頂尖高手，酒不勝拳勝，就是拚不醉你，還是一樣可以把你放倒。

徐少強也是高手，喝酒又快又穩又狠，只要一看準機會，有時甚至會一連敬你幾大杯，而且喝的都是既不加冰也不加水的純白蘭地，一直要喝到躺下為止。

要他躺下，可真不容易。❷

其餘的人之中，張沖❸喝酒極穩，很少醉。曾志偉是個很好玩的朋友，喝酒也痛快，有一次在統一❹，曾經被我騙了一次，連盡三大杯精純白蘭地，此後逢人叫苦，說我不夠意思。

在女孩中，楊麗花❺素有酒名，大家都知道她能喝。陳麗麗也不錯，羅維❻的夫人也是「大將」，只不過羅大導只賭不喝，羅夫人的酒也就不多喝了。

其實女星中真正能喝的是李菁❼，一兩瓶XO下去，當它沒事，恬妮❽喝伏特加如喝開水，都是女中豪傑，可敬可佩。

可是我最佩服的還是陳定山和卜少夫兩位。

二

我第一次陪定公喝酒的時候，定公已經八十六歲了，仍然健飲健啖，談笑風生，喝掉大半瓶白蘭地後仍可提筆作畫，一筆字更是寫得清麗娟秀，嫵媚入骨。

他的夫人十雲❾女士，自己雖然滴酒不喝，對定公喝酒卻只有照顧，而無囉嗦，中國女性所有的美德，我幾乎都在她身上看到了。

被大家公推為「二哥」的卜少夫先生❿，如今已七十有七，可是一套白西服穿得筆挺時，風采依然不輸少年。

二哥喝起酒來更厲害，從中午喝到午夜，從午夜喝到天亮，要是有誰想溜走，被他一把抓住，只有乖乖的自罰一杯。

數十年來，港臺兩地，喝酒被他放倒的英雄好漢，也不知有多少了，二哥的腰桿卻仍然筆挺如故，信乃人中之傑，也令人不得不佩服。

三

我常常認爲，一個人如果還能吃得下，喝得下，就是個有福氣的人。

現在我已經連一滴酒都不能喝了，我不喝酒，倒不是因爲怕死，而是因爲一喝下去之後，那樣子實在可怕。

我第四次因爲不聽醫生的又住進醫院⓫時，護士小姐們聽說我「又來了」，大家集體來看我，而且說⓬準備要送一個「最佳勇氣獎」。

這個獎我卻實在不敢要了。

四

不喝酒之後，別的倒也沒什麼，只不過覺得日子變得長了些，朋友卻好像變得少了些。

平時常常到家裡來的朋友，如今都說：「那小子不喝酒了，去了也沒意思，又不能兩個人面對面的坐著乾瞪眼。」

我還有一個做電腦的朋友說得更妙：

「以前一看見古龍能喝酒就害怕，更怕被他灌醉，簡直不敢找他吃飯，現在他不喝了，找他吃飯好像也變得沒意思了。」

五

現在我也懂了，人生中有很多事都是這樣子的，一個人只要還活著，就要學會懂得這些事。他活得才會比較快樂一點。

1各家文集均誤作「千金易得」。

2薛興國〈古龍點滴〉：「像港星徐少強，就曾到古龍家中，開始喝的時候，先掛長途電話回家，對他母親說，他要開始和古龍喝酒，晚上恐怕不能打電話回家，所以先打，免得母親掛念。那一夜，徐少強果然醉了……」

3張沖（一九三一至二〇一〇），香港邵氏影星，一九八二年古龍製作電視劇《新月傳奇》時指定他扮演中年版的楚留香。

4飯店名。原文作「統鵬」，依各家文集更正之。

5楊麗花和陳麗麗皆以男子扮相取勝。前者為臺灣歌仔戲的看板人物。後者演出《江南遊》劇中的小王爺，風靡一時。

6羅維（一九一八至一九九六）是香港大導演，先後栽培李小龍和成龍等功夫片巨星。他曾在〈我偷了古龍的……〉一文中自曝電影《龍門金劍》「偷」了古龍小說的橋段，後來他對古龍「坦白從寬」：「我們大笑，過後就做成了朋友，他覺得我這個人夠坦白，夠爽直，這樣的朋友交得過。」見一九七七年《大成》四十五期。

7本名李國瑛，香港女星。

8本名朱凱莉，一九七七年以《蒂蒂日記》獲得金馬獎最佳女主角。

9陳夫人本姓鄭，原文誤作仇，依各家文集更正之。

10卜少夫是作家無名氏（卜乃夫）的二哥。

11指臺北市「中華開發醫院」，成立於一九七二年七月二日，位於大安路一段二〇二號，後改名「大安醫院」。目前已結束營業，現址已拆除。

12原文作「先」，依各家文集更正之。

《財神與短刀》——代序

刊載於一九八五年七月廿六日《大追擊》雙週刊第六期，前半篇改寫自《大武俠時代・獵鷹》序。《財神與短刀》屬於「大武俠時代」系列，是最後一部公開發表的古龍小說；其中只有《大追擊》第六至八期的前三部是親筆，第四部起因古龍病重，改由風中白（蕭瑟）續寫，至第十六部未完。原作者古龍於第五部刊出時即已過世

一、財神

在我們這些故事發生的時候，是一個非常特殊的時代。

在這個非常特殊的時代裡，有一個非常特殊的階層。

在這個非常特殊的階層裡，有一些非常特殊的人。

這個時代，這個階層，這些人，便造成了我們這個武俠世界，這個世界中，有一個「財神」。

❖

在我們這個世界裡，充滿了浪漫與激情。

充滿了鐵與血、情與恨，在暴力中的溫柔，以及優雅的暴力。

鐵血相擊，情仇糾結，便成了一些令人心動神馳的傳奇故事，這些故事，大多和「財神」有點關係。

❖

天空中有日月星辰，照出了人世間的醜陋和美麗，這個世界上也有些人亮如星辰，雖然明滅不定，但是它在某一刻發射出的光芒，已是照耀永世。

這些人當然都是高手，每一行每一業中都有高手，常常會用一些特別的方法，做出一些別人做不到的事，甚至令人難以置信。

現在我們要說的就是這一類的人，這些人也大都是和「財神」有關的。

❖

「財神」既不是一個人，也不是一個神，而是一個組織。

它是個什麼樣的組織？

根據江湖中消息最靈通的一些人的說法，財神的主舵在山西，很可能只不過是一棟平常的房屋而已，只不過誰也不知道它❶究竟在什麼地方。

財神一共有九位，其中大部分是山西的大地主和某號錢莊的大老板，他們的節儉和理財都是天下聞名的，其中只有一個人是例外。

這個人就是關西關二，也就是名聞天下的關玉門。

這個人一身是病，卻又偏偏有一身神力，武功之高，無人能測，他一向獨來獨往，行蹤不定，卻不知怎麼會加入了財神，更不知道財神怎麼會接納了他。

❖

如果說關玉門是一把長刀，那麼財神中其它一些人就是短刀了。

二、短刀

短刀總是比較容易收藏的，隨時可以把它藏起來，藏在各種讓人尋找不到，而且想像不到的地方。

有人把它藏在衣襟下，靴筒裡，有人把它藏在圖卷間，魚腹中，甚至有人挖空一塊肉，一本書，一個瓜，把它藏進去。

誰能想像到一個瓜果，一塊魚肉，在瞬息間就可能變成殺人的利器。

有些人也一樣，他不殺人的時候，你永想不到他就是兇手，因爲他永遠有最好的掩護，只等到刀鋒亮起，血濺當地時，才會露出他的真面目。

---

1 原文誤作「他」。

《劍氣滿天花滿樓》序

刊載於偽作《劍氣滿天花滿樓》第一部，一九八五年九月裕泰出版。可能是偽序

我一向認爲武俠小說的趣味，本該是多方面的，多方面的趣味，只有在武俠小說中，才能同時並存。

偵探推理小說中沒有武俠，武俠小說中卻能有偵探推理，言情文藝小說中沒有武俠，武俠小說中卻能有文藝言情。這正是我一直在三十多年來❶，持續寫武俠小說而不倦的心態。

斷斷續續的休養，寫寫停停的稿件，使我欠下許多稿債。錢債錢還，血債血還，那是武俠小說中，塑造俠義快意恩仇的表現。而現實世界，目前現階段的我，都無法做到，近十年來❷，在內在心理上，與外在身體上，使我受了莫大的傷害，進出醫院亦不知好多次，幾幾乎使我執不起筆來，可是我還是在心理、身體、時間的許可之下，寫了又停，停了又寫的狀況下，完成了我這部「劍氣滿天花滿樓」❸。

故事的主人翁「花滿樓」，他曾經在楚留香篇集中出現❹，雖然留下了驚鴻一瞥，然而在我內心中，一直蓄留下許多說不完的故事，有不吐不快，不寫不了的心理，今日能展覽在您的眼前，亦可說是回歸您的支持，歷年來給我愛護的回報，故事情節、格局更可一新，其中發展起浮，人物氣魄表現，亦受了我在斷續、寫停之間，心理和體能狀況之反映影響，亦說這部小說，正代表我在寫它時心態、是真、是善、是美。古人云：老婆是人家的好，兒子是自己的親。

爲了能如期出版，以應尹老❺所囑，底稿本人不敢再讀校正，萬一忘漏之處，尚祈愛護我的讀者前輩見諒。此時在此只能擲筆長嘆。

人在江湖，身不由己。

古龍

一九八五、六月中序於臥龍居

1誤。從一九五五年的文藝小說《從北國到南國》開始計算，也不過三十年。

2一九七七年，古龍因長年酗酒而罹患肝病，此後經常出入醫院。

3本書情節與改編自「陸小鳳」故事的同名電影完全無關，主角花滿樓和「陸小鳳」故事中的花滿樓也毫無關係。

4「楚留香」故事中根本沒有花滿樓。

5指裕泰出版社的老闆尹照亭。

寫在《不是集》之前——序

《不是集》序，一九八五年十月香港玉郎出版，書中並附有古龍親筆手跡

這些雜文，寫給我的朋友們——一個人如果能把他的感觸和他的朋友們共享，縱然無酒，也是愉快的。

寫在大武俠時代之前——代序

刊載於《大武俠時代之一：賭局、狼牙、追殺》，一九八五年十月香港玉郎出版

我這些故事，寫的不是一個人，一件事，也不是一個家族。

我這些故事，寫的是一個時代，寫這個時代一些有趣的人和事，雖然每個故事全都獨立，彼此間卻又有著很密切的關係。

這個時代就是我們的——大武俠時代——

《紫煙、群狐》前言

收錄於一九八五年十二月香港玉郎出版的《大武俠時代之二 紫煙、群狐》，文字和〈《財神與短刀》代序〉後半篇大致相同。〈紫煙〉即〈獵鷹〉，《紫煙、群狐》相當於萬盛出版的《獵鷹》

對於「賭局」，大家知道得已經不能算太少，可是「財神」呢？財神是個什麼樣的組織。

根據江湖中消息最靈通的一些人的說法，財神的主舵在山西，很可能只不過是一棟平常的房屋而已，只不過誰也不知道它究竟在什麼地方？

財神一共有九位，其中大部份是山西的大地主和某❶號錢莊的大老闆，他們的節儉和理財都是天下聞名的，其中只有一個人是例外。

這個人就是關西關二，就是名聞天下的關玉門。

這個人一身是病，卻又偏偏有一身神力，武功之高，無人能測，他一向獨來獨往，行蹤不定，卻不知怎麼會加入了財神，更不知道財神怎麼會接納了他。

他這一生中，唯一的一個真正的親人就是他的寡姐，和她辛苦守節撫養成人的獨子，他就是關二的嫡親外甥。

現在這個年輕人竟捲入了一連串神秘的殺人案件中，而所有的案件，全都開始於一股紫煙。

1原文誤作「尊」，據〈《財神與短刀》代序〉更正之。

《邊城刀聲》序

本文署名古龍，但風格不似古龍，應為偽序，刊載於丁情《邊城刀聲》第一部，一九八六年六月萬盛出版。《邊城刀聲》原為電視劇本，由古龍提出架構並邀集友人編寫。後來丁情把它寫成小說，小說內容卻與電視劇情無關

人類最神秘，最殘酷而無可避免的敵人——死亡。

「死亡」是否是生命的終結？

或者只是開啓另一個生命，另一個空間，另一個世界的鑰匙？

生命是不是從誕生開始，至死亡時完結？

或者死亡帶來了生命的終結？

就好像甦醒是睡覺的終結一樣。

人的一生就是所有的一切嗎？

或者這一生之後，還有另一個世界在等著我們？

這世上真的有輪迴嗎？

人死了之後，能再復活嗎？

誰來跟我乾杯？（加長版）

原文發表於一九八三年五月《聯合月刊》第廿二期。文章裡的「有一個人」指的是本名蔣慶隆、藝名小黃龍的丁情。他曾寄住在古龍家中，與古龍亦友亦徒。此加長版刊載於丁情《邊城刀聲》第一部，一九八六年六月萬盛出版

厭倦江湖　自甘寂寞
夜深人靜　舉杯邀飲

「誰來跟我乾杯？」

那時候總是有一個人會說：

「我。」

一

有一個人從小就不是一個好孩子，不唸書，不學好，愛打架，又愛惹是生非，後來竟然就

跑進了是非最多的電影圈。

挨了餓，吃了苦，受了氣之後，忽然有一點發憤圖強的意思，後來果然出頭了，可是毛病又復犯，而且還有了一種新毛病：

——不愛做事，只愛花錢。

所以只要是見到他的人，人人都頭大如斗。

這個人卻是我的朋友。

這個人不但是我的朋友，而且是一個我非常喜歡的朋友。

因爲我瞭解他。

他不唸書，他真的沒有唸過什麼書。

——如果你生長在一個他那樣艱苦辛酸的家庭，你就知道他爲什麼不唸書了。

他不學好，不去練鋼琴，不去學聲樂，不去學畫，反而去打雜工，他是不是個混蛋？他是不是瘋了？

——有一年天下大旱，百姓都快餓死了，一個很學好又肯唸書的皇帝問他的子民：「你們沒飯吃，爲什麼不吃肉？」

——這不是笑話，這是一個慘痛的教訓，只有一個滿身創傷滿心創傷的人才能接受的教訓。

在經過艱辛百戰之後，你也許會明白這個道理了，可是你仍然無法接受這麼樣的一個人。

因爲你已老了，他還年少。

你們之間還是有一條溝，這條溝之所以不能塡平，只因你不願意。

一個人如果不能了解另一個人，最大的原因，只因爲他根本不願去了解。

——這個世界上爲什麼有那麼多人根本就不願去接受別人的思想？根本就不願去了解別人？

——在人類所有的弱點中，有什麼比這一點更能阻礙人類的進步？更值得悲哀的？

我的這個朋友和我一樣，身世飄零，滿懷悲憤，可是在是非最多機運也最多的電影圈，他終於憑他的智慧和努力竄出來了。

那時候他仍年少。

一個年輕人，身上千瘡百孔，心上也有千結難解，有一次甚至被活活燒過。

然後，他忽然有了機會，而且能把握這個機會，能夠達到一種可以做一些他自己喜歡做的事的地步。

你說他會不會去做那些事呢？

——一個精力旺盛的獨身大男孩，喜歡去做一些什麼事？在這種情況下，他會不會做得比較狂一點？

如果我去問大多數人，大多數的回答都是「不會的」，因爲這個世界上君子太多了。

幸好我不是君子。

所以別人怕他，我不怕。

別人怕他喝酒爭氣惹事闖禍花錢坑人扔石頭，我不怕。因爲我多多少少有一點瞭解他。最重要的一點是，我瞭解到他最重要的一點——他的聰明。

二

這個世界上有很多很多種人。可是我常常把這無數種人分成兩類。分類的方法卻又有很多種了，第一種最尖銳的分類法，當然是最尖銳的：

——死人和活人。

不管你從哪一個觀點來看，這兩種人都是完全不同的，一種有思想有情感有悲傷有歡樂有感情，另一種什麼都沒有了。

他可以留下流芳千古的名聲，可以留下造福萬世的財富，甚至可以留下一個王國，可是對一個死人來說，他還能擁有什麼？

宗教是不是因此而產生的？

❖

男人與女人，老人與少年，好人與壞人，小人與君子，弱者與強者，英雄與懦夫，國王與乞者，淑女與娼妓，輸家與贏家，浪子與住家人，老闆與夥計，無鹽與西施，智者與笨蛋等。

這個世界永遠是這樣子，永遠有兩種不同的人，有的是男，有的是女，有的老了，有的年青，有的成功，有的失敗，有的愚蠢，有的聰明。

我說的這個朋友，是個聰明人。

❖

我不要告訴你們有關他的一些不能讓人瞭解的事，因爲他是我的朋友。

——朋友——

這個世界上，還有什麼其他兩個字能代替這兩個字？

三

我這個朋友，身世孤苦飄零，性格孤獨複雜，有時候真不好玩，有時候又好玩極了。

喜歡他的人，都說他是個天才，不喜歡他的人，根本就不認爲他是個人。

❖

對於人的分類法，還有一種——一種是「是人的人」，一種是「不是人的人」。

只不過最重要的一點通常都被人忽略了。

——這個世界上常常會有一些人把另外一些人看成「不是人的人」，其實真正「不是人的人」，卻是他們自己。

❖

我這個朋友，他壞，他騙，只因在他生存的那個環境裡，如果他不壞不騙，他就沒法子生存下去了。

他沒有念過很多書，可是最近他卻寫了一本書，寫了最少有十一二遍，寫了又改，抄了再寫再改，有一天我甚至問他：「你那部戰爭與和平寫好了沒有？」

想起來，這好像有一點諷刺，其實這其中最多也只不過有一點冷淡而已！

一種「厭倦」的冷淡。

我們甚至可以把那種「冷淡」說成是一種「嫉妒」。

因爲我已經沒有那種創作的熱誠了，連那種創作的精神和勇氣都沒有了。惟一剩下的，只不過是一點熱愛。

對創作的熱愛，對朋友的熱愛。

——對生命呢？

生有何歡？死有何懼？生死一彈指，現在我已活過，我已愛過。

死？

——對於這個「死」字，我又有很多看法了，只不過其中只有最重要的一種：

死了算了，死又何妨。

❖

我這個朋友，在真理基本觀念上，和我是非常相同的。

——這是我喜歡他的原因之一。

有人甚至說他像是我的弟弟。

甚至有人說他是我兒子。（哈哈。）❶

不管別人說他是我的什麼，他還是他。

——幸好他是他，否則這個世界就少了一個「好玩」的人了。

我的這個朋友沒唸過什麼書，初中都沒有畢業，可是他卻很肯學。

——我的一舉一動，言語機智，他幾乎都已青出於藍了。

他初中沒有唸完，卻很喜歡看書，什麼書都看，尤其和我住在一起的時候，我家的藏書他都看了❷，有的甚至看了兩三遍——尤其是我寫的小說。

這是最重要的一點。

他不但是在看，甚至已深入了小說中的文字、造句、情節的轉扭，所以他學位雖然沒有，卻已經能動筆了。

四

其實我並沒有教他什麼，我只是告訴他：「你不寫，怎麼能知道你不會寫呢？」

我給了他一張桌子，一張椅子，一疊稿紙，一支筆，將他的屁股放到椅子上，將筆塞到他的右手，將稿子攤在他的面前。

於是他就開始寫了。

於是就有了「那一劍的風情」、「怒劍狂花」、「邊城刀聲」這些小說了。[3]

於是在武俠世界裡，又多了一位「俠客」。

這位俠客的名字，就叫「丁情」。

1自本句起為加長版的新增文字。

2這是浮誇之辭，教育程度僅國小畢業的丁情「都看了」的可能性不高，因為根據荻宜〈浪子・書生・古龍〉（一九八三），古龍藏書少說也有十萬冊，「其中包括珍貴的原版和絕版書。」

3古龍列名這三部小說的共同作者，除了提攜後進，可能也和書中大量抄錄古龍舊作有關。這種抄襲行為在丁情後來的幾部小說中並未收斂。此外，丁情自序過於浮濫也受人詬病，一部作品中往往寫了兩三篇，而且動輒提醒讀者自己和古龍的關係匪淺，而這些序文也經常抄錄古龍的文句。

卷四

不是集

1982–1985

不是回信

刊載於一九八二年十一月六日《民生報》第十二版，為專欄「不是集」的首篇文章

一

有很多人喜歡寫信，明明在電話裏很快就可以說清楚的事，也寧可寫信，因爲寫信可以寫出一些在面對面時說不出的話。

有些人打死也不寫信，明明不急的事，貼幾塊錢郵票就可以把意思寄出去了，卻還是情願花幾千幾百元錢打電話。

還有一種人更絕，寫好了信，卻不寄。

二

不寄的信❶，是不是真的不寄呢？

不是的。

不寄的信，其實是已經寄出了的，在他寫的時候，就已經寄出了，因爲這封信根本不是寫給別人的。

一個人，在他的情緒低落、情感也不算有情感的時候，總是想把心裏的感受，吐露給一些知心的人，誰是最知心的人呢？一時又找不出，找出了，又不敢吐露，那麼怎麼辦呢？只好把自己的情感寫出來，寫給自己。

所以不寄的信，就是已經寄出了的信。

因爲他在寫這封信的時候，就已經把這封信寄出了！寄給了自己。

1當時古龍的專欄「不是集」與倪匡的專欄「不寄的信」在民生報上並列。本文針對倪匡的專欄名稱大作文章，令人會心一笑。在「不是集」的其他各篇中，古龍也常提起倪匡，可見交情之一班。

不是悲觀

刊載於一九八二年十一月九日《民生報》第十二版

一

每個人都會有不對勁的時候，在這段時候，什麼事都是不對勁的。就連照鏡子的時候，都會忽然奇怪鼻子怎麼會長在臉上？怎麼這麼不對勁？

在他傷心流鼻涕的時候，他甚至會抱怨自己爲什麼要有一個鼻子？在他嗅到情人體香時，他又會抱怨自己爲什麼沒有兩個鼻子？

他有時甚至會覺得這個世界上什麼都不對勁。

幸而這不是悲觀。

不對勁絕不是悲觀，每個人在他的這一生中都會有一段不對勁的時候，如果有一個人發誓說他沒有，那麼這個人就有一點疑問了。

——他是不是人？

二

悲觀是一種徹底的沉淪，我們說的這種感覺，卻是一個加油站，在一段艱苦過程中的歇息與再生，把它寫出來，讓生命得到某一種至今猶未能讓人類瞭解的平穩力量，然後再把自己從這種感覺中超越出來。

這種感覺，當然不是任何人都能瞭解的，可是如果有人把這種感覺判決爲「悲觀」，覺得它對社會有負面❶作用，那麼我對這個人也會有一點疑問了。

1原文為「負作用」，今依文意補上「面」字。

不是勸告

刊載於一九八二年十一月廿三日《民生報》第十二版

一

能夠給朋友一點勸告，是件多麼開心的事。

朋友有了困難，非常需要你幫助的時候，你當然要給他一點勸告，否則要朋友幹什麼呢？

朋友重病要進醫院，沒錢辦入院手續，要你幫忙，你當然要義正詞嚴的給他一點勸告。

「要保重身體，注意飲食健康，不要再生病。」

這種勸告是多麼夠朋友，錢算什麼？

朋友掉下海了，你當然要勸他，下次千萬不要掉下去。

你勸他這句話的時候，當然是站在岸上的。帶著一種悲天憫人的胸懷站在岸上，心裏還隱隱有一點發疼。

你又不是救生員，又不是游水冠軍，怎麼能下水救人？

——能夠給朋友一點這麼樣的勸告，你說開心不開心？

二

我不喜歡接受這種勸告，寧可被一個不是朋友的人用一根大棒子打在頭上，也不要接受這種勸告。

我只不過要說，不快樂並不是一種絕症，衹不過是一種過程而已，每個人這一生中都難免會有這種過程的。

然後，忽然間又沒有不快樂了，你再看那段不快樂的過程，連你自己都不能相信爲什麼那已是那麼遙遠。

不是沒有

刊載於一九八二年十二月廿三日《民生報》第十二版

一

一個人吃喝嫖賭，胡作非為，沒有錢了，向你借，你說「沒有」。是不是沒有？

有一個溫溫柔柔的女孩，又會笑，又會不笑，我喜歡她，她不喜歡我，我約她去玩，問她有沒有空，她說「沒有」。是不是沒有？

不是，不是沒有。而是不高興，不歡喜，不開心，不願意。

二

你的女朋友跟你生氣了，一個人坐在屋裏，坐在屋裏最沒有亮光的一個角落偷偷的哭。

你問她：「你是不是生我的氣了？是不是有什麼不開心？」

她說：「沒有呀。」

你問了她八百三十七次之後，她的回答都是「沒有」。

是不是真的沒有呢？

不是，不是沒有，而且是很有，有的還不止一點。

三

所以「沒有」的意思，有時候就是「有」，所以沒有寄出的信，有時候就是已經寄出了，在他還沒有寄的時候，就已經寄出了。

雖然沒有信箋，沒有信封，沒有郵票，但卻已經「有寄出」了，用一種非常微妙的方法寄出的，用一種心電。

因爲寄信與收信的人之間就算什麼也沒有，至少是有心電的。人與人之間如果有電了，還要什麼「有」與「沒有」之間的關係，你說是不是非常微妙？

不是刀鋒❶

刊載於一九八三年一月三十日《民生報》第十二版。

一

有一天，天氣陰寒如刀鋒，下午就跟幾個朋友開始喝酒，幾杯下肚，幾個人心裏都有點抑鬱，所以忽然談起人生來了，這一類的話題，總是會讓人多喝幾杯酒的，所以我忽然詩興大發，就以「風光」爲題，作了一首：

王孫公子裘馬輕，馬後僕從眾如雲，
鞍旁一壺花雕酒，行前轎中是美人。

我說：「這是何等風光的事，風光又何等綺麗。」大家都同意。

只可惜風光並不一定就是快樂。

別人看他風光快活，也許他心裏正有心結千千，悶得想上吊。

別人看他轎中的美人冰肌玉骨，風華絕代，也許他心裏牽腸掛肚的，卻是另外一個平凡的女孩。

二

這就是感情。

人類的感情，是絕對沒有一定的規律的，也沒有任何人能控制，尤其是自己更不能控制。

你要你自己不要這麼想，但是「它」偏要這麼想，你要你自己不要再去想那個人，可是你的腦子裏時時刻刻分分秒秒都會出現那麼樣一個人的影子，這種感覺雖然不是刀鋒，卻令人心如刀割。

1古龍天母的家中掛著一幅自己寫的字：「握緊刀鋒」。薛興國〈古龍點滴〉：「明知道自己患了肝病，還不停的喝酒……恐怕就是『握緊刀鋒』的行為吧。」

不是珍貴

刊載於一九八三年二月二日《民生報》第十二版

有一天倪匡問我：「世界上有兩種最珍貴的液體，一種是酒，另一種是什麼？」

我答：「是水。」倪匡讚美：「對。我問過無數人❶，只有你答對了。」

其實我大錯。

水是必需要的，是不可缺少的，沒有水，人就死，但卻不能用「珍貴」來形容水，就正如有人如此問：「世上有兩種最珍貴的物質，一種是鑽石，另外一種是什麼？」我絕不可以回答：「是米。」

我也不能告訴他：「最珍貴的不是鑽石，而是鈾。」

因為我們是人，普通的人，普通的觀念，普通的情感，在我們心目中，「珍貴」和「必需」是完全不同的，甚至和「價值」都不同。

所以我說，我答錯這個問題，並不是我錯，而是因爲倪匡問錯了。

因爲這個世界上只有一種珍貴的液體，這種液體就是酒。

因爲只有酒才能使人忘記一些不該去想的事，而人最大的悲哀，就是要去想一些他們不該去想的事。

除了「死」之外，只有酒才能讓人忘記這些事。

——死，多麼珍貴，只有一次，絕無兩次。

---

1 各家文集漏字而誤作「數人」。

不是相聚

刊載於一九八三年二月廿一日《民生報》第十二版

一

寫「離別鉤❶」的時候，曾經寫過：「沒有離別，哪裏來的相聚？」❷

相聚是一件幸福多麼愉快的事，和好友相聚在樽前，和情人相聚於寒衾，和多年不見的舊友相聚於滿街無人識的鬧市中，和一個以前看不起你的人相聚於你衣錦榮歸時。

多麼開心，多麼開心。

爲了這種相聚，離別一下算什麼？離別八萬九千七百下子又算什麼？

二

只不過有些人還是不喜歡離別的，他們寧可永久相聚，不要離別。

幸好這個世界上是有些人沒有離別。

他們常常都能相聚。

有些朋友，天天都能相聚，喝喝茶，談談天，談談別人的閒話，談談別人的隱私，等到自己心裏覺得比那些人都開心的時候，就回家睡覺去也。

有些夫妻也一樣，天天都能相聚，丈夫早上上班，晚上下班，妻子洗衣裳帶孩子做菜燒飯，雖然天天相聚，每天說的話還不到三句。

這種相聚是不是一種相聚？

---

1 一九七八年六月十六日至九月三日《聯合報》首載。

2《離別鉤》第一部結尾：「未曾經歷過別離的痛苦，又怎麼會知道相聚的歡愉？」

不是忘記

刊載於一九八三年二月廿六日《民生報》第十二版

一

爲了想一個問題，徹夜失眠，睡睡醒醒，半睡半醒，只有真正失眠過的人，才能明白這種痛苦遠比完全睡不著更痛苦得多。

真正睡不著，遲早還有睡著時，輾轉反側，也不知是睡是醒，在床上掙扎了十多個鐘頭，起來時比沒睡時還累，那才是真的失眠。

最要命的是，你爲了一個問題失眠了無數夜之後，問題還是沒有解決。

然後你發誓再也不想這個問題了。

你還是去做那些平時你常常在做的事，你去賺錢，去花錢，去喝酒吃飯，胡天胡地，偶爾還會去看看書，偶爾喝得酩酊大醉，一躺下去就睡得像死豬一樣。

你好像根本已經把那個曾經讓你失眠無數夜的問題忘得乾乾淨淨，因爲你已經對你自己發過誓，既然想不通，還想什麼？

再想，你就是豬。

二

你真的已經把那個問題忘記了嗎？

你沒有。

你不再去想那個問題，只因爲你早就已經知道那個問題的答案了，只不過你拒絕承認而已。

因爲那個答案正好觸及了你心裏最脆弱痛苦的一處。

不是離別

刊載於一九八三年三月二日《民生報》第十二版

一

寫「離別鉤」的時候，曾經寫過一句話：「離別是爲了相聚。」[1]

——爲了長久的相聚，不惜短暫的離別，甚至不惜去和別人決死——多麼浪漫，多麼深情。

只可惜這種感情並不是常常都可以遇得到的，有些人甚至連想像都想像不到，所以有很多人笑我：「離別是爲了相聚？是不是爲了和別人相聚？」

我笑不出，因爲我知道一個很不可笑的事實：

——離別確實是常常爲了和別人相聚。

二

有時候你忽然和一個人分手了，你們本來不想分手的，可是忽然就分手了，好像根本沒有什麼事，可是大家心裏都明白已經到了分手的時候。

你是不是願意分手呢？不願意。她是不是願意分手呢？不願意。可是你們偏偏一定非要分手不可。

——因爲你們都明白你們已經到了不分手不行的時候。

於是你們淡淡的分手，❷有時候甚至❸連說一聲「再見」的機會都不給對方。

——何必呢？何必說再見。

這種分手不是離別，而是一種「死」。

1《離別鉤》第二部結尾：「離別是為了相聚，只要能相聚，無論多痛苦的離別都可以忍受。」

2各家文集此段出現嚴重的錯漏。「你是不是願意分手呢」誤作「你是否不願意分手呢」，其後「不願意。」至「於是你們淡淡的分手，」約七十字完全闕漏。

3各家文集無「甚至」。

不是愛情

刊載於一九八四年四月五日《民生報》第八版

一

愛情是什麼？

愛得你死我活，愛得神魂顛倒，愛得神智無知，愛得沒有你我就要死了，除了你之外，我什麼都不要，汽車不要，洋房不要，名譽不要，事業不要，朋友不要，甚至連父母兄弟姊妹丈夫兒女都不要，甚至連財產珠寶錢財都不要！

甚至連命都可以不要。

❖

這算不算是愛情呢？當然要算的。如果連這種情感都不能算是愛情，還有什麼感情能算是愛情？

——可是這種愛情能維持多久呢？

二

你一個人，你走在一條很偏僻的黃昏路上，你看見兩個老人，一個穿著很土的老先生，一個是塗著口紅的老太太。兩個人，沒有手牽著手，也沒有很親熱的樣子，這時候甚至是一個走在前面，一個跟在身後，甚至是跟在三四十公尺後，好像連一點關係都沒有的樣子。

可是你如果也有一份身經百戰歷經滄桑連死都經歷過的人，你就知道那是種什麼樣子了。

❖

——那就是一樣人世間最可愛最舒服最讓人羨慕的樣子。

那當然已經不是愛情了，而是人類所有最偉大的愛情的混合。

不是悲哀

刊載於一九八四年四月七日《民生報》第八版

一

你對一個人一次的失望，你一定覺得是可以原諒的。
每個人的態度都如此。
只可惜，每個人的感覺都錯了。
有一次的失望，就可能有一百一千一萬次的失望。
這大概也是人類最大的悲哀之一。

二

其實這已經不能算是悲哀了。
因爲這已經是人性。

不是朋友

刊載於一九八四年四月十二日《民生報》第八版

一

大家都知道倪匡是我的好朋友，而且是我的兄長，他們都錯了。

倪匡根本不是我的朋友，也不是我的兄弟。

倪匡只不過是我這一生中最親近最親密而且對我最好的一個人而已。❶

對我來說，倪匡甚至不是一個人。

因為我覺得這個世界上根本不可能有倪匡這種人，殺頭也沒有。

——可以為了朋友犧牲自己的人，也許還有，為了朋友抑低自己的人，這種人在這個世界上還有嗎？

二

我有一個小女朋友，很小，很笨，只有一點很奇怪，她居然很瞭解我和倪匡的友情。
她沒有唸過很多書，可是知道一句話——人生得一知己，死而無憾。
然後她告訴我：「你這一生，有倪匡這麼樣一個朋友，可以死了。」

三

問題是，她是不是真的想我去死呢？
答案是，是的。
——因爲只有死人才不會去交別的女朋友。

四

原因是，女人寧可她的男朋友去死，也不願他去交別的女朋友。

---

1 薛興國〈古龍點滴〉：「古龍的朋友當中，最知心的是在香港的作家倪匡，他們常常會在夜裡，有七八分酒意的

時候，互打長途電話，互訴心中抑鬱。」一九八五年九月廿四日《民生報》第三版：「武俠作家古龍旅居夏威夷的妹妹熊曉雲已經回到國內……由於深知古龍與作家倪匡的交情，熊曉雲希望治喪委員會的成立與治喪詳細事宜，能等到倪匡自港來臺後再說。」古龍治喪委員會發的訃文，正是倪匡撰擬的。他還寫了一副真摯沉痛的輓聯：「你已竟去遠了，我還會留久嗎？」林昭堂〈敬大俠最後一杯酒〉：「兩個月前，他在美國時，古龍還從臺北打電話給他。……那時古龍已住院了，大概知道來日無多，兩人一邊談，一邊哭，足足哭了五十分鐘。古龍還告訴他，若有人拿刀子要殺他，能夠擋在前面的，只有他古龍。」「他碰到朋友就說，他和古龍原本是合為一體的，古龍一走，他就像被劈成兩半，活著已沒有多大意思了。」見一九八五年《時報周刊》三九八期。

不是就是

刊載於一九八四年四月十六日《民生報》第八版

一

不是，就是「是」，天下再也沒有比「不是」更「是」的事了。

你說我不是東西，我高興得要死，因為我本來就不是東西。

我是人。

你說我不是人，我也高興得要死，因為說我不是人的人，通常是個女人，而且愛我愛得要命。

她說我不是人，只因為她已經把我當做她生命中的珍寶。

當然，她也許會把我當做一個畜牲，可是一個女人如果不愛一個男人，怎能會把他看做一個畜牲？

——一個女人如果不愛一個畜牲，又怎能會把牠當做一個人？

二

不是的，也就是「是」的。

一個女人又賤又壞又兇又不喜歡你，可是你偏偏喜愛她。一個女人又溫柔又美麗又愛你，可是你一定要把她當做仇人。一件事你明明一定要做的，做了之後你又有成就又有成名又有錢，可是你死也不去做。這有什麼道理？

狗屁，連一點狗屁的道理都沒有，就算你把他殺一百次，他也說不出一點道理來。

可是他下次還是要做同樣的事。

不是不是

刊載於一九八四年四月十八日《民生報》第八版

一

人生，並不是很有意義的，幸好也不是完全沒有意義的。

倪匡說，人生最大的自由就是「想」，只有想才能完全自由，你愛怎麼想，就怎麼想，愛想什麼，就想什麼，多自由，多快樂。

哈哈。

二

這個世界上，這個人生，再也沒有比想更不快樂的事了。從古到今，從現在到未來，都沒有。

因爲你想的事，通常都是你絕對做不到的。

你日日夜夜的去想，想得要死要活，想得死去活來，想得滿地亂爬，想得快要瘋了，你能想得到嗎？

哈哈。

我想崔苔青❶想得要死，我能想得到嗎？

哈哈。

三

可是一個人還是要想的，要想很多事，甚至要想一想你自己做不能做到的事，甚至要想一些別人都覺得你是個瘋子的事。

去想，哈哈。

不想，

死。

四

人生有很多事都是這樣子的。

1人稱「崔姬」，時為演藝圈性感女神，曾與古龍的朋友王羽交往。

不是自由

刊載於一九八四年四月廿六日《民生報》第八版

一

倪匡說：「這個世界上，只有想是最自由的，因爲每個人都可以隨便去想。」

他還說：「如果一個人放棄去想，這個人就放棄了他快樂的權利。」

倪匡，我至友。有時候他放個屁，我都認爲是香的。他說的每一句話，我都同意。如果他說有一種有兩根鹿角而且奔跑快速的動物是一條豬，我也同意。

可是，我絕不同意他有關「想」的那一種說法。

——因爲只有「想」，才是最不自由的。

二

你可能去想你高興去想的一些事。

每個人都可以去想他高興願意去想的任何一件事。

你可以去想你是孫悟空，你可以去想你是秦始皇，你甚至可以去想你是玉皇大帝，為所欲為，隨心所欲。

可惜這不是「想」，而是「幻想」。

三

那麼，「想」是什麼呢？

你做錯了一件事，你一心「想」不去「想」它，你愛過一個人，那個人背棄了你，你發誓再也不去「想」這個人這件事了。

可是每當你人單隻影，輾轉不能成眠時，你要不去想的事，忽然間在一刹那間就湧上你心頭了。

——人類為什麼總是要想一些他不該想的事呢？這是不是人類最大的悲哀之一？

不是祝福

刊載於一九八四年五月二日《民生報》第八版

一

很少有人知道我是有一個妹妹，其實我的妹妹不止一個，只不過這一個和我比較親而已❶。

我們的家人離散，兄妹飄零，幸好大家都還有一點堅強的意志，和一點遭受橫逆的韌力，所以都還沒有死在陰溝裡。

尤其是這一個妹妹，她和我一樣，少小離家，而且少小離國，到現在居然是美國一家連鎖珠寶店的女東家了，她的珠寶店，在夏威夷一地就有十餘家之多。

現在，每個人都可以看得到她的成功了，可是其間的過程呢？有多少辛酸，多少屈辱。

二

往另外一方面來說，成功只不過是一種收穫，一種果實。

你種蘋果，你自己能吃多少？你種稻麥，你自己能吃多少？

——難道你能完全吃下的只有辛酸和屈辱？

那也不是。

你至少還能獲得耕耘和收穫的快樂。

——所以我說，成功雖然並不能使人快樂，至少總比失敗好。

所以我說，我希望大家都成功，更希望成功的人都能自尋快樂。

三

這不是祝福，只是我在今夜，夜深人靜時，和我妹妹通過長途電話後，非常想說出來的一句話而已。

1指大妹熊小雲，另有二妹熊小燕、三妹熊小毛（改名熊懿）。小弟熊小華（改名熊國華）自幼過繼給他人，這可能是本文只提「兄妹」而不提「兄弟」的原因。又古龍《多情劍客無情劍》中有龍小雲，《大地飛鷹》中有齊小燕，其名分別取自大妹、二妹。

不是不幸

刊載於一九八四年五月八日《民生報》第八版

一

有很多人都認爲，上天不該將李後主生爲帝王的，明朝的陳眉公❶論其人：「天何不使後主現文士身，而必予以天子位？」大家讀過之後，都會在惋惜中有很多感慨，都覺得他生爲帝王，是他的大不幸。

二

一個藝術家的創作，非但和他的性格才智學養有關，和他的身世境遇心情感懷關係更密切，尤其是文人，把心中之感受，形諸於文字，如果你沒有那種感受，你怎麼能寫出那種意境。

李白才高八斗，意氣風發，不但是飲者，也是俠客，所以他寫出來的詩，如天馬行空，如黃河之水，酒香四溢，淋漓盡致。

杜甫就比較拘謹得多了，他雖然也是飲者，他的詩境卻總像是停留在薄醉❷微醺時，兩人之間的這一點不同，當然和他們的出身和境遇都有相當大的關係。

三

後主身在帝家，內苑後宮，鶯聲鳳舞，未成年前的歡娛，恐怕已有「不足爲外人道」者。可是還未到中年時，已經國破家亡，已經要「揮淚別宮娥」了，這種遭遇，這種變化，這種心情，這個世界上有幾個人能體會得到？

如果他沒有「天子位」，只有「文士身」，他怎麼能寫得出「夢裡不知身是客，一晌貪歡」，怎麼能寫得出「落花流水春去也，天上人間。」

1陳繼儒，字仲醇，明末清初的書畫名家，入清後隱逸山林不仕。「眉公」為其別號之一。

2各家文集誤作「發醉」。

不是音樂

刊載於一九八四年五月十二日《民生報》第八版

一

常到我家的人都覺得很奇怪，該有的東西，我這裡差不多全有了，就是沒有音響，甚至連一個最破爛的錄音機都沒有。

沒有音響，當然就沒有音樂。「你為什麼不喜歡音樂？」大家都認為，不喜歡音樂的人，通常都是沒有文化的人，甚至是個聾子。

我是古龍，不是古聾，說到文化，我多少總還有一點的，可是我不能接受音樂，因為對我來說，音樂並不是音樂，而是一種痛苦。

一種讓你舊創復發的痛苦。❶

二

——身上的創傷，可能有千百處，心上的創痕，卻只有一處。

這是我寫的，因爲我深深瞭解。

我身上的刀傷無數❷，刀刀都砍在不同的地方，沒有人會把刀砍在你原來的傷痕上。

可是心上的刀傷就不同了，刀刀都會砍在同一處，那一刀也不是故意砍在那個地方的，他那一刀砍在那裡，只不過因爲那裏正好是你最容易被砍的地方，他不想砍中那裡都不行。

因爲那個地方就是你心靈上最脆弱最容易受到傷害的地方，就算你的創口已復，只要一回想，它立刻復發。

我怕音樂，它總是會讓我想起一些不該想的事。

它總是會讓創口復發。

---

1 各家文集遺漏此句。

2 林清玄〈與古龍縱酒狂歌〉：「古龍年輕時在黑社會混過，身上有大大小小很多刀疤」。

不是東西

刊載於一九八四年五月十六日《民生報》第八版

一

以前年輕的時候，寫的小說裡常常會有這樣的對白。

——你簡直不是個東西。

——我根本就不是東西，我是個人。

寫出來了，自己還覺得很得意，覺得對白妙透。

現在已經不再年輕了，忽然發現做一個「東西」有時要比做一個「人」好玩得多。

這種感覺其實並不是我第一個發現的，清末的大詩人大名士❶就曾經爲當時風靡❷京城的名伶劉喜奎❸寫過一首打油詩，其中甚至有名句❹如是焉：

「我願化做洗手紙，但願喜奎常染指，我願化做三角……」❺等等云云。

名士風流，如今不在，如果我也寫出這樣的名句，你說那怎麼得了。

二

可是我寫過一個人，叫柳長街❻，是個名捕，人家問他爲什麼要叫「長街」，他說，能做一條長街多好玩。❼

長街上有各式各樣的人，有大姑娘、中姑娘、小姑娘、老太太、小孩子，還有賣唱的、閒逛的、變把戲的、賣糖的、丈夫追趕著打老婆的、老婆追趕著打老公的、調戲良家婦女的、勾引良家少男的，等等等等。

如果你是一條長街，看著這麼多人在你身上折騰，你說好玩不好玩？

三

所以現在如果有人對我說：

——你真是個好人。

我立刻就會否認。

——你錯了，我不是人，我是東西。

1易順鼎（一八五八至一九二〇），字實甫，號哭庵，光緒元年舉人，曾赴臺抗日。

2各家文集誤作「風魔」。

3劉喜奎（一八九四至一九六四），京、津名伶，曾與梅蘭芳齊名。

4原文無「句」字，依風雲時代本《誰來跟我乾杯》更正之。

5有一版本流傳如下：「一願化蠶口吐絲，月月喜奎胯下騎。二願化棉織成布，裁作喜奎護襠褲。三願化草製成紙，喜奎更衣常染指……」

6《七殺手》（一九七三）的主角。

7今本《七殺手》第一章：「我總是想，假如我自己是條很長的街，兩旁種著楊柳，還開著各式各樣的店鋪，每天都有各式各樣的人從我身上走過，有大姑娘，也有小媳婦，有小孩子，也有老太婆……」「我每天看著這些人在我身上閒逛，在柳蔭下聊天，在店裡買東西，那豈非是件很有趣的事，豈非比做人有趣得多？」

不是不幸（其二）

刊載於一九八四年五月卅一日《民生報》第八版。張之洞是古龍初中同學張法鶴的高祖父

一

張之洞，字孝達，號香濤，謚文襄，直隸南皮❶人，世稱「南皮」而不名。十六歲取順天鄉試解元，同治二年取一甲三名「探花」，一生之中，居翰苑十八年，任巡撫三年，任總督二十三年，居相位三年，位極人臣，富貴顯達，一生中的榮華和享受，你我恐怕更做夢都想不到。但是有人卻總說他這一生很不幸，你說好玩不好玩？

二

清史志黃濬❷評許同華的張之洞年譜：「南皮之事功不如文章」❸。柴萼❹的梵天廬叢錄竟也說：「昔人恨王荊公不作翰林學士，予於文襄亦云。」❺那意思就是說，「張先生，你不該

作官的，就好像王安石不該作宰相，李後主不該作皇帝一樣，你們只不過是個文人而已。」所以南皮沒有「終其身爲文學侍從之臣」，就是他的大不幸。

張大學士如果在地下聽了這些話，一定會哈哈大笑。因爲他覺得這些話才是真正的「文人」之言。

三

文人總是多多少少有點毛病的，「文人相輕」，多多少少也有點道理。

你是文人，你當總督，權傾天下，我也是文人，我啥都沒有，「唉！你真不幸，你爲什麼要去做那些事呢？」

其實真正不幸的人究竟是誰？誰不知道？

這個世界上有很多事都是這樣子的，因爲這個世界上到處都充滿了很多又肥又大的酸葡萄。

1 位於今天河北省滄州附近。

2 黃濬（一八九一至一九三七），古文物學家，熟稔歷史掌故，著有《壺舟筆記》及《花隨人聖庵摭憶》等。從政後向日本人出賣情報，以漢奸罪處決。「事功不如文章」的評語，用在他自己身上也很貼切。

3黃濬《花隨人聖庵摭憶》（一九三四至一九三七）：「其實南皮之事功，不如文章。意存建樹，而力希忠寵，故有創而鮮獲。然其真性情，可從詩文字句裡鉤稽得之，此是書生本色，不宜忽也。以事功言，即如乙未歲南皮第一大事，為力主廢約，聯法存臺，不論其當否，要是一種主張。」

4柴萼（一八九三至一九三六）又名紫芳，字小梵。工詩文，擅書法。

5《梵天廬叢錄》（一九二六）：「論者謂，使文襄生於乾嘉全盛之時，論思獻納，潤色鴻業，則必能與阮、紀兩文達之間占一席地位。既不生與太平時代，而終其身為文學侍從之臣，亦必能與潘文勤、翁文恭爾後主都下風雅之壇坫。昔人恨王荊公不作翰林學士，而惜褚彥回之作中書而後死，以為『名德不昌，遂有期頤之壽』，予于文襄亦云。」

不是幸福

刊載於一九八四年七月三日《民生報》第八版

一

有一個人，年輕、健康、樂觀、明朗，有一個很美好的家庭，有一份很穩定的收入，有一個很明理的妻子，還有幾個很夠朋友的朋友。

他很認真的工作，很悠閒的生活，偶爾和朋友們聊聊天喝喝酒甚至打打小牌，回到家裡，溫柔的妻子，可愛的孩子，舒服的舊拖鞋，軟軟的床鋪，安靜的閱讀。

每個人都覺得這個人實在幸福極了，他自己卻覺得煩得要命。

每天上班、下班、吃飯、閱讀，一個人的生活爲什麼要如此單調？爲什麼連一點刺激都沒有？

二

忽然間，刺激來了，他的生命在忽然間爲某種機緣而有了全面變動，紅燈、綠酒，青絲般的柔髮，白玉雕成一樣的足踝，黑夜，黃昏，花花綠綠的世界，和一個什麼顏色都已經沒有了的破碎的家。

每個人看到他過的那種多姿多采的日子，都覺得他已經找到了他的幸福。

可是他自己呢？

三

幸福，什麼是幸福？

我不能回答，可是我聽過一個真正的聰明人說過一句話：

——一個人心中真正的幸福，通常都是他還沒有得到的，或者他久已失去。

不是派頭

刊載於一九八五年五月廿九日《民生報》第八版

臺北有幾家很特別的小館。館子雖小，可是佈置得很乾淨雅致，牆掛名家字畫，門懸五色采燈，再加上確實有幾樣拿手好菜，所以每天座無虛席，生意特好，價錢特貴，老闆的派頭特大，開的只不過是小館一間，派頭看起來卻好像開著好幾十家希爾頓一樣。

多年前坐三輪車，有一次坐上新車一部，車子擦得漆黑烏光，閃閃發光❶，前後上下飾以燈采，車伕先生臉戴「雷邦」墨鏡，正色❷告訴我：「我這部車，保證天下第一。」說話的神情，比開著一部「勞斯萊斯」還要神氣十倍。

當時我聽了的確很受感動，我忽然發現我們這個世界上，就需要他們這種人，把小館當作希爾頓來經營，把三輪車當做陸上行宮。

這不是派頭，而是一種敬業的精神。你看不慣他們的樣子，你活該，你不去照顧他們的生意，損失的也是你，不是他們，這個世界上大多數行業生意的好壞，本來就不只❸靠你們這種人的。

1各家文集作「車子擦得漆黑閃亮，白鐵車身閃閃發光」。
2各家文集誤作「正式」。
3各家文集作「不是」。

不是圍城

刊載於一九八五年六月三日《民生報》第八版，係一九七四年〈城裡城外〉的摘錄版

一

有位聰明人曾經說：結婚就像是圍城，城外的人拚命想攻進去，城裡的人拚命想衝出來。聽過這句話的人一定不少，真正能了解過其中滋味的人一定不多。

我曾經住過城裡，現在又到了城外。

❖

「不識廬山真面目，只緣身在此山中」，住在城裡時，只覺得有時歡樂，有時痛苦，有時愛得天昏地黑，有時恨不得拚❶個你死我活，其實究竟是什麼滋味，我自己也不太清楚。

現在又到了城外，偶爾坐到高樹上，看看城裡的風光，倒真是別有一番滋味在心頭。

是什麼滋味？或許也不過是一種不是滋味的滋味。

二

高樹是什麼樹？

通常都是棵枯樹，也許根還沒有死，可是枝葉都已凋零，坐在樹上的人，隨時都可能掉下去，掉到無底的深淵中去。

因爲他們沒有根，沒有可以依賴的。

住在城裡的人，遠遠地看見一個人高高的坐在城外的高樹上，一定會覺得這個人又風涼，又愉快。

可是等到他們坐在這棵樹上去的時候，也許他們就寧可躺在陰溝裡。

❖

我說這些廢話，並不一定是要勸各位都搬到城裡去住。

「男大當婚，女大當嫁」，「樹高千丈，落葉歸根」，「人生總得要有個歸宿」。

這些話，我也並不一定十分贊成。

可是每當我看到黃昏日落，林蔭樹下，一對白髮蒼蒼的老夫妻，手挽著手，互相依偎著輕輕低語時，我就希望自己能有一種權力——讓天下有❷情人都成眷屬。

1原文誤作「愛」，依〈城裡城外〉更正之。

2各家文集遺漏「有」字。

不是雙鋒

刊載於一九八五年六月十一日《民生報》第八版，係一九七四年〈談談「意境」〉的摘錄版。各家文集均名〈不是平估〉

一

人生是什麼？

「不如意事常八九」。

人生中的確有很多不如意的事——明明已達到成功邊緣的挫敗。多年的幸福只因爲一件小事而離散的婚姻，長久的奮鬥只因爲一點疏忽而造成的消沉。

這些事情都常常會令人恨不得一頭撞死，因爲這些事情都是無可奈何的。

「無可奈何」，豈非就正是人生中最悲傷中的悲傷。

就算你有八百匹五花馬，七千件千金裘，都拿去換了美酒，這種無可奈何的悲傷，還是無法消得去的。

可是人生中無疑還是有很多值得珍惜的事，朋友間的一夕長談，內心深處的一點點共鳴，風塵中偶然逢得的知己，在「世人皆曰殺」的情況中，偶然有一兩人能「吾意獨憐才」。

這些都是能使人從內心深處感覺到溫暖的事，只要有一點點這種溫暖的回憶，已足以令人度過老年寂寞的冬天。

二

寶劍有雙鋒。

人生中有很多事都一樣。

刺蝟只有刺，沒有皮毛，在寒冷時只有互相依偎取暖，也經常會刺痛對方。

「我們靠在一起，雖然不冷了，可是卻會刺痛。不靠在一起，雖然不痛，卻會冷。」這是一種說法。

「我們靠在一起，雖然有點痛，卻不冷了。不靠在一起，雖然有點冷，卻不痛了。」這又是另外一種說法。

人也像刺蝟一樣，有的悲觀，有的樂觀，有的只想到痛苦的一面，卻忘了人生中畢竟還有歡樂。

我看電影，總喜歡有快樂的結局，我看小說，總喜歡有歡樂的結束。

我自己寫也一樣。

我總覺得，人生中不如意、不快樂的事已夠多，已不需要我們再去增加。
喜劇所表達的，也許永遠不如悲劇那麼深刻，歡樂的意境，也許永遠沒有悲傷那麼高遠。
可是我寧願讓別人覺得我俗一點，我也寧可去歌頌歡樂，不願去描敘悲傷。
不管怎麼樣，陽光普照的大地，總比「燈火闌珊處」好。

不是張徹

刊載於一九八五年六月十四日《民生報》第八版

一

我所認得的張徹❶，是個性格很剛強，也很倔強的人。他摔倒❷的時候，從來不要人去扶他起來。有一次我跟他一起去吃飯，他一不小心踏空了一級樓階，我伸手去扶他，很快就被他推開了。

個性倔強的人，總難免有點剛愎。做導演做慣了，習慣於發號施令，對於別人的建議，也就很難接納。所以一旦走錯了路，就很難回頭。❸

這種個性，本來就是人性最大的悲哀之一。

二

每個人都要走的。年華老去，有很多併發症就會隨之而來。眼花、重聽、關節酸痛、血壓失常、心臟衰弱，都是常見的病例。但是最可怕的一種，還是「老」的本身。

「老驥伏櫪，志在千里」，老年人當然也不該失去他的雄心壯志和好勝心。問題是，他是不是還有馳騁千里的力量和選擇方向的判斷力？

如果他還有，再加上他多年累積的經驗和智慧，他就是位偉人。如果他已失去了這種力量和判斷力，還要明知故犯，勉強自己去做自己做不到的事，那就是個悲劇了。

「老」，本來也是人類最大的悲哀之一。

也許就因爲如此，張徹才會做出那些原本不像是張徹會做出來的事。

1本名張易揚（一九二三至二〇〇二），香港武俠電影巨匠。代表作有《獨臂刀》三部曲、《報仇》、《刺馬》等。他的作品崇尚陽剛、標榜男子漢精神，是古龍創作的啟蒙者之一。

2玉郎本《不是集》誤作「蹄率倒」。

3別人看古龍也是如此。薛興國〈古龍點滴〉：「古龍說『不』的時候，就絕對是『不』。」「可是，他雖然說不喝就不喝，當他要敬朋友酒的時候，朋友可不能說不，因為古龍一向比他的朋友剛猛，所以朋友只好低頭。」「只要他想做的事，他是不聽任何勸告的，而且還會千方百計去達成。」「事實上，他的朋友都不大會勸他。因為第一，明知勸也沒有用。第二，他的朋友都認為，古龍喜歡做什麼，就讓他去做吧，只要他在清醒的時候，能好好寫點東西，古龍做了些什麼，就不重要了。因為古龍的作品，可以說是社會財」。從古龍的〈不是勸告〉等文章中，也可以看出他個性執拗的一面。

不是玫瑰

刊載於一九八五年七月一日《民生報》第八版，摘自一九七五年〈朋友〉

一

一個孤獨的人，一個沒有根的浪子，身世飄零，無親無故，他能有甚麼？朋友。

一個人在寂寞失意時，在他所愛的女人欺騙、背叛了他時，在他的事業遭受到挫敗時，在他恨不得買塊豆腐來一頭撞死的時候，他能去找誰？朋友。

有人說：世間唯一無刺的玫瑰，就是朋友。

我並不十分贊成這句話。

朋友就是朋友，絕沒有任何事能代替，絕沒有任何話能形容——就是世上所有的玫瑰，再加上世上所有的花朵，也不能比擬❶友情的芬芳和美麗。
絕不能。

二

白馬非馬。
女朋友不是朋友。
女朋友的意思，通常就是情人，情人之間只有愛情，沒有友情。
愛情和友情不同。
愛情是真摯的，是濃烈的，是不顧一切的，不顧死活的，是可以讓人耳朵變聾，眼睛變瞎的。
可惜愛情通常都是短暫的。
但是這並不可悲。
因爲愛情到了「人到情多情轉薄❷」的時候，雖然會變成無情，到了「此情可待成追憶」的時候，通常會變爲忘情。
但是真摯的愛情得到細心良好的灌溉時，一定會開放出一種美麗芬芳的花朵——友情的花朵。
友情和愛情不同，可是基本上，卻一定是互相溝通的。

因爲那都是人類最眞純、最原始，也最現代的情感，就因爲人類有這種情感，所以人類永存。

三

多年的朋友，患難與共，到後來一定會有愛——絕不是同性戀那種愛，而是一種互相瞭解，永恆不渝的愛。

多年的情人，結成夫妻，到後來一定會有友情——一種互相信任，互相依賴，至死不離的友情。

在百花競放的春天，在寒冷寂寞的冬天，在你大醉初醒，在你從溫柔甜蜜的夢中醒來時，你可以看見睡在你枕畔的就是你多年以來患難與共，始終廝守在你身旁的妻子。[3]

那是種多麼偉大的幸福？

那時你能不能分得清你與你妻子之間的感情，是友情？還是愛情？

1各家文集遺漏「擬」字。

2各家文集作「情到濃時情轉薄」。

3古龍屢次離棄自己的枕邊人，後來演變成枕邊人（梅寶珠）離棄了古龍。從一九七五年的〈朋友〉到一九八五年的〈不是玫瑰〉，古龍仍然無法尋得「始終廝守」的「偉大的幸福」。

不是感慨

刊載於《不是集》，一九八五年十月香港玉郎出版。本文摘自一九七六年的兩篇舊作，（一）摘自〈從「因病斷稿」說起〉，（二）摘自〈一點「異」見〉

一

常常看報紙雜誌的人，一定會常常看到「作者因病斷稿，暫停一天」這十個字，看過了也就算了，因爲他們絕❶不會知道編輯先生們排出這十個字時的痛苦和氣惱。

報章雜誌上連載的作品絕不能「開天窗」，作者們都常常要「因病斷稿」，他們的病，卻又通常不是真的病，而是窮病、酒病、懶病，可是我總認爲，最主要的還是心病。

心病有很多種，情緒低落、失戀、心情沮喪，都是心病。

倪匡在編「武俠與歷史」的時候，有一次問我：

「你爲甚麼要斷稿？」

「因爲我心情不好。」我說。

「為甚麼心情不好？」

「因為我時常斷稿。」

這不是笑話，一個每天都要爬稿子的動物，就會知道這絕不是笑話。

有時候你硬是寫不出稿子，就算把刀架在你脖子上，把槍塞進你的喉嚨裏，你還是寫不出，就算你拚命用頭去撞牆，撞得頭破血流，也還是寫不出。

因為你有病，你寧可「因病斷稿」，也不願隨便亂寫，更不願請人捉刀。

這是種悲劇，文人的悲劇，無可奈何的悲劇。

幸好不管怎麼樣的悲劇，都有過去的時候。

二

刀劍是利器，槍炮是利器，拳頭有時也是利器，能傷人的都是利器，不知道慎用利器的人，一定會有煩惱災禍。

江湖人士往往會逞一時之快，逞一時的血氣之勇❷，而妄用利器，使親者痛，仇者快。

可是我知道，「輿論」也是種利器，還比刀劍槍炮更能傷人，而「輿論」往往是報紙所造成的，至少報紙的力量可以左右輿論，已是不爭的事實。

王子犯法，庶民同罪，在法律之前，人人平等。

似乎一個有名的人做錯了事，絕不能因為他是名人而逃避懲罰，輿論也絕不能因為他是名人而將他做的事加以渲染，在他還沒有受到法律公正審判前，已經先加了他的罪。欲加之罪，何患無辭？可是一字之貶，有時已可毀了一個人的一生。

作爲一種可以左右輿論的力量，在他運用這種利器時，是不是應該特別謹慎？

1 原文誤作「老」，依〈從「因病斷稿」說起〉更正為「絕」。

2 原文作「乘一時之快，乘一時的血氣之勇」。

不是不說

刊載於《不是集》，一九八五年十月香港玉郎出版

一

久病，病酒，閑中病酒，本來是件很風雅的事，可是病酒入肝，就完全是另外一回事了。

病中無聊，常看電視，對於電視本來有種「外國月亮比較圓」的心理，近來才發現，國內自製的，也有不少可取處，有的製作嚴謹，有的極爲熱鬧，有些主持人豪爽明朗，妙語如珠，有的演員演技生動自然，非常生活化，都已經擺脫了以前那種矯揉做作的形態，令人耳目一新，所以今年的金鐘獎❶，才會令人覺得有些感慨。

只將節目主持人獎發給陳月卿❷，不是不該，她的節目製作得極嚴謹，她自己得獎後，也曾再三強調她製作這個節目所經歷的困難和辛苦，我們也看得出。

問題就在這裡，她得到的並不是製作獎，而是主持人獎，論節目之製作，她得獎的確是實

至名歸，論主持節目時的急智和風采，她是不是能勝過趙樹海❸呢？

凌峰爲什麼不角逐最佳娛樂節目主持人獎，而得獎於最佳歌星？有些歌星爲甚麼會因爲專輯的製作不夠好而落選？有些主持人爲甚麼會因爲節目太熱鬧而未能獲勝？主辦單位倒不如把所有的獎都列爲「最佳節目製作」，又何必再分門別類？

二

有人怪我，到了此時此刻，又何必再談這些，我以標準古龍式的對話作回答。

「現在再說這種話，你真不該。」

「我不是不該。」

「不是不該是甚麼？」

「是不識相。」

1「金鐘獎」是臺灣傳媒界最重要的獎項。一九六五年設立時以廣播為獎勵對象，一九七一年擴及電視。

2陳月卿當時為華視記者和製作人，一九八四和一九八五連續兩年以《放眼看天下》獲得金鐘獎教育文化節目主持人獎，並以《華視新聞雜誌》獲得新聞節目主持人獎。

3趙又廷之父。一九八八年，趙氏終於以《大家一起來》（一九八三至一九八八）獲得金鐘獎最佳綜藝節目主持人獎，不負古龍的稱譽。

不是推薦——談舞臺人生與人生舞臺

刊載於《不是集》，一九八五年十月香港玉郎出版

甄珍❶第一部做女主角的電影「鳳陽花鼓❷」，男主角是誰？「藍與黑❸」中的表少爺，「四千金」中葉楓❹和穆虹❺共同爭奪的新聞記者又是誰？胡金銓❻的「迎春閣風波❼」的編劇是誰？「天涯怪客」、「黃金劫」、「股票股票」的導演又是誰？

臺北最忠實的戲迷是誰？電影圈朋友口中「最沒是非的好人」又是誰？

這許多「誰」會是一個人嗎？

會的。這許多「誰」就是一個人，這個人就是王沖。

他是北平人，家裏開北平最有名的西餐廳「雅敘園❽」，大學念「輔仁」，民國卅七年隨流亡學生到香港，進了電影圈，和李翰祥、胡金銓、蔣光超❾等英雄好漢一起打爛仗，終於各自全都打出了個名堂。

二十多年來，王沖自演而編而導，在電影世界裡可算是一名長將，這些年轉戰臺灣香港星馬日韓各地，在人生的舞臺上，也可真經驗豐富。

他的人緣好，是非少，朋友多，所見所聞，趣事成籮，由他來寫舞臺上的人生，和人生舞臺上的悲歡離合，如果還不好看，那麼誰能寫得更好呢？

最主要的是，他寫的是趣事，是看了能讓人心裡溫馨快樂的事，損人罵人那一類的事，他說不幹，他也不寫。

謝謝老天！幸好他不寫。

1本名章家珍（一九四八—），臺灣影星，以演出瓊瑤的文藝片聞名。

2一九六七年出品。

3根據王藍的原著改編，一九六六年邵氏出品。王沖演出「季震亞」一角。

4本名王玖玲（一九三七—），香港影星。

5本名白薇（一九二四—），臺灣影星，一九五七年赴港與林翠、葉楓、蘇鳳合演《四千金》。

6胡金銓（一九三二至一九九七），當年與張徹並列為港臺兩大武俠電影導演，代表作是《大醉俠》和《龍門客棧》。

7《迎春閣之風波》（一九七三），胡金銓的武俠精品之一。

8〈胡適文集〉：「我們打牌不賭錢，誰贏誰請吃雅敘園。」

9本名蔣德（一九二四至二〇〇〇），知名藝人，以喜劇見長。諧音「講光抄」被用來諷刺填鴨式教育。

不是不能

刊載於《不是集》，一九八五年十月香港玉郎出版

有人說，快樂是不能分享的，因爲讓你快樂的事，別人並不一定會覺得快樂，有時甚至反而會覺得嫉妒、怨懟、生氣。

事實是不是這樣子的呢？不是，至少我覺得，快樂並不是不能分享，因爲你所讓人能分享到的，並不是那件令你快樂的事，而是一種快樂的氣氛。

有一句已經快老掉牙的新名詞❶說：「快樂與香水，能令自己芬芳，也能讓別人愉快。」在❷這句話也像是別的「老詞」一樣，有它一定的道理。

如果你心裡快樂，顯得生氣勃勃，充沛活力，別人自然也跟著受到你的鼓舞而振奮起來，如果你一定要學英國的頑固紳士和我們魏晉時的士大夫一樣，一定認爲要喜怒不形於色才算君子風度，那些別人當然也不能一口把你咬死。

最可怕的是，有些人非但不願讓別人分享他的快樂，甚至不願讓自己快樂起來，日日月月，每一天他好像都能找出一點能讓他自己不快樂的理由來。

春天他總是要傷春短❸，秋白他總是難免悲秋，失意時垂頭喪氣，怨天尤地，得意時又怕半空中一跤從青雲裡跌下去，整天競競業業如履薄冰，哪裡能笑得出來。

遇見這種人，最好的法子就是趕快溜之大吉。

---

1 疑原稿無「名」字。

2 闕字，原稿可能作「實在」。

3 此處作「傷短」較佳，以對下句「悲秋」。

卷五

臺北的小吃

1985

臺北的小吃

刊載於一九八五年五月廿一日《民生報》第八版

一

看梁實秋先生和唐魯孫先生寫吃❶，總會看得饞虫大起，半夜三更跑到廚房去翻箱倒屜找東西解饞，只可惜這個世界上像梁、唐二先生文中所寫的那種能解饞的東西好像已越來越少了，我當然更沒有那樣的口福。

可是自從渡海來臺念書以來，在臺北也斷續耽了三十年❷，其間「穿過大街，走過小巷」，對臺北的小吃，倒不陌生。

一個好吃的人在這方面多少總有些心得的，現在陸續寫出來，公諸同好。

二

寫的雖然是臺北的小吃，可是天下的小吃，道理大多是一樣的，都是以「好吃、經濟、實惠」爲主要條件，其中「好吃」一項，自然要列爲第一優先。

除此之外，當然還要寫一點風情和風味——去吃這些小吃時所感受到的風情和風味，我相信不在臺北之人，一樣也能感受得到。

因爲照片往往比真景更美，紙上談兵，也往往比真刀真槍更動人遐思，看到紙上的臺北小吃，說不定會比真的吃到嘴還能解饞，是耶非耶？也只有待到看過之後才知道了。

1各家文集誤作「寫信」。
2當為三十五年，此處取概數。

唐矮子牛肉麵

刊載於一九八五年五月廿二日《民生報》第八版

牛肉麵，可以說是臺北市最大眾化的一樣小吃了，各式各樣的賣牛肉麵的店鋪攤販，遍佈臺北的大街小巷，風味迥異，各擅勝場，有的還自稱爲「獨門秘方」，吃起來滋味好像也確實有點與眾不同。

在百花紛陳的牛肉麵中，先說唐矮子。

❖

到了臺北後，最早吃到的牛肉麵，就是唐矮子。

那時候正是三軍球場❶的全盛期，七虎鬥大鵬❷外，克難、國光、鐵路、警光、虎風、大道，甲組的籃球隊固然是精英輩出，就連乙組的追風、力力，球技也有足觀處。

那時候我們有幾個朋友，每當三軍球場有好戲登場時，就拉著當時的籃球王子陳祖烈❸帶我們去看「蹭球[4]」，看完球就去吃唐矮子。

那時候東門寶宮戲院[5]對面的一塊空地上，攤販林立，緊靠著面臨信義路的一棟灰暗色的大樓，大樓下有走廊頗長，寬[6]也有一兩丈，唐矮子的麵攤，就擺在走廊裡，除了牛肉麵外，還賣蒸籠[7]、小菜、擔擔麵、青椒[8]炸醬，每一樣都很入味，牛肉麵更辣得過癮。

陳祖烈嗜辣，每次吃唐矮子，都辣得滿頭大汗，好像剛賽過一場球一樣，非到寶宮對面去喝碗冰涼涼的綠豆湯不可。

唐矮子短小精悍，每天練習擔石頭[9]，練出了一身好肉，人又豪爽，格老子的硬是條漢子，雖然賣牛肉麵，卻交了不少朋友。後來陳祖烈幫他去美國開店，不知道是不是美國牛肉麵的第一家？

---

1 即今北一女中旁的介壽公園。三軍球場於一九五一年落成，一九六〇年奉命拆除，其間舉辦過籃球比賽、藝術表演、福音佈道等各種活動。

2 「七虎鬥大鵬」是三軍球場的招牌戲碼。二者都是軍方的球隊，七虎屬於聯勤而大鵬屬於空軍。

3 本名陳衔夫，黨國大老陳立夫的幼弟。一九五九年當選世界男籃錦標賽明星球員。

4 各家文集誤作「贈球」。

5鄰近信義路和金山南路交口。古龍武俠處女作《蒼穹神劍》的出版商「第一書報社」就在附近。

6原文誤作「竟」。一丈為三又三分之一米，走廊一兩丈還稱不上「頗長」，故依各家文集更正為寬度。

7各家文集作「蒸餃」。

8各家文集作「素椒」。

9各家文集誤作「每天練石擔石鎖」。

有關牛肉麵種種——之一

刊載於一九八五年五月廿七日《民生報》第八版

除了唐矮子之外，臺北還有幾家有名的牛肉麵，不可不記。

一、王胖子

唐矮子的伙計中，資格最老的一位，頎長瘦削，目光炯炯，長得極似當年的神射手王毅軍❶，陳祖烈遂爲他取名爲「王毅軍」，大家也照喊不誤。可是唐矮子去美國後，傳他衣缽的，卻是王胖子❷。

王胖子人高馬大，腰粗十圍，長得和唐矮子大異其趣。他賣的麵卻是唐門真傳，燙、辣、麻，川味正宗，如假包換。本來店鋪開在新生南路和信義路十字路口的橋頭，後來也去了美國。

二、桃源街

在臺北各家牛肉麵中，名頭最響、買賣做得最大最久、賺錢也最多的，還是桃源街的老王記。他們的牛肉麵味道並沒有什麼特色，可是真材實料，上麵快速，而且首創免費附贈酸菜，所以生意一直不錯，近年來已經面團團❸做富家翁了。

老王記的老板娘，至今還高坐櫃臺收賬，一碗麵一碗錢，點滴不漏。平時喜濃妝，與友輩與店伙話家常，說的無非是在美國賺屋若干，裝修費用若干，聽得花數十元來吃碗牛肉麵的小市民們，一個個目瞪口呆❹，佩服得差點就要當場跪下去。

---

1 王毅軍，籃球名將，一九五四年世界男籃錦標賽的明星球員。
2 《陸小鳳傳奇》中的「市井七俠」也有一個王胖子，也是賣麵的。
3 各家文集作「面圓圓」。
4 各家文集作「目定口呆」。

有關牛肉麵種種——之二

刊載於一九八五年五月廿八日《民生報》第八版

臺北的牛肉麵雖然以標榜川味正宗❶爲首，「清香」次之，可是❷臺灣口味的牛肉麵，也有它的獨特之秘，口味比較清淡的人，對它反而特別偏愛。

三、一品味

位於昆明街的一品牛肉麵，歷史頗久，狹長的門面，好像是在一個小胡同裡搭起來的，煮麵的爐子擺在當門處，裡面七八張木桌子，已經洗得發白，後面的門戶，就是主人的居處，也打掃得一塵不染，迎風一塊木塊，「閑人免進，非請莫入」。

店裡至今未裝冷氣，穿堂風卻吹得甚涼，價錢卻是「一品」的，店裏的陳設雖簡陋，而且時常休假，生意卻仍很好，有人往往跋涉長途，冒著碰壁的危險去吃他一碗牛肉麵，區區在下就是其中之一。

除了牛肉湯牛肉麵外，那裡什麼都不賣，可是他們賣的湯和麵，的確是黃牛肉用文火燉出來的，味道清純雋永，佐料辣椒醬也是自製的精品，非但在臺北別無分號，在別的地方，恐怕也很難吃得到這種獨特的風味。

這種風味和風格維持了近三十年，一成未變，改變的只是房東夫婦的孩子們都長大了。老闆娘在用竹筷挾牛肉到麵碗裡去的時候，也得先戴上副老花眼鏡，看她選挾牛肉時的專注與慎重，簡直就好像老派的商人在選擇鑽石一樣，令人不禁覺得這碗麵的價值分外不同。

1民間普遍說法是：牛肉麵是外省人在臺灣發明的，四川本來並沒有什麼牛肉麵。據聞當時以四川的豆瓣醬調味，因而以川味為正宗。

2原文誤作「可見」，依上下文意更正之。

再說牛肉麵

刊載於一九八五年六月十二日《民生報》第八版

臺北賣牛肉麵的實在太多，五花八門，琳琅滿目，尤其是幾家特別的，更不可不說，故再說之。

有名的無名店

常到圓環❶一帶去的人，都知道天水路那頭有兩家「名小吃」。一家是延平路口的滷肉飯，一家是比較靠近圓環的牛肉大王❷。

這家店在一個樓梯口下，店是橫的，寬而不深，店門前有個大鍋，一鍋清湯，幾片牛肉，雜以牛鞭牛筋，爐火常年不熄，湯清幾乎可以見底，味鮮而純。要吃牛肉湯的，堂倌取巨杓舀湯❸一杓，取解腕刀割牛肉成片，配以薑絲，佐以辣椒醬酒，好吃。

這家店還賣沙茶炒牛肉，心臟肝肉肚。之外，還賣一種炒牛蛋。④牛無蛋，若有，則與人之蛋是一樣的蛋了。吃蛋補蛋，牛蛋據說也是男人的大補物，而且很不難吃。不吃辛辣的，可以捨沙茶用蕃茄炒，味道也不錯。只可惜店裡沒冷氣，吃完之後，如洗蒸氣浴，剛添加的新鮮荷爾蒙，十分中也要被蒸掉三分。

若問這家店叫什麼名字，大家都傻了眼，一起嘸宰羊⑤。「無名」者往往反而很有名，也可以算是件很絕的事。

1指「建成圓環」，昔年為一熱鬧商圈，如今已凋零殆盡。

2應指老店「金春發」。

3各家文集改「舀湯」作「勺」。

4各家文集作「這家店還賣沙茶炒牛，心肺肝肉肚之外，還賣一種炒牛蛋」。

5閩南語，即「不知道」。各家文集誤作「嘸牽羊」。

老董與小而大

刊載於一九八五年六月十八日《民生報》第八版

臺北還有兩家很有名的牛肉麵，真正有名卻不是牛肉麵，真正好吃的也不是牛肉麵。

小而大

「小而大」是家麵館❶的名字，不但名字起得絕，另外還有個很絕的地方。

這家麵館好像永遠都跟著新生報在跑，新生報在中山堂❷旁邊時，店就開在報館後面的轉角處，新生報搬在國軍英雄館❸後面，店❹也跟著搬了過去。

這家店賣的麵和湖南米粉都很不錯，可是最精彩的，還是一味心肺湯，湯熬成乳白色，心肺切得很薄❺，佐料是香菜胡椒，熱騰騰的一碗端上來，臺北找不出第二家。

後來店搬了，搬到東區，新生報卻沒有搬，這家店脫離新生報後，居然也漸漸消失，你說是不是怪事一件？

老董

老董賣的其實並不是牛肉麵，而是咖哩牛肉油豆腐細粉，本來只不過是成都路屋簷下的一個小攤子，那時候「國賓❻」大戲院還叫做「美都麗」，專映國片。

老董身材不高，寬厚而精壯，一頭鬈髮，每天天沒亮就把攤子擺起來了，咖哩細粉做得也很入味，幾年下來，很攢了幾個錢，惟一的嗜好只不過喜歡賭兩手。

一個人有了一點錢的時候，只要有這麼樣一個嗜好也就已足夠了，足夠把錢送走。

---

1 各家文集作「湖南麵館」。

2 即日治時代的臺北公會堂，係拆遷清帝國的布政使司衙門後在原址興建而成。一九四五年，盟軍「中國戰區臺灣省受降典禮」在此舉行。同年改名中山堂，重要功能之一是作為國民大會開會所在。

3 各家文集誤作「國事英雄中心」。

4 各家文集作「它的店」。

5 各家文集作「飛薄」。

6 國賓就在老董附近，所以古龍特意提及。

關於牛肉

刊載於一九八五年六月廿五日《民生報》第八版

臺北的牛肉麵，其實還有很多家都不錯，「永康街小公園」的「老張」、「仁愛路名人巷」的「老鄧」❶、清真館的牛肉泡饃，都是臺北的「名小吃」，只不過他們的麵味道雖佳，卻沒有什麼特色，有很多甚至只不過是步人後塵而已，做得再好，總還是缺少了一點開拓者的氣勢。

另外還有一家，雖然不以牛肉麵聞名，可是牛身上的東西，他們都賣。多年前就號稱牛肉大王，而且是真有一點大王的樣子。

欣福牛肉大王

欣福在公園❷後的懷寧街，門口兩個爐子，一個爐子賣蟹殼黃，一個爐子賣生煎饅頭，大爐有另一小爐，爐上吊一瓦缽，裏面滾滾的一鍋湯，美得冒泡，就是這家店裡最叫座的牛鞭湯，湯醇而濃，可以掛杓❸，只不過價錢有點辣手，所以老吃客常常只喝湯不吃鞭，堂倌也不會給你臭臉看。

這家店的堂倌，大多都是二十年以上的老伙計了，也都是店東的老夥伴，人來自天南地北，說的話南腔北調，不是老客人，很難聽得懂。

這家店的老板，也是個絕人，很絕。

（注）蟹殼黃者，油酥小燒餅是也，生煎饅頭❹即生燙包子，上海人都認為一定要這麼說，才不是洋盤。❺

1原文作「『永康街小公園』的、『仁愛路名人巷』的、『老張』和『老鄧』」，疑排版時錯位。

2指「新公園」，即今日的二二八公園。

3各家文集誤作「掛朽」。

4原文誤作「生剪饅頭」。

5各家文集無此注。「洋盤」是上海話，在此指「外行人」。

欣福與幸福

刊載於一九八五年六月廿八日《民生報》第八版

今日之欣福，即昔日之幸福，老闆姓陳，兄弟兩人，懷寧街與衡陽路轉角處那幾家店面，大概是他們的祖產，分家後兄弟各得一份，哥哥開了家幸福牛肉大王，弟弟卻開了家幸福理髮店。

說起這家理髮店，倒真是大大有名，雇用女子理髮師爲男士理髮，它無疑是臺北第一家，陳老闆很會做生意，而且噱頭不止一眼眼❶，居然想到將他的女子理髮師組成一支籃球隊，組團勞軍，參加各種社會活動，使得「幸福理髮」也隨之聲名大噪，生意越做越大，到後來竟用原有地皮翻建成今日的「太陽大飯店」，陳老闆當然也成了臺北商界的聞人。

開牛肉大王的哥哥，做人做事做生意卻和弟弟是完全不同的兩個人。除了十幾年前將原有的木板屋改建成現在的磚屋外，他的店幾乎完全沒有變動，賣的各種牛肉小吃也一直保持著二十年前的風味，老主顧們閉著眼睛都吃得出來。

那裡的牛肉麵、生煎包、蟹殼黃，倒沒有什麼特別的地方，精彩的是牛鞭牛尾湯和他們的獨門小炒，火爆牛心、麻辣牛筋、炒牛百葉，都很不錯，尤其是一樣回鍋牛肉，更是獨沽一味，百吃不厭。❷

據我所知，這二十多年來，他們除了在去年增加了一樣小火鍋和一樣雪裡紅炒牛肉絲外，其他的幾乎完全一成未變。這位陳老板做生意的保守，也就可想而知了。

1上海話，意即「一點點」。各家文集擅自改作「一眼呢」或「一點點呢」。

2編者走訪古龍筆下的小吃店時，在欣福特地叫了這道回鍋牛肉。店家表示，古龍常和倪匡、和影劇界友人自備好酒，來店消費。讓古龍感覺「獨沽一味，百吃不厭」的，恐怕不是回鍋牛肉，而是杯酒交錯間的友情。

關於排骨麵（一）

刊載於一九八五年七月九日《民生報》第八版

臺北最大眾化的麵食，除了牛肉麵外，當然要數排骨麵。走到馬路上放眼望去，「排骨大王」也跟「牛肉大王」一樣滿街都是，可是真正能把一碗排骨麵做好的有幾家呢？

做排骨麵看來雖簡單，其實學問卻很大。首先是一碗麵湯，一定要做得清而鮮甜❶，油而不膩，那至少要用肉骨頭文火吊出來的高湯才行，下麵當然也有考究，麵要下得清清爽爽，漂漂亮亮，一根根挑❷起來，絕不能有糾纏不清的現象，上面如果再加一點開胃的酸菜，這碗麵大致就可以算是好了❸。

可是排骨麵最重要的一部分，當然還是那一塊排骨，肉要選得好，火候要恰到好處，一定要把厚厚的一塊排骨炸得豐富而多汁，味道也要夠濃，才能配得上清爽而不膩的那一碗麵。

如果偷工減料，排骨切得不夠厚，一炸起來，肉就乾了。一口咬下去，就好像咬到了一塊油炸甘蔗板❹，那就慘絕人寰了。

遺憾的是，近年來這種慘絕人寰的事，臺北市好像還真不少，一個人如果能在臺北市吃到一碗像樣的排骨麵，我勸他一吃完就應該趕快去買張愛國獎劵❺。

爲了免得傷感情，臺北的排骨麵，還是少說爲妙。

---

1 玉郎本《不是集》作「鮮腴」，風雲時代本《誰來跟我乾杯》作「鮮腴」。
2 各家文集誤作「排」。
3 「算是好了」，各家文集作「算合格了」。
4 各家文集作「外面裹著麵粉的油炸甘蔗板」。
5 一九五〇至一九八七年間在臺灣風行的一種公營彩券。玉郎本《不是集》誤作「獎卷」。

關於排骨麵（二）

刊載於一九八五年七月十五日《民生報》第八版

少說並不是不說，臺北過去有幾家排骨麵是可以吃得過癮❶。較平民化的是「金園」，較貴族化的是「淞園」。

正宗老牌金園排骨本店

在某一方面來說，金園做生意倒是很企業化的，居然把它的招牌出售，造成了很多分店，可是大概因爲是心理作用，我還是認爲真正老牌本店的味道最道地。

金園的麵和湯都做得不錯，湯鮮麵爽，上面還有一點口味相當好的酸菜。排骨雖然有時會炸得略焦，大多數時候都還能保持豐厚多汁的品味，泡排骨做的香料據說是家傳秘方，老板娘臉上終年不見笑容，也有點像是蜀中唐門專管毒藥暗器獨門配方的姑奶奶。

「淞園」食府

淞園在仁愛路大安路，店面裝潢佈置都很雅致，主人翁與老板娘都是見過世面的，風采甚可喜，麵點小菜也頗有風味，我們這裡只說排骨麵。

那裡的排骨麵湯更清，麵更爽，排骨炸得更肥嫩。口味雖然清淡了一點，卻很適合現在的衛生標準，只不過看那裡的排場❷，一個人要想進去只吃一碗排骨麵就出來，恐怕就連走進去都有點不好意思走進去了。

還有幾家的排骨麵，是以清炖排骨湯一盅，配陽春麵一碗，那又是排骨麵另外一宗，不在此說了。

1各家文集作「吃得過的」。

2各家文集無「看那裡的排場」。

淞園食府

刊載於一九八五年七月廿三日《民生報》第八版

一

在臺北的小吃店中，以「食府」爲名的，在我的記憶中印象比較深刻的，一共有三家，除了淞園外，較早的一家是「紅荳」，較晚的一家是「東林」。

紅荳食府在西寧南路❶，大概就是現在一家皮鞋店的舊址。字號甚老，是我學生時代常去光顧的地方，不但價廉物美，一味「葡國雞飯」，用小洋鐵盆裝上來，利用微火焗好，顏色金黃，焦香四溢，器皿雖不美，滋味之美，至今猶令人垂涎三尺。

二

紅荳結業已久❷，淞園也是我常去光顧之處，店設大安街，門面裝潢甚佳，小菜的風味亦佳。

他們賣的盆菜、麵點、黃魚、獅子頭、小砂鍋，也都是道地的江浙家庭口味，但卻不像「秀蘭」、「東林」，並此不以爲號召。

他們的口味以清淡雋永❸見稱，鹽加得不多，不加味精❹，非常適於現代醫學衛生。倪匡愛吃味精，每去必定另外要一小碟，他們也照送不誤。店主人陳老板夫婦從大生意改做小生意，一樣的和氣生財。

他們的黃魚❺都是經過精挑細選的，剝肉出如粟子，新鮮結實，一碗排骨麵湯清麵爽，排骨嫩而厚，絕不在臺北任何一家排骨大王之下，只可惜他們並不想做「大眾化」的生意，連客人好像都要經過精挑細選的。

---

1 各家文集誤作「白寧南路」。
2 今日的「紅豆食府」的老師傅出自昔年的「紅荳食府」。
3 各家文集誤作「清淡獨家」。
4 玉郎本《不是集》誤作「味道」。
5 各家文集作「黃豆」。

秀蘭與東林

刊載於一九八五年七月廿六日《民生報》第八版

一

東林食府在永康街，巷子前端有著名的永康街生煎包子❶，行端距離新近崛起的秀蘭小吃也僅有一箭之遙。一家新開的店鋪能夠在這兩家名店中生存已經不是件容易事了，何況他們賣的東西又幾乎完全跟秀蘭差不多，花樣❷反而好像少了些。

在這種情況下，他的生意還能夠越做越好，當然是有原因的。

魚蝦新鮮，水果❸時新，口味道地，這當然是原因之一。可是嚴格說來，比起秀蘭、淞園來，也沒有太特別的地方。我想那裡幾位老板娘迎人的笑臉，才是❹增進人們食慾的最好佐料。

到一些有名的小吃店去，本來多少總難免會受點氣的。在那些地方，能夠給你個座位，給你點東西吃，已經是很給你面子了，如果你還在東挑西撿❺，嫌少嫌慢，就未免太不識相了。

可是現在你居然能在一家好吃的小吃店裡看到笑臉，你會不會以爲你走錯了地方？

二

秀蘭小吃，近年聲名甚著，裡面的小菜五花八門，時常變化更新，醃的肉❻和幾樣拿手名菜，各具特色，風味確實極佳，只要能夠吃得到嘴，就算罰站半小時，也是值得的。

1指名店「高記」，鄰近有另一名店「鼎泰豐」。

2各家文集誤作「樣子」。

3各家文集作「小菜」。

4玉郎本《不是集》誤作「可以」，風雲時代本《誰來跟我乾杯》改作「是可以」。

5玉郎本《不是集》誤作「東挑西揀臉」。

6各家文集作「家醃的白肉」。

武昌街上（一）：味噌湯與加厘飯

刊載於一九八五年七月廿九日《民生報》第八版。各家文集題目僅名為〈武昌街上〉

近年來，武昌街上電影院林立，比臺北其他任何一條街上的電影院都多，大家遂名之爲「電影街」，卻不知武昌街上的小吃店也不少，而且有四家是好吃的人早已耳熟能詳的。

現在我們從街頭字號最老的一家說過來。

味噌湯與加厘飯

味噌湯和加厘飯❶幾乎已經成了日本人❷最喜愛的便餐，在臺灣，也是種極普遍的食物，只可惜做得好的並不多。

現在我說的味噌湯，是非常平民化的，湯裡只看得見蔥花和豆腐，飯是用一個大盤子裝一碗多白飯，上面再澆上濃濃的一杓加厘汁，汁裡有肉類、紅蘿蔔、馬鈴薯和洋蔥，其簡陋當然不可和大飯店裡的加厘餐相提並論，可是做得好的話，也別有風味，而且非常解饞。

武昌街口近沅陵院街處有一處木板店，做的湯和飯都極好。另外還賣炸肉、煎魚❸、白切豬豚、糖醋排骨、炒白菜和炒雞蛋等有限幾樣菜，是多年的老字號了❹，雖然也沒有明顯的招牌，可是一到中午飯口上，附近的「上班族」全都爭先而來，真的時常有排隊的事發生。

老闆薄利多銷，二三十年來也賺了不少，有時候也會❺換上華服到舞廳❻去散步一番，遇見熟人，故作神秘狀的偷偷一笑，表示彼此守密，大家也就心照不宣，反正再去的時候，老闆也不會在飯上多澆一杓加厘的。

1「加厘」即「咖喱」。

2各家文集誤作「日常人」，與下文「在臺灣」無法相對。

3原文無「煎」字，依各家文集補之。

4原文連成一氣而無標點，「炒雞蛋」後亦無以下文字：「等有限幾樣菜，是多年的老字號了」。今依各家文集予以斷開並補字。

5原文作「又會」，依《不是集》更正之。

6各家文集誤作「上白碧華殿和舞廳」。

武昌街上（二）：排骨大王

刊載於一九八五年八月五日《民生報》第八版，各家文集題目均直接名為〈排骨大王〉

排骨大王

位於久負盛名的西點舖❶「明星❷」隔壁的排骨大王，也是多年老店。二十年前，「路透社」的蔡文智兄就帶我去過，已經是一樓一底的局面，賣的東西只比現在少了原盅湯、福州魚丸、酸辣湯、鹵菜而已，味道則二十年未變。

那裡店鋪門口，總是擺著一鍋炸排骨、雞腿、魚排的老油，黑黝黝的，在大家還不懂老油可以致癌的時候，這鍋油反而代表他們的字號老，味道濃。

就算現在，只要味道真的好吃，一點點可能會致癌的消息，還是嚇不走老吃客的。

可是誰也不知道爲了什麼原因，這家老字號的排骨大王竟然做了一件令人百思不解的事，居然「冒險」將他們賣的排骨變小❸了，也變薄了。

肉不夠厚，炸起來就乾了。排骨一乾，吃起來就不再有那種豐富多汁解饞的感覺，於是「排骨大王」這四個字，其中至少有兩個字已經可以存疑。

也許這位「大王」的老板其志已不在「排骨」，否則還是不要存僥倖之心的好，要知道吃客的嘴是誰也騙不過的。

1各家文集誤作「六勇戰名的畫點鋪」。

2「明星」一樓是西點麵包廠，二樓是咖啡廳，一九四九年由流亡的白俄人士創辦，蔣經國和他的俄裔夫人蔣方良經常前往。由於詩人周夢蝶長年在樓下賣書，許多文藝青年都喜歡來這裡聊天、寫作甚至編輯刊物；這些青年後來成為文壇主流，「明星」的共同回憶也就成為一頁傳奇。白先勇〈明星咖啡館〉：「臺灣六十年代的現代詩、現代小說，靡著明星咖啡館的濃香，就那樣，一朵朵靜靜地萌芽、開花。」

3各家文集誤作「變少」。排骨應分「大小」而非「多少」。

武昌街上（三）：鴨肉扁

刊載於一九八五年八月十二日《民生報》第八版，各家文集題目均直接名為〈鴨肉扁〉

鴨肉扁

老牌的鴨肉扁，在武昌街和中華路的轉角處，十餘年以來，生意天天都好得造反。那裡陳設簡陋，又沒有冷氣，炎夏之日❶，一碗熱湯喝下去如蒸三溫暖，可是吃客仍然照舊排隊去吃，毫無怨言。

這沒有別的原因，只不過他們的價錢雖貴一點，可是東西拿出來，絕對貨真價實，絕不偷工減料，用來下麵的湯，其味濃郁，風味獨特，不但要以吃，而且可以享。

沿著中華路往新世界❷那個方向走，還有一家鴨肉扁，叫十字軒，據說和武昌街口那一家也頗有淵源，只不過兩家店的招待真是一個模子裡刻出來的，味道卻是路口那一家濃得多。

我跟幾個朋友有一點深具同感——要想享受一點夥計的笑容，就千萬不要到生意特別好的小吃店。

可是生意不好的小吃店夥計，有時候也一樣面色如土，就令人想不通了。

❖

劍潭❸著名的米粉湯❹附近，有一家賣鴨肉扁的小店叫「有良心的黑店」，店面甚噱，並此一記。

「鴨肉扁」者，鵝肉是也。

---

1 各家文集作「炎夏被日」。

2 戲院名。

3 原文誤作「龍潭」，依各家文集更正之。

4 店名「勇伯米粉湯」，位於臺北市士林區的劍潭。

武昌街上（四）：牛雜大王

刊載於一九八五年八月十九日《民生報》第八版，各家文集均未收錄

牛雜大王

臺北市的牛雜大王不止一家。武昌街這一家在日新戲院對面，除了牛雜之外，也賣牛肉、牛腩、腊味、排骨、鹵菜❶，都沒有什麼可記的特色。

可是那裡的牛雜，燉得又酥又爛又濃，入口偏偏還帶著一點咬勁，真好吃。

外省人開的小吃店裡，賣新竹米粉的不多，那裡卻有，最好吃的當然還是牛雜乾拌麵，加上附送清湯一碗，質與量都不錯。

那裡還有一個怪招，就是那裡每一樣東西計的價目都是有零頭的，一碗麵六十一元，一盅湯四十九元，泡菜、海帶十三元等等，絕對沒有一樣是整數。

「頂好」後面有幾家廣東小館的牛雜煲亦甚著，可是武昌街這一家如果只比牛雜的味道，

應該是誰都不怕的。

1 原文連成一氣而未以標點斷開。

卷六

附錄：回首向來蕭瑟處

翻譯小說：神秘的貸款

短篇小說翻譯，刊載於一九五四年三月一日《自由青年》半月刊第十一卷第三期，是已知最早署名「古龍」並領取稿費的作品。當時古龍十五歲，就讀於臺灣師範學院附屬中學初中部三年級

我注視著出納員數錢：十四張鈔票，總共是一千四百元，這是我兩年來私下裡瞞著人拚命節省儲蓄下來的成果。一個有著精明而善於盤賬的太太的人，而能有這麼一筆存款，可真不是一件容易的事呀。

我把這些鈔票放進皮夾裏面，離開銀行，叫了一輛車子回公寓。

當我在廚房裏檢點刀叉盤碟等用具的時候，我的太太——安說：「我希望這一個雞尾酒會成功，我們沒有看見這些人，已經有不少年了。」她望了一下時鐘：「不管怎麼樣，我們總算快預備好了。」

「差不多了。」我說過便走到臥房裡去。

我把皮夾子拿出來，取出那一千四百元鈔票，偷偷地放在我的枕頭底下。就在那時候，門

鈴響了起來，我聽見安在和勞・世墩打招呼。

客人絡續地來，我在厨房裏忙了一會之後，各個客人便都到齊了，這一幫客人彼此都認識，可是，長久沒聚會在一起了。——說仔細些，已經有兩年三個月一星期零兩天沒見面了。自從那一次分別以後，大家都各奔前程，各自結交了新朋友，誰也沒找到誰，在房間那一頭的安對我擠眉毛，暗示我雞尾酒會快要散了。我馬上在調製雞尾酒用的瓶子上敲著，一直敲到大家都注意我時纔放手，「這一次請諸位來舍下聚會，是有特別用意的，」我宣佈：「我想你們中間有些人也許早已心裡明白。」

他們你看我，我看你地互看了一下，纔回過來看我。「兩年多以前，」我說：「我請了一次客，那時所請的客也是你們各位，地點也是這裡。」

勞・世墩微笑，「那次搞得很夜深，」他說，「不過玩得倒是很痛快的。」

「對了，」我說。「我經營的事業失敗了，欠了債沒辦法還，正計畫第二天離開城裡回家鄉去吃老米飯，那天，我就坐在這間房裡準備回去的事情，忽然一個念頭來了，我想舉行一次惜別的宴會，於是便把我的朋友統統邀請了來歡聚一宵，在歡聚的時候出了一件事情。那件事情，改變了我的生活，而我今天再請你們來玩也是爲了那件事。我要還那筆款子呢？」

話雖說得不十分清楚，但是，我知道，客人裏面，幾個和我真要好幫過我忙的朋友，自會懂得的。

❖

那天請客的每一個細節，我都記得，那天，我整個的完了的那天。我記得：我坐在書桌旁邊把帳單作最後一次清查，我欠了九百六十元的債，而我的存款則已經提完了，沒有地方可以周轉，我直勾勾地瞅著那堆帳單，最後，把它❶們團了團，扔進一個抽屜裏去。

請客是我所作的一種最後姿態，對霉運氣翹起大拇指，指著鼻子逞英雄的勾當。我請了住在過道那邊的雷冉斯，又打電話請了勞•世墩，愛德馬開，彼德雷諾爾茲等三人。他們三人都和我同過事，一直到我有了改行經商的漂亮念頭之後，纔不在一起的，我又登門邀請了多利斯•卡爾蘭，她是一個模特兒；安•鄧含，她是一個錄事；瑪基•湯姆斯，她是一個書記員。我邀請了我在城裏所認識的各個朋友，並倒空了我的皮夾子去備辦食品。

酒會散的時候，客人們集體同時也個別地安慰了我幾句之後，大家便都走了。我走進臥室，往床上一倒。頭一著枕，枕頭底下便有東西在花喇花喇的響，我伸手往枕頭底下一摸，摸出了一千四百元錢，我簡直眼睛都看花了。

我一衝，衝到電話機那裡，第一個打通了電話的是勞•世墩。我夾七夾八地把發現錢這件事說給他聽；他却當我是，也許故意裝著當我是，喝醉酒糊塗了，勸我好好的去睡，不要去想它。我掛上電話，又和其他幾個友人談了一下，也都沒有聽見說什麼。我的施主願意作無名氏，我只有不再提它；我只有一個小錢都不亂用，盡可能另外立一個戶頭存起來，預備著等發現我那個施主時還他。

一星期以後，我還清了我所欠的帳，信用重新建立起來了，新的補給也來了。一開始，我就設法弄到一筆大宗定貨，使得我的生意興隆起來，我時常去找那三個女朋友——多利斯，安，瑪基。有時也去看其他的朋友；八個月之後，我和安結了婚，慢慢地和我那一幫老朋友就疏遠了。

❖

今晚我特別對臥房注意；但是，隔著一間洗澡房望過去很不容易。很早很早我的朋友便開始看他們的手錶，並且，找藉口回去，七點鐘的時候末了走的一個客人勞・世墩在大門口和我握手告辭，客人一走光，安便動手收拾殘餘。

「安，高興到外面去吃晚飯嗎？」我說。

「我們先把房間打掃清潔了再說吧，」安說：「我不高興再去預備晚飯了呢。」

我走進臥房，把枕頭拿起來，枕頭底下壓著的錢不見了。我又走出房去洗碟子，安和我談論著我如何和朋友們疏遠的事，她說這類事情以後可不能再讓它發生。

我低低地時不時回答一兩句，心裡只惦記著那一筆錢，後來安從壁櫃裏取出她的外套，我們一同走出門，叫了一輛租用汽車到恩里克大飯店。

我們相對無言好像陌生人一般，過了一會我沒話找話說：「今晚我回家之後，沒有拆信看，有什麼要緊事沒有？」

「今天是初一，帳單來了，我帶了一張來，這張上的數目，比平常稍微大一點，你也許高興核計一下。」

她把一張百貨公司的帳單遞給我，總數好像是一十五元一角，「這不算什麼。」我說。那曉得弄錯了，原來是一千五百一十元！

「上個月你買了那套新衣服。」安提醒我。

「花了一百一十元，」我說。

「我曉得：你看了帳單就會大生其氣的，」安說：「這就是爲什麼我要帶你到恩里克來的緣故，你總不好意思在此地演什麼活把戲吧。可是，一個女孩子買了這麼好的一件貂皮外套穿在身上而她的丈夫竟會看都沒有看見——」

「這是貂皮外套嗎？我還以爲它是你那件舊麝鼠皮大衣呢。」我大睜眼望了一下安，又望一下放在她椅子背上的外套。「抱歉得很，」我說。「這件衣服可真漂亮，只是我一下午，心裡都在想著別的事情，所以沒注意。」

「要緊的是，」安說，「我可以買下這件外套麼？」

我迅速的想了一下。那件外套我們實在買不起的，但是，我不得不很快地作一個決定，我端詳著安，下了決心：像她這樣的人不論要什麼東西，都該給：「你就留下吧。」我說。

「謝謝你，親愛的，」她說。「我想買它，已經有好幾年了，我作夢都在想著它。」「怎麼你從來就沒有說過什麼！」我說。

「我攢過不少錢，」她說。「在兩年三個月一個星期零兩天以前，我就攢夠了買它的款子。那天，就是你到廣告公司裏拜訪我，邀我參加你的酒會的那天。」她說。

「安，」我說，「原來就是你呀！從來沒有聽你提到過那筆錢。」

「你也沒有對我說過啊！」她說：「我們剛一結婚，我就知道你對我在錢財方面有所保留，你簡直就不能想像我對這件事存的是什麼古怪想頭。在兩星期以前的一天早晨，我心裡覺得不愉快，隨即買了這件外套。我想你是應該替我買一件的，今天這件衣服纔送來，到下午聽你發表了你的演說，我便走進臥室去枕頭底下一瞧，」說到這裏，她臉紅了，「吶這裡，錢你，拿吧，我帶著這麼多錢，嚇都嚇死了。」

茶房頭看見安伸過手來，塞了一百塊錢的鈔票在我手裡時，吃了一驚，露出了頗不以爲然的神情。

——譯自柯里爾雜誌

1原文作「牠」，舊時牠、它混用。

孔子的軍事言行

原刊載於一九五四年九月廿一日《中央日報》第六版

論語載：「衛靈公問陳於孔子，孔子對曰：俎豆之事，則嘗聞之矣，軍旅之事，未之學也！」史記載：「衛孔文子將攻太叔，問策於仲尼，孔子辭不知。」由此看來，孔子似乎是不懂軍事的，其實不然，他之所以對衛靈公和孔文子等不談軍旅之事，是因爲衛靈公等想要發動侵略戰爭，而孔子是反對侵略的。

論語載：「子之所愼，齊、戰、疾」又載：「子路曰：子行三軍則誰歟？子曰：暴虎馮河，死而無悔者，吾不與也，必也，臨事而懼，好謀而成者也。」由此，更可以看出孔子不是不懂軍旅之事的，如果孔子不懂軍旅之事，那決不會說他對戰爭謹愼從事，決不會說到他統率三軍要帶什麼人去幫助的。

史記載：「魯哀公十一年，冉有爲季氏將，率師與齊戰於郎，克之，季康子曰：子之於軍旅，學之乎？性之乎？冉有曰：學之於孔子。」冉有是孔子的弟子，他說他的征戰之事是孔子傳授的！更可見孔子是通曉軍事的了。

據論語的記載，孔子曾說：「足食足兵，民信之矣。」又說：「善人教民七年，亦可以即戎矣！」還說：「以教民戰，是謂棄之！」因此，我們簡直可以說：孔子不但是懂得軍旅之事，而且是主張以戰立國的，不過，他這種慎戰，教戰的主張，目的只是在充實國防，抵禦侵略，而非向外擴張，窮兵黷武罷了。

孔子主張教民以戰，他教些什麼呢？我們知道：他以六藝教人，六藝之中，有射和御二項。在孔子那時候，國家的大小，以車的多少來代表，車不但是交通的工具，而且是戰鬥的利器。據歷史學者考證：每一戰車載甲士三人，左稱車左，右稱車右，中間執綏的叫御，車左主射，車右持戈，可見射和御二者，都是和軍事有直接關係的。

孔子是個射手，論語載：孔子「弋不射宿」即是說：孔子不射擊宿止在山林的畜鳥，而要射正在活躍著的走獸飛禽，這技藝是何等的高超。論語又載：孔子說：「君子無所爭，必也，射手！揖讓而升，下而飲，其爭也君子，」也可見他對射箭的重視了。孔子不但善射，而且對於箭的演進史也很有研究，史記載：「吳敗越王勾踐，會稽有隼，集於陳廷而死，楛矢貫之，石砮矢長尺❶有咫。陳湣公使使問仲尼，仲尼曰：「隼來遠矣，此肅慎氏之矢也……試求之故府，果得之。」又，論語載：孔子說：「射不主皮，爲力不同科，古之道也。」他，無疑的，一定是他在對弟子們講射擊教範時所說的話。

至於車子，它❷既是戰鬥的利器，那駕駛技術的優劣，很可影響戰爭的勝負，戰士必須會駕車子，纔可以抵抗敵人。論語載：孔子「升車，必正立執綏，車中不內顧，不疾言，不親指。」這幾句話，一方面表現出孔子駕車子的態度，一方面也可以看出孔子對駕車子有精到的技能，因爲駕車要如此愼重，所以，孔子又曾說：「吾何執？執御乎？執射乎？吾執御矣！」可見駕車子比射箭更重要了。

射和御，是在物質方面去教民戰，而在精神方面，則多方作戰鬥講話予以淬礪：「戰陳無勇，非孝也！」「見危授命！」「有教身以成仁！無求生以害仁！」這都是教人爲國犧牲的話。左傳載：當時，有一次齊人伐魯，魯國有個小孩子汪錡，爲抗敵而戰死，魯國人用了成年人的禮安葬了他，孔子說：「能執干戈以衛社稷，雖欲不殤也，不亦可乎！」殤是小孩子死的葬禮，孔子雖是最講理的，但因汪錡爲國犧牲，所以孔子也贊成違禮葬他，不用說，這對於軍心士氣，是會予以莫大的鼓舞的。

孔子非但如此曉暢軍事，教民以戰，而且還有武功表現。這些武功，見於正史的，至少有二次：第一次，是魯定公十年，孔子爲魯國大司寇，並攝行相事。魯定公與齊景公會於夾谷，定公起程赴會以前，孔子對定公說：「有文事者必有武備，有武事者必有文備。」勸定公帶一支人馬去，以防不測，在會盟的時候，果然景公想以武力挾持❸魯定公，簽訂喪權辱國的條約，但孔子不避艱險，有備無患，從容應付，弄得齊景公幾乎下不了臺。結果，齊景公爲了向魯定公謝罪，把從前從魯國侵佔去的鄆❹汶陽龜陰之田，送還了魯國。

這是孔子外交上的成就，也是軍事的勝利。兵法云：「不戰而屈人之兵，戰之上者也。」孔子在夾谷的勝利，不是這種「不戰而屈人之兵」的「上」戰的最好的例證嗎？

孔子的第二次武功的表現，在魯定公十三年。那時，孔子看見魯國的三家（孟孫氏、叔孫氏、季孫氏），尾大不掉，成了國內之國，將要稱兵作亂，於是向定公建議，墮毀三家的都城。叔孫氏自動的墮毀了他的都城——郈，季氏也將墮毀他的都城——費，但季氏的兩個家臣不肯，竟率領費人進犯魯定公。孔子指揮申句須和樂頎二人迎敵，把叛兵打敗，墮毀了費。後來雖然墮孟孫氏的都城——成，沒有成功，功虧一簣，但墮成時指揮若定，打敗叛徒。卻不能不說是孔子軍事上的成就。左傳載孔子自己曾說：「我戰必克」，我們看了上面的事實，就可知其言不謬了。

1原文誤作「久」。
2原文作「牠」，舊時牠、它混用。
3原文作「夾持」。
4今鄆州鄆城縣，在兗州龔丘縣。

公鵝

翻譯文章，刊載於一九五五年三月三日《中央日報》第六版

一天早晨，有個農夫和他的妻子一同駕車進城，行經一個湖泊。他的妻子因爲感到他們時常口角，便說：「爸❶，你看，那隻母鵝和公鵝在湖中游得多麼親切而恬靜，假如人也生活得像這樣和平安樂，那不是很奇妙嗎？」

男的默不作聲，繼續駕車前進。

在日落之前，這對老夫婦回家時，仍舊經過這個地方，在落日的餘暉下，仍舊有一隻母鵝和一隻公鵝在水中悠然游泳。

女的又說：「爸，看看這對鵝吧，牠們仍舊是和平安樂的，假如人們也生活得像這樣子，那不是很奇妙嗎？」

農夫說：「媽❷，假如你看得更清楚一點，你就會發現，那不是早晨的那隻公鵝！」

——譯自二月份讀者文摘

1「孩子的爸」的簡稱。
2「孩子的媽」的簡稱。

林肯的遺物

翻譯文章，刊載於一九五五年三月五日《中央日報》第六版

林肯❶死後，九十年來，有關他的著作和談論，比誰的都多。他是美國偉大的民族英雄，他的聲望，不斷的增高，尊敬他的人，已不祇他本國的同胞。

林肯逝世後，已有數百萬人從世界各地到斯勃林菲爾德去憑弔他的陵墓，而在華府的林肯紀念碑，則有更多的人虔誠的在他的遺像前低回留連，每年還有成千成萬的人到林肯村去旅行。林肯村包括從肯塔啓州荷堅威爾附近的一間小屋到新撒冷州公園那些地方，那間小屋，相傳是林肯出生的地方，而新撒冷公園則在斯勃林菲爾德西北方二十公里處，有個村莊，林肯在村中消磨了童年。

芝加哥「林肯書店」的主人鈕曼，指稱他的營業爲「林肯實業」的一部份，他每年要獲純利美金二萬五千元。他在直接靠林肯有關事務爲生的五百人之中，是首屈一指的受益者。這

五百人，包括稀有的原稿的所有者，書販，紀念碑管理員和紀念品的販賣者。

大概有一萬個美國人在搜集已出版的有關林肯的資料。這並不是一種費用很大的嗜好，很多資料，可能從歷史圖書館或社團中付小費或竟不花錢而獲得，但是，大量的收集者，則在林肯的遺物中，投下巨資。茲以林肯的「葛的斯堡演說詞❷」為例，說明如下。

這篇只有二百六十六字的富有紀念性的演說詞，林肯的手稿，現在共存有五份。他在演說之前所寫的兩份，現在都存在國會圖書館；其後應厄威爾特之請，又抄了一份，用以在傷兵福利拍賣中出售。數十年之後，這份手稿的售價，竟高達美金十五萬元，造成林肯原稿的最高價格。這個價格，是一個芝加哥的商人付出的，在一九四四年，這個商人的寡婦，又以美金六萬元賣出，這是第二高的價格。這六萬元，有五萬元是由伊利諾斯州各學校的小朋友勸募的，另一萬元，則由馬紹爾農場支出，所以，它現存放在伊利諾斯州的歷史圖書館。至於第四、五兩件原稿，則是林肯為史學家，班克洛夫特而寫，也是用以籌募戰爭士兵基金。其中一件現在屬於柯勒爾大學，另一件，則為辛達士所有，他是古巴前任駐美大使，以美金五萬四千元的代價購得。

林肯遺物的大變動是前年在紐約市所舉行的大拍賣，拍賣者為芝加哥的一個律師。其中有一個華爾森牌的錶，是林肯送給他老表亨克斯的，華爾森公司以美金一千六百元的代價買去。這次拍賣，那律師共計收入美金二十七萬三千六百一十元。

有關林肯的著作，是一種實業，林肯死後，這類著作便大量出版。現在，關於林肯的書本和小冊子，大約共有六萬部。這些書裏面，傳記佔大部分，有的是用德文寫的，有的是用西班牙文寫的，有的是用挪威文寫的。其中最好的一種，是一個叫做張武德爵士的英國人寫的。

初期的傳統，誇耀林肯超過了他的本分，引起了一些林肯的朋友如韓登等的指摘，後來，客觀的歷史學者纔得到了一個比較平穩的觀點。

欺騙和僞造，曾經給搜集林肯資料的人很多麻煩。鈕曼收集得的林肯的頭髮，足以塞滿一張沙發，而林肯彌留時用的爲鮮血所沾污的枕頭套的破片，竟裝滿了一袋。

就是很明顯的欺騙，也可以獲得收集者的錢財。例如，有塊石頭，上刻：「林肯和安娜・魯特勒姬於一八三三年七月四日訂婚於此」，曾賣得美金七十五元，這塊石頭，聽說是一九〇〇年在舊撒冷城發現的。

不用說，韓登虛構的安娜浪漫史，是一切欺騙中最大的一種。他用此事以支持他的觀點，說林肯和林肯夫人之間沒有愛情。這個戀愛故事和不合時的死亡，抓住了大家的想像，並引起更大的欺騙。

一九二八年，有人使大西洋月刊的編者相信：一批林肯的書信，其中包括林肯和安娜往來的情書，都是真實的，該刊並把書信印行了。後來，史學家安格爾在該刊宣佈：這些信件，都是僞造的。他在文中，指出下面這些破綻。

這些信，有的是用綠墨水寫的，綠墨水中包含苯胺染料，在林肯那時候是沒有這種染料的。這些信件中的字跡，和林肯的寫法相似，但他沒有一個小寫的字母用在句子的開頭。在安娜所寫的一封信中說：「我非常喜歡史本塞的習字帖，我學習著我可以拼綴的字的骨架。」安娜死於一八三五年，而史本塞的習字帖，在一八四八年以前，根本沒有出版。

——摘譯自二月號讀者文摘

1 Abraham Lincoln（一八〇九至一八六五），第十六任美國總統。任內國家分裂並爆發內戰，史稱「南北戰爭」。林肯領導聯邦政府擊敗了分裂的南方，卻在戰爭結束後遇刺身亡。

2 "Gettysburg Address"，或譯《蓋茲堡演說》、《葛底斯堡演說》。一八六三年十一月十九日，林肯在賓州的蓋茲堡國家公墓揭幕式中發表此一演說，將內戰的層次提升到「生而平等」和「自由的新生」。

世界珍聞

譯文三則，刊載於一九五五年三月十三日《中央日報》第六版

舌尖長毛

不久以前，在日本岡山舉行的醫學會議宣佈：人們注射盤尼西林過久，舌尖上會長細毛，因爲有個病人，在連續注射了盤尼西林三十五天之後，忽然在舌尖上長出了黑色的細毛。不過，在停止注射二十天之後，毛便脫落了。那個病人說：舌尖有毛的時候，說話和吃飯都不方便，變成了一個怪物。

看報罰薪

埃及總統納塞發布一項「反懶惰」的命令，規定：埃及的公務員，如果被長官發現在辦公室打瞌睡，要科以相當他五天薪水的罰金；如果被長官看見在辦公桌上有報，那就要罰薪半個

月了。

有妻和尚

漢城[1]的「無妻和尚」，認爲結婚是和尚最大的罪惡，要求李承晚總統命令那些結了婚的和尚和妻子離婚或者還俗。最初，李總統勸告有妻和尚遵守清規，因爲，和尚結婚的習慣，是日據時代日本和尚所遺留下來的。不過，現在李總統對此事卻有點躊躇了，因爲，無妻和尚只有八百，而有妻和尚倒多達四千。

1今稱「首爾」，大韓民國首都。

從北國到南國

文藝小說，刊載於一九五五年十一月一日《晨光》雜誌第三卷第九期，是古龍已知最早的原創小說。當時古龍十七歲半，就讀於成功中學高中部二年級。故事中的北平、漢口、香港等場景，都是古龍小時候或者他的父親熊飛住過的地方。「謝鏗」則投射了作者的孤兒意識和求知精神，後來這個名字又出現在《遊俠錄》（一九六〇）中

江水碧，江上何人吹玉笛，扁舟遠送瀟湘客，蘆花千里江月白，傷行色，來朝便是關山隔。

……鏗走了，帶走了他憂鬱的笑容，頹傷的語調，單薄的行李，厚厚的書以及我對童年那一天真，純潔，甜蜜而又悽涼的回憶。

昨天夜裡，他告訴我要去一個遙遠而未可知的地方，今天早上，我在岸邊送他，是一個多霧的清晨，碼頭上籠罩著一片冷漠的白色，再襯上幾對斷腸的旅客，更是迷茫、淒清……我緊握著他的手，站在靠海邊的欄杆旁，我們相傍而無言，那被霧色沉浸在灰藍色天幕裡幽淡而飄渺的遠山，似乎已表達了我們離別的情緒，那麼我們還有什麼話好說呢，說的越多愁更多。

最後，汽笛長鳴，是旅客上船的時候了，我再也無法忍住那已存留在我眼眶中很久的淚水，為了不使他有更多的難受，我只得將頭轉了過去，低低的說：「今天的風真大呀！」……

一

現在認識我的人，很少會知道我還有個姐姐，一個最愛我，最疼我的好姐姐，雖然在年紀很小的時候，我們會不免鬧彆扭，但我們畢竟還是互相愛護的。

大姐十歲的那年，我家由香港搬到北平，新居是一座又大又舊的四合院，據說還是清朝的一個貝子留下的，可是在我家搬去的時候，那房子已被過多的時日失去了它當年的豪華，高高的屋脊上滿佈著厚厚的灰塵，偌大的一個院子裡到處都是空蕩蕩的，在每間房子的角落裡，充塞著的是蛛網，鳥巢和剝落的粉灰，你若是第一次走過它那扇笨重，臃腫的大門，你定會聯想到哪裡面是否正在上演著一幕因皇朝的沒落而演出的悲劇，可是這院子裡也有溫暖的地方，那是大門那兒的門房，門房裡有一位始終照顧這宅院的老頭子，灰白的鬍鬚，眼角的魚尾紋，以及已經十多歲的孫子，都在證明著他已有太大的年紀。

那時我比大姐還小兩歲，在我們那時幼小的心靈中，這老頭無疑地代表了這座頹敗的巨宅裡整個的神秘與傳說，當然，無形中他就成了大人們威嚇我們的象徵，我和大姐只要稍有越軌行動，大人們就會輕輕地跟我們說：不要吵了，再吵門房裡的「鬍子伯伯」就要來捉人了。每次，他們都會滿意的收到預期的效果。

但日子過久了，我們和鬍子伯伯之間的距離也一天比一天縮短，終於，我們已接近到不怕他的時候了，我們才開始發覺所謂「鬍子伯伯」，其實卻是個和藹慈祥的老人，並不是我們想像中的神秘甚或至「殘酷」，一天又一天，「鬍子伯伯」成了我們童年崇拜的偶像。

門房離我們的臥室還有一段不太短的距離，但我們仍然天天去，無形中那兒就成了我和大姐的小天地，也就在這時候，我們認識了鏗！鏗是個沉默但並不孤傲的大孩子，也許是世道不公平了些，像他那樣聰明而好學的人，還沒讀完中學就沒唸書了，但他並沒有埋怨，在他那清瘦而蒼白的面龐上，經常地掛著一絲和他爺爺一樣親切的微笑，每次我們到門房那兒去，不是看到他默默地坐在旁邊，就是在專心地看著書，講起來，鏗的書桌是我對大姐的一個很大的諷刺，因爲她那時已上到小學五年級了，平常對於比她低了兩三班的我，總不免有些趾高氣揚的樣子，但她對鏗書桌上的書，卻是一點也不懂，於是我就常常以此嘲笑她，所以大姐生氣了。一看見鏗讀書就罵他是個不折不扣的書呆子。

二

我們漸漸地更熟悉了鏗和他的爺爺，但是除了他是姓謝之外我們不知他們家裡的任何情形，誰是鏗的父母，這在我們是一個永世也不能解答的謎，謎底是愛？還是恨？

日子無聲無息的飄落在我們蓋著琉璃瓦的房頂上，鏗是比以前長大了，別的都沒有改變，只是臉上的笑容卻一天比一天更少，大姐小學畢業後就考上了一個在故都很有名的女子中學，一個難得的好天，大姐帶著揭榜的報紙來找我到門房去，說要讓他們也分沾一絲屬於大家的快樂，於是我們興忽忽地去了，可是剛走出跨院大姐就住了腳，叫我聽聽是哪來的哭聲，我也彷彿覺得有一陣陣的哭聲在空中激盪著，而且還好像是鏗的聲音。

大姐拉著我輕悄悄地走到門房的窗口，這時鏗的哭聲聽是更確切了，從窗口的空隙望進去，鏗是跪在他爺爺的面前反覆哭訴著：「爺爺，告訴我告訴我呀，到哪裡才能找到我的父母，難道我是個無父無母的孩子嗎?!」

我竭力忍住我將要爆發的驚異，我不知是何事使得鏗引起他從未曾有的怨訴，接著，鏗又說：

「爲什麼人家所有的，所能享受的我都不能得到，上天生下了我爲什麼又要把我遺棄呢，我也是有求知，求學的慾望的呀？」

我明白了一切，大姐的入學觸發了鏗的隱痛。

鬍子伯伯無言地流著淚，我不忍再看這一幅蒼涼的圖畫，轉過頭去。大姐不知在什麼時候走了，在北國夏日新綠的草地上，只剩下了一團揉碎了的報紙……

此後，我看到大姐的內心彷彿有一個不可告人的矛盾，鬍子伯伯那兒，已很少再能看到她那俏俐的身影，對於鏗她也不復有往日那樣沉默在一起歡樂在一起的時候，但奇怪的是她卻在無形中流露出對鏗深摯的關切，常常將自己應得的精美食物，悄悄地叫人送到門房去。

鏗呢！仍然是默默地比以前更努力地自習著，不知他是否缺少了青年男女所應有的那一份敏感，大姐對他的態度，並未能引起他太大的驚異或沮喪，他似乎有一個崇高的理想，而他所做的一切也都是爲這理想奮鬪著。

日子在平靜而恬適中過著，我們生活得不著一點痕跡，鏗是孜孜不倦的在唸著書，我們呢，卻只有享受，享受……。

一年，二年，我們都長得更大了，我小學已畢業，當然比以前懂事得多，對大姐那複雜而矛盾的心情也有了深切的了解，所以極力地想設法縮短大姐和鏗之間的距離，但我每次殷勤地想在他和她之間作一個情感的掮客，換回來的卻只有冷漠的面孔。或者是無動於衷的微笑。

這日子本是平凡的，但大姐初中畢業的那年，我們發現了奇蹟。

原來北平各學校的入學考試差不多都是同時舉行的，所以應屆的畢業生準備升學的到那時都忙碌起來，但其中大姐卻是例外，本來，以她的程度來說考高中就不是一件困難的事，再加上大姐的自信心特強，所以她對這次入學的考試好像有了十分把握，不過，有時我們也會提到鏗的學業問題，那時大姐臉上那一付躊躇滿志的表情就會立刻消失了，於是，我開始知道，就是鏗和大姐之間的自尊心和自卑心在作祟，使得他倆之間的鴻溝漸漸地加深……

並不令人驚奇，大姐終於考上了她原來就讀的中學，但使我們每一個人驚奇的是鏗也考上了，考上了北平最難考的師大，這確是個奇蹟，若不是鬍子伯伯告訴我們鏗在深夜中苦讀的情形，我們甚至可能疑心鏗是否存著幾根「梅瑟」的杖子❶。

在鏗收穫到他自己奮鬪的果實之後，他埋藏著另一顆種子也萌芽了，這奇蹟使得大姐和他消除了內心的隔閡，他倆的感情在平靜而自然中發展著。

日子在幸福中暗暗溜走了，浸在愛情裡的鏗和大姐更幾乎不知道日子是怎麼過去的，人世間的空間與時間都彷彿已遠離了他們的生活，生命在他們，是奇妙而綠色的。

我不知有何種文字允許我描述這一段「戀」的故事，但我確知，這幾乎是無法描述的。

三

時局似高空中的氫氣球，已接近爆炸了，但沉靜的北平人卻似乎未把這緊張的時局放在心裡，除了在街頭茶館裡的閒談中，你或可嗅出一點戰爭的氣息外，其餘的依然是一派昇平的景象，「勿談政治」的紅紙條漸漸地出現在小茶館顯明的地方，於是，你更無法尋覓戰爭的影子了。

這或者是一個大動亂前必有的安靜吧……

但這安靜延續的並不夠久。

一個冥暗的黃昏，大姐到我的書房裡來，臉色異樣的難看，不等我開口，她就告訴我！

「不等學期終了我們就要到漢口去避難，大約還有幾天我們就要走了，媽叫我告訴你把自己的東西準備一下。」

「避難？」我對大姐的話顯然不甚明瞭。

「是的，避難，難道你聽不懂嗎？」她生氣的說。我不知今晚她爲何有如此大的火氣，但我確是不知因何故要避難，我尚未明瞭共匪的叛亂，於是我也生氣的說：

「是的，我不懂呀！」

大姐竟走了。

晚上我委屈的在媽房裡訴苦，媽安慰我，告訴我爸爸來的信上說共匪的侵略陰謀逐漸進逼，叫我們到漢口去避一下風頭，但是鬍子伯伯不願去，他要看顧這舊而大的四合院，爲了陪伴他的爺爺，於是鏗也只好留在北平，爲了這些，大姐才有這麼大脾氣。

聽了媽的話，一霎時我對大姐的憤怒有奇怪的諒解，我知道這離別會破碎鏗和大姐的美麗的夢……

這十幾天是令人困惱的，尤其是鏗和大姐，我幾乎看不見他們笑，那時我雖未能領略到愛的滋味，但是已瞭解愛的力量了。

最後是走的那天，從早上起鏗就出去了，沒有人知道他去的地方，直到大姐跨上送我們去機場的車子，鏗仍沒回來，奇怪的是大姐的臉上竟沒有失望的表情，但她的內心卻有一種難堪的憂鬱，我想，他倆之間也許另有默契吧，誰能忍受送別戀人的悲哀呀！

四

到了漢口後，父親已爲我們準備了一個家，在一德街，房子也很精美，但我們對故園卻有更深的愛好，這房子的前面也有很多年紀大和年紀小的人，但我們卻更喜愛鬍子伯伯和鏗。

我們常常有鏗寄來的信，但卻都是寄給大姐的，媽和我只不過有時鏗會在給大姐的信裡附一張問候的紙條，我們也不怪鏗，只有給自己所愛的人去信才不算一種負擔，當然，大姐回信的次數也一樣多。

但我們終於收到鏗正式給我們的信了。

我們剪❷開來看，然後我們大家臉上都是異樣的難看，最後不知是誰最先開始哭了。

鏗信上說他爺爺死了（**老年人的死原都是這麼突然的**），還說在喪事完畢後他就到漢口來，徵求我們的同意。

我們告訴他這兒的心都在期待著他。

於是鏗來了，鏗來的並不快，這其中當然急壞了大姐，免不了，鏗會受到大姐的安慰和埋怨，但都是甜蜜的。

我們繼續在漢口唸著書，一幅美麗的遠景展開在我們面前，漸漸鏗也不復再憂鬱，黃鶴樓，鸚鵡洲，龜山，蛇山成了他和大姐經常游棲的場所。經過這一次波折，他倆的愛情有了更深一步的進展，沒有恨，沒有怨，有的只是濃濃的甜意……

生命中有時會發生一些人從未想到也不會想到的事，這些事有幸運的當然也會有不幸的……

爲了逃避共匪進逼著的侵略，我們由漢口逃到廣州、再到香港，旅途中有太多的勞頓，再加上忽涼忽熱的天氣，到香港大姐就染上一身病，大姐的身體本就是弱的很。我們都擔心這病會很重，也許會使她在病榻上多睡幾天，但是我們從未想到這病的竟是腦炎，這腦炎竟使她一病不起，於是這悲哀使得我們和鏗都病倒了。

大姐下葬的那天，鏗的病仍然很重，爸特地請了個看護去照顧他，照顧他生了病的身體和破碎了的心，我們不敢告訴鏗關於埋葬大姐的事，我們知道他已失去了接受這悲哀的勇氣。

我們在南國十月的涼風中到達墓場，墓地上是淒切而寒冷，風吹著蕭索的樹葉，像是有誰在爲我們奏著離別的調子，一塊新建的石碑立在大姐的墓前，那上面寫著：

安息吧，妳已找到最愛妳也最爲妳所愛的人，生命對於妳也可算是無憾了……

五

鏗終於隨著我們來到臺灣，這南國的天氣雖是多彩而富有溫情，但這微微的風，青青的樹並未能洗去他心靈中的憂鬱。

一天晚上有著比往常更多的月色，鏗到我房間來，我不敢撥起他的隱痛，只是說些我自己也不甚瞭解的人生，哲學企圖去打破他心靈上的枷鎖，但他卻先打斷了我滔滔地的語聲，他告訴我一段他心裡的話。

「大弟，十年來我們朝夕在一起，我想最能瞭解我的只有大姐和你了，你知道，從小我就是個不幸的人，我曾忍受過別人所不能忍受的事，當然，我是難免有些孤僻的。」他偽裝的平靜並未能掩蓋住他內心的哀痛，他繼續說：

「是大姐改變了我，她使我開始有了幻想，沒有她，我不但不能享受人生而且根本無法瞭解人生，我似還記得希臘詩人亞嘉遜的詩句『愛要爲所有存在的與有生命的歌唱，而撫慰所有人與神的煩憂。』起初我不懂，但後來我才知道那些詩句的意義，我才拋開煩悶，漸漸開始喜愛歡樂。

『人生』在那時確是給了我很多，如我是知足的我本該滿足了，不幸的是大姐亡故了；正如墓碑所說她是無憾的死了，但我卻嘗到了生命中太多的苦味。」

我沒有話可說，我能說的都早已說過了。

房子裡有一段難堪的沉默。然後他又說：

「看到了你們就會想起大姐，所以我要走了，走到一個遙遠而未可知的地方，你不必掛念我，孤獨的人會更適於孤獨的生活，二年三年甚或幾十年後，我或許會忘記這份悲哀，那時我定會來找你的……」

我始終不能說出一句話，於是他默默地走了，快走出門的時候，突然回過頭對我說：

「大弟，我會永遠記得你。」

我無法想像我那時是憑著何種力量使我能忍受那些，望著他在走廊中逐漸消失著的背影，我無法動彈……。

慢慢地掩上門，向著空洞的走廊，我突然大聲的說「鏗，我也永遠記得你！」

六

真的，我永遠忘不了他，今夜，我翻起床頭的一本書，那是大姐的，書的扉頁是鏗寫給大姐的字：

「胭脂淚，留人醉，幾時重逢，自是人生長恨水常東。」

是的，人生確是恨比愛多的多了。

1古龍幼時曾在香港就讀天主教德聲學校。「梅瑟」是天主教特有的翻譯，新教譯為「摩西」。《舊約·出埃及記》記載摩西（梅瑟）以手裡的木杖分開紅海，帶領以色列人走出埃及。

2原文為「鏗」，依文意改為「剪」。

除疤新藥

翻譯文章，刊載於一九五八年十月二日《中央日報》第七版「新知園地」

如果你的臉上有因天花、水痘或其他疾病所引起的疤痕，不必發愁，藥物專家現在發明一種纖維素泡（Fidrin—Foam）可以除疤生肌。疤痕下面，如果注射數針這種新藥，較低的部份，會慢慢長平，數月後，纖維素泡被人體完全吸收後，可以代替正常的細胞組織，疤痕從此也就漸漸消失。

——耀華譯自Stage　九月號

盤尼西林剋星

翻譯文章，刊載於一九五八年十月廿二日《中央日報》第五版「新知園地」

有許多人，注射盤尼西林後有特殊反應，一不小心，會立即送命。醫學家們經過多年的研究，現在發明一種新的抗生素，叫盤尼西林阿斯（Penicilinase）酵素，可以克服這種危險。據說，這種新藥問世後，本年內，美國可以減少二三百人死亡。

——耀華取材九月Stage

星有多重

翻譯文章，刊載於一九五八年十月廿二日《中央日報》第五版「新知園地」

我們在夜晚常常看到帶有發光體的星，從高空降下，你知道它的重量嗎？科學家敢同任何人打賭，相信誰也猜不出來。據太空最高權威威維利萊（Willey Ley）談稱：假如一顆星下降時，亮如天空上的金星，它的面積，大約是直徑半英寸，重量不會超過十分之七盎斯；假如下降的星，和天上普通的星那樣亮，它的面積，大約只有四分之一英寸，重量更輕，七十五顆合在一起才有一盎斯。

——耀華取材九月Stage

荒唐

刊載於民國五十二年三月廿八日《聯合報》第八版聯合副刊

——給愚蠢的我及聰明的狐——

我遇見的事遠比最荒唐的夢更為離奇，
有風的晚上我在無風的地方遇著了你；
你煙般氤氳著的影子在窗上散而又聚，
淡淡的月光穿透了你重重的宮綃羅衣。

從此書齋外再不聞我夜半的朗朗書聲，
有的只是我和你的輕嗔淺笑低吟細語；

一年後你忽然問我為何總是爛醉如泥，
我笑了笑只因我沒有向你訴說的勇氣。

我夢想你能有誅奸的劍供我任意揮舞，
我渴望海一般的智慧和山一般的財富；
日日夜夜我只望你能賜我權勢和幸福，
只因為那荒唐的聊齋故事我早已聽熟。

我竟忘了你的愛情便是我最大的幸福，
也忘了沒有愛情時我的寂寞蕭索愁苦；
有一日你笑著拋給我一枚如意的指環，
告訴我它可為我帶來我夢中企求之物。

我狂喜著試驗它是否真的有那般魔力，
你卻已冷笑著在銀霧中婀娜隨風逝去；
於是我得到了智慧與財富卻失去了你，
於是我夜夜只有對著孤獨的影子低泣。

昨夜雨聲裡我又自夢見你的夢中醒來，
我夢見你乘著朵多采的雲霞羽衣飄逸；
但是你只冷冷望我一眼便又乘雲而去，
我只有更恨自己不知對愛情多加珍惜。

五十二、三、五、夜

古龍小傳

武俠文學的巨匠古龍，本名熊耀華（一九三八年至一九八五年），籍貫爲江西南昌。他不但被公認爲臺灣的首席武俠名家，以整個華語世界來看，更繼平江不肖生、還珠樓主和金庸之後而爲武壇的第四代領袖，完成了武俠小說的現代化轉型，被評論家胡正群評爲「古龍之前無新派」，影響了無數的文藝創作者。

然而，這位大師的幼年生活撲朔迷離，連出生地都有香港和上海兩種說法，一如他筆下的人物出身令人難以捉摸。可以肯定的是，六七歲時他隨父親定居漢口，不久又移居香港，十三歲時舉家再遷往臺灣。因此，古龍與兩岸三地都頗有淵源，值得從作品背景中去細細發掘。

赴臺後，古龍先後就讀於臺灣師範學院附屬中學初中部和成功中學。在校期間，古龍可以算是一個文藝青年，寫過一些新詩和散文，也取了固定的筆名「古龍」。然而十七歲時父母離異，古龍憤而逃家出走，混跡於四海幫，堪稱「由文入武」，展開了傳奇般的人生新頁。其著作中獨特的浪子情懷，大半根源於這樣的坎坷人生。

爲了餬口，古龍自淡江英語專科學校夜間部英語科肄業，除了在出版社擔任抄寫工作，也曾在美軍顧問團管理圖書，偶而還代筆武俠小說。一九六〇年時，古龍正式出道，以武俠作家爲專職謀生。未及十年，便有凌駕於臥龍生之上的態勢。自一九七六年起，由於影視改編的推波助瀾，聲勢更是如日中天。在古龍的作品中，隨處可見瑰麗多奇、靈氣流轉的文筆，出人意料的情節，不拘中外的思想文化，以及對人性的洞悉和展示。小說曾被改編爲多部電影、電視劇，堪稱武俠影視史上最耀眼的原著作者；後來他也曾親自擔任編劇、導演、製作，並且創辦了寶龍、群龍影業公司。

他的父親熊飛（字鵬聲）曾經在國民政府中擔任公職，到了臺灣以後一度從商，經營大勤棉紡廠，並以筆名「東方客」寫武俠小說。中年時突然拋棄家庭，長子古龍憤而斷絕父子關係，自稱上將熊式輝之子。一九六〇年代，熊飛受知於政治家高玉樹而重返公門；晚年自東吳大學退休，罹患帕金森症，與長子古龍於病床上相逢。古龍的母親郭新綺早逝。大妹熊小雲遠嫁夏威夷，經營珠寶生意，與古龍較爲親近。另有二妹熊小燕、三妹熊小毛（改名熊懿）。弟名熊小華（改名熊國華），據聞自幼過繼他人。

由於破碎的家庭背景和坎坷的年少過往，古龍的感情世界複雜而缺乏定性，複製了父親所造成的家庭悲劇。先是與妻子鄭月霞（莉莉）同居十年，生下長子鄭小龍（一九六七—），期間仍與千代子（日籍）等多名女友交往，並曾奪結拜兄長臥龍生之所愛，相偕隱居於基隆。其後與葉雪（安娜）生下次子葉怡寬（張怡寬，一九七三—），因而離棄鄭月霞母子。一年後又離棄葉雪母子，改與梅寶珠結婚，生下三子熊正達（一九七七—）。然因風流韻事不斷，五年後梅寶珠攜子改嫁。最後的枕邊人是年輕的于秀玲。

因情思敏感而善於寂寞，古龍重酒、重色而亦重友情。倪匡爲友人中最親暱者，牛哥夫婦則被古龍視如兄姐。因性好揮霍而不善理財，早年多寄食於異姓兄長家中。鄒郎〈來似清風去似煙〉指出：「他經常居無定址，幾乎常以諸葛青雲、臥龍生、費蒙、我的家爲家。」聲譽鵲起後，依然千金散盡還復來，復來之後又散盡，與友人豪飲爭杯，而逐漸疏遠故舊。不惑之年染上肝病，屢次進出醫院；四十七歲時更因負債累累，刻意酗酒而暴卒。他的生命宛如流星劃過天際，留下刹那的永恆；但他陰鬱和爽朗、多情和絕情、絕不低頭和自暴自棄的極端性格，至今仍難以蓋棺論定。

古龍散文年表

體例說明

1 排序：綜合參照完稿時間、公開發表時間及系列文章的先後。

2 篇名：本無篇名而爲之命名者，如〈《短刀集》前言〉；爲求意義完整而增補篇名者，如〈附言〉附於《遊俠錄》而名爲〈《遊俠錄》附言〉。

3 地區：香港出版者注（港），新加坡注（星），中國大陸注（陸），未注者即臺灣。

篇名	完稿	發表	轉載
《遊俠錄》附言		一九六〇年十二月 海光《遊俠錄》第八集末	‧偽華新（港）《遊俠錄》 ‧一九八八年中外文化（陸）《遊俠錄》
新歲獻辭		一九六一年二月 華源《飄香劍雨》第六集	
武俠小說的創作與批評		一九六一年八月二十日 《大華晚報》三版	
《劍玄錄》更名啟事		一九六五年 華源溫玉《劍玄錄》第十一集末	一九七七年 南琪《劍玄錄》第十一集末
《鐵血傳奇》前言	一九六七年 三月廿九日	一九六七年三月 真善美《鐵血傳奇》第一集一至四頁	‧一九六七年五月廿九日南洋商報（星） ‧一九七七年環球（港）《楚留香傳奇》第一集
寫在《紅塵白刃》前		一九六八年五月 真善美倪匡《紅塵白刃》第一集一至二頁	
此「茶」難喝 ——小說武俠小說	一九六八年 六月三十日	一九六八年七月五日 《文化旗》九號六七至六九頁	香港影畫（港）
製片？製騙？ ——且說武俠電影		一九六八年八月一日 《文化旗》十號三三至三四頁	

篇名	完稿	發表	轉載
為我們的「搖籃」，齊來飲一杯		一九六九年八月九日《武俠世界》（港）五二〇期四頁	
《鐵胆大俠魂》前言		一九七〇年三月五日《武俠春秋》（港）五期封面裡頁	
寫在《蕭十一郎》之後		一九七〇年六月十二日《武俠春秋》（港）廿八期一三九頁	・武俠春秋（港）《蕭十一郎》集結本第三集 ・更名〈寫在《蕭十一郎》之前〉，一九七〇年七月春秋《蕭十一郎》第一集
說說武俠小說（《歡樂英雄》代序）		一九七一年二月十七日《武俠春秋》（港）四六期	・武俠春秋（港）《歡樂英雄》集結本第一集 ・一九七一年四月春秋《歡樂英雄》第一集
談談「新」與「變」（《大人物》代序）		一九七一年三月十七日《武俠春秋》（港）五十期	・武俠春秋（港）《大人物》集結本第一集 ・一九七一年十月春秋《大人物》第一集
《風雲第一刀》後記	一九七二年九月二十日	一九七二年十一月廿四日《武俠春秋》（港）一三八期二十至二二頁	・武俠春秋（港）《風雲第一刀》集結本第四集 ・一九八八年農村讀物（陸）《邊城浪子》

篇名	完稿	發表	轉載
小說武俠小說	一九七四年四月十日	一九七四年四月廿三日《中國時報》十二版	‧一九七四年武俠世界（港）七九六期六五至六六頁 ‧〈代序〉，一九七七年一月卅一日華新（桂冠）《楚留香傳奇》第一部 ‧〈代序〉，一九七七年九月三十日桂冠《多情劍客無情劍》第一部
寫在《天涯‧明月‧刀》之前	一九七四年四月十七日	一九七四年六月一日《武俠春秋》（港）二〇八期四至七頁	‧武俠春秋（港）《天涯‧明月‧刀》集結本第一集 ‧更名〈武俠始源〉，一九七五年三月南琪《天涯‧明月‧刀》第一集
吃客		一九七四年十月一日《大成》（港）十一期五一頁	
楔子——寫在《江湖人》之前	一九七四年十月廿七日	一九七五年六月廿一日《武俠春秋》（港）二四六期七二至七五頁	‧武俠春秋《三少爺的劍》集結本第一集 ‧一九七五年南琪《天涯‧明月‧刀》第二十集一三四九至一三五三頁 ‧一九七六年武林本《邊城浪子》第一集 ‧〈前言〉，一九七七年八月十五日桂冠《三少爺的劍》上集

篇名	完稿	發表	轉載
談談「意境」	一九七四年十一月九日	一九七四年十二月一日《大成》（港）十三期五六頁	摘選更名〈不是雙鋒〉，一九八五年六月十一日民生報八版
《血鸚鵡》代序		一九七四年《武俠世界》（港）八〇七期五七頁	・武林（港）《血鸚鵡》第一集 ・一九七七年南琪《多情環》第十四集第四十三章
城裡城外	一九七四年十二月二日	一九七五年一月一日《大成》（港）十四期四八頁	摘選更名〈不是圍城〉，一九八五年六月三日民生報八版
朋友	一九七五年一月廿五日	一九七五年三月一日《大成》（港）十六期三八至三九頁	摘選更名〈不是玫瑰〉，一九八五年七月一日民生報八版
從《絕代雙驕》到《江湖人》的一點感想	一九七五年十月十七日	一九七六年四月一日《武俠春秋》（港）二七四期四九頁	武俠春秋《三少爺的劍》集結本第一集
從「因病斷稿」說起	一九七五年十二月七日	一九七六年一月一日《大成》（港）廿六期六二頁	摘選更名〈不是感慨〉一，玉郎（港）《不是集》
臺北奇俠傳		一九七六年二月一日《大成》（港）廿七期五四頁	一九九八年牛哥漫畫文教基金會籌備處《牛哥紀念集》，僅收錄牛哥部分

篇名	完稿	發表	轉載
牛哥的三奇（「臺北奇俠傳」之二）		一九七六年三月一日《大成》（港）廿八期五五頁	一九九八年牛哥漫畫文教基金會籌備處《牛哥紀念集》，僅收錄牛哥部分
盛筵之餘	一九七六年三月十一日	一九七六年四月一日《大成》（港）廿九期四九頁	
一點「異」見	一九七六年八月四日	一九七六年九月一日《大成》（港）卅四期五五頁	摘選更名〈不是感慨〉二，玉郎（港）《不是集》
《白玉老虎》上部後記		一九七六年《武俠世界》（港）	
關於「陸小鳳」	一九七七年二月七日	一九七七年三月一日《大成》（港）四十期四三頁	
作者聲明		一九七七年二月十二日《中國時報》三版	
《白玉老虎》後記		一九七七年三月二十日華新《白玉老虎》第三部	
關於「武俠」（一）		一九七七年六月一日《大成》（港）四三期三八至三九頁	更名〈談我看過的武俠小說〉，一九八三年二至八月聯合月刊十九至廿五期

篇名	完稿	發表	轉載
關於「武俠」（二）		一九七七年七月一日《大成》（港）四四期四八至四九頁	
關於「武俠」（三）		一九七七年八月一日《大成》（港）四五期三四至三五頁	
關於「武俠」（四）		一九七七年九月一日《大成》（港）四六期三六至三七頁	
關於「武俠」（五）		一九七七年十月一日《大成》（港）四七期三四至三五頁	
關於「武俠」（六）		一九七七年十一月一日《大成》（港）四八期五五至五七頁	
楚留香這個人		一九七八年一月《漢麟》《楚留香傳奇續集》第一部	
關於「小李飛刀」	一九七八年五月十六日	一九七八年六月一日《大成》（港）五五期四三頁	
不唱悲歌（少年十五二十時）	一九七八年六月廿一日	一九七八年八月一日《大成》（港）五七期三五至三七頁	・〈不唱悲歌（代序）—少年十五二十時—〉，一九七八年十月春秋《離別鉤》 ・「俠客行」上編，一九八五年六月廿八日大追擊四期十九至二二頁
《鳳舞九天》前言		一九七八年九月十九日《民生報》七版	

篇名	完稿	發表	轉載
「武俠」與「女性」		•一九七八年十一月一日《大成》（港）六十期四三頁 •一九七八年十一月一日《女性》一四五期七四至七五頁	
「武俠」中的「女性」	一九七八年十月二十日	•一九七八年十二月一日《大成》（港）六一期四三頁 •一九七八年十二月一日《女性》一四六期五八至五九頁	
我不教人寫武俠小說，我不敢	一九七九年二月廿六日	一九七九年三月四至五日《中國時報》十二版	〈我不敢教人寫武俠小說〉，一九七九年四月一日大成（港）六五期六二至六四頁
我也是江湖人		一九七九年三月六至七日《中國時報》十二版	一九七九年五月一日大成（港）六六期五九至六一頁
一個作家的成長與轉變——我為何改寫《鐵血大旗》	一九七九年三月廿九日	一九七九年四月十三日《中華日報》十一版	•〈一個作家的成長與轉變——寫在重寫怒劍之前〉，一九七九年五月廿九日大華晚報十版 •〈一個作家的成長與轉變〉，一九七九年六月一日大成（港）六七期六十至六一頁 •一九七九年十一月漢麟《鐵血大旗》第一部
關於「楚留香」（《新月傳奇》序）	一九七九年三月一日	一九七九年四月十五日至廿一日《時報周刊》五九期四四至四五頁	•一九七九年武俠世界（港）一〇三九期 •一九七九年七月一日大成（港）六八期四八至四九頁

篇名	完稿	發表	轉載
吃膽與口福		一九七九年七月四日《中國時報》十二版	更名〈吃福與吃膽〉，一九七九年九月一日大成（港）七十期五四至五五頁
寫在《劍胆星魂》之前		一九八〇年六月一日《中央日報》十版	
寫當年武壇風雲人物於酒後 其一 王度廬	一九八〇年十月	一九八〇年十二月環怡／漢麟《鶴舞江南》下冊	
寫當年武壇風雲人物於酒後 其二 鄭證因	一九八一年一月十八日	一九八一年五月萬盛《淮上英雄傳》上冊	
談當年武壇風雲人物於酒後 其三 朱貞木		一九八一年一月三十日南洋商報	
關於飛刀（《飛刀，又見飛刀》序）	一九八一年二月十二日	一九八一年二月十五日《聯合報》八版	一九八一年七月萬盛《飛刀，又見飛刀》
風鈴・馬蹄・刀——寫在《風鈴中的刀聲》之前		一九八一年十月廿一日《聯合報》八版	一九八四年三月萬盛《風鈴中的刀聲》上冊
陸小鳳與西門吹雪（《劍神一笑》前言）	一九八一年五月二日	一九八一年十一月《時報周刊》一九六期七三頁	・一九八一年七月四日南洋商報（星） ・一九八二年七月萬盛《劍神一笑》

篇名	完稿	發表	轉載
《陸小鳳與西門吹雪》註		一九八二年三月廿一至廿七日《時報周刊》二一二期七三頁	一九八二年七月萬盛《劍神一笑》
《陸小鳳與西門吹雪》小啟		一九八二年三月廿八日至四月三日《時報周刊》二一三期七九頁	
寫給創作	一九八二年九月二十日	一九八三年七月《創作》二五二期七月號	
《陸小鳳與西門吹雪》古龍小啟		一九八二年四月十一至十七日《時報周刊》二一五期八一頁	
《陸小鳳與西門吹雪》小啟		一九八二年四月十八至廿四日《時報周刊》二一六期八三頁	
楚留香和他的朋友們（《午夜蘭花》序）		一九八二年九月十六至十七日《中國時報》八版	一九八三年四月萬盛《午夜蘭花》
不是回信		一九八二年十一月六日《民生報》十二版	一九八三年三月十九日聯合晚報（星）
不是悲觀		一九八二年十一月九日《民生報》十二版	一九八三年三月廿一日聯合晚報（星）
不是勸告		一九八二年十一月廿三日《民生報》十二版	一九八三年三月十八日聯合晚報（星）

篇名	完稿	發表	轉載
另一種美——關心那些需要幫助的孩子們	一九八二年十一月十五日	一九八二年十二月十一日《中國時報》八版	更名〈為溫暖而出劍——寫給那些需要幫助的孩子們〉，一九八三年四月二至六日聯合晚報（星）
雜文與武俠	一九八二年十一月十七日	一九八二年十二月十二日《聯合月刊》十七期八〇頁	一九八三年三月廿八至廿九日聯合晚報（星）
不是沒有		一九八二年十二月廿三日《民生報》十二版	一九八三年三月十六日聯合晚報（星）
看「小李飛刀」第一集	一九八二年十二月廿一日	一九八三年一月一日《聯合月刊》十八期八四頁	更名〈看臺製小李飛刀〉，一九八三年三月三十日至四月一日聯合晚報（星）
不是刀鋒		一九八三年一月三十日《民生報》十二版	一九八三年三月廿四日聯合晚報（星）
不是珍貴		一九八三年二月二日《民生報》十二版	一九八三年三月十七日聯合晚報（星）
不是相聚		一九八三年二月廿一日《民生報》十二版	一九八三年三月廿二日聯合晚報（星）
不是忘記		一九八三年二月廿六日《民生報》十二版	一九八三年三月二十日聯合晚報（星）
不是離別		一九八三年三月二日《民生報》十二版	一九八三年三月廿三日聯合晚報（星）

篇名	完稿	發表	轉載
另外一個世界——還是有關武俠		不詳	一九八三年三月廿五至廿七日聯合晚報（星）
誰來跟我乾杯？		一九八三年五月《聯合月刊》廿二期七五至七六頁	一九八六年六月萬盛《邊城刀聲》第一部
不是愛情		一九八四年四月五日《民生報》八版	
不是悲哀		一九八四年四月七日《民生報》八版	
不是朋友		一九八四年四月十二日《民生報》八版	
不是就是		一九八四年四月十六日《民生報》八版	
不是不是		一九八四年四月十八日《民生報》八版	
不是自由		一九八四年四月廿六日《民生報》八版	
不是祝福		一九八四年五月二日《民生報》八版	

篇名	完稿	發表	轉載
不是不幸		一九八四年五月八日《民生報》八版	
不是音樂		一九八四年五月十二日《民生報》八版	
不是東西		一九八四年五月十六日《民生報》八版	
不是不幸（其二）		一九八四年五月卅一日《民生報》八版	
《槍手・手槍》——代序		一九八四年六月萬盛偽作《手槍》上冊	
《短刀集》前言		一九八五年三月一日《聯合報》十二版	
高手（《獵鷹》序）		一九八五年四月廿八日至五月四日《時報周刊》三七四期七七頁	
臺北的小吃		一九八五年五月廿一日《民生報》八版	
唐矮子牛肉麵		一九八五年五月廿二日《民生報》八版	一九八五年八月萬盛《獵鷹》十一至十二頁

篇名	完稿	發表	轉載
銅錢的兩面（《群狐》序）		一九八五年五月廿六日至六月一日《時報周刊》三七八期七七頁	•一九八五年八月萬盛《獵鷹》九三頁 •一九八五年十二月玉郎（港）《紫煙、群狐》
有關牛肉麵種種——之一		一九八五年五月廿七日《民生報》八版	
有關牛肉麵種種——之二		一九八五年五月廿八日《民生報》八版	
不是派頭		一九八五年五月廿九日《民生報》八版	
一些問題，一些回答		一九八五年六月《萬盛》《那一劍的風情》第三集七〇七至七一四頁	
再說牛肉麵		一九八五年六月十二日《民生報》八版	
不是張徹		一九八五年六月十四日《民生報》八版	
老董與小而大		一九八五年六月十八日《民生報》八版	

篇名	完稿	發表	轉載
關於牛肉		一九八五年六月廿五日《民生報》八版	
欣福與幸福		一九八五年六月廿八日《民生報》八版	
多少往事		一九八五年六月廿八日《大追擊》四期十九頁	大多數文字摘自一九七八年〈不唱悲歌〉
關於排骨麵（一）		一九八五年七月九日《民生報》八版	
紅燈綠酒		一九八五年七月十二日《大追擊》五期十五頁	・一九八五年十月玉郎（港）《賭局、狼牙、追殺》 ・〈紅燈綠酒（遺作）〉，一九八五年十二月一日大成（港）一四五期二二一至二二三頁
卻讓幽蘭枯萎	一九八五年六月	一九八五年七月十二日《大追擊》五期十五至十六頁	〈紅燈綠酒（遺作）〉，一九八五年十二月一日大成（港）一四五期二二一至二二三頁
繁華一夢		一九八五年七月十二日《大追擊》五期十六頁	

篇名	完稿	發表	轉載
人在江湖	一九八五年六月	一九八五年七月十二日《大追擊》五期十六至十七頁	•一九八五年十月玉郎(港)《賭局、狼牙、追殺》 •〈紅燈綠酒(遺作)〉，一九八五年十二月一日大成(港)一四五期二二至二三頁
轉變與成型		一九八五年七月十二日《大追擊》五期十七頁	
酒界轉生		一九八五年七月十二日《大追擊》五期十七至十八頁	
關於排骨麵(二)		一九八五年七月十五日《民生報》八版	
淞園食府		一九八五年七月廿三日《民生報》八版	
秀蘭與東林		一九八五年七月廿六日《民生報》八版	
《財神與短刀》——代序		一九八五年七月廿六日《大追擊》六期五一頁	一九八五年十二月玉郎(港)《紫煙、群狐》
武昌街上1 味噌湯與加厘飯		一九八五年七月廿九日《民生報》八版	
武昌街上2排骨大王		一九八五年八月五日《民生報》八版	
武昌街上3鴨肉扁		一九八五年八月十二日《民生報》八版	

篇名	完稿	發表	轉載
武昌街上4牛雜大王		一九八五年八月十九日《民生報》八版	
《劍氣滿天花滿樓》序	一九八五年六月	一九八五年九月裕泰《劍氣滿天花滿樓》第一部	
寫在不是集之前——序		一九八五年十月玉郎（港）《不是集》	
不是不說		一九八五年十月玉郎（港）《不是集》	
不是推薦——談舞臺人生與人生舞臺		一九八五年十月玉郎（港）《不是集》	
不是不能		一九八五年十月玉郎（港）《不是集》	
寫在大武俠時代之前——代序		一九八五年十月玉郎（港）《賭局、狼牙、追殺》	
《紫煙、群狐》前言		一九八五年十二月玉郎（港）《紫煙、群狐》	
《邊城刀聲》序		一九八六年六月萬盛丁情《邊城刀聲》第一部	
誰來跟我乾杯？（加長版）	一九八五年九月二日	一九八六年六月萬盛丁情《邊城刀聲》第一部三至十頁	

古龍散文全集—葫蘆與劍 人在江湖

作者：古龍
編者：陳舜儀
發行人：陳曉林
出版所：風雲時代出版股份有限公司
地址：10576臺北市民生東路五段178號7樓之3
電話：（02）2756-0949
傳真：（02）2765-3799
執行主編：劉宇青
美術設計：許惠芳
專業校對：陳舜儀、許德成
圖片提供：許德成
行銷企劃：林安莉
業務總監：張瑋鳳

初版日期：2019年1月
ISBN：978-986-352-655-1
風雲書網：http://www.eastbooks.com.tw
官方部落格：http://eastbooks.pixnet.net/blog
Facebook：http://www.facebook.com/h7560949
E-mail：h7560949@ms15.hinet.net
劃撥帳號：12043291
戶名：風雲時代出版股份有限公司
風雲發行所：33373桃園市龜山區公西村2鄰復興街304巷96號
電話：（03）318-1378
傳真：（03）318-1378
法律顧問：永然法律事務所 李永然律師
北辰著作權事務所 蕭雄淋律師
行政院新聞局局版臺業字第3595號 營利事業統一編號22759935

國家圖書館出版品預行編目資料

古龍散文全集：葫蘆與劍 人在江湖 ／ 古龍 著. 陳舜儀 編.
-- 初版. -- 臺北市：風雲時代，2018.11- 面；公分

ISBN 978-986-352-655-1（平裝）

855 107016844